守望初心

百年红色史·平民英雄诗

余艳 著

中国出版集团
中译出版社

图书在版编目(CIP)数据

守望初心/余艳著．—北京：中译出版社，2017.12（2021.9重印）
ISBN 978-7-5001-5491-4

Ⅰ.①守…　Ⅱ.①余…　Ⅲ.①报告文学－中国－当代
Ⅳ.①I25

中国版本图书馆CIP数据核字（2017）第310110号

出版发行／中译出版社
地　　址／北京市西城区车公庄大街甲4号物华大厦6层
电　　话／(010) 68005858，68358224（编辑部）
邮　　编／100044
传　　真／(010) 68357870
电子邮箱／book@ctph.com.cn
网　　址／http://www.ctph.com.cn

总 策 划／张高里
策划编辑／范　伟
责任编辑／范　伟　吕百灵
封面设计／潘　峰

排　　版／北京竹页文化传媒有限公司
印　　刷／山东临沂新华印刷物流集团有限责任公司
经　　销／新华书店

规　　格／710mm×1000mm　1/16
印　　张／21
字　　数／360千字
版　　次／2017年12月第一版
印　　次／2021年9月第六次

ISBN 978-7-5001-5491-4　定价：46.00元

信仰高于生命，血肉铸就史诗

——向英雄致敬

初心寻找初心，脚步丈量真实

——向人民交卷

序　一

不能忘记为什么出发

——在“不忘初心，牢记使命”主题教育中深情抚摸湖南这片热土

《守望初心》，是余艳继《板仓绝唱》之后，推出的又一部追寻红色基因的报告文学。

打开这部作品，总是感慨万千；合上这部作品，仍然心潮澎湃。

我情不自禁地回味着、思考着，脑海里总是浮现殷成福一家等众多红军的形象，耳边不时响起一个富有磁性的声音，那就是习近平总书记一席意味深长的话——

“一切向前走，都不能忘记走过的路；走得再远、走到再光辉的未来，也不能忘记走过的过去，不能忘记为什么出发。”

是的，不能忘记为什么出发！

抚摸湖南这片热土，回首党的光辉历程，我深感这句话的分量和温度。

（一）

不能忘记为什么出发，是因为信仰需要坚定和坚守。

南朝文学理论家刘勰在《文心雕龙》中，论述风骨的表现形式为“力”：风能动在其有力，故称风力；力生于骨，有骨才有力。共产党人都是有风骨的。而这种风骨，集中体现在信仰上。

毋庸置疑，我党这艘东方的领航之轮，就是为信仰而出发的。在这方面，有两个历久弥新的问号，老一辈革命家用毕生的追求，做了精彩而完美的诠释与回答。

第一个问号——信仰什么？

这是十九世纪末二十世纪初，中国的进步人士都在思考的问题。

青年时期的毛泽东，就立下了拯救民族于危难、改造中国与世界的远大志向。1919年，他在《〈湘江评论〉创刊宣言》中写道：“时机到了，世界的大潮卷得更急了！洞庭湖的闸门动了，且开了！”在风华正茂的“恰同学少年”岁月，他发出了“问苍茫大地，谁主沉浮”的仰天长问，展示了“到中流击水，浪遏飞舟”的浩然壮气。

十月革命一声炮响，给中国送来了马克思列宁主义。1920年，一个叫陈望道的年轻人，在浙江义乌的家中，借着一盏昏暗的油灯，送走一个又一个长夜，翻译《共产党宣言》。端午节到了，母亲包了粽子，端了红糖，放到书桌上，催促儿子趁热快吃。望道一边翻译着，一边蘸着墨汁吃掉了粽子，还告诉妈妈“够甜的了”。这就是真理的味道，这就是信仰的味道！同年八月，第一部《共产党宣言》中文全译本在上海出版，给在压迫中奋起、在黑暗中摸索的中国指出了方向。

1921年初，毛泽东在新民学会年会上，作出了“主义譬如一面旗帜”的振臂一呼。他从纷然杂陈的各种主义中，毅然选择了马克思列宁主义，选择了为共产主义而奋斗的崇高理想。在此后的革命生涯中，不管是“倒海翻江卷巨澜”，还是“雄关漫道真如铁”，他都矢志不移，执着追求。

蔡和森、刘少奇、任弼时、彭德怀、贺龙、罗荣桓等湘籍老一辈革命家，在确立信仰的过程中，都从《共产党宣言》中汲取了营养。他们与毛泽东一样，从确立共产主义信仰的那一刻起，就再也没有动摇过。

不久前，一群来自法国的中学生到我们湖南党史馆参观。他们好奇地问：当年为什么中国青年，特别是如此多的湖南青年赴法国勤工俭学？我的回答是：他们是为信仰而去的！

1919年底，一艘法国邮轮缓缓离开上海。船上载有一批湖南新民学会的会员，他们不远万里去法国勤工俭学，蔡和森和妹妹蔡畅、母亲葛健豪，还有向警予就在其中。在法国的蒙达尔纪，蔡和森用“猛看猛译”的方法，学习、研究并接受了马克思主义。他在给毛泽东和李大钊的长信中，第一次正式提出要“明目张胆地成立中国共产党”。从此，蔡和森为了这一崇高信仰奔走着、奋斗着，直至献出年仅36岁的生命。

第二个问号——为了信仰能付出什么？

“生命诚可贵，爱情价更高，若为自由故，两者皆可抛。”从某种意义上讲，匈牙利革命诗人裴多菲，为我们湖南老一辈革命家的信仰做出了最好的诠释。

1927年上半年，蒋介石感觉国民革命军第20军的军长贺龙受到了共产党的影响，便放出风来拉拢他。蒋以500万光洋，外加一个汉阳兵工厂和武汉卫戍司令的头衔，许诺给贺龙，企图收买他一颗效忠的心。但这丝毫没有动摇贺龙的崇高信仰。他毅然决然响应共产党号召，率领包括三千湘西子弟兵在内的二十军官兵，浩浩荡荡开赴南昌参加起义。

1927年5月，年仅23岁的共青团湖南省委书记田波阳和他身怀有孕的22岁妻子陈昌甫不幸被捕。田波阳宁死不屈，敌人便将陈昌甫左手五个指头钉上竹签，想让她用右手代替田波阳在自悔书上签字。陈昌甫在纸上毅然写下：“我宁可替丈夫死，但决不代替他叛党，共产党员是杀不绝的！”夫妻二人大义凛然，慷慨赴死。

1928年3月，担任中共湖北省委委员的夏明翰，在临刑前饱蘸浓墨，写下了那首流传千古的就义诗：“砍头不要紧，只要主义真。杀了夏明翰，还有后来人。”

夏明翰是湖南衡阳人，衡阳夏家满门忠烈。夏明翰的的四妹夏明衡、五弟夏明震、七弟夏明霹，都在1928年前后为革命捐躯。苍天有眼，夏家真留下了“后来人”。陶铸夫人曾志在弥留之际说出了一个惊天秘密，她的第一任丈夫夏明震牺牲时，曾志怀上了孩子，上井冈山后生下来送给了当地农民石家，取名石来发。这就是夏家的骨肉和“后来人”！

1930 年，湖南军阀何键向关在牢狱里的杨开慧提出，只要宣布同毛泽东脱离夫妻关系即可自由。杨开慧毅然回答：“我死不足惜，唯愿润之革命早日成功！”若干年后，毛泽东对失去自己心爱的“骄杨”，挥毫写下《蝶恋花》这一千古绝唱。除了杨开慧以外，毛泽东一家为中国革命的胜利还牺牲了妹妹毛泽建，弟弟毛泽覃、毛泽民，侄子毛楚雄，儿子毛岸英。

贺龙宗亲有名有姓的烈士有 2050 人，徐海东大将一家为中国革命牺牲了 66 人，其中近亲有 27 人，远亲有 39 人。

坚守信仰，到了不惜生命的境界，这是何等的彻底，何等的纯粹，何等的豪迈?!

有信仰，才有风骨和力量。这正如方志敏英勇就义前写下的——“敌人只能砍下我的头颅，而绝对动摇不了我的信仰！”正如雷锋所感叹的——“假如你是一滴水，是否滋润了一寸土地?”正如焦裕禄所承诺的——“不改变兰考面貌，我决不离开那里。”

时代可以变迁，信仰不可缺位。不能忘记为什么出发，就是要永远坚守崇高的信仰！

（二）

不能忘记为什么出发，是因为领航需要方向和目标。

1921 年 6 月 29 日，一声汽笛划开迷雾，毛泽东、何淑衡乘小火轮从长沙的湘江码头出发，赶往上海参加党的一大。会议在秘密进行中险遭不测，毛泽东与十多位代表一道，辗转登上南湖的“红船”。从此，中国共产党肩负起领航中国革命、建设、改革的伟大使命，从一叶扁舟成长为引领中华民族伟大复兴的东方巨轮。

出发必有方向，领航需要目标。铭记当年为什么出发的缘由，就会在惊涛骇浪面前保持定力，就不会迷失方向和目标。

近百年来，中国共产党乘风领航是有强大定力和远大目标的。从毛泽东时代、邓小平时代到习近平中国特色社会主义新时代，乘风领航的“风”字博大精深，颇耐人寻味。这个“风”，代表着时代的呼唤、力量的凝聚和方向的指引。

——在革命怒潮中领航，“风卷红旗过大关”。以毛泽东为杰出代表的中国共产党人，经过28年浴血奋战，完成了新民主主义革命，建立了中华人民共和国，实现了从几千年的封建专制向人民民主的伟大飞跃。这期间，毛泽东有几次伟大的挥手，都与旗帜有关。

第一次，长沙文化书社挥手。1921年元旦，在新民学会年会上，毛泽东振臂一呼：主义譬如一面旗帜，这个主义就是马克思列宁主义。可以说，党的旗帜的雏形，就这样“挥”出来了。

第二次，文家市挥手。1927年9月20日，浏阳文家市里仁学校操场上，在秋收起义部队向何处去的生死抉择关头，毛泽东大手一挥：上山去！他创造性地提出了“农村包围城市，武装夺取政权”的唯一正确的革命道路。同时，他坚定地把手挥得更高：“军叫工农革命，旗号镰刀斧头”。这一挥，就“挥”出了共产党的军魂和军旗。

第三次，西柏坡挥手。1949年3月23日，中共中央机关离开西柏坡，毛泽东又挥手了：我们进京赶考去！同时告诫全党，牢记“两个务必”，我们绝不当李自成！这一挥手，就登上了天安门城楼，“挥”出了人民共和国的五星红旗。

党旗、军旗、国旗，这就是我们党在革命怒潮中领航的旗帜，这就是“风卷红旗过大关”！

——在建设热潮中领航，“春风杨柳万千条”。新中国成立了，“一唱雄鸡天下白”，亿万人民沉浸在“风景这边独好”的美好蓝图里。

在一穷二白、百废待兴面前，以毛泽东为主要代表的中国共产党人，“立下愚公移山志，敢破万重困难关”，完成了社会主义改造，确立了社会主义基本制度，展开了《论十大关系》的热切深思和建设路径的艰辛探索，建立了相对独立而完整的国民经济体系，成功实现了中国历史上最深刻最伟大的社会变革，为当代中国一切发展进步奠定了根本政治前提、制度基础。特别是各族人民当家做主、空前团结，“两弹一星”横空出世，“一粒种子”改变世界，大江南北洋溢着春风扑面的喜悦。

1958 年 7 月 1 日，毛泽东得知余江县消灭了血吸虫，夜不能寐，欣然命笔，一口气写下两首七律《送瘟神》。他感叹过去，“绿水青山枉自多，华佗无奈小虫何”；讴歌现在，“春风杨柳万千条，六亿神州尽舜尧”。

1959 年 6 月，毛泽东回到阔别 32 年的故乡韶山，不仅抒发了“为有牺牲多壮志，敢教日月换新天”的豪迈情怀，而且描绘了“喜看稻菽千重浪，遍地英雄下夕烟”的幸福生活。

1965 年 5 月，毛泽东重上井冈山，更是情不自禁地赞美：“到处莺歌燕舞，更有潺潺流水，高路入云端。”

当然，在探索过程中，也经历过严重曲折。但正如习近平总书记代表亿万人民的心声所评价的，这艘领航之轮在社会主义革命和建设中取得的独创性理论成果和巨大成就，为在新的历史时期开创中国特色社会主义，提供了宝贵经验、理论准备和物质基础。

——在改革大潮中领航，“东方风来满眼春”。党的十一届三中全会以后，以邓小平为主要代表的中国共产党人，开启了历史转折的新征程，开创了中国特色社会主义的新伟业。

“时间就是金钱，效率就是生命”，这个矗立在深圳蛇口工业园的普通标语牌，得到“一个老人”的肯定，彰显着“改革开放是决定中国命运的关键一招”。从此，中华大地，东风浩荡，处处演绎着“春天的故事”。

改革大潮势不可挡，东方之轮续航前行。以江泽民、胡锦涛为主要代表的中国共产党人，接力奋斗，持续领航，不仅成功地把中国特色社会主义推向二十一世纪，而且成功地在新的历史起点上坚持和发展中国特色社会主义，不断续写改革开放新篇章。

——在筑梦浪潮中领航，“长风破浪会有时”。党的十八大以来，以习近平总书记为核心的党中央运筹改革新棋局，奏响时代最强音，中国特色社会主义进入了新时代。

习近平漫步国家博物馆，感怀中华民族从昨天、今天到明天的复兴之路，发出奋力实现中国梦的伟大号召；登上深圳莲花山，庄严宣示将改革进行到底的决心；走进湘西十八洞村，拉着农民朋友的手，谋划精准扶贫之策；带着政治局常委到党的一大会址和南湖红船瞻仰，重温入党誓词；主导或参与“一带一路”高峰论坛、金砖峰会、G20 峰会等主客场外交，多次发表主旨演讲，一展大国领袖的风采……

筑梦路上，凝聚起磅礴力量；长风破浪，展现出“中国气派”。我们党这艘东方领航之轮，始终锁定目标，把握航向，乘风破浪，砥砺前行，中华民族迎来了从站起来、富起来到强起来的伟大飞跃！

（三）

不能忘记为什么出发，是因为生命需要血脉和根基。

一方面，割断了血脉，生命就会停止。那么，共产党人的血脉哪里？它就在出发的初心里，在红色的经典里，在英烈的忠魂里。

“为了苏维埃，我愿流尽最后一滴血”，这是何淑衡的崇高气节。

“启明，小宝宝！我们就要走向刑场了，唯愿你好好长大成人，且要知道爸爸妈妈是怎样死的。”这是陈觉、赵云霄的最后嘱托。

“为了革命，我们家已经牺牲了嫂嫂、弟弟和妹妹。你盛世才逼我脱党，那是痴心妄想！”这是毛泽民的铮铮铁骨。

……

这，就是共产党人的血脉和红色基因。

历史虚无主义者任意伪造、篡改、歪曲党的历史，贬损党的领袖和英雄形象，其目的就是要割断红色血脉，玷污美好初心，制造思想混乱。如果任由这些兼具反动性、煽动性、欺骗性的历史虚无主义言行蔓延，我们就会愧对成千上万抛头颅、洒热血的英烈，还会忘却为什么出发的初心。

另一方面，失去了根基，参天大树也会枯萎。那么，中国共产党的根基在哪里？就在中华民族的血脉里，在中国人民的沃土里。人民，只有人民，才是我们的根，才是我们的基。

不能忘记为什么出发，就是要坚持以人民为中心。我们的初心、出发点和根本归宿，都要体现人民性。

人民性是具体的。长征经过湖南汝城县沙洲村时，三位女红军借宿在徐解秀老人家中，临行时将自己仅有的一床被子，剪下一半给老人留下了。老人说，什么是共产党？共产党就是自己只有一条被子也要剪下一半给老百姓的人。这“半条被子”的温暖，就是具体可感的人民性。

人民性是纯洁的。带走的是牵挂，留下的是温暖，没有个人的私利，只有公仆的情怀。1961 年，国家主席刘少奇回湘调研，第一站下榻的地方不是招待所，而是王家湾生产队的养猪场，一住就是六天六晚。

人民性是崇高的。赢得的是民心，凝聚的是力量，感动的是上帝。这个上帝就是人民。“暮色苍茫看劲松，乱云飞渡仍从容。”那棵“劲松”为什么“从容”，因为它的根深深地扎在泥土里。

习近平总书记指出：“时代是出卷人，我们是答卷人，而人民是阅卷人。”奋进在新时代的共产党人，只有铭记初心，传承血脉，夯实根基，践行宗旨，才能无愧于先烈，无愧于人民。

（四）

不能忘记为什么出发，是因为使命需要定力和担当。

领航之轮为什么出发？当然是为初心和使命而奋勇出发的，为初心和使命而持续奉献的，为初心和使命而接力奋斗的。

不忘初心，方得始终。正如习近平总书记所指出的：“中国共产党人的初心和使命，就是为中国人民谋幸福，为中华民族谋复兴。这个初心和使命是激励中国共产党人不断前进的根本动力。”

首先，从“四个伟大”来看使命。习近平总书记在十九大报告中，就是从“四个伟大”来论述历史使命的。进行伟大斗争，推进伟大事业，实现伟大梦想，建设伟大工程，这“四个伟大”，紧密联系，相互贯通，相互作用，其中实现中华民族伟大复兴的这一梦想，就是我们的历史使命，而起决定性作用的是党的建设新的伟大工程。

使命是在斗争中实现的。在我们党的历史上，斗争一刻也没有停止过。从外部看，和日本鬼子斗，与蒋介石斗，同“美帝苏修”斗，斗出了人民共和国，斗出了大国地位，斗出了相对和平稳定的外部环境。

从内部看，毛泽东也曾经历过几上几下的磨难。第一次是秋收起义后，毛泽东率部进军井冈山，与临时中央发生分歧，结果被撤销政治局候补委员职务。第二次是红四军内部发生争执，在龙岩召开的红四军第七次党代会上，由于“极端民主化”思潮占上风，毛泽东未能当选前委书记。第三次从赣南会议到长征出发，整整三年内，毛泽东处境十分艰难。1932 年 1 月，在中共苏区中央局会议上，他被批评为“典型的右倾机会主义”，致使他无法主持会议。同年 10 月，宁都会议又解除了他在红军中的领导职务，后来导致了第五次反“围剿”的失败。1965 年，在谈起这段历史时，毛泽东不无感慨地说:“我这个菩萨，过去还灵，后头就不灵了。他们把我这个木菩萨浸泡到粪坑里，再拿出来，搞得臭得很。”然而，他求真务实，敢于斗争，敢于担当。特别是当红军遭受湘江惨败后，他毅然决然挺身而出，力挽狂澜。经过通道转兵、黎平会议、遵义会议的激烈斗争后，毛泽东才得以重新走上党和红军的领导岗位。

当今时代，要牢记历史使命，实现伟大梦想，仍然要进行具有许多新的历史特点的伟大斗争。习近平总书记告诫全党:“要充分认识这场斗争的长期性、复杂性、艰巨性，发扬斗争精神，提高斗争本领，不断夺取伟大斗争的新胜利!”

其次，从“四个自信”来看定力。初心不改，使命不移，靠什么？靠坚强的政治定力。而定力源于自信，这就要求坚定道路、理论、制度、文化自信。

毛泽东等湘籍老一辈革命家历经如此多的磨难，依然痴心为党、竭诚为民，“自信人生两百年，会当击水三千里”，就是心中有定海神针。

这颗定海神针就是信仰和自信。除了马克思列宁主义的坚定信仰等共性因素，特别要剖析具有湖湘特色的文化自信。源远流长的湖湘文化，孕育了忠诚、担当、求是、图强的湖湘精神，也滋养了毛泽东、刘少奇、任弼时等一大批革命家。

“一方水土养一方人”。从岳麓那一座书院，到船山那一间草堂；从汨罗那一条骚江，到岳阳那一座名楼；从周敦颐那一朵莲花，到曾国藩那一部兵法；从魏源那一双慧眼，到谭嗣同那一腔热血等等，无不充分彰显优秀湖湘文化的积淀、传承和迸发。以毛泽东为代表的老一辈革命家，从小就受“心忧天下、敢为人先”的文化浸润，始终把自己的命运与民族的前途紧紧联系在一起，自觉肩负起历史赋予的重任，历经劫难而不息奋斗，饱尝艰辛而斗志更坚。这种坚定的文化自信，伴随他们实现了人生的跨越和情感的升华。

再者，从大事难事来看担当。无论烽火连天的战争年代，还是建设与改革的峥嵘岁月，在大事难事和生死考验面前，真正的共产党人都是攻坚克难、敢于担当的典范。

“我们不但要善于破坏一个旧世界，还要善于建设一个新世界！”这是人民领袖毛泽东的担当。

“我不下油锅，谁下油锅？”这是组织平反冤假错案时胡耀邦的担当。

“誓为苏维埃流尽最后一滴血！”这是断肠英雄、红34师师长陈树湘的担当。

“与其等他们上门，不如主动出击”“我还是那句老话，服从中央决定！”这是党中央艰难做出抗美援朝决策时彭德怀的担当。

“屯垦戍边，稳定新疆！”这是新中国成立初期王震的担当。

“不管前面是地雷阵还是万丈深渊，我都将勇往直前，义无反顾，鞠躬尽瘁，死而后已。”这是共和国总理朱镕基的担当……

担当，是人民的期望，也是改革的需求，更是共产党人的本分。

新时代要有新气象，更要有新作为、新担当。在追梦路上，我们既要敢于担当，又要乐于担当和善于担当。唯有锻造敢于担当的铁肩膀，提振乐于担当的精气神，练就善于担当的真功夫，才能创造性地完成历史使命，让美好梦想一步步变成现实。

抚摸热土潇湘，我深感“不能忘记为什么出发”这句话的分量和温度。

是的，不能忘记为什么出发，就是要坚守出发时的美好初心，谨记出发后的苦难辉煌，铭记出发“赶考”永远在路上的责任担当！

我把《守望初心》从案头带到床头，又从床头带到案头，爱不释手，浮想联翩，这就是我珍爱的家乡——湖南这片热土。

因为，这里是毛泽东、刘少奇、任弼时、彭德怀、贺龙、罗荣桓等老一辈革命家以及殷成福等红军们出发的地方……

张志初

湖南省人民政府参事、中共湖南省委党史研究室原主任、省毛泽东思想研究会会长、省关心下一代工作委员会副主任、全国毛泽东生平思想研究会副会长

2019 年 2 月

序　二

当我再次阅读这本书时，正值座落于桑植县刘家坪乡的中国工农红军第二方面军长征出发地纪念馆开馆之际。1935 年 11 月 19 日，红二方面军从这里出发长征，开国元勋任弼时、萧克上将的子女等一大批红二方面军后代代表和上千群众齐聚纪念馆，致敬革命先驱。展览厅内，大量生动鲜活的史料再现了一条革命之路、奋斗之路。人们深情注目，缓缓移步，似踩合着 83 年前先辈的脚印……瞻仰纪念馆、重读《守望初心》，红色岁月，从未远去；历史风云，扑面而来。

长篇报告文学《守望初心》取材于张家界这块绿色家园、红色土地。作者选取“红色女人”这个崭新独特的视角，拾取无数散落于民间的记忆，追寻湘鄂西、湘鄂川黔革命根据地时期那段艰难困苦、波澜壮阔的光辉岁月，深情缅怀贺龙元帅及无数革命先驱的英雄业绩。这本书的出版、再版，是百万张家界人的幸事，对于传承革命精神，凝聚各方力量，秉承初心，奋勇前行，具有重要意义。

要深刻理解这部作品，必须深入了解贺龙，特别是要了解中国革命几次重大转折中的贺龙。贺龙不怕艰险、百折不挠的性格就是这块土地的性格，他追求真理和正义，一辈子听党指挥、顾全大局的精神就是万千坚定的共产党人和革命先辈的时代精神。

1927 年，“四一二”事变后，大革命转入低潮，“黑云压城城欲摧”，大量共产党人被清算、屠杀，许多人宣布退党、脱党。在极其险恶的环境里，贺龙作出了一生中最重要的选择：他坚定地站在共产党和工农大众一边，毅然率部参加南昌起义，担任起义军总指挥。南昌起义打响了武装反抗国民党反动派的第一枪。这支人民军队初创时期的主要力量，两万一千多将士中就有贺龙从桑植和周边地区带出的近五千子弟。

南昌起义失败后，贺龙跟党走的决心更坚定。经周逸群、谭平山介绍，贺龙加入中国共产党。1928 年初，贺龙回到湘鄂西，创建红二军团和湘鄂西革命根据地。后与任弼时、肖克、王震等带领的红六军团会师，发起湘西攻势，进占桃源，兵围常德，调动了国民党数十万力量扑向湘鄂西，有力地掩护和策应了红一方面军长征突围。

在张国焘分裂党、分裂红军的关键时期，贺龙旗帜鲜明，与朱德、刘伯承、任弼时等一起，同张国焘的分裂行为作坚决的斗争，维护了党的团结，促进两大主力红军一同北上，实现三大主力红军胜利会师。

作家余艳截取南昌起义失败后，贺龙在周恩来的支持下回到家乡重建革命队伍、直到红军长征这段历史，深入老区，采访了上百位老红军、红嫂和他们的后代，历时近四年，终成此书。

《守望初心》分女红军、红嫂两条主线展开。整书充满革命的英雄主义气概。

女红军殷成福，一家八口参加长征，四死两散。在被藏匪冲散落队后，不泄气、不放弃，完成了惊天地泣鬼神的“一个人长征”，最终重回部队。

红嫂陈小妹，身怀六甲，几天几夜在大山里搜寻被敌人残忍杀害的红军丈夫，一块一块捡拾丈夫的碎尸，用被单兜回埋葬。

红嫂余芝姑，数年躲进深山种粮养猪，把三万八千多斤玉米、二千四百多斤腊肉送给红军。六个儿女，全部是她留给红军的“预备兵”。

……

余艳说:“湘西女人，不点头则已，点头应承，就是用头担、用命扛”。

女儿泪、女儿血、女儿情、女儿义——英雄女儿，撼天动地、荡气回肠!

当年湘鄂西、湘鄂川（渝）黔革命根据地先后有二十多万人参加革命;桑植县十来万人口有两万多人跟着贺龙闹革命。他们背后，是无数女人的奉献和牺牲。仅长征后根据地就留下了三千多名红寡妇。漫长的岁月里，她们定格成一帧帧雕塑——含悲、护伤、抚孤、守望。她们是颠沛流离、磨难深重的弱女子，又是顶天立地巾帼不让须眉的女英雄。她们在黑暗苦难的旧中国被唤醒，发现自我，追梦自由和光明;在不确定的大环境、大命运的洪流中苦苦挣扎、奋力抗争。她们哪怕亲人牺牲、家族灭顶，都毫不动摇跟定红军跟定党。

一滴水中可见太阳。余艳的笔下，都是普普通通的小女子，折射出来的却是“听党话、跟党走”的赤胆忠心，“前赴后继、舍生忘死”的英雄气概和“坚贞不屈、血拼到底”的斗争精神。原本在田间灶头平凡生活的女人们就这样自觉担当、光照千秋。

整书亦充满革命的浪漫主义和乐观主义情怀，这从余艳大量引用的桑植民歌中可见一斑。

“桂花开花香喷喷，香过满院香过村。千香万香我不想，单想我郎当红军”。

“从前女儿受熬煎，好像掉在井里边。红军来了世道变，砸断封建铁锁链。”

桑植民歌被列入我国首批非物质文化遗产，有文字记载的就有一万多首。“红歌”是其中的重要组成部分。“红歌”继承了桑植民歌生动传神、韵味独特的特点，真实记录了那个如火如荼的革命年代。人们在田间地头歌唱，在战斗胜利后歌唱，在痛苦彷徨时歌唱，在思念盼望时歌唱。“红歌”是鲜活生命开出的无比美丽的花朵，是宝贵的精神财富。只要歌声在，就有不灭的红色火种和生生不息的革命力量。

上天眷顾，贫瘠苦难的土地上也有这样浓烈的艺术气息。千百年来，人们在这样的气息熏染下，多情、浪漫、乐观、向上，绝境之中亦心存对美的热爱和对光明未来的向往。

刘金香在村子遭反动派洗劫后，从废墟中扒出当时的稀罕物——一面碎了的大镜子，挑选出若干小镜子送给村里的女人们，让她们有了一份小欢喜，日日映照自己的美丽。

翠姑一家四口被反动派杀害，母亲叮嘱翠姑："抓紧生娃儿，使劲多生，拼命多养，要让那些人（反动派）看看，我们是杀不光、死不绝的！"

这样的人民与她们热爱的贺龙如出一辙。贺龙族亲中有名有姓的烈士就达 2050 人，巨大的牺牲和痛苦面前，他始终乐观豁达，坚信革命一定会胜利。

为什么桑植十万人口、两万多人跟着贺龙闹革命？为什么父辈牺牲了、儿子辈又上战场？为什么活着回来的不足一个连，人们却永不言悔？中国革命前赴后继的原动力、驱动力是什么？中国共产党作为一个执政党的合理性在哪里？《守望初心》用鲜活的人物、真实的故事作出了回答：共产党，牢记初心为人民；人民，不变初心跟党走。

我们党把人民的期盼、百姓的呼声化为共产党人的初心，为实现人民翻身作主人不畏牺牲，苦苦求索。千千万万人民群众与我们党骨肉相连、血水交融，坚决听从党、支持党。共产党与人民群众鱼水情深、相濡以沫，使得革命力量不断壮大。红嫂佘芝姑有一句话常挂在嘴边："穷人的命是和共产党领导的红军连在一起的！"前方的将士、后方的人民，挥洒与滋养、拼搏与增援，成就了中国革命最终走向成功。

毛泽东主席说人民是创造历史的动力。几代党和国家领导人都把人民高高托举。习近平总书记说："党的根基在人民、血脉在人民、力量在人民"。历史这面镜子深深地告诫我们，我党之所以能成为第一大党，就是因为赢得了民心；离开人民，将一事无成。当年的斗争、今天的改革开放、实现中华民族伟大复兴的中国梦莫不如此。

"百年红色史、平民英雄诗"，感谢余艳捧出心血之作。她深入挖掘，生动细腻表达，情景相融，叙议相衬，或与角色融为一体，或跃于故事之上，进进出出，喜悦、愤怒、悲伤、战栗、柔情百转，尽在字里行间。余艳以一个作家强烈的社会责任感和对张家界这块土地的深情厚意，为我们抢救出很多宝贵的历史记忆，也将自己写进了历史。

《守望初心》洗涤灵魂，提升境界，同时也完成历史与现实的打通。以一颗初心追寻先辈的初心，彰显信念与使命，传承责任与担当，照亮现实的路、前行的路。

令人欣慰的是，如今这块无数革命先烈用热血浸染的红色土地，在一代又一代人的共同努力下，已经发生了翻天覆地的变化。张家界目前虽然还属贫困地区，但贫困发生率已由 2014 年的 21.8% 下降到 2018 年的 2.17%，脱贫摘帽指日可待；这里已经成为了国内外知名的旅游胜地，年游客接待量超过 8000 万人次；交通从公路、铁路到机场，再升级到高速公路、国际机场，不久还将开通高铁；大中小学书声琅琅；民生福祉不断增进；城乡面貌焕然一新……英雄若有知，九泉当含笑！

此番搁笔之时，朝霞红遍东方，美丽的张家界沐浴在金色的阳光里，让人心生安宁和幸福。大地是静默的，我却真实地感受到了大地深处蓬勃的脉动，这种脉动从遥远的年代延绵至今，从未停息。新的时代，它必将孕育新的希望，迎来更加辉煌的未来。

刘绍建

湖南省张家界市委副书记

2019 年 2 月

目录

CONTENTS

书 引——

回 家

1973 年 9 月 13 日的湘西大庸，城北半山腰上一座普通民房，细雨后清新安宁，绿树掩映更显幽静。

84 岁的老红军殷成福躺在床上，气喘吁吁却异常清醒。她望着一大屋子儿孙，似乎知道，走过万水千山的长征，她挺过来了，此时却将魂归异处。儿孙们也知道，哼了一个月红歌的老人，到安静的时候，是该最后交代了。

“仗咋个还没打完呢？我那俩女娃哦，该回来了。”顺了好大一口气，老人再说，“要不，是我要见她们了？”殷成福把大儿子侯清芝叫到床前，音不高却异常清晰：“这段时间，我越来越觉得，我那大孙子还活着！在藏人那里，他眼巴巴地望啊盼啊，几十年了，一个孩子盼成了老人。就盼他的父亲和亲人们去接他，接他回家。”

也是老红军、枪林弹雨都不眨眼的汉子侯清芝，此时，双手捂脸，泪水顺着指缝流，一家的子孙也都泪水涟涟守候着老人。

“清芝，你要接着找，孙儿们也要找。他是……是侯家的骨血，是红军的血脉。要是找到了，把他带到我坟前来。”

到了 1987 年。

元旦刚过的一个有月亮的晚上，侯清芝直挺着腰坐在儿子房间，郑重其事地说："德永啊！记得奶奶去世时那双期盼的眼睛吧？雪山、草地留下了侯家的骨肉亲人，要团圆啊。有一天有了你那哥哥或姐姐的消息，一定要去找。你要告诉他，爸爸生前一直找他们母子，只是没有找到。"

一个月后，侯清芝突发脑溢血。病榻上，戎马半生的红军老战士生命烛光即将熄灭，可他居然跟他的母亲殷成福一样，望着窗外的夕阳，痴痴地不能瞑目。时而吃力地抬手指西北方向，时而断断续续嚅动嘴唇，却说不出话。最后，那双眼睛追着大儿子侯德永，直直地看着，两颗老泪挂在眼角，久久不坠。等到儿子俯下身对着他耳旁说："爸爸，你放心吧，你交代的事我记住了。"

侯清芝这才落下最后一口气。但那双眼睛，始终没有闭上……

又过了 17 年，到 2004 年的一天。

中央电视台播出个节目，四川阿坝藏族羌族自治州红原县瓦切乡，一个藏名叫罗尔伍、汉名叫侯德明的流散老红军在寻找他湖南大庸的亲人……

在殷成福家，一下如平湖上从天而降巨大而沉重的石头，侯家三代人的守候、等待、思念、盼望，全在这消息来临时，集成狂飙巨浪。

赴四川红原的八人寻亲团，分坐在一辆商务车、两辆三菱越野车上。76 岁的侯宗元（九幺儿），这个亲历长征唯一活着的侯家人，亲自挂帅寻亲团，出征。从大庸出发，经龙山、来凤、咸丰、黔江、彭水、武隆等地，再经成都、都江堰、理县，最后到红原，共经四省二十多个县市。其中大多路段是当年红军走过的，一家人来了个重走长征路。

一直与侯家联络的罗尔伍的儿媳、在红原县电视台工作的阿尔基，接到寻亲团时就讲述，念了几十年亲人的公公，不会汉话，更不懂汉文。直到她过门后，才发出寻亲启事。

离红原县城四十多公里一栋红瓦青砖的房院前，一行人见到了早在屋前迎候的罗尔伍。他身穿藏服，手捧哈达，满脸慈祥，笑吟吟地站在门口等着，两个小孙女跳起欢快的藏族迎客舞。

让人始料不及的是，阿尔基还没开口翻译，老人突然清晰地念叨出“湖南”“大庸”“侯德明”。阿尔基说，那是儿时收养他的喇嘛教他的七个字，他从一个孩子念到一个老人，几乎念了七十年！

罗尔伍，也就是侯德明的神秘身世，在阿尔基的翻译下，一层层被揭开：

我从小就没见过父母。我是跟寺庙里的罗巴喇嘛长大的。我母亲把我生下后不久，就和姑姑走了。谁也不知道她们去了哪里。母亲走的时候对罗巴喇嘛说，她和姑姑都是红军。罗巴喇嘛要母亲给我取个名字。母亲说，孩子的父亲姓侯，德字辈，就叫他侯德明吧。

罗巴喇嘛告诉我，母亲和姑姑，还有其他几位女红军，当初都是土匪抢来的。土匪把她们带到一个湖边，喊来几位有钱人向他们出卖。从那里过路的罗巴喇嘛看母亲怀有身孕，便出钱买下了母亲。母亲在寺庙里生下了我……

阿妈临走时说，假如，她们今后不能回来接我，只要来人是大庸人，一定是我的亲人……

说到这，侯德明起身从一个旧木箱底下翻出一个小布包，放在手心里一层层打开。一屋人齐刷刷的眼神盯过去。出现的是一个孩子的颈下兜，最显眼的是那颗红五星，依然保持着历久的鲜亮。

“德明啊……我的侄……”78岁的侯宗元顷刻间泪如泉涌，他奔上前一把抱住这位“藏族老人”，哽咽着，好一会儿才说出一句话，“总算……总算找到了哇……”

他接过红星兜兜，记忆穿越七十年的时光隧道，遥远的回声清晰传来——

“妈，给这上面再贴个红五星……”

“好，我们全家都当红军，等你那小侄侄戴上它，也成小小红军了。”

“来，试试，好看不？”

“我才不戴，我都是红军了！”

当年说“我都是红军了”的侯宗元，此时泣不成声。他颤抖的双手捧着七十年前的见证，也捧着一串串掉落的泪滴。此时，小房间里早已哭声一片。一段不凡与传奇，和着古老的湘西民俗，再民谣般优美地飘来母亲殷成福当年的声音：

小孩儿戴上这个，就像拴牛样地被拴住了，不会轻易丢失。即使走失，也能自己找回家……

2005年4月20日，春暖花开的时节。

从四川红原出发的几辆小汽车和一辆双排座客车在高原的公路上向南疾驰，这是从张家界前来接侯德明回乡的接亲团和红原县护送他归乡的车队。

侯德明终于踏上了回湖南大庸的故乡之旅，他的心情抑郁而又沉重。

其实阿妈从一开始就相信姑姑一定会来找她。姑姑被卖到什么地方，她不知道，也找不到。但姑姑能找到她，会来寺庙找她。

阿妈生下我，就成活佛家的人。一边哺乳，一边外出放牧。听原来的老人说，她学会了挤牛奶、打酥油、煮奶茶，藏语也讲得十分流利。我长到一岁多，姑姑找来了。阿妈和姑姑是在我睡着以后悄悄走的，她们身着藏服到很远很远的北方，找红军找亲人去了。临走时，一张纸条把我托付给活佛的家人……

我小时候一直给土司家放羊，光身子穿着羊皮藏袍，腰里别一根打狗铁棒，赤脚在草地上奔来跑去。长大成人后，土司见我忠厚老实，手脚勤快，会理财管家过日子，就招我为上门女婿。婚后，我们生有两儿两女……六十多年过去了，盼星星盼月亮盼阿妈和姑姑能回来，到我满头白发，也没有一点儿消息。

但我记住了罗巴喇嘛一再嘱咐我的：“你要把自己身世记住。记住了，

| 侯宗元（左）、侯德明（右）叔侄俩七十年后相聚大庸

它就会像血一样流在你的身上，今后不管走到哪里，你都不会忘记来路和归途。”

可是，阿妈和姑姑到底去了哪里？

瓦切乡、红原，寻亲团一路向南。走在这条母亲和姑姑，还有奶奶殷成福当年一个人穿越茫茫草地、一路乞讨追赶部队的路上，侯德明尽管身体不适，但两眼一直望着窗外。突然，老人一声喊，阿尔基翻译：“停车！”

这是查子梁子山垭口。“如果从红原出来一直往北，这里是阿妈、姑姑和奶奶当年找队伍的必经之路。转经，再带她们回家！”

“对，我们祭奠，带她们回家。”众亲人在同一个点上有了心灵感应。一路上，茫茫高原一晃而过的每一垄土丘，都感觉像姑嫂俩最后的栖居地；一路上，大家越发深深怀念我们湖湘的好儿女，他们魂留异乡，我们得招他们回家。

再看这地势险要的查子梁子山垭口——

它是长江黄河支流分水岭，海拔 4800 多米，远眺的河流一分为二，南北分流，向南流入长江，向北进入黄河。它是进入方圆数百公里茫茫草原的最后一个山岭门户。

附近不远有一大峡谷，一侧雪山巍峨、银装素裹，宛若仙女披上洁白的羽衣；另一侧则灌木葱茏、百花溢香、生机盎然。纯净的雪山冰川融化成一条清澈的谷间山溪——这么美的地方，谁会想到，雪崩和山洪能随时发生！

修川藏铁路的这一段，气候恶劣、地质条件差、施工难度大。冬春季节气温很低，寒风凛冽，七八月份天气才稍微转暖。眼看美丽的云彩飘过来，却不是雨雪就是冰雹！

七十多年前，两个湘妹子也许就在这里，带着她们的初心和梦想，握着一份执着，再带上本能的辣劲，义无反顾、勇往直前。雪崩山洪中，她们化作一缕香魂；雨雪冰雹间，她们还在遥望着队伍……

车停下、人肃穆。没有坟可跪拜，酹者、拜者、哭者皆是。跪着，自然伸手为“墓”除草添土；合掌，权当亲人就在膝前。纸钱燃膝头，一刀刀纸幻化了，祭奠亲人的在天之灵；一串串泪水洒下了，那是告慰两位亲人，从此，不再做大漠荒原的孤魂。

“阿妈，姑姑，我们接你俩回家！”侯德明老人手摇转经筒，嘴里像对亲人念念有词：

这些年，我的年岁一天天大了，对家乡对亲人的思念一天更比一天强烈……我虽成了地道的藏民，但我时刻都记着，我是大庸人。我身上什么都可以改变，但流着的血不会改变！

突然，一阵风卷乌云，下雨了——老天垂泪啊。再极目远望，大雨欲来，查子梁子山垭口的深处，留下的何止是侯家的亲人？那些喋血黄沙的湘妹子、铮铮铁骨的好男儿，他们远离三湘四水，忠骨却留在四野八方。他们或深陷沼泽，眼望天空；或冲锋陷阵，血染荒原。原野之上，有他们山一般不死的精神；雪峰之间，更多的英魂却思念故乡。眼望家乡和父母妻儿，他们睁着永远无法闭上的思念之眸，成为大漠雪山上缕缕无名忠魂。

此时，仿佛就要风吼雨啸，抑或马上就山崩地裂！喊魂、招魂，湖湘的好儿女们，我们来了，祈愿天堂在上，我们导引忠魂；祈愿再不孤独，灵魂安宁一路回家。

跪着的，站起了；站起的，整队了。侯家的两排亲人，将最后的几沓香纸化作串串黑红蝴蝶飞向旷野，招呼着浩浩荡荡站起的一地英雄！一句句泣血扼腕的呼唤，集合山口凛冽的嘶鸣；一句句揪心扯肺的呐喊，汇聚成峡谷的虎啸狼嚎。一起啊，化作雷霆万钧的招魂和声——

“回家啦，回来哟……”

“回来哟，回家啦……”

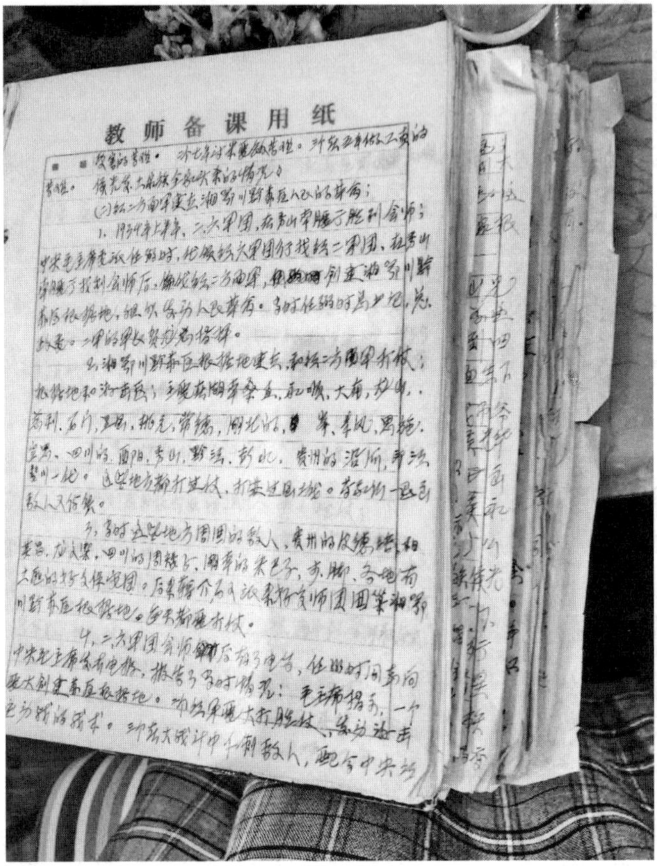

教师备课用纸

| 侯清芝回忆录部分手稿

第一章 觉 醒

高山高岭起红云，湘鄂川黔蛟龙腾；
龙头就是共产党，龙身就是贺龙军。
——桑植民歌《蛟龙腾》

这是红军陈家河胜仗后的第三个上午，说是开大会，土家族农妇殷成福是弄不明白的。整天下地、做饭、砍柴、喂猪一应全包，不是女儿幺妹拖着拽着非拉着她来，哪得空儿来看这热闹哟。

那天太阳亮亮的，暖暖的。在临时搭起的台子上，殷成福最先看到台上挂着那面鲜艳的红旗。这旗她认得，前晌大儿子侯清芝问她："晓得红旗上那图是啥子不?"她看了看说："咋个像把割禾的镰刀。"

"那另一个呢?"

"——就是个锤头，还问啥子嘛。"

"有眼水，你老猜对了！告诉你咯，那锤头镰刀是代表工农呢。镰刀是我们的，锤头是工人老大哥的……为啥叫工农红军，就是这么来的。"

儿子的兴奋并没澄清殷成福一脑袋的糨糊：为啥子把这土工具挂到旗

帜上，还扛着到处走？搞是搞不懂，但有一点她明白：这旗，看着想着都特别近、格外亲。

第 1 节　红军是我们的观音菩萨

1934 年 11 日 26 日这个日子，给旧时的大庸城平添了一笔骄傲，也是 45 岁的殷成福参军的日子。

大清早，零零星星的炮仗是慢慢连成片的。顷刻间，喧天锣鼓，传统花灯、龙灯、狮子灯都舞起来。天地像一个兴奋起来的巨人，一下鲜活起来，闹腾起来。满街都是扎着红布条的年轻人，他们肩头和腰间别着长短“家伙”，脸上洋溢的全是喜气和压不住往外冒的生气。城里的，近郊的，还有像殷成福家这样的乡下的，都来了，全都挺起胸脯，成群成片地排着队，那个高兴哟，让阴冷的早晨莫名地温暖起来，还含着尝得到的甜蜜。大人，个个像孩子。孩子哟，个个像大人……

就是这天，殷成福认识了有镰刀锤头的旗。又因这面旗的亲近感，儿子结婚，她比照那旗帜的红，在赶制孙儿的兜兜上，围了旗一样的红边边。湘西民俗中，围在孩儿下巴下的兜兜，既接涎水又是装饰。记得那天，小儿子九幺儿（侯宗元）拿着结实好看的兜兜看来看去，殷成福就说：“这兜兜还有一层深意，小孩儿戴上这个，就像拴牛样地被拴住了，不会轻易走丢。即使走丢，也能自己找回家。”

“妈，给这上面再贴个红五星……”七岁娃儿的一句话，让殷成福笑了。

“好，我们全家都当红军，等你那小侄侄戴上它，也成小小红军了。”

九幺儿就在妈妈装满碎布线头的大筐里，找了块裁旗剩下的边角红布，殷成福三下两下就剪了个红五星缝上。一会儿，她试着把小兜兜戴在九幺儿脖子上比画，刚说：“来，试试，好看不？”九幺儿一把扯下：“我才不戴，我都是红军了！”

都说湘女多情，湘西女人却貌似很“绝情”。她们喜欢把家里的男人往山外赶。谁家的男人若窝在家里不出门、不远行，就会被人视为没出息、窝囊废。像那句民谣说得好：

不怕女人长得乖，只在火坑歪；
不怕男儿长得丑，要在四方走。

很早很早以前，大山里最宽的一条道，是通往山外的骡子道。听湘西的文化人说，那条骡子道像云南人的茶马古道，大唐王朝的丝绸之路。年年代代，湘西男人习惯了远行，也让他们的女人习惯了等待。

然而，仿佛一梦之间，喜欢把男人往山外赶的女人，突然不再把男人往骡子道上赶。她们突然发现，有一条新道比骡子道更有奔头。

新道是家乡一个了不起的人走出来的。

桑植有个贺文常，不怕虎来不怕狼。
两把菜刀砍盐局，拉起队伍帮穷人。

贺文常就是后来的开国元帅贺龙。这首桑植民歌在山中四处传唱时，人称贺胡子、贺常儿、贺文常的他已是中国工农红军红二、六军团的总指挥。与这首民歌同时流传的，是很多关于他的传说。比传说更真实可信的，是集中在大庸城北的红军队伍。队伍上里大多是从贺老总的家乡桑植那一带走出来的乡里乡亲。

殷成福与其他女人一样，在红军队伍周围，闪着一双乌黑发亮的眼睛。她们从自己的脚下看到了人生的另一条路。那条永远走不完的骡子道，曾经让桑植男人别无选择。现在，她们看准了红旗指引的这条道会越走越宽。关键是，男人能走，女人也能去——走出去改变命运！旗帜上的镰刀锤头，连着她们未来的美好希望。走，跟着旗帜，跟着红五星，与队伍和男人一起出山。

可出桑植大山，历年历代都不容易。

坐落在武陵山脉腹地的这个地方，九山半水半分田的自然条件考验着人们的生存智慧，磨炼着他们的胆气。说是九山，其实是大大小小 10426 个山头。说是半水半分田，也就是这些山头大小泉眼汇成涓涓不息的 410 条溪流，最后在山脚变成两条长长的玉带——澧水和酉水。

两条水系七弯八拐地奔长江去了，越走越宽的路，让充满向往的人们，形成一条知情重义的行为定律："山是男儿的精血，水是女儿的贞烈。"又是这荡气回肠的气血，滋润 3474 平方公里的土地，妩媚了一山山的绿、一地地的黄。

湘西北的桑植，距长沙 390 公里，距南昌 730 公里，距延安 1314 公里，距北京 1635 公里，这些距离，他们都一步步量过。这个量，不是一般的量，是用情用义、用血用泪，用一队队亲族人的生命量的。他们跟着贺胡子，跟着共产党走出桑植，走遍中国。

到了 1935 年这个收获的季节。

麻雀儿在绿绿的枝头叽叽喳喳地叫，夹着凉意的秋风轻轻掠过田野，路旁的田地里，一地金灿灿的稻谷熟透了，又像春天里油菜花一般盛开着，蝴蝶忽高忽低在花丛中飞来飞去，好生漂亮哦。

革命局势却在这前后急剧变化。湘鄂川黔革命根据地的迅速发展，吓坏了蒋介石。他东拼西凑集中了十三个城市五个旅，加上湖南、湖北两省的一些补充团和保安团，对红二、六军团开始了大规模的围攻，企图一举歼灭这支壮大的革命力量。

整个红二、六军团才两万多人，敌我兵力相差十倍，武器就更不能比了，形势非常严峻。敌人要来硬的，我们偏不和他硬拼，贺龙总指挥、任弼时政委根据党中央积极防御的原则，决定利用广阔的游击区域，最大限度地集中主力，抓住敌人弱点，在敌人移动中，选择有利时机进行坚决突击，歼灭敌人。

殷成福全家要出山、要远行，却并不知道这在我军史上叫"策应"。

越往后，仗打得越频，国民党军的意图十分明确，他们准备用原湘鄂两省“剿赤”军队，再以大庸、永顺、龙山、来凤、鹤峰、走马坪为前沿的阵地上筑垒固守，对红二、六军团所占据的根据地，从南、西、北三个方向限制其行动，以新调来的26军樊嵩甫纵队和汤恩伯纵队为进攻部队，从津市、澧州及以北地区“由东向西交付逐段助力推进”，企图将红二、六军团进一步压缩和聚歼于龙山、永顺和桑植之间。此外，敌人调了102师，在利川、宜昌作为预备队，陈诚以老将的身份坐镇指挥，看上去湘鄂川黔已是风丝不透，别说千军万马，就是一只鹰也别想轻易飞脱。

进入这年的11月，红二、六军团决定退出湘鄂川黔根据地并进行战略转移。最后定下19日从桑植刘家坪、瑞塔铺分别突围。

殷成福一家就是这时候被特批——全家全部出征。

其实早两个月，英子告诉福婶殷成福，红军要撤离远征，除青壮年的红军战士外，他们老两口连同幺妹等都被收进了遣散离队的名单。

“我们留不得哟，你们也走不得。红军是我们的观音菩萨，红军来了我们就有好日子。红军一走，国民党卷土重来，我们家，哎哟，那些地主土豪回来，还不先拉我们剥皮抽筋……”殷成福拉着英子的手，战战兢兢流着泪，哭求着。

殷成福是从认识英子那天开始，进入的新天地。最初，她可不知道英子是大官的“家里人”，军政治委员任弼时的堂客（湖南话“妻子”）。其实，做机要秘书，陈琮英难得有机会出来。那次，她是跟组织部的李贞争取，想走出办公室到“扩红”一线感受热烈的场景。就那天，殷成福走进来了，不由自主地卷进了那股巨大的洪流。

人山人海的“扩红”现场，女儿幺妹参军了。殷成福转悠了好几圈，突然站定在一个亲切的女红军面前，小心翼翼地问：“参军，你们嫌我老不？”

回话的是陈琮英。她先一愣，反问：“你……参军？在家带孙子，享享清福多好。”殷成福吞吞吐吐地说：“我家娃儿都是红军，剩我一个老太婆守空屋做啥子嘛。孙子现在还没得，我跟他们去，孙子生在哪儿，我就带到哪儿……”

“哈哈哈……”殷成福的话引来一阵哄笑，陈琮英出来解围：“大家别笑，这才是‘扩红’的好典型。一家人全去当红军，唯一的自己也不恋家。别以为她只是给儿女当‘后勤部长’，那也是支持红军、力挺革命。好样的！”

从那时起，殷成福认识了陈琮英，被她“福婶”“福婶”地叫出好福气，也依了她。殷成福也“英子”“英子”地越叫越亲。其实，殷成福她很快就知道了英子的身份，却也没把她当大人物，没记住她啥子高贵身份，就像见到红军那么亲、那么近，一点不生疏，反倒成了可依赖的，嗯，像娘家人。

事实上，在后来的日子里，殷成福没少给这个娘家人添麻烦。

桑植女人接近了红军，接近了红军中有文化、懂革命的女领导，让她们知道了女人还有另一种活法。队伍中那些了不起的女首长，偏偏又是那样平易近人，亲切得就像她们的姐妹。像英子、李贞、蹇先任，都是。

红军“扩红”之后，那条曾经热闹的骡子道，很少再见到赶着骡子出山的男人。那帽子上顶着红五星的队伍，把他们的人生引向了另外一条道。同时也让他们身后的女人多了一个很有韵味的称谓：红军嫂。

只是，殷成福自己也没想到，她走了和其他家乡女人完全不同的一条道。

自那天见到英子，老两口开始吃不下、睡不安，整夜整夜合不上眼，一致认为要跟定红军一起走。老太婆说得简单：悄悄跟在后面，他们走哪儿，我们跟哪儿。红军只打反动派，不会把我们打回来。老嗨（湘西女人称丈夫）侯昌仟愁苦着脸：“红军有纪律，你不知道？再说，你只想你过好日子，队伍远征挑精兵强将是对的，拖上你们这些婆婆妈妈的，咋个跑快？”

“……反正，我们不能等死。帮红军缝被做衣我跑不脱，你老嗨插标量地，把地主的田地都分了，还乡团回来，头一个开刀的就是你！”其实，一直把眉头拧成麻花样的侯昌仟，他何尝不知道。好半天长叹一口气，吐出一句话：“好日子咋个这么短哟。”

殷成福再带哭腔：“光我俩老家伙都算了，还有几个娃儿呢。”

侯昌仟一双迷茫的眼睛透着绝望，自言自语：“没有红军，又是一家家地死。可是死，也不能那么惨哦。多少红军和家属……”侯昌仟说不下去了。

第2节　特批——侯家全部出征

那些日子，殷成福一家个个忧心忡忡，千头万绪。他们自然怀念起早些时候那些吃糖喝蜜的日子。

大环境是整个湘西的欢天喜地：贺龙的部队与任弼时、萧克、王震的长征先遣队会合后，接连攻占了永顺、大庸、桑植三县。1935年初，红二、六军团根据党中央指示，组成了湘鄂川黔军委分会，钳制了湖南的敌人，策应了中央红军战略转移。

小到殷成福一家，在红二、六军团，在三乡四野，全家当红军成了人人知晓的新闻。两个儿子，一个在工兵连，一个在警卫班，都是响当当的。老嗨侯昌仟当上了城区东北片的土地委员，每天红袖套臂上一别，带领乡友搞土改，没日没夜地给各家各户量田地、插牌牌。那个忙那个尽力哟，乡亲们全竖大拇指，哪有讲闲话的。

殷成福带着女儿侯幺妹在后勤处被服厂做军服、缝绷带，业余时间发动妇女做草鞋、缝米袋。七岁的小儿子九幺儿和一只土黄狗蹦蹦跳跳地跟着，一家人到哪儿都被人笑迎着高看着。殷成福啊，第一回抬头挺胸，觉得自己活得像个人。

又哪里只是她殷成福，大庸的妇女们也相继剪掉经年的长辫子，梳起了革命头；她们扯掉了束缚已久的缠足布，放开裹得变形的小脚；摆脱了童养媳的命运，相继挣脱封建礼教的羁绊；甚至担任起各级的妇女头头，走街串巷宣传革命；她们深入敌后搜集情报，帮助红军救护伤员，反正什么事都做。还满腔热情一路山歌唱着来：

从前女儿受熬煎，好似掉在井里边；
红军来了世道变，砸断封建铁锁链。

跟英子她们熟了，殷成福才明白自己为什么是穷苦根。那日，做社会调查的英子，拿回一串统计数据，顺便说给殷成福听，听得她一愣愣的。

知道地主老财狠不？大庸县八家大地主就霸占了百分之八十的土地，号称“八大家”；永顺县也有“六大家”；桑植县“八大诸侯”，都是有名的大地主。农民租种他们的土地，“倒三七”甚至“倒二八”交租。剩给农民的还有什么？苦累一年流汗流泪还是望光光。借债，然后“利滚利”“筋斗息”下去，春借一担谷，秋还两担粮。穷人家就这样苦瓜树上结黄连，家破人亡去讨饭。

唉哟，可不是嘛，殷成福抢过话。她告诉英子，她家住旋水村，有名的穷窝窝。家家都靠打柴、挖荒山、种苞谷艰难养活。孩他爷 45 岁才娶亲，家穷啊，娶的是邻村的瞎眼寡妇，还带着俩女娃。老嗨侯昌仟是长子，八岁就给地主做长工，后来有了木匠手艺，还是受剥削，娶不起媳妇……

“这不娶了你？”英子想逗她乐。

“嗨，以后跟你说。他哪是娶，是我逃出去把自己送给了他……”殷成福抹着眼泪讲起她的心酸史。

“总也挣不脱的苦根根，是穷得连自己的孩子都养不活。生九个，活活病死饿死五个。儿都是爹娘的心头肉哇，孩子病没钱医，饿没食填，眼睁睁看着一个个活蹦乱跳的孩子走了，哪还有活的心思？可还有四个娃呢……这几年，家里的田地被霸占，大儿子清芝因没看管好匪连长家的牛，差点没被毒打死，女儿幺妹仅仅因为捧喝了地主陈麻子水田里的两口水，就被抓去罚做一年工抵罪；五十多个匪兵又把我家老二清平给抓了。为赎人，我们把十几亩山田和几间茅屋全卖了。人是赎回来了，全家从此背井离乡在永顺、慈利、桃源等地方打‘莲花落’‘三棒鼓’，做了叫花子……”

“直到红军回来，把地主陈麻子抓了，我家幺妹才回了家。这才晓得，共产党、红军是专门来解救我们穷人的。那天，我家老嗨一跺脚——‘关了乡下门，上城去，跟着贺龙干’！”

“如今，侯家苦到了头，是孙猴子从地底下连翻几跟头——上了天。我们分了田地和房屋，那是十二亩水田和一幢大屋，还有属于我们的农具，以前哪敢想。这日子啊，过得比蜜甜了……”

与英子的一席聊，大字不识的殷成福却并不知道，在新中国的历史教科书上，那个时期被称为中国土地革命战争时期，顾名思义是为土地而发动的战争。中国共产党无疑洞察了当时中国国情中最大的国情，就是被少数人占有的众多土地和失去土地的众多农民。都说土地是农民的命根子。没有了命根子的广大农民，他们面对脚下那些并不属于他们的土地，心中自然是五味杂陈，只有忧伤。

当没有土地的农民突然听说，有人要把他们失去的土地夺回来还给他们，还有什么能比这个更让他们为之心动呢？殷成福的丈夫侯昌仟就是群众选出的农民代表，他插标量地，把地主的田地都分给了穷苦人。这可是全部穷人的好日子，像他半年来哼进哼出的“土地歌”，唱的就是这光景：

正月里来是新春，红军发我土地证；
四四方方一张纸，圆圆巴巴碗大个印。
千年土地回了家，田里泥巴喷喷香；
土地黑黑任我种，大田方方等我耕……

捧着芬芳的泥土，发自内心地爱哟，再种上丰收的庄稼，欢天喜地跟党走，跟红军走。红军的队伍因此在这里迅速扩大，据史料记载，在不到两年的时间里，单是桑植县，有两万人先后参加红军。

可眼下一句“遣送回家”，殷成福知道，这是要让全家都离开红军队伍。不行啊，她一不做二不休，带着老小行动了。

这天，在军总部出现的一幕，让后来的李贞将军记了一生——殷成福一家集体请缨。

好家伙，一家老小一大群，把个原本就小的院子挤得满满当当。本是软磨硬缠地要找连长、指导员求情，没想却碰到李贞。侯昌仟首先说：“没有共产党和红军，就没有我一家，如今红军被迫转移，我们决不离开红军，死也要和红军在一起！”

殷成福拨开丈夫抢上前:“我们一家人，老头儿是筹粮队队长，他路子熟，粮草先行是队伍要紧事。我们几个女人家都在被服队做缝纫一年了，军装粮袋、绑带鞋袜做得烂熟，也是部队缺不得的。一家子就九幺儿需要照顾，老嗨管，背也背他到底。我和幺妹身强力壮，都可以跑长路决不拖后腿。我们家哪个掉了队都不要部队管；我们受伤、被打死，也不要部队招呼和收埋!”

16岁的幺妹也是吃了秤砣铁了心:“莫不准我走，我死也不离开红军。你们走到哪里，我就跟到哪里。”

最逗乐的是九幺儿，突然蹦出一句稚气童音:“生是红军的人，死做红军的鬼。”两句口号让七岁孩子生背下来，显然是一出精心排练的“戏”，还在家里多次“演出”过。

李贞感动了，这个军组织部长向贺龙汇报时，感慨着说:“多好的群众，他们从前拿性命帮红军、护革命，如今认定红军，全家去闯枪林弹雨。革命不就是有这些人民群众支持和参与，才有无穷的后劲，才有力量的源泉！如果党是天上的启明星，人民群众就是养育我们的土地，肥沃的大地!”

贺龙也动情地不断点头，当场一锤定音，特批——侯家全部出征!

还担心未来儿媳大梅，得让他们小夫妻一起走。殷成福就和老嗨定下:走前给儿子办喜事，红喜事开道。湘西的风俗也叫——冲喜。

其实，自四月底以来，殷成福所在的被服厂，天天都把陈家河、桃子溪的两大胜仗渲染成巨大的喜事，挂在嘴边上。那仗打得解气哟，蒋介石从北方调来一个纵队基本被消灭，俘敌二百多人，缴获的战利品都堆成山了。她家两个儿子都参战、立功。大儿子侯清芝被提拔当连长。贺老总整天喊在嘴边“猴娃，备马”，喊的就是她二儿子侯清平，也提拔成警卫班班长了。

殷成福一家喜事连连，都成新闻人物了。乘势把大儿子的喜事办了，那是土家人的喜上加喜，也除去殷成福一块心病。大梅这孩子可怜，娘家没亲人了。父亲当红军，母亲和哥哥遭敌人杀害。偏偏半年前的一场战斗，她父亲连中四弹，抬回来已经不行了。老嗨侯昌仟是他的老庚，拉着女儿的手交代老庚说“当女儿、儿媳都行”，托付给侯家，就咽气了……后来，侯家真接大梅来家当女儿待，大儿清芝还就喜欢上了这姑娘，一来二去两人就好上了。全家长征前把他们的事办了，省了一个大牵挂。

殷成福后来很多年都记得，那是八月的一天，儿子结婚前，老嗨带她请红军首长，贺龙爽朗地笑着，好哇，红军要打好仗，也要多办喜事，还要办得热热闹闹。再转身对身边的女红军说：“李贞，你就做主婚人吧！”

“行啊！”说话间，李贞一头精干的短发出场。殷成福后来知道，这个爽爽快快整天忙活的红军干部，年纪不大，革命资历长，16 岁参加红军，又有文化，在军团女同志中是个核心。不论年纪比她大比她小的，都尊称她“贞姐”。

结婚那天那个红火哟，满天像盖了面大红旗，红了一个天！贺老总来啦，贞姐主婚，侯家那屋哟，只差没被笑声喜气掀翻了！

记得，李贞和姐妹们把一个眉清目秀的姑娘推到贺老总面前，他故意问：“看来，这是新娘子咯？”红着脸的侯清芝马上接话，她叫刘大梅，家里没亲人了。说完他碰碰姑娘的胳膊：“你老说有话跟贺老总说，说嘛，老总就在眼前呢。”

大梅羞涩地低着头，不敢看大名鼎鼎的贺老总，卷弄着衣角，却说不出话。贺老总笑了：“清芝，你就别为难妹子了，我来替她说。是想当红军，跟着清芝走，对不对？”大梅这下抬起头，使劲向贺老总点点头。只听得他朝身后洪钟般的声音：“李部长，你说呢？”

李贞爽快地接话：“我准了，就让她跟着婆婆在被服队吧，有个照应。”贺老总哈哈大笑，甩甩大烟斗说：“你看，部长都安排好了，我还说啥子嘛。”大梅睁一双泪盈盈的大眼睛，感动得哭了。当下就要给首长下跪，贺老总忙扶起她，连连说：“妹子，到了红军队伍里，我们所有的同志都是你的亲人。”转脸故作严肃地对侯清芝：“以后，可不许欺负人家。”侯清芝双脚一并，挺起胸脯就是一个军礼：“报告总指挥，我……我哪敢啊！”一句话，贺老总笑了，大梅笑了，在场所有的人都笑了。新人并肩给贺老总和其他红军战士深深鞠躬，简单的婚礼进入高潮。

晚上，侯昌仟的老弟侯昌贵带着手下的一帮红军哥去闹新房，教七岁的九幺儿唱了首调皮山歌：

月亮亮光光，兄弟耳朵长；
哥哥一上床，嫂嫂把歌唱。

殷成福一听，揪住小儿的耳朵问："九幺儿，谁教你唱的？""是红军哥啊！"九幺儿不知做错了什么，却引起满屋的哄堂大笑。

湘西土家风俗，洞房越闹越兴旺。笑得合不拢嘴的殷成福，让外屋一波波的人闹去，她躲到里屋，看小山般堆着的贺礼，都是乡亲们送来山里地里的土特产，鸡蛋、腊肉、糍粑，全被各色"红"喜帕盖着，橘红、玫红、大红、粉红，欢欢喜喜地挤挨、搂抱在一起，侯家的大孙子呀，不久就会到！

再把一堆红绸布捏在一起，就是一朵巨大的彩色花，她不由得甩着、晃着，手中魔术般地变成一个个兜兜：小的是涎水兜，大的做围肚兜，鲜艳艳、红灿灿，都是招孙纳贵的。多好的日子哟，小孙孙，你可得快点赶上来。

其实，一场喜庆并没持续多久。大家心里都明白，婚礼一过，他们，还有眼前的一对新人，就得走上异常艰险的征途……后来的李贞将军在回忆录中提及了那场婚礼。其中流露出来的革命英雄主义和乐观主义精神，无疑是中国共产党人在艰难环境中的精神写照。

第 3 节　战利品小棕马一并出征

接下来临到出征，殷成福又得一喜，贺老总送她家一宝贝：小棕马。

陈家河和桃子溪两天打两个大胜仗，红军缴获从未使用过的钢炮两门、电台一部、枪械两千多支。侯昌仟在打扫战场时，发现两大一小三匹马陷在水田的泥泞里，费了好半天周折才带出来。在上交军部时，王震带着老弟侯昌贵迎面走来。真巧，侯家两兄弟都别着红袖章，被院子里的贺老总盯着。王震上前介绍说："两人都当干部，昌贵现在是赤卫队大队长，昌仟也是苏维埃政府的土地委员，在大庸这一带提起'两侯'，谁人不知，哪个不晓？"

贺老总高兴得直打哈哈，"呵呵，好，好。"大烟斗的烟抽得格外顺溜。

问起相关情况，侯昌贵说，到底是湘鄂边的老根据地，群众对贺老总、对红军都有浓厚的感情。扩红动员会散以后，苏维埃同志出面，把几家恶霸地主、土豪劣绅的财产，全分给了贫苦农民。这不，大家喜气洋洋，像过节一样。当场就有三百多人报名参军。

接着，侯昌仟谈了一些诸如城里是怎样开展工商界联合拥护红军的，怎样交代共产党的工商政策，鼓励商贩大胆做买卖；怎样说明红军也是人，打仗需要吃饭穿衣，希望各界量力而行予支持。这不，一次就筹到一千多块大洋。乡村更热闹，斗地主、分田地、烧田契、立界碑，热火朝天样样都抓落实……

贺老总突然看到门口三匹马，侯昌仟说明来意，贺龙笑眯眯夸侯老倌："一次就筹到一千多大洋，你老嗨筹粮饷很有些本事嘛，是个能手。对了，你大儿子，仗打得不错……"

侯昌仟当然不好意思，说自己可没那么大本事，筹粮饷都是工商会的那些进步商人，敬重您贺老总和红军，才掏的腰包。至于那俩猴娃……

贺老总突然像想起什么，直起脖子朝后喊："猴娃，猴娃……"

一个脆生生的小伙子立在眼前，两脚一并腰一挺："报告总指挥……"侯清平看到父亲了，却先向老总领任务。贺老总用大烟斗一副要敲打猴娃的样子："好你个猴娃，老爷子来了，还不去孝敬一下。"贺龙笑着朝马一指，对侯家父子说："这三匹马，小马留给你家用。家里不是还有个六七岁的小娃？后面行军打仗驮着他，还可以放点家当。"

谢谢，谢谢，这战利品小棕马，也能一并出征，好！侯昌仟和在场的所有人都高兴坏了。

喜事一桩接一桩，山里生山里长的殷成福，原本也是银姑、菊姑一样守望的红嫂，可她选择了像男人一样出山，且坚决将一家八口的性命全部搭上——不管生死，跟定红军。她不知中国革命到了生死攸关的时刻，只知道，穷人必须依靠红军，铁下一条心，跟定红军走。转移了，红军就会建根据地，一家人换个地方，和和美美，再过幸福日子。不就是走嘛，像歌里唱的“走过去，是新天地”。不就是爬山越岭嘛，山里人还怕山高岭陡?

可是，殷成福哪里想得到，后边的路，远远不是山高岭陡那么简单。她想过艰难、困苦，却没想过她的家——支离破碎!

出发前的这顿晚饭，殷成福做得格外用心，省下留着过年的湘西腊肉、土家糍粑都弄出来吃了。剩下的食物，包括地里的菜就全荒了吧。红军走了，以后这里怕是连一根嫩草都留不下了。

开吃前，老嗨侯昌仟说话了:“你们幺幺（当地话，小叔子）忙着队伍上的事，一时半会儿不得来，不等了。”他停了停，换一种严肃的语调:“我们明天开始要一直走，记住，跟紧队伍走。老大、老二男娃我不操心了，小心防着枪炮子弹就行。九幺儿跟着我，背我也要把他背到底；幺妹、大梅跟着你们妈，不许掉队！后面的事搞不清，女娃掉队被那些砍脑壳的弄了去，那就惨了……”殷成福在桌下踢丈夫一脚，让他别吓着孩子。侯昌仟没理会，继续说:“万一有闪失，就是一路讨米、一路爬也要找队伍。找到队伍，也才能找到家人。今天这顿饭吃了，下一顿再聚，说不准就在会师的地方建新家了。那时候，一家人谁也不许缺，一定都要在!”

这真是生离死别的一顿饭。也因为一家人再没能聚到家乡的饭桌上，殷成福永远只记得这顿饭香，嘴上念了一辈子，直到1973年临终前都难以忘怀。

但她千百次怪怨老头子乌鸦嘴、刀子口。饭桌上的每一句话，哪是嘱咐，是一刀刀下去全见了血哟——

“一路讨米、一路爬也要找队伍”—— 说准了她老太婆;

小叔子侯昌贵战场上没事，担架连却累得他滚下了雪山;

而老嗨自己，没“防着枪炮子弹”，走了。还把个九幺儿遗落在异地他

| 作者与罗长江（左一）、侯德山（左二）一起研究红军长征路线图

乡……

只有儿媳肚里的孩子，老嗨没说。像躲过一劫，那孩子、那红星兜兜会是什么结局，有怎样的宿命，成了一家八口、祖孙三代跨越七十年巨大的谜！

第二章 抗 争

吆喝一声如炸雷，虎穴龙潭也敢踏。
女儿生在三光下，身死二字何惧它。
——桑植民歌《身死二字何惧它》

同一个时间里，离殷成福所在的大庸城只有十多公里的洪家关，突然一片慌乱。红军马上要撤离的消息，在寒风裹着秋雨的阴冷时节，雪上加霜地寒透了这里的天地山水。

家家都收拾简单的行装，扶老携幼准备去山里“趴壕”。谁让你是贺胡子（桑植一带，也称贺龙为“胡子”）的家乡，一直是敌人泄愤吐仇的地方。血洗几轮、地翻数遍，这里的乡亲没有红军，就是一群惊弓之鸟。

戴桂香，家住洪家关的最高处，院里那棵高大的桂花树下，以往是女人们绣花唱歌、聊天说笑的地方。这天，慌不择路的女人们不约而同聚在这里，做躲逃前的紧急探询和告别。

拖儿带女的长姑、考姑、百灵鸟金香，都集聚桂花树下，就连毛垭的良良嫂也来了。她是来探她家医官。医官丈夫被常哥（贺龙，字文常，毛垭人习惯称他常哥）挑走，医官救了多少伤员，她和孩子就将面临多少灾难。

往哪儿躲呀?

戴桂香说:“官地坪是躲不得了，毛垭、沙田坝早被敌人挖地三尺。珍珍婶你男人、儿子都不在了，你还是‘红属’，大意不得。带上两孙女，你也得往山里躲。芝姑妹妹，你娘目标太大，又才走，你要隐姓埋名往深山里躲……”

这时，洪家关的掌门嫂、贺勋臣的妻子张幺姑说话了:“我屋里那‘冤家’，刀砍盐局到如今，都是贺常儿的左膀右臂。敌人要杀，我们娘儿俩跑不脱，不躲就等着惨死。”张幺姑刚从娘家拖儿带女回来，是接“冤家”的二房一起躲。可是早半年，她发誓在娘家过一辈子，也绝不在夫家与二房一起混。娘屋里是待不住了，那大烟鬼小货，我帮他带走，让他安心去远行。”

大家就向她投去敬佩的目光。

围拢来的有翠姑、定姑、香姑、菊姑，大家都频频点头，那是一致的坚定。

不是巧合，这些名字里大多带“姑”的女人，有着魂系的地域烙印——印着洪家关共同的生命气息：青山绿水的气息，青草野花的气息，民歌悠扬的气息；又固守着一种舍命的坚持：与敌人抗争的坚持，护老呵幼的坚持，永不言败的坚持!

守望，已然是这些女人的宿命，她们认了。像眼前的戴桂香——

新婚三天，丈夫离家去打仗；结婚十年，夫妻相聚不足半年；丈夫牺牲，她决不出门，过继孩子服侍老小……洪家关所在的桑植县，像戴桂香这样的女人太多太多。那时候，桑植两万人参加红军，牺牲了一万多。在牺牲的红军战士身后，丢下的是戴桂香式的三千守望女人。

“我不躲，我家没男人了，只剩几个孤寡女人。那些货，只怕刀都懒得举。”说话的是草鞋嫂，有草鞋师傅之称。人们似乎没记住她的真名，只记得她给红军打的草鞋能堆成山，还教出方圆几里无数打草鞋的徒弟们。红军杀敌跑得快，跟她的好鞋太有关系，敌人能饶得了她？莫说不怕，她家还有两个没出阁的女儿呢。

大家你一言我一语，都疼着草鞋嫂。知道她是丈夫走了，又送儿子。儿子也战死在沙场，就痛死了心。可姐妹们哪能放弃她？

“草鞋嫂，我俩搭个伴，一起往山里走。有青山绿水，就有我们的活路。”说话的菊姑是有名的能干人，她肯帮人，有号召力，一句“女人抱团立成山”，当即得到大家的一致响应。

洪家关的女人们，又一次漫长而艰难的守望，拉开了序幕。

第1节　血色军旗，护夫君永远回家

湘西，桑植，贺龙故乡洪家关。风云际会，地灵人杰。

这是一个山间盆地，群山环抱，秀峰耸峙，小溪蜿蜒，流水潺潺。桑植著名的贺氏家族就聚居盆地中央。周围有泉峪山、枫香山等五条葱茏山脉，宛如五条蟠龙聚首关头，拱卫着这块土地。天龙溪、玉泉溪、鱼鳞溪三条小溪欢快奔流，于此交汇，因而形成“五龙捧圣”“三水绕门”“金线吊葫芦”的大格局。

贺氏家族，族中兄弟叔侄一百余人追随贺龙，其中阵亡82人，被杀害和谋害致死73人，同时还遗下72寡妇含悲抚孤。这不是杜撰，有1995年编撰的《洪家关贺氏族谱》为证：

历来吾族为国家民族而流血捐躯者，加上被反动当局杀害的族中亲人，占迄今为止全族人员总数百分之二十以上。仅文常一家就有七人壮烈牺牲。以一个家族而论，参加革命人数之众，为国为民流血牺牲之多，实可谓世所罕见。人称“军世之家”的洪家关贺氏英烈满门，当受之无愧。七十余遗孀艰辛抚孤，至于成立。至有婆劝媳嫁，然无一移志下堂而去者。一时忠孝守烈，萃于一族，人数之多，亦属旷代少有！

《洪家关贺氏族谱》白纸黑字，有殁夫有遗孤，或独有殁夫地记载了72

寡妇的姓和名。其中的一位师长夫人，她在族谱中的名字叫——戴桂香。

戴桂香的师长丈夫叫贺锦斋，小名叫春生。春生管妻子叫阿香。当年，在等待丈夫归来的日子里，阿香在那永远绣不完的绸缎上，一绣绣到第十年。1928 年 3 月的一天，阿香的春生与常哥等十几位共产党人秘密回来了。

这一天，阿香和几个姐妹在家哼着小调绣着花，就像十年里的任何一天。

桂花开花香喷喷，香过满院香过村。
千香万香我不想，单爱我郎当红军。

这是一首叫《绣花枕》的民间流行小调，阿香爱唱，她常远山远地买来丝线、花针、红黄锦缎，整天绣她的绣花枕头、绣花鞋垫，好送给日后打胜仗回来的红军——自己的情郎春生。

一绣红军工农兵；二绣情哥当红军；
三绣一对鸳鸯枕；四绣妹子连哥心；
五绣荷花莲蓬开；六绣穷人翻了身；
七绣牛郎和织女；八绣中秋月光明……

阿香 16 岁嫁过来，第三天，春生偷偷跟着文常哥走了。春生跟文常，也就是贺龙，是没出五服的堂弟兄，春生管他叫常哥。身边只要叫他常常、文常、常哥的，都是亲人或洪家关的乡亲，亲着呢。

阿香是父辈指腹为婚的，长到 15 岁，水灵灵的是方圆几十里出了名的美人。她和春生两小无猜，她爱他书读得多，肚子里满是文墨，发誓非他不嫁；他爱她心灵手巧，聪慧善良，歌唱得像小河流淌。春生是个诚实人，在结婚前开诚布公地对阿香说，如今世道不太平，我跟常哥出去闯世界，怕是一年半载回不来。

“你一年不回我一年等，两年不回我两年挨。”还未过门的阿香信誓旦旦，让春生心里一热：这不是她经常唱的那首《马桑树儿搭灯台》里的唱词吗？多好的痴情姑娘。

丈夫的走，阿香毫无怨言，一个“等待”成了她认命、不可逃避的承担。阿香知道，这片土地，惯来是男人走，女人守。

只是没想到，他一去就十个春秋；她一等，就是整整十年。

……

离家时，春生只是名卫士，回来时已是常哥的得力干将，国民革命军第20军第1师的师长。南昌起义时，他臂缠白巾，率队冲锋，把起义军的旗帜插上南昌城头。可是，半年前起义失败，共产党领导的第一支武装被打散。受党的指示，他们回到家乡再拉一支农民武装，重整旗鼓，开展湘鄂边红色割据。

春生回来时，阿香看他黑了，瘦了，坚毅的额头有了久经风霜的细密皱纹，像洪家关四周山崖上历经风雨的岩石。春生呢，不想让爱妻担惊受怕，没有告诉她。在过去的十年中，他如何跟着常哥冲锋陷阵，九死一生；他参加了三百多场战斗，看过血流成河的凄凉悲壮……

“我爷爷其实是交代过，他若遇不测，让婆婆改嫁的。”来洪家关，事先就约好了戴桂香的孙子贺建军。贺建军七十岁左右，当过教师，表达能力不错，他说爷爷当年叮嘱婆婆（奶奶）：“如果我战死了，不要难过，再找个人，还要把日子过下去……”可是，婆婆是个太痴情的女子。有次，婆婆说她数着爷爷身上的伤疤就流泪了，她再也不信爷爷骗她的“他早已练成一坨铁，子弹是打不透他的”。没文化的婆婆还说过“如胶似漆”这个词。所以，我是理解婆婆为英雄爷爷坚守这么多年。说到分别十年他们再相见的那个夜晚，婆婆就提过多次……

一个月光如水的夜晚，春生与阿香相拥而眠，丈夫对妻子说：“中国的反动势力太强大了，我们革命，有如鸡蛋碰石头。一批又一批的革命者牺牲了，但杀不光、斩不绝的他们宁死不屈，估计不出二十年，就能在北京或上海庆祝胜利。前提是，要流更多的血、死更多的人。”说到这里，他轻抚伏在怀里的妻子，叮嘱她，如果他战死了，不要难过，一定把日子过下去。阿香流着泪打断他："你不会死，我的春生不会死。无论怎样，这一辈子，我只嫁你这一个男人。如果你死了，我也要等你回来陪你终生……"

春生就怜爱地拥她更紧："别傻哟，我们拿性命战斗，不就是为你们活好些……"

三月的湖南湘西，革命形势也如寒冷潮湿的季节，总是明媚不起来，温暖不到心。当时，留守湘西周边的武装力量，地盘分散、步调不一。中共湘西北特委全力以赴联络各地农民武装，想尽快实现革命大联合。统一番号，公认领袖，在同一面旗帜下战斗。

很快，以贺龙为军长的工农革命军应运而生，绣一面工农革命军军旗成当务之急。

这天，受特委委托，春生拿回裁剪好的一块大红布，长九尺、宽五尺，上面已绘好镰刀、锤头图形和"工农革命军"字样。他一本正经请夫人阿香手工绣制一面大军旗。

阿香知道，这旗要挂在军部门口，还要指挥打仗的。把这么大一个任务交给她，阿香既高兴，又担心。她不识字，怕万一做不好，怎么交差？春生却一脸轻松和自豪："你是常哥亲点的，夸你这位兄弟媳妇的绣工好、手儿巧，远近闻名的绣花能手。要不，我还不敢把这么光荣的任务交给你呢。"

照葫芦画瓢阿香就不惧。那晚，女人飞针走线，丈夫一旁陪着。嫁到贺家来十年了，丈夫常年在外，出生入死、南征北战，夫妻聚少离多，几时都没得这么个温情的夜晚。阿香感受着丈夫注视的目光，聆听着丈夫开心的说笑，脸上红扑扑的，旗帜上都印着她甜甜的笑。

阿香在镰刀锤头上格外用心，她知道常哥、春生现在都是共产党的人，随他们一起来的那个叫周逸群的年轻人，还是什么湘鄂西特委书记，是他们的党代表。听春生说，共产党是穷苦人的党，是跟铁锤、镰刀分不开的，也就是和工农交抱在一起的。他们这一来可了不得，只一个多月，那些穿着草鞋、布鞋或赤着脚板，肩扛铁枪、火铳，手执梭镖、大刀的。干脆，拖着锄头、棍棒的庄稼汉们也来了，足有好几千人吧，就汇聚在将绣好的这面"工农革命军”的旗帜下。常哥是军长，春生是师长，带领着大家……阿香啊，就觉得好欢喜：她嫁了个真男人，她嫁了个大英雄！

阿香也知道，就要举行的桑植起义，常哥和春生一声呐喊，这面旗帜就会引路，然后胜利。湘西、洪家关都会欢天喜地，老百姓哟，没了地主恶霸的欺凌，都唱着山歌幸福着过。

可她更知道，旗帜为啥是红色？那是春生他们用鲜血染上的啊。

记得春生回来的第一个晚上，来不及让丈夫好好抱抱，阿香两手颤颤抖抖地解开丈夫的衣扣，本来含情脉脉的眼眸，被眼前熟悉又陌生的身子惊呆了：这还是她梦中盼了多少回、回味多少次的血肉之躯？这身体怎么会被枪炮咬出十多个伤疤！那道道伤口哟，像饿狼的血口，又像一双双流泪的眼睛，让她不敢看更不忍看。她流着泪轻轻地、轻轻地一个个抚摸着。这是枪眼，这是刀伤，这是弹片咬下的伤痕……像疼在自己身上，嘴里怕怕地絮叨："疼不？多疼啊，疼了多少回，死了多少回哦。呜呜……我不在你身边，怎么疼过来的，呜呜……"

春生一把搂过妻子，贴紧妻子，感受女人的心痛。握着她的手，轻拍着她说："都过来了，上了战场不知道怕，挂了彩不知道疼，十年三百多场战斗，我都锤炼成一坨铁了。放心，能打穿我这坨铁的子弹还没造出来……"

没造出？永远别造出来。阿香边绣军旗，边在心里念着。她知道马上要桑植起义，她不会让春生有一丝察觉她心思“跑题”，要让他轻轻松松去打仗，枪子绕着他过、炮弹到别处落，让我的春生活着。那晚，阿香飞针走线又心里念咒，似乎要把“活着、活着呀”密缝于针脚线纹，又似乎拜托军旗保佑他的春生和众多将士……

春生当然没察觉，他陪着她，是弥补妻子。说笑、讲故事，享受二人世界。外面的见闻，战场上的命数，未来的憧憬都先放放，先拿出我们的军旗。那晚，待到“镰刀锤头”绣好，窗外已是曙光初照。

阿香绣的那面军旗，作为国家记忆中的宝贵物证，在今天桑植洪家关贺龙纪念馆有照片为证。那面军旗是戴桂香在丈夫贺锦斋的指导下，花了三天绣出来的。只是，观者可能不知道，亲手绣出这面旗的纯朴的阿香，曾经为这面旗念了三天“活着，活着呀”的秘咒……

“1928 年 4 月 2 日，湖南著名的四大武装起义之一——桑植起义的枪声打响了。对婆婆阿香来说，这是她有生以来最担惊受怕的一天。”贺建军重点提出来说。记得头天晚上，婆婆给爷爷换上一身干净衣服，又一次摸着他身上那十多处枪眼、刀伤和弹片咬下的印痕，一再嘱咐他要小心、要当心。爷爷说他 17 岁就跟文常哥出去打仗，每次都是枪林中去、火线上回，十年打了三百多场仗。放心，能要他命的子弹还没造出来……

春生走的那几天，阿香心里慌慌的，做事总出错，不是干活挤到手，就是出门绊到脚。后来她干脆就做一件事——站到院坪里，朝县城方向张望。她家房院是洪家关位置最高的，站在家门口都能听到枪炮声。她就白天黑夜地站在风中凭感觉辨别：闷闷的轰炸声，那是土炮；短短的吼叫声，那是火铳……

终于，从县城上空响起几十支火铳齐放的巨响，房前屋后爆发出乡亲们的一片欢呼。那一刻，她的泪水像春天的小溪，从她的美丽俊俏的脸上大颗大颗滚下来，汇聚成欢快的溪水，流淌着……

三天后的一个傍晚，阿香迎着风向坡下跑，长发在天地间逆风飞扬。她看见了，常哥和她的春生，在那面猎猎军旗下，英气勃发地走过来。他们身后是那么多穷苦的庄稼汉，大家高兴着、自豪着，那是打胜仗后的漫天喜气。

桑植起义胜利了，她的春生带着队伍回来了，洪家关的老百姓敲锣打鼓、舞龙舞狮地在村口迎接。可是，阿香看到瘸腿的伤员和抬着的可能活不过来的战士。她又开始害怕，害怕春生他们不久后又要出发。

1928 年 6 月，国民党趁工农革命军还未立稳脚跟，暗地里派了一个旅的兵力向桑植县城和洪家关疯狂反扑。得到情报，常哥贺龙一边带着部队去阻击敌人，一边组织洪家关的乡亲们向大山里转移。常哥在全体族人会上说，洪家关是不能住了，大家必须走。敌人放出话来，凡姓贺的都要杀绝。

也就是从这天起，革命形势恶化，春生带着部队马上要出发。

阿香并不知道她密缝在军旗里的祝福会不会显灵，也不知道这次分别意味着什么，更不知道这天晚上，有可能是他们小夫妻不多的浪漫之夜。他们没有过多的缠绵，她抱着他哭个不止，说了一夜、念了一万遍的是“我不让你走”“我不让你走”。春生呢，知道他的阿香从来不拖后腿，只是紧紧地搂着她，让她时刻感到自己的心跳。同时，他也把一句安慰话念了一万遍“我还会回来的”“我还会回来的”。

六月的清晨，天亮得很早，伴随着慢慢露出的淡淡红霞。当一缕霞红照进窗来，春生说，我要走了。阿香没作声，只是又一轮地往丈夫怀里钻，眼鼻脸全贴着那副血肉之躯。她是在嗅一种气息，她要储存丈夫身体的气息。即使他人不在家，这气息一直弥漫在她的生命里，什么时候都仿若他就在身旁。

他俩好像是心里喊着“一二三”同时松开的手，那不是分开，是剥离，血淋淋的剥离——她像是从他身上扯下的一根肋骨，他像她娇嫩皮肤上生生撕下的一块肉，两人顿时都感到一种撕心裂肺的痛！

湘西不会想到，洪家关更不会想到，就是这个六月，一场接一场的血腥屠杀，让乡亲们的血流成了河，让那片土地染上了旗一样的红，就连两年的稻谷都长出一股血腥味。

阿香跟随公婆一家，和一些乡亲们背井离乡，异地逃难。最长时间就是这次，一家老小在大山洞里躲了整整三年。

三年里，难见太阳和月亮，更不见亲人的音信。哼着他们夫妻改写的《马桑树儿搭灯台》，阿香每天想夫君，便唱起他教的歌。“郎去当兵姐在家，我三五两年不得来……”每唱到这里，她平静了，心里释然了。无论做什么，一到傍晚，所有的动作都变成一个姿势：望。她望啊望，望穿秋水；她站在山岗，望成雕像。

三年的凄苦岁月，阿香靠一幕幕甜蜜回忆滋养，但多灾多难的躲山三年，还是苦不堪言。她跟随小叔贺锦章一家老小，还有翁淑馨、刘彩姑等几位红军家属，先是逃到罗峪，再是躲到莫家台悬崖绝壁腰间的一处岩洞里。

洞内没有井，附近也没有水，只得喝死水凼里的水，那黑绿绿的死水，看得见孑孓在游动。贺锦斋的堂嫂翁淑馨在后来的回忆录中这样写道：

日子一长，大家都长一身毒疮，毒疮糜烂之后流一种黄稠的脓液，洞内满是难闻的腥臭。在饥饿和疾病的摧折下，患上了“鸡蒙眼”即夜盲症，眼睛疼痛、流泪，视力下降。一个个神色枯槁，全都病倒了，如同一条条抛在沙滩上快要落气的鱼，瘫倒在地上，张着嘴，喘着气，等待死神降临。

尽管如此，大家知道就是饿死病死，也比敌人抓了去糟蹋、蹂躏强。贺锦斋、贺锦章的父亲贺星楼是前清秀才，饱学儒士，也是革命的支持者。他给大家打气：“昔日越王勾践卧薪尝胆，十年生聚，十年教训，发愤图强，励精图治，终于打败了吴国。今天我们亡命山林，过着野人般的生活，正是为了明天的胜利啊。”

正是在这种恶劣环境里，阿香常噩梦连连，半夜哭醒。后来，已是阿香婆的她，跟采访她的罗长江说过一个梦：那是一对翅膀，好大的透明的、长在春生身上的翅膀，扑扇扑扇着就到了她面前。他说，阿香，我走后，一定要替我照顾好堂上双亲，今后你会长命百岁的。阿香看到春生流下了眼泪。不，是流着红红的血泪。她扑上去想抓住他，可他的大翅膀一扇就飞走了。她想喊住他，费尽全力都发不出声音……后来就哭醒了。偏偏阿香的婆婆也做了个几乎相似的梦，只是春生跟她说的是另一番话：“娘，不孝儿走后，别让阿香出门（改嫁），你们对她好，就让她在你们身边……”那两个梦，已经让这个家冥冥中有了不祥的预兆。

“唉，贺龙不会想到，婆婆不愿想到，1928 年 9 月 9 日这天凌晨，我爷爷贺锦斋，红军年轻的师长、文武双全的将帅，牺牲在掩护贺龙和主力撤退的战场上……”贺建军说着说着，长长地叹了一口气，低头不作声了。

三年后的 1931 年，红军回来了，阿香终于随家人一起下山来，辗转来到官地坪。

官地坪当年有红色租界之称，桑植起义后，周逸群和贺龙商议，这次统一战线的聚义成功，加上官地坪一向清净安全，是国民党武装都不敢越过的地方。以统一战线建设革命后方的策略就定下来。官地坪迅速成为红军的后方依托，搞点枪支弹药、给养物资，安置家属和伤病员等等。

来到官地坪，戴桂香都看不过来。谷岸峭、向虞卿把那里建成个世外桃源。那主张，真是好呢。

塘里多养鱼，荒山多造林；牲畜多喂养，田土多耕耘；

春季多种植，秋冬多收成；人人多衣食，社会多安宁。

作为红军的后方，有枪械修理厂，枪支、手榴弹，布匹、卫生队的药品、食盐等也都从这里运出去，官地坪成了红军给养的中转枢纽。

家家住着红军伤员，户户都藏着红军家属。这里好像一个小洪家关——熟人乡亲越来越多。像新来的张幺姑、刘银姑、刘定姑，加上蹇先任、翁淑馨、贺绒姑们一起，听她们统计，这里先后有两百多伤病员和红军家属来避敌休养。

阿香在官地坪见到了她崇拜的女中豪杰谷德桃。一介女子带兵打仗，骑大马、挎双枪，给红军搞军需送粮草，后来又成为游击大队长，带领着三百多人的队伍，支持红军。还有常哥的大姐贺英，那是领着全家支持老弟革命，一次次危急时刻支持部队，一次次困难关头解救红军。那是传说中才有的“穆桂英”……

只是让阿香万万没想到的，贺英和谷德桃，两个女豪杰不久就先后牺牲。前个死无全身，后个被自己人杀死。谷德桃是在肃反运动中，说她联合团防和劣绅，通敌。其实就指和谷岸峭、向虞卿一起保护了红军后方官地坪。

戴桂香更想不到的是，这里也成了她最揪心伤心之地——她年轻的夫君化作一副棺材，被人抬着送回来。

九月的一天，阿香正在玉泉河边洗衣裳，突然看见几个红军战士抬着一口棺材，向他们官地坪赶来。没听说谁家“去”了人，怎么突然冒出口棺材？正想着，红军战士已经来到了她身边：“请问大嫂，贺星楼家在哪儿？”阿香的脸“唰——”地白了，棒槌当即就掉到河水里，人也摇晃着站不住。贺星楼，是春生的爸，能找到这里，会是……

她枪炮似的声音：“里面是谁？”

“我们把贺师长送回来。”话未落音，一声“春生——”天旋地转，等阿香好不容易站稳，想都没想，就朝棺材撞去……

所幸被小战士挡了一下，在鲜血迸溅晕倒之前，她只看清了，黑黑的棺材上盖了一面——血色军旗！

“老伯呀，嫂子呀，对不住了，师长‘走’了……师长回晚了，本来早就要回的，可是，没办法呀……”一语未了，泣不成声。刹那间，全家三十余口哭成一团。

原来，国民党军队逼得厉害，一直咬住我们队伍不放。实在是战事太频，还都是恶战。贺师长的尸骨找到了，却没得办法及时送回。

可阿香就是想不通。

怎么会？她春生哥 17 岁便给贺龙当卫士，他勇敢机智，勤奋好学，1925 年北伐战争任团长时才 24 岁，两年就晋升师长。参加南昌起义，又跟随贺龙回家乡拉队伍，是经过考验的，让敌人闻风丧胆的红军将领。

怎么会？她春生哥是党和贺军长器重的人，委以师长之职是下辖一个师两个大队。他不是说，打他的子弹还没造出来？

26 岁的戴桂香就是固执地想，他说好了一定回来的，我不能没有丈夫！可命运就这么残酷！1928 年 9 月 9 日这天凌晨，红军遭到石门县团防的突然袭击，为掩护贺龙和主力撤退，贺锦斋亲率警卫营拼死阻击敌人，激战中不幸饮弹牺牲。更无法接受的一个现实：她英俊威武的春生，尸体被敌人夺去，人头送往长沙，残尸悬于石门县城城门的旗杆上！

抬回来的春生自然不是全尸，阿香和亲人们痛啊，哭啊，她想撞死，不成；想拖绳子（上吊），又不忍心给男人脸上抹黑。再看白发人送黑发人，父母双亲更痛更苦。阿香才想到丈夫在梦里曾托话给她:“替我尽孝道侍奉好堂上双亲,我日后会感谢你的。”她得留下来,她得活下来。老人还在,她怎么能先走?日后到地下见夫君,还不怪死她。

也是后来才知道,她的夫君明知敌我实力悬殊,突围,就是与敌人做鱼死网破的最后决战。他抱定了必死的决心,也想到了妻子和家人,怕他们支持不住。他给弟弟贺锦章写下了最后一封家书。

吾弟手足:

我承党殷勤的培养、堂哥(贺龙)多年的教育以至今日,我决心向培养者、教育者贡献全部力量,虽赴汤蹈火而不辞,刀锯鼎镬而不惧。前途怎样,不能预知。总之,死不足惜也。家中之事,我不能兼顾,堂上双亲,希吾弟好好孝养,以一身而兼二子之职,使父母安心以增加寿考,则兄感谢多矣!当此虎狼当道,荆棘遍地,吾弟当随时注意善加防患,苟一不慎,即遭灾难,切切,切切。言尽如此,余容后及。

兄绣

1928年9月7日于泥沙

贺锦斋原名贺文绣,落款“绣”是儿时的昵称。

阿香看到与信一并带回的还有两首诗,那是在这天大的痛苦面前唯一能给她一点安慰的。因为,她的夫君文武双全,无人能比。他牺牲前两天写在家书中的两首诗是这样的:

其一:

云遮雾绕路漫漫,一别庭帏欲见难。
吾将吾身献吾党,难能菽水再承欢。

其二:

忠孝本来事两行,孝亲事望弟承担。

眼前大敌狰狞甚，誓为人民灭豺狼。

什么叫献身革命，视死如归！什么叫晓以大义，英雄情长！就是写完家书作完诗之后，贺锦斋像是有某种预感，他派警卫员李贵卿把家书送往洪家关。

9 月 9 日拂晓，敌人围攻加剧，贺锦斋主动要求带领警卫营和手枪连担任后卫，掩护主力突围。在贺龙带领主力突出重围之后，他沉着指挥部队，与追兵展开了激烈的战斗，打退了敌人多次进攻，整整坚持了四个小时，为主力转移赢得了充裕的时间。最后贺锦斋在战斗中壮烈牺牲，为党献出了年仅 27 岁的生命，实践了他“吾将吾身献吾党”的誓言。

贺龙的部队因匆忙突围，来不及抢回贺锦斋的尸体。那个国民党团长罗效之，得知他是贺龙的堂弟、大名鼎鼎的红军师长贺锦斋，欣喜若狂，割下他的头颅，用石灰泡着，提着去长沙请功。五万大洋赏金加晋升为旅长的官职，罗效之着实赚了一把。

没多久，贺龙速杀回慈利城，直奔罗效之，让他没有好下场。再率部队打回泥沙镇，命令部下无论如何要找到锦斋的尸骨。尸骨找到，骨头被一块块捡起来，在当地买了一副上好的棺材，抬回官地坪重新安葬。

1929 年 8 月 1 日，红军在桑植县城召开群众大会，庆祝南昌起义两周年并追悼贺锦斋、吴天锡诸烈士。贺龙主持大会，向在斗争中献身的死难将士敬献了挽联：

为党哭英烈，有不死精神，震惊湘鄂；

凭吊增感慨，借诸将血迹，洒遍全球。

阿香躲难在外，照顾双亲，自然不知丈夫还有这么隆重的追悼大会。但事后通过多人的细致描述，她打心里为丈夫骄傲。可是，长长的守望开始了，那毕竟是漫长的孤灯独影的日子。

守望的红嫂，会用怎样的坚韧熬过几十年漫长岁月？

| 68年的守候，光荣院里老年时的戴桂香

英勇的红军，会踏过多少坎坷持一颗初心走向胜利？

像戴桂香，26岁形单影只、苦熬时艰；像殷成福，几十年漫长等待，死去的永远不能相见，活下的远隔万水千山。鲜血与泪水，盼归与望乡，寻找与等待，岂止一两个女人的传奇，那是共和国一段血泪家史！

第2节　身怀六甲，兜回碎尸丈夫

“人和地方的主色调是有着命运的玄机。”认识幺叔，让我找到与一方山水魂系的对应。

幺叔叫贺学舜，洪家关人，贺龙元帅的堂侄儿。七十岁的他土生土长还有文化，当然的活字典，也是我们采访的“活路标”。

第三次来洪家关是2016年3月，老觉得那灰蒙蒙的天色太沉重，像总也走不出的黑纱帐。再往深处走，发现这里的女人普遍穿得素。幺叔说，是寡妇太多，全被黑纱缠的；还是个大灵堂，家家户户都有血洒疆场的亲人。还真巧，那年是贺龙带领贺勋臣等21个泥腿子刀砍盐税局的百年纪念。1916年3月，贺龙“提统子”（当头领）两把菜刀闹革命时说：“你们怕砍脑壳，怕烧屋，我不怕！”

“从那时开始，洪家关啊……”幺叔的意思我懂。男人为求得翻身解放挥洒热血，女人就逃脱不了沉重的哀戚和宿命的坚守。这时的湘妹子是地道的辣妹子，是血性的红、不怕死的辣劲和随时准备牺牲的忠魂。

这年是1929年。噩耗如晴天霹雳，一下把洪家关的陈小妹击倒了。丈夫贺文倍，在与敌作战中牺牲，被乱刀碎尸抛入荒野。

小妹被巨大的悲痛击打得昏死过去。一家人慌了，她怀有身孕呀！结婚九年，聚少离多的夫妻就这半年在家的日子，才怀上了孩子。眼下……这可怎么办？一家人忍着剧痛又是掐人中，又是喷凉水，老郎中也忙乎半天，什么土办法都用上，小妹终于慢慢苏醒了。只见她灰沉沉的脸如地狱中历练归来，又听她顺了好久的气，突然爆发成一声长吼——“老天啊……”那哀声、那惨状，让天上突起电闪雷鸣，村口石狮也呜咽落泪。

小妹的丈夫贺文倍是贺龙的族弟，鞍前马后跟着他多年。南昌起义失败后，1928 年 3 月，他跟随贺龙回乡重拉队伍。也就从那以后，敌人屠杀的目标就锁定了红军和他们的家属。

婚后九年，贺文倍、陈小妹夫妻俩才喜迎爱子。那一段，小妹揉着隆起的肚子，幸福地唱着《望郎歌》，在丈夫一次次出行中等丈夫、盼亲人。

五月望郎是端阳，粗布鞋子做一双，恨无鸿雁带给郎。

六月望郎三伏天，怕郎遇雨回不得，拿伞出门把郎接。

……

十月望郎小阳春，情郎终于转回程，惊喜笑骂泪盈盈。

一首《望郎歌》唱出小夫妻平日的恩爱、和谐，离别时的思念、揪心，甚至打情骂俏、生气埋怨。一对多么真情、多情、用情的鲜活男女。

陈小妹是典型的辣妹子、烈女子，在娘家就信奉从一而终。嫁到婆家后，贺家都信仰刘氏兜头精神，自然刻在她魂里的是不屈与坚贞。可陈小妹哪里想到，夫君会突然离世，给她一个孩子就转身消失。

小妹神志不清、两眼发呆，哭昏过去又醒转过来。可是两天后，小妹不哭了，开始要吃要喝，十分镇定。人们万万没想到，擦干眼泪、一脸执着的少妇，不顾自己身怀六甲，宣布：立即动身为夫收尸。

家人劝阻，她说要尽妻之劳，不能让他的孩子连父亲的坟地都没得拜；

邻里好言，她从牙缝挤出话：“当年刘氏为夫兜头，不信，我不能为夫收尸！”

洪家关贺氏家族流传一百多年的“刘氏兜头”故事，若从小妹的夫君这一脉相传算起，贺廷璧就是夫君的堂曾祖父。清代咸丰四年（1854），洪家关农民贺廷璧，见官府盘剥百姓走投无路，又受到由粤入湘太平军的影响，在洪家关揭竿而起，率领数千农民攻下了县城。但结局是被官府血腥镇压，贺廷璧父子等 13 位头领站在了刑场上。

人称“璧大王”的贺廷璧，能将 120 斤重的大刀舞得嗖嗖生风，既是武艺超群、敢掷头颅的壮士，更是读书破万卷、知晓大义的秀才。临刑前，他面对无言东去的澧水，想到昏聩腐败的清政府对黎民百姓横征暴敛、穷凶极恶，而面对太平洋上一只只兵舰的威逼却节节退让，屈膝投降，每年千万两白银都顺着长江流出国门、流进帝国主义列强的腰包！不由得悲从中来，一声浩叹：“只可惜空怀一腔热血，天不遂吾志也！”

贺廷璧面对刽子手的屠刀，瞋目高呼：“老子死便死，头不能落地！”在刑场外黎民百姓风啸草浪一般的叹呼声中，只见一道黑色闪电，一位婷婷如鹤的女人从人群中冲出，黑风衣如同黑色的风帆，托着她从天而降。当她一膝跪在浩气冲天的贺廷璧父子跟前，神情庄重地扯开黑风衣，贺廷璧爆出惊天大笑，将头颅伸向妻子。刽子手手起刀落，寒光中一腔鲜血喷溅而出，飞染如虹。妻子刘氏一脸镇定，将衣襟凌空接住父子俩的头颅，头也不回，奔洪家关而去。

古来就有头不落地表示宁死不屈、坚信“后继有人”之说。几十年后，果真出了个翻江倒海的贺龙。

这里暂不说男人的英勇，贺廷璧其妻刘氏一介女流，竟如此英姿凛凛，令人肃然起敬。从那时起，“璧大王聚众造反，刘氏女仗义兜头”的故事载入了地方志，并编成花灯戏、汉戏，一代又一代在民间广为流传，尤其影响着这里的女人。

小妹从小就是听这故事长大的。一种传承，几番英勇，哼着心里唱过千百次《寻夫谣》，小妹上路了。

正月寻夫正月正，辞别爹娘奴起身；
包袱雨伞拿在手，一路滔滔把夫寻。
二月寻夫百花艳，燕子双双绕屋檐；
鸟雀也有两夫妻，奴家有夫在天边。

嫁给贺文倍的陈小妹出生在桑植瑞塔铺。她从小聪明伶俐，年方 14 岁媒人就踏破门槛。16 岁婚配出嫁到了洪家关，言行举止端庄，务农持家一把好手，深得夫家喜爱。而她深爱能文能武的丈夫。少年时期的贺文倍，读过私塾，务农生产都不在话下。刚步入青年时期，就参加贺龙部队，参加过桑植起义、梨树垭阻击战、洪家关保卫战、葫芦壳伏击战以及内半县游击战……

如此英勇的丈夫牺牲了，怎能让他露尸荒野？可寻夫路的艰难坎坷，小妹也当然知道。

当时的桑植，硝烟四起、战火频烧。国民党反动派一边派重兵围剿红军，一边指使民团到处搜捕红军家属及革命人士。在这种白色恐怖血雨腥风的年代，在这种千难万险的境地为夫君收尸，需要怎样的胆量和勇气。然而，陈小妹一心想让丈夫入土为安，把一切艰难险阻抛于脑后，冒着生命危险，怀着丈夫的骨肉翻山越岭，风餐露宿，甚至沿途乞讨。

五月寻夫是端阳，龙船花鼓闹长江；
看船儿郎千千万，单单不见我的郎。
七月寻夫秋风凉，家家动剪裁衣裳；
别人裁衣丈夫穿，奴家裁衣压满箱……

一路坎坷却不知丈夫倒在何方。有时漫山狂风风狂吼，有时遍野大雪雪在飘。翻过多少大山峰，越过无数险山岗，穿过几多大河流。直走得头昏脑涨脚起泡，直走得昏天暗地日无光。可我们的辣妹子，哪管它荆棘丛丛手足苦，哪管它苦多大来路多长，一心要寻夫君，一心要带夫回……

我们听陈小妹的后人说了一个细节。

一路寻夫，陈小妹要穿过几座密林深山。还不是因为怕，而是不识路要绕过几个虎狼区，为保住性命寻夫君，她请了个向导。从向导连连催促的语气中，她知道，只要一趴下，就会成为虎狼之食。“十里茅弄五里荒”。陈小妹走在一人多高的草浪里，远远近近是虎啸狼嚎，甚至还有野兽猛地从身边蹿过。

过度的紧张和惊恐，使得她无暇顾及脚下荆棘和乱石，两只脚走肿了、磨破了，打满了血泡，瘸着腿也不停地往前奔。她抱定“不能死、要寻夫”，直到找着丈夫与敌作战的战场。

冬月寻夫路漫漫，大雪纷纷透衣寒；

瓦上冰凌三尺三，奴家寻夫泪串串。

莽莽大山沟壑纵横，山梁交错，哪里才是丈夫的栖息地？陈小妹就一条沟一条沟地找，一座山一座山地寻。这里向山民打听，那里一个个辨认。找完了这个战壕，又去那个战壕，看完了这具尸骨，又去认那具尸骨。经几天艰辛寻找和辨认，她终于找到了丈夫被敌人乱刀剁砍得并不完整的尸体。

见到已成碎块的亲人，陈小妹呼天抢地——直哭得天上神仙流眼泪，直哭得地府鬼卒都心伤；直哭得不知道几天并几夜，直哭得忘记了日出日落痛断肠……

也就剩半条命的陈小妹，还是让自己从崩溃中撑起来，慢慢地、小心地把散了一地的丈夫的骨肉，一块一块地捡拢来，用一床被单呵护备至地包起来，像抱一个孩子，把丈夫的尸骨从四门岩的深山老林里揣回洪家关……

历经艰险、磨难深重的陈小妹总算把丈夫的尸骨兜回来。

这天，太阳快要落山时，陈小妹给丈夫贺文倍下葬。按乡里的规矩，送上山的妻子，以后是不能再嫁的。陈小妹无论亲人怎么劝也定要上山来，那是她舍了性命、历尽艰辛兜回的丈夫尸骨，她要守着他入土为安。灵柩已摆上了山岗，挺着孕肚披麻戴孝的小妹，那番虔诚地跪着。

也不知是陈小妹自己要做的，还是当地就有的风俗，丈夫下葬那晚，陈小妹独守了一整夜，说是最后再做一夜夫妻。其实，丈夫死无完尸，她怕他冷，在他潮湿寒冷的新坟上燃一堆篝火，她也要赶着天上巨大的黑幔快快移走；她怕他黑，新坟边放一盏桐油灯——文倍呀，你看清黄泉道，更要记清回家的路……

灯光火光中，游荡的灵魂像是在浓浓的黑夜中返回，归返于村庄的屋顶，或落在寂静的山岗。文倍呀，听见了亲人的呼唤了吗？一遍遍，一声声，哭肿了双眼，多想将你唤醒、喊回。

风雨飘摇了多少年，那些苦、那些累都在心底；那些爱、那些情定会永久珍藏。小妹在嘴里轻轻念，在心底深深唤。她想象着：望乡台上，夫君你是否看见伤心欲绝的妻子；转世路上，你是否还能路经她思念的梦境，一声轻唤，站在暗夜的床边为她再掖一掖被角……

丈夫是入土为安了，安葬在小妹每日都能望得见的椅子台。可敌人对红军家属的疯狂搜捕和残酷追杀丝毫没有削弱和减退，“铲共”浪潮一浪高过一浪。面对敌人的凶残，陈小妹肩负着保护孩子的重任。她用什么表示一辈子对丈夫的忠贞？保住孩子，保住丈夫的骨血！

岁月漫长，生活艰难。底气在哪儿？力量有吗？小妹在心里藏了一首歌，提气的歌。

要想打我你就来，打死打活我来挨。

打不死来有命在，头发打散梳拢来。

凭着一种顽强，东躲西藏，小妹带着腹中几个月大的胎儿钻岩壳、住山洞，受着常人不能忍受的疾苦。终于，她在丈夫牺牲半年后，产下夫君的儿子，取名贺学校。

小妹用全部生命抚养孩子并孝顺公婆。偏偏，一个好女人的生活并不平静——不少好男人为之倾情，上门提亲。想与她共度时艰，守望光阴，她不愿；娘家人想要她丢掉“红属”帽子，找个人帮衬，以保母子平安，她不肯；婆家人也要她改嫁，带着孩子奔她永远的幸福，她不从。

小妹一生只认一个丈夫，宁可在夫家独守空房，宁可四处逃难躲避追杀。小妹说，“别的我什么都不想，只想把校儿拉扯大，要对得起文倍，对得起红军。”

这天，幺叔带我在洪家关采访，走在路上，他说:“陈小妹跟‘璧大王’的刘氏有得一比。刘氏兜头，陈氏兜尸，女人的不屈担当和血性英勇，跨多少年都如出一辙。”顺着幺叔的目光，我向远处的高山望去。这里地势险要，群山环抱。四周的五座山头宛如五个龙头耸峙。山下宽广的平川，是景色秀美的河谷盆地，由两条溪水交织环绕着汇入万泉河，这里就是“三水绕门”。

幺叔再指远方:“左边老虎猖、右边狗爬岩，右首方云峰山、左首方椅子台四道脉岭，以及正中自大山界庹家岗突起如奔龙直抵洪家关之正脉，统称为‘五龙捧圣’。”

这块“三水绕门，五龙捧圣”的风水宝地，历来民风淳朴，不畏强暴，极富革命传统。不仅男人如此，女人更坚韧。从 1932 年后，贺龙的队伍日益壮大，小妹与桑植百姓一道，参与支持红军，与敌人周旋，每天都过得很充实。晚上，她掌灯结麻纺纱织布；白天，她开一个小饭馆，招待南来北往的客人……

终于，她带大了儿子，迎来了解放。

第 3 节　谁能医治母亲的创伤

陈小妹的事情之后不久，厄运连连敲开谷珍珍的家门。

1934 年一个凄冷的阴雨天，儿子被杀的噩耗传来，谷珍珍一家人沉浸在天塌地陷的混乱和悲痛中。早两个月，洪湖革命根据地丧失，红军经过长途跋涉辗转到达桑植。由于队伍处在游移不定的状态，谷珍珍的独生儿子贺丹青落入敌手。

不知道啊，还以为他生龙活虎带兵打仗；不知道啊，被捕了家人没去看，更没去救。直到死讯传来，才知道一切都晚了。“要收尸回来!”珍珍一句话，强行让自己首先爬起来，东倒西歪就要出门。儿媳和乡亲都不让她去，“当娘的，怎么能让儿子暴尸街头。”珍珍一定要亲自把儿子收回来。

高高的城门上，那是儿子的……头？一双惊恐眼睛一直僵在脸上，珍珍不敢看却还要认。母亲啊，多想是搞错了，那不是他儿子。偏偏——是的。是她奶水、泪水、汗水、血水抚育的儿子，是她欢喜骄傲、牵挂揪心的儿子！母亲的心顷刻间碎了，一声干嚎，没说一句话，就昏死过去……

任雨水鞭抽着母亲，母亲未醒；任亲人呼唤着珍珍，如死去一般。当亲人们以为母子要一同奔黄泉，她醒了。再不哭也不说。她知道，不能哭，敌人正要抓亲属；悄悄收，斩尽杀绝的刀正举得高高。悬挂桑植城门示众三天的贺丹青，是母亲谷珍珍咽下血水雇人收下来。身首分离不吉利，请人把头缝上、把分离的手脚收整齐，才葬于后山的密林深处。

一座新坟隆起，给青山绿地刻上一道刺眼的疤痕。谷珍珍眼泪哭干了，人也枯槁如豆秆。最要命的是那口气憋着，她闷，她堵，她想不通："这是什么仇啊，怎么下得了如此毒手？"

一个乡下女人不知这是阶级仇、民族恨，只知道家里唯一的希望破灭了，敌人残忍地将儿子碎尸的同时，把她和全家也剁碎了。儿子收了，可母亲心中的伤口，有谁人能医治和掩埋？

偏偏，苦命的女人连死的权利都没有。敌人"斩草除根"到处抓人，孤儿寡母还得逃。这个刚刚被死神咬过致命一口的女人，还得找一把"梯子"，随时能带一家人从苦难的深渊里爬出来。或是修一条可以逃生的"通道"，随时嗅着敌人追杀的气息，死里逃生。她更像一个战士，时时蹲在战壕里盯着，她要守着两个孙女，不能让她们有丝毫闪失。

珍珍带着儿媳向玉莲和两个孙女，悄悄离开桥自湾，走进了大山深处，住进了无人知晓的山洞。今天东山岩屋，明日西山洞穴，常常搬家不止，东躲西藏，风餐露宿，吃尽人间苦头。

再往后，珍珍女扮男装做一挑窑"夫"走乡串山，一家祖孙四个，大孙女还能走走，小的只能让儿媳前怀兜着，肩上再压一点轻担。走到无人烟的偏僻处，珍珍就哼着辣椒谣壮胆，仿佛老虎、豺狼、毒蛇听着这歌都直后退：

辣椒嫩，没辣劲。辣椒硬，辣背心。辣椒红，辣人中。一天吃上半斤辣，百病不沾人中霸；一年吃下半山辣，走遍天下都不怕。

这是不知什么时候流传下来的民歌，歌名就叫《一天吃上半斤辣》，说的是吃辣椒五毒八病都不侵。珍珍教给孩子们，想让她们千难万险都不怕。儿歌一唱，大冷天心里暖起来，炎热天嘴里会馋起来。反正，生命的感觉活跃了，人就精神了，山乡四野也敞阔起来——对，珍珍就想让清一色的苦日子也能借助辣调出味来。她的理想，让两个孙女活下来。

在湘西，红天红地红向远方的一个梦，仿佛是从那片辣椒地里开始的。梦是从孩提时就做起的，有母亲口中的儿歌为证：

小青树，个儿不高，开白花，结绿刀。绿刀圆又尖，变得红艳艳，馋嘴蚱蜢咬一口，呀，辣得翻跟头。

1928 年春，珍珍丈夫贺士谦参加中共湘西北特委在洪家关组建的工农革命军，就被敌人盯上了。对红军之家，敌人恨之入骨，扬言“宁肯错杀一千，绝不放过一贺”。1931 年，为红军送情报，丈夫不慎被反动团防武装捉住，被杀害于桑植谷罗山。敌人还不罢休，扬言要“斩草除根”杀绝全家。

那年的冬天真的提前到了，还飞落一场场大雪。当珍珍家那满坡的辣椒连同心中的希望一起被冰冻的时候，珍珍家几个女人在瑟瑟哭泣中等待下一场冰雪……

桑植原本就交通闭塞，经济落后，传统农业十分脆弱，经不起任何风浪的波折。失去丈夫的那年，洪家关本来各种税赋、徭役不断加重，官匪勾结频繁袭扰。兵灾人祸之时，家乡又逢天灾久旱不雨，真叫“屋漏又遭连夜雨，船破偏遇打头风”。人落难天不顺，珍珍家仅有的一亩三分田被天收去，一家四口没了生活着落，实在是叫天天不应、叫地地不灵。为了两个孙女生存，为了给九泉下的丈夫有个交代，珍珍咬牙——绝处也要逢生！

从此，她起早贪黑，带着稍大的孩子，每天上山挖野菜、采野果，挖葛打蕨，以青山营生。

进食这些野草杂果，起初一段时间还能勉强维持。可久而久之，一家人不仅饿得面黄肌瘦，大的小的都喊肚子痛拉不出来。缺医少药之时，痛也只能忍，苦也只能撑。一次，珍珍的大孙女实在无法忍耐，痛哭伤心地拉着珍珍的手："奶奶，这些东西吃不得，肚子胀得好疼啊，拉不出来呀！"珍珍揪心般地心痛，她哪里不知道。可不吃这些，我们吃什么？又怎么活？

野猫凹八月的黄昏在珍珍眼里，永远是辣椒般的红。珍珍领着一家，躲在这山洼里，随手种了大片的辣椒。辣椒还没长起，野菜、野果还得吃。每天劳作完，珍珍让两个孙女轮番着趴在地上，从孩子的肛门里一颗一颗抠出东西，让她们的胀痛一点点减轻。

珍珍最怕的是孩子们淋雨发烧。小时候逃荒，爹爹就是用辣椒驱饥防寒。而今，她领着孩子，每天煮一锅辣椒生姜茶，趁着火辣辣的一口喝下去。有病的多喝，没病的也喝。再蒙头大睡冒一身大汗，感冒就能溜走。

但生活还是难啊。

到了夜深人静，孩子们睡了，不闹了。珍珍就对着大山喊，念着夫君哭："我怎么才能把孙女养大？养不大她们，叫我怎么对得起你？士谦呀，你起来帮帮我，我快撑不住了……"

就在撑不住要坍塌的时候，唯一的信念化成力量。丈夫死了，还有儿子，儿子还在红军部队任支队长，报仇雪恨会有时。这时的谷珍珍就像当兵打仗急行军的丈夫和儿子一样。不同的是，她没穿军装不扛枪，整天背着孩子跑。

她的面前，随处都是阵地，时刻准备战斗；她的目标，再苦再累，要躲过随时捕杀她们的敌人。她也有紧急集合，一有风吹草动，喊声就是军号，拉上一家就跑；她也听得到枪栓拉动的声音，子弹"啾啾"地射出去，又躲过一次大难……

可现在，儿子也死了。女人一生最大的打击莫过于中年丧夫、老年丧子……不，她还有两个孙女，要挺过去，让她们活着；再精心教育，让贺家后继有人。

珍珍是柔弱又刚强的典型湘西女人，送丈夫，丈夫牺牲；再送儿子，儿子又死。1931 年丈夫被害，她带着儿子守寡；1934 年儿子被害，她带着孙女死里逃生。谷珍珍，洪家关贺士谦的妻子，贺氏家族叫得响的女人。

红军长征了，像珍珍这样的母亲们更揪心慌乱。照她的话说，没了保护神，敌人追杀不止，天天都是命悬一线。珍珍这时，必须把自己训练成坚韧顽强的指挥员和战斗员。

红嫂中做母亲的，孩子是必须随身携带的行李，是丈夫交给她最重要的，还需要精心保存的宝贵“家产”，也是敌人急于销毁的红军留下的最重要的证据。母亲和孩子组成了作战整体，不仅要面对捕杀的敌人，还有饥饿、寒冷、病痛等可能的恶魔。她的生姜辣子汤是最好的药；她们长期“打一枪换一个地方”，再好的地方也绝不久留……

一旦打完一场“战役”，珍珍就开始“奖励”孩子们——围火烧辣椒。

辣椒能消炎能驱寒，只要孩子们不得大病，不落敌手，珍珍就能保住她们的命。疲惫惊吓后的孩子们，每每这时，围一团温暖的篝火，一把青辣椒，往火堆里一丢，孩子们就盯着火堆生发希望。翻烤、更替，待辣椒冒出青烟，绿中带黑、黑上沾灰，鲜活起来的孩子们，灰还未拍掉，就争相抓在手上，让滚烫的辣椒在手中翻滚跳舞，大孙女能勇敢地一口咬下大半截，香喷喷地嚼着、贪婪地咽下；小孙女，一小口就辣出眼泪。姐姐见了嘻嘻笑，念起那首有趣的辣椒童谣：

辣子辣，辣傻瓜，傻瓜辣得直哈哈。
哭哭啼啼去找妈！妈妈没找着，摔了一个大跟头。

最后，只有五六岁的小孙女，辣出眼泪也不哭。也许她们从小就知道，能吃辣、要勇敢。辣椒再辣，命中注定是她们的食。

还有更好的时候，偶尔能碰上山里的野芋头。当这些石头般的疙瘩一并

丢在火堆里，再变成孩子们嘴里的美味时，珍珍就惬意地问：“香不香

两孙女边咽边应：“香！”珍珍就会很满足地说：“一口洋芋一口辣，果变成香糍粑。”再嘱咐着：“慢慢吃，莫烫着。”想着野人般的生活，让辣卫士般地呵护着，孩子就能活下去！珍珍就把苦难生活当成幸福时光。

生姜辣椒汤抗寒去病，消炎护体，珍珍一直坚持着，坚持到孩子们慢慢长大……这一灵验的求生办法，珍珍也传授给众乡亲。她用两个孩子的健康成长，告诉天、告诉地，告诉山、告诉水——辣椒，是穷苦人活命的魂。

躲一个山头，就开垦一片辣椒地。珍珍用顽强影响儿媳：俩孙女要像辣椒秧一样不娇气，菜园里、田埂上，好养；山坡中、峡沟里，照长；两个小孙女，个头不高，弱不禁风，多像这小辣椒。要她们长成红红的辣椒果儿，提精神，还有劲。不难的，红红辣子一根茎，家里没男人，只要我们三辈女人一条心，家——没有撑不起的。

1940 年，心血耗尽的珍珍，看自己的时日不多了，便喘着粗气叫来了儿媳，嘱咐说：“两个孙女还未长大成人，让我死不闭目，你要尽最大责任把她们养大，给她们成家。对她们的爸爸和爷爷有个好交代，她们都是红军的亲骨血啊。”说完，便永远闭上了双眼。

珍珍阿婆走了，山坡成片的辣椒地里常常飘出一首歌，是童音女娃唱的：

花碗打水连底清，郎去当兵姐安心。
郎是擂钵千条路，姐是辣子一条心。

第三章　蒙　难

三尺裹脚用手来扯断，把封建枷锁打得稀巴烂。

快穿上文明鞋，走上革命路，争平等争自由，大步向前！

——桑植民歌《女儿歌》

一周后就要长征的1935年11月14日，一个牵心揪肺的坏消息，如一只猛兽怪物突然闯进出发前的红二、六军团——两船红军女儿队在两河口被劫！

殷成福家，那是沸腾的油面浇了一瓢冷水，天地间顷刻炸了锅：

“妈，还记得李桂香不？就是第一个当女儿队员的那个，还有跟我一起在医院洗绷带的余秀英，都在船上呢。妈，你说她们本来就命苦，好不容易当红军了，又掉进土匪窝……”

“怎么不记得？哎哟，还有玉儿。那些挨千刀的土匪，抓我们嫩生生的花骨朵，会……啊呀，不想，不敢想了。”

2016年7月，当我第三次约访殷成福的孙子侯德山时，他讲了些奶奶的基本情况，就说开了未曾见面的姑姑侯幺妹。因为，当年15岁的幺妹是红军女儿队员。

幺妹原本是要随船护送伤员的，因被贺老总特批一家八口随军长征，她就留下来陪在母亲和嫂子身边。殷成福没有觉得自家万幸，那些像自己女儿一样的女儿队员让她揪心。比如李桂香、张金莲、张玉儿、余秀英、王秋菊。原本一起长征的，现在她们……

许多年后才知道，她们中有的死、有的伤、有的屈辱做了土匪婆、有的被卖掉，一辈子脸朝黄土背朝天……只有张金莲重回红军队伍，那是王秋菊用命保下的；李桂香被卖给老光棍，活到新中国成立后，一份回忆录，总算给红军女儿队留下了一笔可供见证的史料。

故事就从李桂香的回忆录和相关史料开始。

第1节　两船女儿兵两河口蒙难

说起“女儿队员两河口蒙难”，活到后来的李桂香是这样回忆的：

我记得时间是1935年11月10日到13日，正是挖红薯的季节。

我们都是从南岔上船的，当时开到大溪宿了一晚。谁都没想到，就这个半夜，蒙蒙月下那些该死的做皮肉生意的就给敌人报信了，说有一船女兵会经过这里。快天亮时我们的船往上开，船工对我们调笑：“你们这次是去做队长太太去的。”我们还以为船工撒野，不予理会。

1935年10月，不甘心失败的蒋介石调派了140个团30万大军，对红二、六军团进行围追堵截，对红军发起更大规模的反革命“围剿”，红二、六军团不得不实行战略转移，定于11月19日开始长征。

长征前的1934年至1935年一年多时间，湘鄂川黔根据地革命热情高涨。那时的红军女儿队是个什么阵势？

天地间仿佛都塞满了女儿队员。奶着孩子的，可能就是打探军情的“密探”；挑担山货的小妹子，可能就是秘密交通员；有的直接上了战场，杀敌；而更多的是走出家门，到了红军伤员身边，为他们洗衣喂饭、端屎端尿。她们忙过白天忙晚上，白天辛苦一天，晚上回家还忙着打草鞋、做军鞋。如果，后来的抗日战场有《地道战》《地雷战》的全民皆兵，那时红军走过的湘鄂川黔就是全女皆兵。

当时的《大公报》曾以“长沙某校七名女生神秘失踪，远遁湘西成了红军女儿队员”为题进行过报道，一时舆论哗然。他们原想以“共匪”对纯真少女“邪恶”引诱的渲染，却偏偏让中国多少底层妇女看到了她们命运的曙光，看到中国共产党的那面鲜艳的旗帜。

有个名叫张金莲的贫苦妇女，带着个13岁的女儿来投奔红军。后来母亲在红军医院女儿队，女儿在第六军团当宣传员。贺龙曾对她们母女说，等我们革命成功了，请个作家给你们写本《母女英雄传》。

女儿队在红军中不可替代的作用，让红军的敌对方“白军”感到如芒在背、如鲠在喉。他们一直到处布局，想“收拾”这支来无影，去无踪，却无处不在的队伍。

女儿队员做梦都没有想到，她们无意中上了一条贼船。正是这条船，改变了她们的人生走向，把她们带进了人生中走不出的漫漫长夜。

长征前的一个重要准备就是把大量的伤员安置好。那是11月10日的一个黎明时分，红军医院女儿队员带着从来没有过的紧张心情，随同伤病员从澧水河畔的南岔上了船，三艘船在沉默的黑暗中急速行驶。夜，黑得像一个无底的深渊，两岸的峭壁像怪兽一样，张着黑洞洞的大口好像随时准备吞没一切。远处传来的狗叫声，在山谷里发出“汪汪汪”的回响，更平添一种紧张的气氛。

这一日，紧张害怕却也平安无事。船开到大溪地宿了一晚，第二天早晨在浓雾中大家又继续登船。船工都是临时雇请的，身份没太追究。

当船开到两河口的狮子岩时，从对面长满桐子树的山上突然窜出三十多个团防兵，都是团防头子王碧泉的人。团防兵边朝河里打枪边喊：“你们这

| 作者深入光荣院采访当年的历史见证人

些狗婆娘，敢通‘共匪’，快快把船拢岸，不许动，要动就开枪敲了你们!”子弹打到河里，发出“啾啾”的声响，耳旁也是枪弹的呼啸声。船上一片骚动，当即就有人被挤下河，也有人“扑通”一声跳下了水。伤病员毫无抵抗能力，女儿队员也不是人人都有武器。说好由仓关峪这边的部队来接的，不见人来，结果让这帮家伙钻了空子。

女儿队员和伤员们没有被这突如其来的变故吓蒙，他们马上卧倒还击。因高烧而处于昏迷中的李桂香，被这猛烈的枪声惊醒。她撑起身来，发现张加生已经掉转船头，撑着竹篙向岸边靠近。“啪”的一声，她对准张加生就是一枪，张加生一头栽进水中。

几乎与此同时，另外两名船老板也被匪兵击中入水。顿时，三只失去舵手的船在激流中直打转转，猛烈地摇晃起来。女儿队员和伤员们死的死、跳水的跳水，年轻漂亮的女儿兵被抓住押上了岸，剩下五个老一些的和一个小孩儿团防兵没有要，放走了。

其实，一批伤员加上一批不常打仗的女儿队，那场突如其来的战斗，胜负根本没有悬念。很快，女儿队员们被押送到张家湖，王碧泉的团防就驻扎在这里。

马继散在《两船女兵蒙难记》中记述了女儿队员被抓后的一些情景：

天将黑时走在半路，知道伤员没有用，残忍的匪兵将机关枪对准了那些手无寸铁、还伤重命悬的红军伤病员，“哒哒哒”几梭子，子弹像冰雹一样，枪口吐着红红的火舌，红军伤员一个个倒在狮子岩边，全部被杀。

目睹这悲壮的场面，女儿队员们禁不住失声大哭，太惨了，心痛啊。

不想像他们这样，就给我的兄弟当老婆去，放你们一条生路。王碧泉看到女儿队员们痛苦的场面，心头掠过阵阵快意，匪兵们淫笑着一窝蜂扑了上来。

一个女儿队员对准扑来的匪徒就是一记耳光，匪徒恼羞成怒爬起来一脚将她踢进了狮子潭。女战士们的复仇情绪像火山一样爆发了！她们用手、脚、牙齿、石头、木棒与敌人展开殊死搏斗。“啪啪”又是两声枪响，两名女儿队员应声倒下，搏斗中的队员们一时愣住了。

起初，女儿队员个个以死相拼，几个烈性的先后倒下了。王碧泉见一个个女兵都不服他，牙齿咬得咯咯响，恶狠狠地吼，先杀杀你们的锐气。匪兵们再次扑上来，将女儿队员们一个个绑牢。

傍晚时分，女儿队员们被关进了王碧泉家黑洞洞的堂屋。她们紧紧地依偎在一起互相取暖。院内左厢房传来匪徒们喝酒划拳的闹声。王碧泉抓起一块最大的狗腿说："弟兄们，庆祝胜利，喝！谁喝的多谁先挑女人。"旋即，手撕口咬大吃起来。

堂屋里令人窒息的沉默。墙角边，忽然有人低泣起来："他不会要我了，不会要我了……"原来是张玉儿。"谁不要你啦？"姐妹们不解地问。"我不能告诉你们，因为他根本就不知道……"张玉儿一把鼻涕一把泪说，"他是个通信员。原想有机会就去告诉他……我再也配不上他了！"玉儿依着墙壁大哭起来，女儿队员们抱在一起跟着痛哭。

此时此刻只有一个人没有哭，她就是张金莲。张金莲身上带着"秘密"，她只能强压悲愤，尽量让自己静下来，想着如何应对当前的形势。"姐妹们，如果觉得哭出来舒服些就哭吧。"张金莲停顿了一下，"下一步怎么办，大家都想过没有？"

"跟他们拼了吧，早死早痛快。""我们决不当俘虏。"队员们悲痛欲绝，毅然决然地喊着。

"冲出去一死了之，还不容易？可是想办法活下来就难了，留得青山在，不怕没柴烧……只要活着，总还有革命的机会。我已经想好了，不管跟什么人走，我都顺从，只要能让我们这一帮姐妹活着出去，就行。"

多年后，李桂香在一份回忆录中说：

我们所有的衣服都被土匪抢光，只剩一个光人。那天晚上，我想起那些伤员同志，想起我男人刘辉轩，躺着不说话只是哭。一个土匪副队长说："把那些哭的闹的拉到外面枪毙算了。"后来因为很多土匪都是年轻人，抓的都是年轻姑娘，每个人想要一个做老婆，就没有这样做。

夜深了，窗外梧桐更兼细雨，寒秋小院处处萧条。晚来风急，泪语凝噎无声，真个是“秋窗风雨秋草黄，耿耿秋灯秋夜长。已觉秋窗秋不尽，那堪风雨助凄凉”。

姑娘们都又气又累，无力地倒了一地。这时，酒醉饭饱的匪兵进来了。他们命令女兵们站成一排，居然按官大官小、兵长兵短排开先后开始挑老婆。首先当然是土匪头子王碧泉选，他自己挑，旁人还帮着参谋。王碧泉举桐油灯挨个细瞧漂亮脸蛋、好身段的。最先被挑中的是小江，这个漂亮又年轻的姑娘成了王碧泉选中的“压寨夫人”。

被痢疾折磨得奄奄一息的李桂香，逢上这场灾难更是雪上加霜，此时已是奄奄一息。

张金莲那番“顺从保命、见机再逃”的话让她身边的王秋菊陷入痛苦的沉思，她是知道队长张金莲身上带着秘密的。一番思考，突然，王秋菊一咬牙，跑到门边拼命擂门。

王碧泉打开房门，吼:“想死?”王秋菊走上前去低眉顺眼，“王团长……”满是恐惧说她不想死，想喝酒。王碧泉闻到女人身上特有的香味儿，兴奋不已:“好哇，好哇，都像你这样不就没事儿啦。”他看看王秋菊，肌肤白嫩容貌秀丽，顿时眼神迷醉起来。他一步一笑地把王秋菊揽出了屋子，喝着酒的匪徒们惊奇得半截木头似的，都愣愣地站在那儿一动未动。

王秋菊眼泪汪汪，一边走一边直唠叨:“我不想死，王团长，我该叫你声大哥，我们一个王姓呢……”王碧泉一脸征服后的骄傲:“好说好说，这就简单了，只要听话顺从就好。”坐在桌前的王秋菊娇嗔妩媚地举起了酒杯……

“叛徒!”女战士们一片怒骂声，她们愤怒得直喊:“王秋菊，你敢过来，我们……我们掐死你!”几个女战士拼命用拳头捶打着板壁。

过了很久，一匪徒进来指着张金莲:“你，她舅妈?出去。”又指了另一个穿黑衣服的，还有个带小孩的:“你们俩也可以走了。”

直到这时，女儿队员们才明白了王秋菊的良苦用心和她所作出的牺牲。

屋外，“女人……女人……”匪徒们醉得舌头像裹了棉花，话语含混不清，身子东倒西歪。王碧泉一声大吼，匪兵们酒醒了一半，自动排起了队，他们也像头儿一样，一个个轮番着提灯进屋到姑娘们面前仔细挑选。

后来在回忆录中，李桂香清清楚楚地讲述了下面这段话：

满屋的女兵被土匪一个个选走。王碧泉发现屋角还蜷缩着一个生病的女人——我因患严重的痢疾，面黄肌瘦、奄奄一息，如快死的人一样。“把她拉到王兴福那儿去，他集上卖了头猪得了九块光洋。”王兴福，就是我后来嫁的男人，当时家里很穷没有老婆，比我年纪大了十岁。王碧泉为得九块光洋，我就被卖到了王兴福家里。

这些女儿队员的姓名，我记得的有：“小江，配给王碧泉；老陈，配给王承锡；杨菊香，配给王益斋；明秀姑，配给王华南；邹桂英，配给向虎卿；杨秋菊，配给唐青儿；素玉香配给‘糯米它’（小名）。我自己，配给王兴福。其余的就记不清楚，也不知道下落。”

一袋烟工夫，18名女儿队员一个个被他们带走了。女队员们始终在做最后的反抗：李玉娇宁死不屈，在途中纵身跳下幽谷；王三妹在遭受匪徒强奸后，趁匪徒熟睡举刀将其刺死，然后饮恨自尽。

张玉儿被匪徒王二堂押回屋后，就被锁进了黑咕隆咚的谷仓。她拼命地捶打仓门，吵着、骂着、闹着，愤怒的声音宛如暴发的山洪，然而没有一个人来理会她。渐渐地，时至半夜，坡上传来阵阵狼嚎的声音，她浑身上下像抽掉了筋骨一样疲软无力，声音也嘶哑了。

安静下来后，她心里暗暗地盘算起来，硬斗肯定是斗不过的，最好装疯！只有这样才能逃脱敌人的魔掌。于是，笑声、哭声、捶胸顿足的怒骂声、喋喋不休的话语声，一起混杂着从谷仓里传出……

王秋菊的故事则更加悲壮。王碧泉知道实情后勃然大怒，一把抓住王秋菊：“说，放跑的那女人是谁？”“我舅妈。”“舅妈？是你们队长，对不对？”恼羞成怒的王碧泉对王秋菊鼻子就是一拳，一股鲜血顷刻间喷射在他的前胸。王碧泉低头看看满身的血渍，朝王秋菊的嘴巴又是一拳。顿时，她的两个牙齿掉落在地。

王碧泉呼哧呼哧地喘着粗气，气得像一头困兽，来回踱着步，踩得地面“咚咚”直响。“娘的，居然让你们队长从我的眼皮底下跑了！”他突然疯狂地扑向枕边取出手枪，对着王秋菊，“不不不，不能让你死得太舒服，不能太舒服。”

“来人啊！”四个匪兵冲进来，“把她的衣服剥光，开荤啊！”四名匪徒将赤身裸体的王秋菊按在床上，饿狼抢食似的一起扑上去……

第二天，王碧泉命人用根绳子捆住了王秋菊的双手，又将一只装满煤油的木桶绑在她背上。王秋菊被推到水田里，罪恶的火苗点燃了煤油。装满煤油的木桶在女人背上顿时火光冲天。水田周围的匪徒们敲着大锣乱喊：“快来看啊，女红军‘背火笼’、女红军‘背火笼’喽——”

一股浓烈的肉焦味弥漫空中，王秋菊先是跳腾，最后一头栽倒在水田里，再也没起来……

依然被关押的几个女儿队员，咬着牙，流着泪，一双双愤怒的眼睛投向远处的山野。突然，山水间一曲久违的《女儿歌》在升腾，在缥缈：

三尺裹脚用手来扯断，把封建的枷锁打得稀巴烂。

快穿上文明鞋，走上革命路，争平等争自由，大步向前！

第 2 节　干田坝的旗子和鲜血

红军女儿队的劫船事件交给留守团处理，大部队仍然照计划出征。1935 年 11 月 19 日那个傍晚，刘家坪的干田坝，号声和告别声搅在一起，红旗飘飘，寒风瑟瑟。

干田坝的部队按时集合完毕，依依不舍之情像无处不在的空气，弥漫天地间。故土难离呀，尤其是红二、六军团的干部战士，许多人都是苏区子弟，家就在不远处。

殷成福看着依依惜别的场面心里有点发酸，却极力掩饰着。走过几处吊脚楼，女人们有的倚在门楣上望，有的跑到路边挥手。那是典型的红嫂模样：眉心拧成了愁，可嘴角是努力绽开的笑。战场上生死难料，犹豫还没说出口，她家身穿灰军装的男人已经炮弹似的“打”出去了。

长长的队伍望不到头，十里八村的乡亲们全都赶来为红军送行。他们里三层外三层把部队围了个结结实实，有的手提葫芦装的包谷酒，有的挎上竹篮，里面有熟鸡蛋、辣椒酱，还有粽叶包的糯米粑，争先恐后挤到队伍旁，把东西硬塞到红军官兵手中。一些年轻的姑娘和小媳妇，更招人耳目了。她们怀里夹着刚做好的新布鞋或绣花带，在队伍中火急火燎地找心上人，再羞答答地递上信物。还跟着队伍一起走，边走边有说不完的悄悄话。

男人把生死交给了革命，女人从此心里呼唤一个名字。像眼下悠扬的旋律，把队伍送得更远。送别的歌儿十分温情，含泪的微笑不算悲怆，在优美旋律中融成不灭的记忆。

还是干田坝。“福嫂子，福嫂子。”殷成福一看，熟悉的姐妹们来了一帮。那是各村各寨的女人们自发组织赶来刘家坪送红军的。

“福嫂子，你多保重啊！全家都走了……”草鞋嫂和殷成福家沾点亲，拉着手说着说着就流泪。“莫哭哭啼啼，讨个好彩头，出去都平平安安，要不得多久就回来哒。”贺锦斋的遗孀阿香抢上来说。她拉着殷成福的手就不想放：“福嫂子，年纪大了，莫太苦哒。太苦就回来，我们一起躲，一起等，等红军回来。”

“对，等红军回来！”年轻的佘芝姑从人群中挤进来，殷成福赶紧拉她到一边，这是大名鼎鼎的游击队长谷德桃留下的唯一的女儿。

“芝妹子，你妈交代你的话记住了？贺老总也这么说，是吧？躲山里去，别出来，生崽、种粮、养猪，红军要打回来的。”

“福婶，你们要多久才回呀？我会去海儿峪。有一天，你们回来，要去山里找我哟……”殷成福使劲点点头，一把将这可怜的孩子揽进了怀……

凄凄的送别里，谁起的头，那首揪心扯肺的《马桑树儿搭灯台》在人群中唱起。那是这方的百姓人人都能唱的歌。也是能唱出红军将士心声、牵扯他们魂魄的歌——

马桑树儿搭灯台，写封信儿给郎带……你一年不来我一年等，你两年不回我两年挨，钥匙不到锁不开。

殷成福强烈感觉到，她的姐妹，她的亲人，合着山山水水都在唱。

马桑树是柔情的，可谁说不是另一种坚毅。像湘西女人憋足的那股天不怕、地不怕的劲儿。留守后方，支持红军，这股劲传导给出征的人们，那是喉咙里灌上一壶陈年老酒，火辣辣的着了火，酒劲、血性瞬间就化作一股沙哑，印着穿越百年的不屈精神，一个个身躯似一枚枚炮弹，旋风般卷着，向敌阵营里——飞！

男人当红军，留守女人转身回去，敌人的追杀，繁杂的家务，扶老带娃，下地上山，都跟打仗一样，是个急。她们的战场是更漫长的马拉松、更残酷的生死仗。扶老携幼躲避追杀，夜行军不比队伍里少；挥锄开荒抢种粮食，季季冲锋还得护着老少活；若有丁点喘息、歇息，女人们思念和祝福，又占据了全部心身。

郎行千里你莫愁，给妻画个太阳图；
妻见太阳如见我，我在太阳脚下游。

又一轮歌声从干田坝的小山坡上传来，“是金香妹子！”洪家关的女人不用看，听音就知道，是民歌王凄美的音调。那颤悠悠的声音，唱出离愁唱出了痛，唱出力量唱出了情。秋风里的歌声深情委婉，带着深情的牵挂和殷切的期盼，久久飘荡。

可殷成福再细看，眼发酸心在颤。她看到了金香妹子身边坐着的——她的婆婆。老人枯草般的丝发在寒风里飘，眼神虽直却很刚、有点痴却绝不散。她跟着儿媳的歌声，那样合拍、那样深情地依然发出她的心声。

如今，婆媳俩都成了红军寡妇，撑不住灾难的婆婆已经神志不清，却用一颗永不改色的赤红的心，放歌送红军。

爱在挽留，刘家坪在送别。

多少人听出了痛，多少痛又生发了绵沉的力量。一队队、一群群的女人跟着长长的行军队伍，跟着领唱的金香妹子，听山山水水、故土家乡全放开歌喉：

子弟兵远行你莫愁，给你画个太阳图；
见了太阳如归家，太阳脚下早相逢。

歌声唱到壮观处，坡坡岭岭、屋前路旁都站满了乡亲。山水含情、天地不舍。屋前路旁，山上山下，送别的乡亲轻声地哼，走着的红军默默地和。无论是走的和留的，含着难舍露微笑，忍着悲凉唱悠扬……

我从采访中知道，当年送郎参军的送别场景，依依不舍是自然的，却并非如某些文艺作品所渲染的那么伤心难过。因为，红嫂们满心感激共产党，真心回报咱红军。向来喜欢赶男人远行的湘西女人，男人远行之日，也是她们的荣耀之时。

或者说，女人的难舍之情是无法与心中荣耀相比的。像幺叔说的：“不信你试试，当年，若哪位女子把丈夫拖后腿留在家，那定是要被众人戳脊梁骨耻笑的。即使留在家的丈夫保住性命，也是缺尊严、丢荣光的耻辱一生。”

所以，洪家关没有这样的先例！

殷成福，忍不住最后回望，她多想“再相逢”“早相逢”。可她哪里知道，那么多战士出征，在悠扬的民歌声中告别家乡，有的一走就是几十年，几万里，更多的一去再也没回来，把忠魂丢在了异地他乡……

殷成福的身后，留守女人山山岗岗、路边屋前到处都是。姐妹们，就要拉开苦苦守候的日子；女人们的声声叹息，她们的哭泣等待，甚至她们的心跳，最终都只能化成不向命运低头的韧性。即便一时要向苦难归顺，那也是用性命相抵的一份爱，抑或一句说出来就要扛到死的承诺。

能给的都给了——交付生命的把精神留下，活下来的把全部岁月奉上。血肉军民鱼水相依，力与情，血性与忠诚，牺牲与坚守——男人当兵为百姓，女人真情献终生！

一万八千人长长的队伍望不到头，殷成福一家八口在队伍中走着。侯昌仟牵着匹叫棕棕的小马，马背上的摇篮里趴着七岁的九幺儿，另一筐装些行李和粮食，像一座移动的家，几口人跟在小棕马前后，在那高高飘扬的军旗下，一起依依惜别桑植，踏上漫漫长征路。

许多年后，活着回家的殷成福，总不停地“分析”红军当年为什么走。念叨多了，她的孙子侯德山记在本子上有这么段话：

1935 年 11 月红军要走了，要转到别处去，要长征了。走的时候，贺老总不是说了吗，红军队伍扩大了、人多了，蒋介石还要派部队来消灭红军。虽然桑植的老百姓支援红军尽了力，但这里山多、田少，敌人烧杀掠抢，养不起两万人的部队了。所以红军要从内线打到外线，打到敌人的后方去。我那次是吃了秤砣铁了心，全部带走家人，要死死一块。可乡亲们我知道，红军要走，家家当兵娃儿都要走，好多老人的心哦，撕碎了；好多家哟，没准备好，乱了、惨了……

还真叫殷成福说中了，数百名被反剪捆绑着双手的“匪属”，围成一大圈跪在红军出征地——干田坝。

这是 1935 年 12 月，红军走了，国民党军队和地主武装倾巢而出。洪家关“铲共”，地皮都快翻了三尺，贺家纷纷改名换姓，离开了家乡。而红军家属大都举家躲进山里。

但也有因家事牵牵绊绊，没来得及躲。有的持侥幸心理，以为敌人追赶红军去了，一时半会儿哪有工夫收拾他们平民百姓——可，惨剧就这样写进了历史！

红军 11 月走，12 月中旬国民党各路人马迅速抄底，蝗虫般涌入虚空无防的湘鄂川黔根据地中心桑植地区。干田坝在战栗中苦熬着这个隆冬的血腥之夜。

那天夜里大火熊熊燃烧着，跪成一圈的乡亲，中间是给各种“赤化”物浇上汽油，有意熏烤着人们。跪着的“匪属”中，有白发苍苍的老父老母，有牙牙学语的周岁孩童，还有新婚不久的红军媳妇和身怀六甲的红军嫂子。

蹬着马靴的国民党军官跟还乡团头目，威风八面地从“匪属”身边走过，看着不顺眼的，扇他们的耳光，踹他们的脊梁，揪他们的头发，骂骂咧咧地折腾到深夜。精疲力竭后再吃了夜点心，一个满脸横肉的家伙下令:“给我扒了他们的衣服，老的小的、男的女的都一样!”

谁又出一条阴毒的损招，不，是玩他们心里恨了太久的“匪属”。红军曾经追着他们跑，打得他们屁滚尿流；红军让他们死了多少弟兄；红军让他们至今不得安宁，说不定哪天就会命归黄泉……而这些跪在他们面前手无寸铁的人，不是养育这些“孽种”的父母，就是热茶热饭让“孽种”养足精神的婆娘；还有“孽崽子”们，今天不杀，等他们长大了报仇来杀我们……今天，终于可以出口气啦，不能让他们死得太痛快——玩死他们。

一口烧得鼓泡冒烟的桐油锅抬上来，锅中丢下一把铜钱。

“你们这些女人，不愿死想带孩子回家的，就把锅里的铜钱摸上来。”跪着的乡亲像看到一丝希望，纷纷递眼色让家里的女人去试试。女人并没有害怕的，只是不相信这些禽兽会轻易给她们一条生路。

一个女人最先站出来，把怀里的孩子递给婆婆，勇敢地走到锅边，朝一边的“横肉脸”说:“你说话算数。”

“算数，算数!”锅内的桐油翻滚着，升起一股烟雾，女人毫不犹豫地把手伸进油锅。伴随油炸皮肉的“吱吱”响声，她摸出了第一枚铜钱。

第二个走上前的是名孕妇，挺着微微隆起的腹部走到锅前，她把牙齿咬得“咯咯”响。忽然咯噔一声，一颗牙咬成两半，吐出带血的牙，她使劲将手伸进了油锅。

正这时，一帮匪徒忍不住淫欲，开始调戏被他们扒光衣服的妇女，刚刚摸出铜钱的孕妇，想都没想，就将滚烫的铜钱朝那老流氓砸去。

“老流氓”的脸顿时青烟子直冒，他捂着受伤的脸，一枪将孕妇击倒在地，随即狂喊：“捆起来，把她们通通给我捆起来！弟兄们，开荤啊！”

不一会儿，女人在一旁凄厉地厮打着，惨叫着。

首先是那孕妇被刺刀挑开了肚子，从她受孕的身子里取出红红的“赤种”，挑在匪兵的枪尖上，让鲜血一滴一滴落在乡亲们的眼前。

连史书都不忍记载的一幕幕惨剧发生了——

有反抗的男人和不从的女人，男人割鼻子挖眼睛，女人一律开膛破肚……跪着的人们一下少了一半，居然还有一个破锣的嗓子喊：“看到了吧？还想活的，交出红军伤兵，说出红军留下的游击队的藏身之处，可免他一死。”

见没人回应，一个尖嘴猴腮的什么处长，奸笑地站出来：“众位乡亲，鄙人不想为难大家。这样吧，当众宣布与“共匪”断绝来往，也可免去一死。怎么样？”

黑压压的人群里没有任何声响，只有呼呼的风呜咽般地刮着。

那晚，所有的“红属”无一漏掉，全部被杀，且个个死得很惨……

收尸的日子是苏区百姓断肠的日子，人们从老汉粗布襟褂的补丁里，找出了儿子留下的红军口号；从孩子僵硬的小手心里，掰出了红布五角星；从敞着冰凉的胸膛至死不吭一声的红军新嫂子那条破棉裤的棉絮里，翻出了盖有苏维埃大红印章的结婚证书……

“血洗苏区”几天之后，敌人的重兵才缓缓南下，去追剿红二、六军团的主力部队。

然而，灾难深重的湘西女子，国民党走了。地方团防、土匪恶霸又来了……

第3节 “大家熊”香火不能灭

老天爷啊，还有比这更惨的吗！

父亲、小弟和大妹、二妹四个人横躺家中，那个血水淹屋哟，血腥味十里八乡都闻得到。翠姑当红军的丈夫腿受伤，不愿给队伍添麻烦，当他一瘸一拐地走了一个月回到家，赶上这最惨的一幕。

那天，本来是来抓他老婆翠姑的，她与小妹去娘家拿东西而侥幸躲过一劫，当时在家的几个便是祸从天降。大妹、二妹都曾跟着嫂子翠姑当过女儿队员，给红军做过事，有国民党撑腰的恶霸便将她们捉住，举刀就砍。恶霸连最小的弟弟也不放过，残忍地杀了……爹娘就在自己家里眼睁睁地看着三个孩子倒在血泊中，想挡枪来不及，想拼命无寸铁。老爹一口气憋着、鼓眼暴筋一口气没上来，当场活活气死。老娘剩一口气吊着，嘱咐人到村口，把儿媳翠姑和小女儿挡在村外保两条命。不是这点信念撑着，她那老命早和老头一块去了。

其实，两位老人三个月前就整日以泪洗面，那是熊家老三和老五在前线已经没了。再想想还剩七个娃，日子还得为他们撑，老人又收起眼泪，强打精神度日。最后，他们只等来了伤残的老二。而他们的老四，很多年后翠姑他们才知道，在一场战斗中失踪了。其实老四早已牺牲，是连尸首都没有……

家丁兴旺的老熊家，惨到只剩一根独苗——翠姑家这一根！偏偏，这凄惨的家世是从翠姑当女儿队员那里开始的。

1934年底，桑植女儿队队长王珍英找到翠姑，问她愿不愿意跟着工农革命军干。翠姑哪知道什么工农革命军，只知道贺龙军都是好人，就点点头。

湘西女人就是这脾气，不点头则已，点头应承就用头担、用命扛。

这以前，红二、六军团是分别受到了极大挫折和损失后会合的，野战医院非常缺乏医务人员。于是，热爱红军的湘西妹子，首先承担起护理伤员的任务。

翠姑主要的工作是给部队做饭，打仗时才参加救护。她们做饭须有随处架锅生火的本事。部队仗打到哪里，几个姐妹就在哪里找几块石头搭灶台。好在山里柴火不缺，遇上下雨就苦点，湿柴能把眼泪熏出一碗来，还得照样开饭。煮包谷最好做；煮大米最高兴，那是过年；没粮食了，挖野菜不只是麻烦，关键做得没劲——太难吃，总觉得对不住拿命打仗的红军。

很多时候没有现成的东西做，女儿队员们都想着法子让她们的大锅里有东西煮。

有一次，翠姑和女儿队的几个队员在山里找野菜。找着找着就惊现一条毒蛇，几个女人吓得尖叫一声，便赶紧跑开。

跑开后，她们突然停住，互相对望一眼："蛇肉？"

那一餐，红军战士们都说今天的野菜特别好吃。战士们哪里知道，那锅里有蛇肉。只不过那肉已经被剁成了肉末，熬成了肉汤，然后再倒进野菜锅里一起煮。许久不知肉味的战士们，吃起来自然觉得特别香。

熊朝盛说：我娘跟我说过，在女儿队时，有点遗憾是没有穿上红军军装。女儿队虽然也是红军，但不像战斗部队那样严，不过也是要训练的。她学过侦察、打过枪。那时她们没统一着装，基本穿便服。一来红军衣服本来就不够。二来穿便装方便行动，也隐蔽。每个月三到五吊钱军饷，根据当女儿队时间的长短和职务的高低确定。

红军女儿队为湘西女子展示了此前无法想象的生活。

姐妹们在一起，平等友爱，洗衣做饭，刺探情报，有的照顾红军伤病员，有的从事宣传发动群众的工作，总之大家干得有滋有味。她们中间，女儿队队长是上过学堂的学生妹，肚子里有文化，讲话特别能鼓舞人，讲出的那些道理特别受听。"红军是为贫苦大众闹翻身的队伍，我们妇女再也不能像从前那样活了！男女平等的社会才公道！穷人不受地主老财欺压的世界才公平！"她说的话大家爱听，那一首首歌，经她唱出来更加鼓舞人心：

姐姐妹妹们，三尺裹脚布一定要扯断，
把封建枷锁打得稀巴烂……

其实，翠姑的婆家一直是个大家庭，熊朝盛他爸兄弟姐妹九个，这让爷爷在这之前，无论生活多苦，都一直活在自己的幸福里。

祖辈单传，到熊爷爷这儿，一口气生了 15 个娃儿。虽然“跑了”（死）六个，还剩九个，其中六个是生龙活虎的儿子。尽管日子穷得揭不开锅，他苦干苦做，就为一件事：把日子过得揭开锅，让九个孩子活下去！他无数次想：后面是什么光景？那是熊家日后有几十个孙子，上百个子子孙孙——儿孙满堂。家族虽不富裕，可谁能说不兴旺——我有人啊！他暗自高兴，把一切苦都过成了甜。

媳妇翠姑入了女儿队，老熊家都支持，还说贺龙军真为穷人谋福，给人丁兴旺的老熊家另加富足安康，那才是真正的美日子。好日子在 1934 年 10 月到 1935 年 10 月的一年间最红火，女儿队也是那一年最兴旺。在以后漫长的岁月里，熊朝盛听母亲讲得最多的事，就是女儿队。

可是红军走后，国民党对湘西女人一个也不放过。“她们每个人都可能是女儿队员，帮红军做家务事小，出的可是大力。就是她们养好了那帮天天追杀我们的‘赤匪’。”就因为此，这片土地上多死了好多湘妹子。

去桑植采访，是必去刘家坪的。奇怪的是，我两次去，联系采访的不同两个人，把我引到采访现场，一看，居然都是熊朝盛。问到熊朝盛，他的母亲有多英勇，他否认：“不，是湘西女人特能扛。像那首《扛灾》歌唱的——”

灾难要来你就来，它是水来我是岩。
一旦河水流出来，岩头照样现出来。

“我们家啊，灾难一波又一波。爷爷扛了，轮到我爸。他受伤残了，就是我娘扛。”熊朝盛颇有感慨地说。

1935 年 11 月，红军长征从我们家门口出发战略转移了。这突然走，那是山空、村空、屋空、心更空。当时决定让我娘留下，红军领导对我娘说："你家的人都当红军去了，得留人照顾老人，你就留在根据地，继续与敌人作斗争。但要注意隐藏和保护自己，等革命胜利了，我们再来接你。"

要是当时没有沉重的家庭重负，我娘没准跟着红军长征去了。也许牺牲了，也许像许多女红军那样光荣还乡。可就是留下了，还带着两个当女儿队员的姑姑。也正因为我娘当红军没当到底，人丁兴旺堪称"大家熊"的老熊家就此改变，后面那个苦啊，惨得没法说。

熊家是前后一年，一个个孩子全走出去，着了魔似的都跟着贺龙当红军去了。翠姑的丈夫是老二，也去了。只是走前成了家，后来负了伤，不愿成负担，向部队提出回老家的。

翠姑命大躲过一劫。孩他大姑、二姑被杀那天，她知道敌人是奔她来的。四条命，虽是敌人杀的，毕竟因自己而起，一辈子哪得心安。熊家九个孩子，八个当红军或为红军而死。偏偏株连几代人的"祸源"是她翠姑当了女儿队员。翠姑后悔呀，干吗不跟着红军走，死在战场上多痛快、多英勇。像这样一辈子活在痛苦和内疚里，活活受折磨。

也从那时起，翠姑的泪水就没干过。

其实，活活受折磨的何止翠姑。红军走了，女儿队员大都因家庭拖累留下来。她们更直接、更惨烈的悲壮，多得没法列举。

听熊朝盛说，母亲翠姑在女儿队，红军里的女首长都很喜欢她。甚至连女首长坐月子，都要翠姑帮忙照顾。说到照顾，其实并不是照顾刚生孩子的女首长，那些女首长都不娇气。孩子一生下来，马上该干什么干什么。经常是把孩子往翠姑手上一塞，就没了人影。

久而久之，翠姑带着的娃娃只认翠姑不认亲娘。做亲娘的忙完事情回来，一抱娃娃就哭。但翠姑一接手，娃就不闹了。

熊朝盛说，也是难怪，因为生活太艰苦，那些生了娃的女首长都没有奶水喂娃娃。吃不上奶水的娃娃，自然对母亲就少了最直接的依赖。那生母自然就成了可有可无的闲人，甚至是生人。

在桑植，当时山山岭岭、村村寨寨都住着红军。贫农团、妇救会、青年团、儿童团，老老少少天天都有事做，男男女女个个精神焕发。

“那时，我娘带着娃，还和两个小姑从早忙到晚，家里住着红军，她们尽心尽力照顾他们。”

当时，有首《烧茶安铺迎红军》的歌，唱得就像她们姑嫂：

听说红军要进村，山寨群众好欢心；
急忙擦掉眼中泪，烧茶安铺迎红军。
藏的腊肉取出来，藏的包谷磨起来；
腊肉米饭蜂糖酒，知心话儿几箩篼。
红军到了穷人笑，家家户户放喜炮；
又敲锣来又打鼓，千年穷根要拔掉。

翠姑到红军女儿队刚满一年，中国工农红军进入了历史上最艰难的阶段。各路反动力量对红军开始了疯狂的大围剿。翠姑得知，部队要进行大转移。老弱伤病残，行动不便都不能跟着部队一起走。翠姑当然不在精简之列。但是，红军领导交给翠姑一个特殊的光荣任务：留下来给首长带孩子。

翠姑虽然心里有些不情愿，但领导给她说了很多道理。翠姑对领导说的道理是从来都不怀疑。

翠姑很久以后才知道，那次大转移，就是红军二万五千里长征。熊朝盛说，翠姑接手的是一个女娃，生下才几天，说她娘没有奶水。听说是红军领导的孩子，组织没说姓名，她就只管带。当时的生活条件，养活一个吃奶的娃娃，比养活一个吃饭的娃娃要难得多。弄来些生米碾成粉拌点糖，开水泡过冲成糊糊喂给孩子。冲糊糊又担心冲不透，孩子拉肚子更麻烦。但翠姑精心加细心，女娃没生过大病。在那么艰苦的条件下，娃娃能把小命扛过去，命虽大，但也是翠姑呕心沥血照顾得好。

在那些日子里，没做过母亲的翠姑对娃娃竭尽全力。那年月，经常遇到断粮的时候。翠姑没有办法让自己吃饱，但总有办法让娃娃不饿。

翠姑刚把那个女娃带出个模样来的时候，就有人来把女娃接走了。不多久，组织上又送来了第二个女娃。女娃已有三岁多。来的人说，这也是个首长的孩子。首长特别信任你，指名要交给你带。你带娃，首长放心。

于是，没有做过母亲的翠姑又做起了养母的工作。一带就是几年。也不知何故，那个养女被人接走以后，翠姑常常日里想、夜里哭……

直到1987年，红二方面军长征纪念碑在桑植落成典礼，县里把翠姑请去了。前来祝贺的嘉宾中，有贺龙的女儿贺捷生。贺捷生对嘉宾中的老年翠姑似乎特别投缘，聊着聊着，竟聊出了很多共同的记忆和记忆中的细节。那些细节，只有那个被寄养的孩子和孩子的养母才能知道。已经无须太多的印证，贺捷生就是当年被翠姑喂养的那个女娃！

几十年前的养母与养女，在一个相关的历史节点中，重逢了。望着已是满头灰发的养母翠姑，贺捷生动情地叫了一声“妈妈”！翠姑闻声，先是一愣，继而号啕大哭，哭得回肠荡气婉转如歌！

人丁兴旺的老熊家只剩翠姑这一支，记得那天一家四口惨死在血泊中，翠姑被婆婆催着走。临走时，翠姑婆婆没有哭，她先拉着儿子的手，“老二啊，你带着翠姑和你妹子，走，有多远走多远，再别回来！”又拉过翠姑说：“翠啊，你要抓紧生娃儿，多生，使劲多生，拼命多养，大熊家的香火不能灭！要让那些人看看，我们熊家是杀不光、死不绝的！”

翠姑的婆婆说这话的时候，熊家的九个儿女已经为革命牺牲了大半。在红军部队里的儿子，也是毫无音讯、生死不明。曾经儿女成群的熊家一下不见了人。家中唯一的男人，就是一瘸一瘸的红军重伤员老二。

听了婆婆的话，翠姑和丈夫老二改名换姓，躲进了山高林密的洞子里，当地人叫“趴壕”。对“趴壕”，当时有这么一首歌谣很形象：

身穿破衣服，携家趴壕去；深山野林躲，吃住天照应；
野菜吃得多，黄皮寡瘦壳；走路打哆嗦，泪水往下落。

洞子里潮湿阴冷，翠姑一家一住就是四五年。这几年下来，得一身的病。伤残的老二已成个废人，一家就全靠翠姑撑。翠姑浑身上下也都疼，就辜负了婆婆。“趴壕”以后，不管翠姑与老二怎么努力，翠姑的肚子就是没见动静。

没多久，婆婆就死了。翠姑老想着承诺了老人，熊家不能连个传姓的人都没有。她再下决心，转湖北五峰山。虽还是躲杀身之祸不敢露面，依然住山里，但再不住山洞，才在五峰山有了儿子熊朝盛。

身受重创的老二在翠姑怀上了儿子熊朝盛后，生命的所有能量与精气似乎都已耗尽。没过多久，老二就在某一天夜晚安静地睡过去了，再没醒来。

翠姑的故事还在继续。

第四章　英　雄

五更里呀想贺英，艰难岁月里，你闯山救红军。
烈火见真金，丰功伟绩万古青。
——桑植民歌《五更里》

长征出发前有一件事，让殷成福一家记了一辈子。《红二方面军征战纪实》里，对应这事有这一节记录：

红军要出远门了。谁的心里都跟明镜似的：这次远征，非同一般。

出发前一天的傍晚时分，贺龙对各师团的准备工作细致检查了一遍，刚刚回到指挥部，任弼时就对他说："胡子，去洪家关看一眼吧。"

这句话，任弼时已经第五次提起，前两次都是打个哈哈过去了。这次，贺龙低头想想，说："好吧，我去去就来。"

任弼时忙招呼唐云清和侯清平带上几个警卫员跟贺龙一起上路。

侯清平是殷成福的二儿子，这个细节，他在世时给侄儿侯德山，也就是这个红军之家的“新闻代言人”提过多次。总是感慨：“贺老总离开大庸去长征前，我陪他回过洪家关的，却远远地望望没有进村。那里牺牲了他太多的亲人，他那天提到他的三姐妹，就眼含热泪，打道回府了……”

马蹄声鼓点般敲碎了1935年深秋的夕阳，十几匹快马在与洪家关一河之隔的山坡上，扬蹄嘶鸣，无奈地停下。

贺老总跳下那匹枣红色的高头大马，在晚风中叉腰凝视前方。那里是生他养他的地方，高高低低的瓦楞木壁、树木小河正笼罩在夕阳殷红的血色里，那里有他们贺氏家族太多的血性牺牲！他不忍看，受伤的目光疾速跳开，转身上马。

侯清平问：“都到家门口了，不去了？”

“祖坟都挖几次了，屋也烧几回了。人都没得了，我大姐……我那三姐妹……”贺老总满眼热泪说不下去，一声响鞭，马队踏上归途。

除了这天远眺洪家关外，贺老总再也没有回过故乡。然而，他痛心牵挂的姐姐贺英，由一首百姓口口相传的《五更里》，唱到今天……

第1节 一更里，你保卫我穷人

一更里

一更里呀想贺英，坚持武装闹革命。
建立游击队，你保卫我穷人。
哎呀，香大姐，
你是我们的好司令，手握双枪镇敌人。

血淋淋、惨兮兮，苏区的百姓，真苦了。可，最苦的莫过于这个家庭。

贺龙的一家，英烈满门，且死得尤为惨烈。父亲和三姐妹都死得壮烈，小弟贺文掌更是被活活蒸死还被残忍地食其心肝，史之所称英烈之家，恐未有逾于此者！在第二次国内革命战争时期，贺龙直系亲属和贺姓亲属，牺牲就达八十余人。

人称香大姐的贺英生在山清水秀的洪家关。从什么时候开始，这里，光明在无形传递，火焰在悄然潜行？

贺英是被一束奇异的光给拽住了灵魂，她经常感觉自己少女的心像炭火一样烫。慢慢地，由崇拜到以心相许。在她二十岁那年，贺英被人吹吹打打用花轿抬到洪家关对面坡上的杜家山，与表兄谷吉庭拜堂成亲。

丈夫谷吉庭是贺英自己选择的。他是当地“哥老会”的龙头老大，飞刀跃马、神枪镇匪，是她的表哥，更是大家心中的英雄。他身材高大，仗义疏财，敢作敢为，很早就赶着马帮走南闯北。他会武术，弄了好几十条枪，在众人的拥戴下，树起一面打富济贫的旗帜，不少贫苦农民兄弟投奔他的大旗下，当兵。

贺英，从此对外面的世界有了张望的勇气和能力，也越加有了改变和求索的渴望。她渴望用自己的见识和能量，不仅改变自己，更能带领乡民们改变他们的命运。

嫁到谷家后，贺英就是“凤头大姐”，凡是丈夫的朋友登门，她从不吝惜酒饭，协助丈夫接待过往会党成员，包括大名鼎鼎的桑植籍武昌首义将士谷状猷。他的队伍发展到三百多人、二百多支枪，以鱼鳞寨为根据地。有时驻扎县城，有时转战相邻的大庸、慈利，以及鹤峰、石门、龙山、永顺边界，在湘西很有影响。

往往最先觉悟者，成了组织者、领头人。贺英从觉醒到觉悟，挑头，改变，摸索。她慢慢跟着丈夫走出山乡，成了那一方穷苦百姓的组织者、领头人。然而，她明白“枪打出头鸟”是惯例。但她只能用自己的出头，帮这里的乡亲打破自古以来受欺压、受剥削的恒久惯例。

求变，她把自家当成了一块试验田。她将一匹骡马交予 14 岁的弟弟贺常儿，让他踩在一条不平的山道上，从自我报仇到为民众求平等。不久，这个少男成了做梦都喊“打倒不平”的愤青。

血气方刚的弟弟贺龙有了比姐姐更求新求变的霸气。

从贺英支持贺龙杀死盘剥农民的桑植县豪绅朱海珊，赶走贪赃枉法的知县陈慕功，贺龙就踏上了保境安民、打富济贫的道路。他挥师北伐，招募队伍，枪炮武装，在姐姐贺英的帮助下，收集土枪土炮，包括到石门泥沙夺枪。这才有 1916 年他两把菜刀芭茅溪砍盐局夺枪的壮举。

在桑植，“跟着贺龙闹革命”是一句湘西人引以为傲并喊了数十年的口号。贺龙，是湘西百姓们的光荣。当年，洪家关的青壮年，无论男女，能扛枪打仗的，几乎全都参加了贺龙的队伍。有一个数字可以为证：革命战争年代，仅桑植县为国捐躯的团以上指挥员竟多达七十余人。

1927 年，整个中国等那一声枪响等得太久。贺龙带上三千名湘西子弟，开拔参加了“八一南昌起义”，用血肉之躯为人民军队奠基。

今天，当我们叙说“八一南昌起义”的历史，很少有人注意到，当初在中国共产党的领导下，在南昌发动的这次标志着我党从此有了自己武装力量的著名起义，其骨干力量主要是贺龙领导的国民革命军第二十军。这支一万余人的队伍中，竟有三千人是来自贺龙家乡的湘西子弟。九十年前，我们人民军队作为武装力量的第一次列队，贺龙及其率领的部队构成了我军最为壮观的阵容。

这都是后话。

英雄都是揪心疼痛历练的。回到一九二四年农历九月重阳节那天，天降大灾给贺英：平日英勇无比的丈夫，突然死在别人的屠刀下。一场鸿门宴，把个顶天立地的英雄，头身分离……

噩耗传来，贺英只差哭死过去。

这是丈夫死后第三个夜晚。贺英哪里想到，缝缝补补的女人有一天要为自己死去的丈夫——缝头！

这夜，天上没有月亮，屋里点着油灯，贺英身着重孝，头裹白头巾、扎着白头绳，脚穿半截白的素鞋，关门闭户独自为丈夫洗净身子。凶残仇恨的敌人砍了丈夫的头，不给他全尸、坏谷家的风水。可她要给亲人完整，她要把身首分离的丈夫，接成全尸！

自己的亲人啊，她哪下得了手，他不疼她也疼。她更想不通，家里怎会一连串遭杀手。两年前的五月，父亲贺仕道为了支持大弟贺龙扩大武装，带小儿子外出筹运军火，父子俩被人暗算，14 岁的弟弟被捆在饭甑里活活蒸死……如今丈夫又遭毒手，贺英啊，眼泪流干了。

她并不知道这是阶级仇才有如此的恨，只是泪水伴着针线缝。一针针、一线线，缝到了心碎，缝出了绝望，最后燃起了一腔烈火！

贺英后来给贴身卫士张月圆讲过一个梦：父亲下葬后，有一夜她梦到父亲那口棺材自己竖了起来，慢慢在放大，大到把她、把许许多多的人都装了进去，成了一个黑暗幽深的牢笼。有一个细节尤其记忆深刻：满姑在牢笼里使劲喊、拼命叫着要出去（冥冥之中还真应验了，几年后，贺满姑真被囚禁在牢笼中……）。

可他们都是这牢笼的囚徒。不，这世界就是个牢笼，一个黑不见头、深不见底的大牢笼。无数的穷苦人都被囚禁着，做牛做马。而那些有权有势的地主富豪，把持着牢笼的大门，掌握着他们的命运。

为砸烂牢笼铁锁，父亲、丈夫和小弟把命交上了；为冲出这座牢门，弟弟文常现还在于川东涪陵一带转战。要冲出去，要打破它，穷人要改变，哪朝哪代都是前仆后继，都是流血牺牲。

眼下，她多想自己是个高超的大夫，帮丈夫完美接好身首。她更想自己就是无所不通的医生，不仅能治病，还能治命，将瘦弱的、单薄如纸的穷苦命运改换，让穷人百姓都断了苦难的根。

枪，一边一支放在丈夫的左右两边，一支盒子手枪，丈夫送她的礼物，贴身护命物。另一支是丈夫没带走的枪。不是壮胆，她是要完成心里的一个仪式。她几乎是缝一针看一眼枪，贺英感知，谷吉庭丢掉的是自己的躯壳，他的魂灵早已附在这把枪上，枪会替他讨回说法，枪会更精准地替他战斗。

两把枪，从此都会成代替丈夫做赴死的勇士，当它们一声声兴奋地呐喊，为非作歹、为富不仁的敌人全会是跑不掉的目标。头，终于缝上。贺英再将备好的一条长布，缠了几十层在丈夫的脖子上。待给他穿好衣服，巧妙遮盖好，一个像平时睡着了的丈夫，安然了。

站起来，贺英第一眼还是看枪。枪静静地守在那里，像一个整装待发的战士。枪管里仿佛有呼呼着火的响动，那是枪的愤怒；又看到油灯飘忽一闪，亮点落在扳机的位置，它在呼唤扣动的手指！再急切地找到子弹，为牺牲的烈士血债血还——

“砰——”“砰——”两声“巨吼”，子弹朝窗外的山里射去。为丈夫送行，也为自己壮行。

门外的弟兄们进来了，见双枪在大嫂手上，原本像孤独的战士成一双勇士，一队兄弟血脉偾张。就是那一夜，贺英完成了单枪到双枪的转变。当然，也完成了撕破旧秩序、对敌人绝不手软的铁血蜕变。

武装，反抗，为穷人求解放。枪杆子与生俱来不安分的气息，让不散的血腥萦绕着她。手中握枪的贺英，她是该早有预料：死是命里的事，而活着，才需要运气。

第2节　二更里，你带我们建政权

二更里

二更里呀想贺英，带我们建政权，
领俺打土豪呀，你从来不留情。
哎呀，香大姐，
你吃尽苦和辛，踏遍湘鄂西为人民。

这天，一顶花轿吹吹打打地过来了。坐在花轿里冒充新娘子的是贺英，身穿露水衣，头蒙红丝巾。她自然而然想起当年也是吹吹打打坐着花轿与丈夫成亲的情景，想起夫妻恩爱的种种细节。她默念着丈夫的名字，心里说：为妻替你报仇来了！翻过几个坳，踩过几道水，花轿到了杨家湾。送亲队伍歇脚时，贺英潜出，真新娘才进花轿。换成便装的贺英，早已瞄准站在大树下的人群，那里有聊着天的杨德富。等送亲的队伍走出好远，她才慢慢靠近。

突然，她将身上的绳索往树枝上一挂，抓住绳子往人群的头顶荡过，一阵刮风的工夫，杨德富已訇然倒地，枪子儿从头顶打进，胯底下钻出。

从此，双枪女司令贺英就更加远近闻名了。

其实，双枪女司令的功夫早就风传起来。有人说亲眼见过贺英站在箭一样飞奔的白马背上，双手打枪，弹无虚发。有人说见过她贴在马肚子上朝后面的追兵开枪，不需用眼睛，却百发百中。最经典的是这场灭杀杀夫仇人杨德富的战斗。那时她腿上挂彩，住在杨家湾义军家里养伤。伤稍好些，有人报告说杨德富回来了，这个被陈渠珍重金收买诱杀丈夫谷吉庭的凶手，她是一定要灭的。

一系列有名的战斗，威震了敌人，树立了威信。但贺英被父老乡亲拥戴更是因为她亲民。那时，谁家有困难，她千方百计想办法帮助解决；山民都很穷，常年吃包谷，游击队往往采用长途奔袭的办法去娄水河拦截官船，将打来的浮财分给穷人，并帮助他们建立农会。就这样，老百姓都把她当成“观音娘娘”。

湘鄂西边区人民亲切地称她“香大姐”“香姑”。贺英有勇有谋，1926年夏天，桑植有一个县官，贪赃枉法，乱派苛捐杂税，搞得民怨沸腾，许多群众找到贺英，要她帮老百姓伸张正义。贺英立即设法探明了县官离任的时间和要走的路线，届时，县官随行带着的十余担金银财宝，被埋伏在路边的人洗劫一空。贺英所劫钱财则用来救济灾民。

贺英率部队进驻县城，各界人士送“万民伞”“欢迎贺司令进城”。进城后的贺英，因部队纪律严明，街上秩序井然，深受群众拥护。

好朋友罗长江曾采访了贺英当年的贴身卫士张月圆。我们坐车去湖北的路上，全是听他讲故事。

张月圆的记忆中，贺英常穿蓝色、藏青色满襟衣，头上绾个粑粑髻，粗看外表很像一个普通农村妇女，举止言谈却是“掌盘子”的大派。贺英在鹤峰城，骑一匹高大黄马，鞭击飞走上山。这里是湘鄂西最巩固的根据地，敌人多次侵扰，都不敢轻易冒进桑鹤地区。

最初，把丈夫谷吉庭掩埋后，弟兄们像掉了魂似的。贺英见弟兄们精神不振，急得吃不下、睡不着，她开始考虑这支队伍的命运。解散吧，武器交给谁？这些武器都是丈夫带着弟兄们用性命换来的。各地的实力派都急着想来夺这些武器。

还有一点更重要，已当旅长的弟弟文常小有来势，家乡应该做他的坚强后盾。他随时能进能退，就必须有一支队伍支撑他。何况，没有枪杆子，乡亲们要吃大苦头。如今，弟兄们还得将打富济贫的旗帜高高举起，谁来领头？

贺英把排连以上的骨干招到议事厅，没有异议，一致拥戴她当司令。

可贺英心里明白，她面对的是乱世。自从民国以来，全国军阀混战，你争我夺，闹得乌烟瘴气。桑植没有什么大军阀，却出现许多称雄割据的“草头王”，什么“八大诸侯”“四大鳌鱼”，有的三五支枪，有的十多条枪，不是你打我，就是我打你，厮杀不断、流血不止。一个女流之辈，天天在枪炮中厮杀，准备牺牲倒是其次，带队伍立稳更是多么不易。

但是，一支队伍哪能没有首领？枪，已经融进她的生命里，成了同生共死的伙伴。她接下了，她必须接下！

红军东下洪湖后多次重返鹤峰与贺英会合，贺英的名字也在洪湖地区广为传颂。她奉命留守桑鹤边界，没有随主力红军赴洪湖征战。《贺龙和贺英》《五更里》等歌谣，唱的就是贺英当时的影响。以至于二十世纪六十年代歌剧和电影《洪湖赤卫队》问世后，人们普遍认为剧中主人公韩英的原型就是贺英。

一个女人带领游击队伍在桑鹤边界坚持多年，最艰难的时候，整个湘鄂边只剩下这一支红色武装。贺英能撑下去，其中一个非常重要的原因，她跟老百姓的关系是鱼水深情。

正如后来贺龙同志所说的：

“贺英的思想变化，是从农民运动中受到启发的。以后，她受了我的影响，有革命英雄主义思想。”贺英从这里真正转变为一个革命者，一个为劳苦大众翻身求解放的革命者。

南昌起义失败后，风传贺龙参加南昌暴动当总指挥，身中数弹阵亡了，或是说他被国民政府“正法”了。形势一天天恶化，有两个连这时候也叛变投敌。有人打着“铲共剿贺”的旗号，仅一个月时间就杀害了洪家关数十人，并调动六百多人围剿贺英部，扬言“不抓到贺英决不收兵”。

入冬，贺英率部潜入她外婆的家乡王家河、割耳台一带隐蔽下来。天寒地冻，山上积了一尺多深的雪，吃饭靠老百姓送包谷，吃菜靠弟兄们打猎。生活再苦都挺得住，最难受的是听不到弟弟贺龙的消息。贺英不相信那些流言，她一直认定她的大兄弟日头才出山、茅根才出土，还要干出更加惊天动地的大事业来。她摸摸腰间的枪，这把丈夫留给她的枪，兴许到了最派用场的时候——先把这枪变成一匹狼，一匹在山间沟壑都能出生入死的狼。

她经常带兵打仗，有时一天打几仗。她 29 天打了 32 仗的纪录，是为保存实力，率部往大山转移。骑一匹大马的贺英，成天在枪林弹雨中过日子，那是她最艰难的时候。

皇天不负苦心人，贺英终于等来了日思夜想的弟弟。

第 3 节　三更里，你建军费尽心

三更里

三更里呀想贺英，支持贺龙闹革命。

红军初建立，你建军费尽心。

哎呀，香大姐，

你送枪又送人，你是红军的贴心人。

采访所到之处，有一个说法惊人地一致：没有贺英就没有贺龙。尤其，贺龙有三大人生转折点，都是大姐贺英慧眼识时务、舍命相助的。

1928 年 3 月，南昌起义失败后，受党的委托贺龙重新回来拉队伍。

他回来了。族人看到一个怎样的贺常儿？丢了呢子衣穿布衣，丢了皮鞋穿草鞋。身后，人也没哒，枪也没哒，好端端把个军长的职位给丢了。对于贺龙这次回乡，人们议论纷纷，贬多褒少。他们这是与三年前的 1925 年比，那时的贺龙曾以澧州镇守使的身份荣归故里，威风得很。这回怎么像凤凰落地，相比是一个天上一个地下。难怪族人不理解，家中更是有怨言。

可贺英明显看出老弟精神上的饱满，那是判若两人。弟弟也掩不住激动：“大姐，我现在不是国民革命军，也不是中华革命党了，是共产党。这次是奉党的指示回来组织工农革命军，开展武装斗争。”

贺英明白了，心里为他暗自高兴。贺英知道，她的态度尤其重要。在贺氏族人中她一直威望极高，这时候要坚决站在弟弟一边，把自己的队伍连人带枪全部交给他，表达她的立场。

这天，弟弟对姐姐介绍周逸群。贺英激动地说：“我心里多么盼望你们啊！现在总算把你们盼来了！我把这支队伍统统交给你们，交给共产党。就算我第一次献给党的一点礼物吧。”周逸群的感激也是难以言表：“好极了！党现在正需要这样珍贵的礼物。贺大姐，我代表党向你致谢。”从此，贺英加入了工农革命军的行列。

贺英回来就对自己的部下说：“贺龙是面大旗。这回，他把大旗扛回来了，大伙只有齐心协力聚拢在大旗下，那些坏东西才不敢狗眼看人低。”在她的带动下，贺戊姑以及贺满姑、刘玉阶夫妇也交出了各自的人和枪。这些亲族武装成为工农革命军的一个重要来源。

为帮贺龙扩军，贺英全身心扑上去了——

她时而神出鬼没地出现，骑大马、挎双枪，公开和一些地方武装头目谈判；她时而提挎个篮子，化装成卖针线的小贩，串乡走寨，突然出现在大户人家的小姐房里，通过小姐的引见会见某地的团防老爷；她时而化装成割牛草、扯猪草的农妇，攀岩越涧，钻进深山，深入绿林好汉的窝子，通过做深入细致的思想工作，规劝好汉们改邪归正，投奔贺龙……

贺英把她的武器和主要人马都交给了贺龙，身边只留了一些短枪和二十多个弟兄打游击。有时身边只带着张月圆和龚莲香。

贺英协助贺龙，经过一个多月发动群众，收编旧军队，一下集合了三千多人马，成立工农革命军。贺龙任军长，周逸群任党代表……

革命形势不多久就扭转了，随贺龙、周逸群一同回来的贺锦斋，即兴

诗云:

大地乌云掩太阳，一朝消散又重光。
忽闻各处人喧闹，胡子果然转故乡。

其实，这该算贺龙第二次人生转折。第一次，是贺英从小就看好这个弟弟。

贺龙 14 岁那年，贺英就和丈夫商量，把家中的花脚麻骡子借予他去当“小骡子客”，外出闯世界长见识，并把他吸收进了哥老会。几年光景，贺龙果然就显山露水了:

18 岁加入中华革命党;

19 岁与谷吉庭一起，领导湘西暴动，夺取八十余支枪，组织上万人两次攻打石门县城;

20 岁领头刀劈芭茅溪盐局夺枪，任“桑植讨袁民军”总指挥;

30 岁任国民革命军师长，参加北伐;

31 岁任国民革命军暂编第二十军军长，同年任南昌起义总指挥……

贺英大贺龙十岁。她一直格外喜欢和看重胆识过人的这位弟弟。6 岁敢往山洪暴发的浪里头打滚; 9 岁敢随父亲在县衙门跟狗腿子拼命; 12 岁敢打县衙领班的混混儿，并对簿公堂，在族人的支持下把官司打赢。身为大姐，任何时候她都不遗余力地支持这个英武的弟弟。

1921 年贺龙奉命出川，贺英送给贺龙二十支枪和一些子弹，还挑了二十多名军事骨干补充部队，给贺龙重建队伍以极大的支持。大姐有几句话，贺龙一辈子都记着:“头一句，对百姓要仁义; 第二句，对弟兄们要像自家亲兄弟; 第三句，自己要一身清白。”

贺龙在长期的武装斗争中，经历过不少挫折与失败。很早他就认识到:“鸡要有个窝，鱼要有个潭，拉队伍必须要有后方。”贺英则说:“龙胜于英，英必靠龙; 龙固不保，英亦何存?”因此多年来，一个在前沿，一个守后方。前方胜利后方更强，前方失利后方支援，姐弟俩相依相携，配合默契。

贺英一直记得，跟共产党走的弟弟反复叮嘱她要守好后方："我在外面有了困难，还要回家乡去。"

第三次转折，是刚拉起三千队伍不久的 1928 年 8 月，声势浩大的桑植起义，队伍一举攻占了桑植县城，并成立了中共桑植县委员会。然而，敌人的疯狂反扑，很快暴露了这支队伍的缺陷。

工农革命军配合石门南乡暴动，战斗失利，退驻鹤峰堰垭，处境十分困难。

由于刚刚召集的武装没有整编，更未得到改造，战斗力不强，洪家关和苦竹坪两次战斗失利，部队遭受严重损失；转战石门、临澧等地的斗争均遭失败，参谋长黄鳌和师长贺锦斋先后壮烈牺牲。强敌进攻，屡屡受挫。当初三千多人参加起义，才几个月光景就只剩下百多人、七十多支枪。其中有的英勇牺牲了，有的拖枪回家了，有的投敌反共了，剩下来吃了秤砣铁了心跟定贺龙的，则一同潜入桑鹤边界的深山老林，以保存力量。

可国民党军队姜文舟一个团六百余人，步步为营，层层封锁，对红军实行残酷围剿。贺龙将部队化整为零，转战于崇山峻岭之间。他们日不能归屋，夜不能成寐，仅一个多月时间，就转移了 23 个地方。特别是到了冬天，战士们还穿着单衣，寒风怒号，白雪纷飞，大家冷得直打哆嗦。穿深山、住岩洞，没有粮食，只好吃树皮、啃草根，过着非人的生活。红军越是困难，敌人越是缩小包围圈，扬言"不把红军打死在深山，也要困死在深山"。

贺英得知贺龙被围困深山，决定长途奔袭，支援主力部队。

长途奔袭之前，贺英到四十里外的沙道沟一带打了几家土豪，弄了不少银圆、布匹、腊肉和一批粮棉物资以及弹药，用骡马和人力运往堰垭大山。

在堰垭，贺龙见了他们，非常激动："香大姐雪里送炭，解决了大问题。"贺英临走时对贺龙说："老躲在深山里不是办法，要好好整顿队伍。队伍'要伍'，'不伍'不成队伍，带队伍要把大家的心带住。"

贺龙元帅后来在《湘鄂西初期的革命斗争》一文中动情回忆道：

当时由于还没有建立起一块可以依托的根据地，又加上敌军封锁，战斗频繁，工农革命军在人员补充、弹药补给以及生活保障方面均发生了极大的困难。村庄、镇市大都为敌人盘踞，我们不得不在高山野林里风餐露宿，没有粮食，常在野地里找野菜充饥。时值初冬，天气渐寒，而部队大部分穿着单衣。正当工农革命军处在极端困难的境况时，贺英同志带着一批棉布、棉花、子弹和银圆，及时支援了工农革命军。

姐弟俩促膝谈心时，贺英说：

常常（贺龙原名贺文常），你当军长，带过几万人，那时人家跟着你，是想升官发财；现在人家跟着你，你总要讲出个道理来。只有把这些人的心拴住了，队伍才不得垮。应当把这些人组织起来。还有，鲤鱼要个滩头，野鸡要个山头，你带这么多兵也应该有个窠，老是东跑西颠的，不行啊。

贺龙仔细思索姐姐的话，反思军心不稳的原因，一是利用旧关系建立起来的革命武装不经过彻底改造是隐藏着风险的；二是没有发动土地革命和建立工农民主政权，也就没有自己的根据地。这样，连起码的军需都无法保障供应。为此，贺龙采纳大姐的建议，进行了有名的堰垭整编，部队仅剩下 91 人，72 支枪。人数虽少，但都是精华，在贺龙率领下转战鄂西南，仅两个月时间就发展到五六百人，一举攻下鹤峰县城，建立了湘鄂西第一块根据地。

关于贺英和贺龙之间的姐弟情缘，贺龙族兄贺敦武的遗孀翁淑馨，在她后来写作的《我与贺龙》一书中，有过非常动情的描述和深刻的认识。她说：

贺英对贺龙的爱护和支持是始终如一的，这不仅因他们是同胞姐弟，更因为他俩志同道合，因为他们都有一个强国梦，都有一个富民梦，都憎恶万恶的旧社会。贺英与贺龙的姐弟之情，既是血亲之情，更是战友之情；既是血亲之爱，更是革命之爱！他们姐弟之间的这种情爱，在人间是罕见的……

老红军、老作家黎白是《红二方面军战史》和《贺龙传》的编写组成员。贺龙健在的时候，他就听贺龙元帅多次谈起过大姐贺英。贺帅说：

我姐姐从小主持家中大小事，她是穷人家的长女，练成了能干的本领。她长得高高的，大手大脚，很壮实，像现在的女子篮球队、排球队的队员。她心很细，善于思考，很有主见，也很果断，会武术，会打枪，还带过队伍，带过游击队，是一个有才干的人。又有女同志的温柔，我不大管家，我妹妹，我妹妹的孩子，还有一些战友、旧部下的孩子，多年来都是她抚养的。当时，我也没得办法从经济上、物质上帮她，什么困难全都是她自己想办法解决的。她很爱孩子，她自己一生没有生过孩子，不过，她是一个好母亲。

姐弟情！战友情！人世间，还有什么比这种融入了崇高事业的血亲情爱更见珍贵呢？

二十世纪七十年代，蒙冤九泉的贺龙平反以后，贺龙夫人薛明一家终于结束了监禁、流放和住招待所的畸形生活，搬进了北新桥的新居。贺龙的挚友和部属刘达五的儿子刘冠群进京看望，发现客厅的西墙前是一尊金色的贺龙元帅半身塑像，客厅北壁上除了将军诗人、书法家魏传统赠薛明同志的一幅七绝，就是民政部颁给贺英的革命烈士证书。可见他的家人是多么懂得贺龙的心情！

……

姐弟情深，仅仅是手足情深？

一路采访中，我的脑海里不断闪现贺英帮弟弟招募队伍的情景。那里人山人海、鼓乐齐鸣。人们像欢度节日般兴奋。大刀、梭镖和鸟铳，在山乡如森林密布。从此，鸟铳里发出的呐喊、大刀上闪现的光芒，让苦难的穷苦人看到了改变命运的唯一方式：抗争。

与中国农村其他地方不同，在桑植这个山区小县里，当地民众对于出现在他们眼前的红军，是一种挥之不去的红色诱惑。而当时的中国，挣扎在社会底层的广大劳苦大众，在中国共产党描绘出来的红色出路中，看到了他们人生的希望。喜欢赶男人出山的桑植女人们和喜欢远行的桑植男人们，在眼前的红色中，看到了比骡子道更好的出路。那是他们别无选择的道路，那红色才是他们宿命中的颜色。

也看过一些红军“扩红”的电影电视，那场景，红军首长登高一呼，响应者众，当即就带走了本村、本镇、本区几千子弟去当红军。出征时，山上桥上，村边路边，母亲、妻子、女儿和兄弟姐妹们都来壮行，或执袂叮嘱，或眼泪汪汪，或依依不舍。他们目送着亲人一步步走出山乡，放飞到山外的世界。之后，女人们被红色沸腾起来的热血并没冷却，对出现在她们命运中的红色诱惑，天不怕地不怕的桑植女人，以一种义无反顾的人生自觉，让生命染上了骄傲的一抹红——支持红军跟党走。

可是，当年那些义无反顾辞别桑植的男人，走出去几乎没有回来。坚守在家的女人也厄运连连。这，是不是贺老总离家时只做远远的眺望，走出湘西、几十年再也没回来的缘由？

突然想到，对于这段历史，廖汉生曾经以饱满深情写道：

我们红二军团从干部到战士，有许多人原本就是苏区子弟。湘鄂边的人也很多……

红军要走了，很多人赶来看望自己的子弟、亲人，他们从洪家关、樵子湾来了很多，直接到师部找到我，言辞恳切地说：“汉生，我这个儿子交给你啦。”“汉生，我的丈夫交给你啦。”其言其情，感人至深。

我不能不承诺下来：“放心吧，我会照顾好的，有我廖汉生在就有你们的儿子、丈夫在。”

俗话说一诺千金啊，我对父老乡亲们的一句承诺，竟使我从此背上了永难偿还的感情债。他们的儿子、丈夫有许多在长征中牺牲了，有些连牺牲在什么地方我都很难说清。这笔沉重的感情债，在我心头压了几十年，新中国成立后的三十年间，我也迟迟没有回去看望故乡。一个重要的原因就在于此，一想到那些牺牲了的同志，一想到那些红军家属们，我的心就不安起来。

一个老将军，一个功臣和英雄，我能想象，他向故乡遥遥一望的深情，隔着云雾缭绕的大山，他多少次眼含热泪，在心里长跪不起……

为此，贺龙的女儿、女将军贺捷生这样说过：

从北伐革命到全国胜利，光是贺氏家人为国捐躯的就有数百人之多。如果加上远近亲属，宗室族人，就多达数千人。一个家族，在前辈率领下义无反顾地投身革命牺牲了这么多人，这在中国革命史上都堪称奇迹。

奇迹无一不是牺牲铺垫的。贺龙的外孙女贺来毅站在桑植县数千名的烈士墙前，含着眼泪也说过一段这样的话：

我一直不明白爷爷长征出发后，为什么再也没回家乡？我一直在寻找这个答案。看见这么多烈士，也听到一些人的说法，我猜测爷爷没回来的原因，可能是因为数万家乡子弟兵跟随爷爷南昌起义、长征、抗日和解放战争后，活下来的屈指可数，爷爷内心里是不是感觉愧对家乡父老？怕见父老乡亲？

而我却想，贺龙离家几十年，最想看的该是最爱护他的姐姐贺英。可岁月悠悠，故土有那么多牺牲的忠魂，他回不了故乡。这位共和国元帅，既然不能泪洒坟头，那就只能——把泪咽回心头！

第 4 节　四更里，你单枪匹马会神兵

四更里

四更里呀想贺英，单枪匹马会神兵。
收编一个团，扩大我红军。
哎呀，香大姐，

是我们的好将军，一往直前建奇勋。

贺英高兴啊，弟弟贺龙加入共产党，他是一名中国共产党党员了。贺英在与党组织接触的那段时间，她深深感到，中国共产党就像针灸郎中手中的神针，那针，是那么准确地扎在破旧中国的死穴上。

又像她曾梦过的黑色牢笼，囚禁了多少人。如果我们的空间是牢狱，那党领导的革命就是劫狱，就是帮助越狱或解放牢狱！她相信这个党，她的意志、激情和信仰，已在自己身体里集结，那是马上能突围的一支红色队伍。她要借助这支队伍改变穷人们的命运，改变这一方山水的命运。

是的，这个红色学校太吸引她，她已经努力做个好学生，像周逸群、像弟弟文常。于是，她几次向党组织提出申请，她要做党的女儿。既然党收了那么多的优秀儿女，他们都在这所学校领取了一张红红的毕业证。那我，也想要这么一张证——加入中国共产党。如果从前，我作为小火星唤醒光亮，带领队伍。走进这所学校后，小火星会燃成火炬，照亮曾经迷茫的征途。

这天，交上了自己的入党申请书，贺英登上山头远眺桑植，浮想联翩。

最初走武昌的亲人谷状猷，像家乡做酒的发酵曲，在这个亲族人牵肠挂肚又豪气万丈的地方，演绎了一场前仆后继、家国一体的生命长戏。或惨烈，或悲壮，或啁啾，或激昂……

谷状猷，是参加武昌起义一举推翻清王朝封建统治，建立“中华民国”并被授予“中华民国开国将士”的亲人；是一个让人感受生命自豪、树起精神标杆的亲人；是得知袁世凯窃国称帝而愤然投入“讨袁护国”斗争的亲人。举事不幸，临危处斩时他高喊：

少年离小家，同志遍天涯，
丹心和碧血，都染战场沙。

一个亲人的生命之石丢进了历史岁月的长河里，瞬间泛起了一圈又一圈涟漪。随后就是刀砍盐局的文常老弟，和他身后的贺锦斋、贺桂如、谷德桃、谷志大……激烈的、变幻的，波纹一荡就是一百年，荡出了一个亲族与一个政党的命运共同体，荡出了一个亲族与一个新生国家的肝胆相照，荣辱与共。

这个政党叫共产党，这个新生国家就是我们的——中国。

这个亲族叫湘西北桑植的贺家、谷家、王家；银姑、满姑、幺姑……

经过严酷的革命斗争磨炼，贺英对共产党和革命的认识越来越明确，信心越来越坚定。只可惜，贺英入党这一愿望到死都没实现。不是党不要她，是更需要她以牺牲的姿态奉献给党。为此，贺英多了太多的不平和委屈。

1989 年，廖汉生将军在《忆贺英在桑植起义前后》一文中写道：

1933 年 1 月至 3 月，贺英曾先后两次提出申请，要求加入中国共产党。是红三军政委关向应代表党组织向她做了解释，出于革命斗争的需要，把她留在党外。但她是按照党的指示开展土地革命，开辟革命根据地，积极扩大武装的。

事实上，贺英渴望加入共产党。虽然最终没入党，但干的都是党的事：

1930 年 12 月，贺英紧密配合湘鄂边工农革命军收编了一支两千余支枪、三千余人的队伍。是因四川军阀王陵基逼迫当地的土著武装甘占元、覃伯卿、袁海卿、张东轩等部出川，他们随后窜入鹤峰县境内。为收编这支土著武装，贺英一面写信给贺龙汇报情况，一面自己带领一队女战士到奇峰关与甘占元、覃伯卿周旋，保证了收编工作的顺利进行，大大地补充了革命武装力量。

1931 年 4 月，工农红军主力东进洪湖，依据党组织的安排，贺英与桑植独立团及少数游击部队留守后方。

1932 年，敌军对湘鄂边苏区发动第四次“围剿”，由于湘鄂边特委在军事上执行“左”倾冒险主义政策，红军屡战失利，特委和独立团被迫向洪湖转移。整个湘鄂边仅仅剩下贺英所率领的武装……

贺英在顽强地坚守着。

贺龙部队在石门一带受挫，特别是参谋长黄鳌、师长贺锦斋先后阵亡，南京、长沙的报纸大吹大擂，说什么“消灭共军干将”“斩断贺龙两只臂膀”。消息传到县里，“剿共”头子陈策勋得意忘形，更加不择手段地镇压革命。

这期间，贺英心中有个巨大的痛，那就是亲妹妹贺满姑的死，她死得太惨！还有一个远房弟媳汤小妹也被敌人杀绝了户。

夜是那么黑、那么长。灯塔在哪里？出路在何方……

贺英啊，她带着的队伍是照亮黑夜中的灯盏，可现在它的光晕暗淡，既照不见革命的前程，也刺不破四面围困的黑。捣毁牢笼的缺口在哪里？黑暗还有多长才能看见黎明时新的曙光？

这时的贺英，多想面对旗子上那片红，哪怕镰刀斧头的图案用木炭和毛笔蘸墨画得不标准，都会让她无比幸福举起右手、握紧拳头，面向它们宣誓。她是党的女儿，像一只发光的萤火虫在黑暗的乡野、牢笼的夜晚，锐意飞行。然而，她知道，指望她个人的飞行，要想凿开一条光的隧道，太难太漫长。她多想有一支火炬直接照亮，像指路明灯，让她有希望有方向。

正因此，后来的贺龙满含热泪说了这样一席话：

她对我帮助很大。在1928年石门失利后转到鹤峰大山里的时候，若是没有大姐来支持我们，后果是不堪设想的。她虽然没有入党，但她对党是信任的，对革命也是坚定的。1930年，我带着红四军东下洪湖后，湘鄂边只留下了独立团和大姐的这支游击队。最后，她是在和敌人作战中牺牲的啊！

很难想象，贺英在中国革命中赫赫有名，却不是党员。值得一提的是，为革命贡献了一切的贺英，以非党员的身份，为党做了大量工作直至献身。

在采访中，我们访到这样一个细节：

老红军、老作家黎白同志在《贺龙元帅》一书中，鉴于个别老同志曾认为贺英不是党员，她领导的游击队也不是党领导的游击队，只能说不是土匪武装，她客观上是为革命做了一些贡献，但只是出于家族观念，为了帮贺龙。

针对这一说法，编写组的同志在查阅历史资料的过程中，发现当时的敌伪档案中，有“鄂西赤匪由贺英指挥，为贺龙、段德昌之留守队伍”的记载；而中央档案馆中保存的历史档案原件中，发现一份中共湘鄂边特委的材料，其中写着贺英曾担任过中共湘鄂边特委委员。为了更确切地求证，编写组成员先是请教了当年的国防部副部长、北京军区政委廖汉生。

廖汉生曾在贺英身边多年，而且在贺英的游击队工作过。他说贺英不是党员，但她率领的游击队是党领导的，是与国民党作战的。

再去请教贺老总，他说：

贺英确实没有入党。不过她向我和周逸群三四次直接提出过入党要求。逸群当时是书记，他向我姐姐解释说，香姑目前不入党比入党对革命的作用还大，这里的一些团防、民团首领，有的反共，有的是中间派，有的支持我们。大姐在这方面关系多，影响大，要多做些团结他们的工作，以减少我们的阻力。太红了，人家看你是共产党，就不敢接近了。所以，贺英一直没有入党。不过她领导的游击队是党领导的，而且，在我带着红四军去了洪湖之后，一直坚持在湘鄂边与敌人斗争的。

对革命有功的贺英，虽然最终没能实现加入中国共产党的意愿，但用廖汉生将军的话说，她从参加桑植起义那天起，就把自己的一切乃至生命都交给了革命，交给了党。

拿破仑在他临死前说过的一席话：“世间有两种武器，信仰和利剑。在短期内，利剑可能凌驾信仰之上，耀武扬威；从长远看，信仰必将打败利剑。”

贺英就是如此。

第5节　五更里，你闯山救红军

五更里

五更里呀想贺英，赤胆忠心为革命。

艰难岁月里，你闯山救红军。

哎呀，香大姐，

你是烈火见真金，丰功伟绩万古青。

2016年初夏，桑鹤公路沿线的山山岭岭，盛开着血红血红的杜鹃花。怀着一份由衷的崇敬，我们来到湖北省鹤峰县太平乡洞长湾村。七十多年前，名噪湘鄂西的红色女将贺英，就是在这个普普通通的土家山寨喋血牺牲。

同她一起牺牲的还有二妹贺戊妹。这里，先暂停一下对贺英的叙述，说一下贺英的另一个妹妹贺满姑的死。

满姑被关进牢笼是在1928年5月。

满姑一直记着大姐贺英多次给她说过的那个梦。那是收殓惨死父亲的棺材变的牢笼，关了好多好多的穷人，其中她是喊得最烈的。“我要出去，放我出去！”棺材没有动静，天地没有回应……当她真就关进来后，她知道，她原本就跟广大的劳苦大众一起，囚禁在巨大的挣不脱的黑暗里。她一直都跟着姐姐哥哥在对抗着，可最终还是成了这个牢笼里真正的囚徒。

就因反抗、要冲破这牢笼，她才被抓、被刑。

这里太黑暗没有光，有的是带血的皮鞭，吐着火舌的熊熊火炉，像铁匠铺里的一堆摆设。然而，插在炉火中的铁铲，已经提到眼前。烧得通红的铁钩，都已变成饮血食肉的刑具。

敌人要的是交出贺龙、贺英的下落，交出工农革命军的枪支，交出共产党组织，满姑紧闭着那张嘴。那些刑具，无一例外地全用在这个弱女子身上，像一匹烈马，惨烈地踩踏嫩绿的草地，随后就是无法出声的疼痛和高低不平的坑洼。满目疮痍的身子，还继续着踩杠子、坐老虎凳、灌辣椒水、手指插满竹签，直至烧红的铁铲在肉身上再也找不到可以下手的地方，敌人依然没有得到他们想要的东西。

敌人用了五次惨绝人寰的酷刑，逼满姑招供，她没有屈服。离郁龙章家不远住着一位姓蔡的老婆婆，看到贺满姑被整得死去活来、惨不忍睹，便暗地给她送了一碗糯米汤圆，里面放上鸦片毒药，让她吃下免受折磨。刚刚送到贺满姑手里，就被匪徒发觉了。匪首凶残地骂道："还没来得及放血就让她死，太便宜她了。"

衣冠禽兽的敌人蹂躏一个年轻女人的卑劣也可想而知。他们用尽禽兽的欲念，在女人的贞洁上极尽卑劣地羞辱她。

满姑的内心是不耻与安静的。

她是带着使命的人，在这个牢笼里，她是代替穷苦百姓来接受命运的囚禁。就让她把牢底坐穿，让更多的姐妹不再受苦。她原本也没这么伟大，是弟弟贺龙前仆后继为穷人打江山；是大姐不顾一切保全革命火种；是父亲、弟弟的惨死给她注入深入骨髓的仇恨；是多少穷苦姐妹的殷殷希望，也是湘西女子绝不向敌人投降的血性……既然革命了，就会有牺牲；既然牺牲了，就要死得壮烈。在革命面前早已没有性别，满姑早就把灵魂和身体交给她将为之牺牲的这片山水。何况，穷人终究会前仆后继去战斗，终究会把这个牢笼砸碎，让所有人平等沐浴在阳光下……

好在，党组织积极营救，把满姑的三个孩子都保释出去。剩下的，随你，贺满姑就是大义凛然，坚贞不屈，宁死不吐半个字！

一九二八年农历八月初六上午，敌人将满姑押到桑植县城外校场坪。

那天，天地被一场雨浇泼得格外干净，花草没有灰尘，山水都很清亮。满姑被剥光衣服、裸露着身体绑在柱子上。最初，满姑是垂着她从来不低的头。尽管这是刑场，毕竟天开地阔，毕竟大庭广众。她想钻进地缝砸死，她想挣脱绳索撞死，一个女人怎能被如此羞虐！可是，敌人就剩这最后一招，羞辱一个女革命者，似乎让她们结束生命前，先自己羞虐而死。再警告人们，女人革命就是这下场。

现场围观的民众愤怒了，一位长者骂道："畜生，你们没有姐姐妹妹、妻子女儿，总该有母亲吧，猪狗不如！"可更多的乡亲流泪唏嘘，不忍目睹。

满姑是在亲情、乡情疼爱的眼波中抬起的头。她的头慢慢抬高，她的脊梁缓缓挺直，眼神是从未有过的纯净，心灵是从未有过的高贵。面向乡亲，面向父老，她纯净的眼神像在说：不要怕，这不是我的耻辱，我是你们干净的女儿，这群敌人才是最卑鄙、下贱和无耻的。为你们赴死，为人民献身，是最光荣的。不是吗？自己从一个婴孩裸露着来世，到衣裹遮羞，再到嫁人为母，生儿育女再续一种轮回。我就是这方山水的女儿，为亲天、亲地、亲山、亲人们交付自己，奋斗牺牲，值得！如今，即使这样面对你们，也无懊悔。因为，我从来就是你们的姐妹，你们也都是我骨肉亲情的父老乡亲。没什么羞愧的，如一个婴儿又回到你们怀里，我就是乡亲们永远纯洁、干净的女儿，抑或就是你们的姐姐妹妹。我的理想、信念和身体都属于你们，回归你们。

其实，敌人也想错了，他们的卑劣在唤醒民众曾经麻木的、沉睡的仇恨。而她贺满姑，等于又一次带领队伍，用已经血肉模糊却干净圣洁的身体，组织又一场战斗，发起又一次冲锋！

对刽子手的暴行，满姑再无畏惧和羞耻，她挺直了自己赤裸却坚强的身躯，欣然向死亡走去……贺满姑是被敌人一刀一刀地割死，再开膛破肚示众三天。死时，年仅三十岁。

站在"贺英殉难处"的石雕前，随着徐立礼老人的指点和描述，另一幅画面重现我们眼前。

1933 年 4 月，贺英、廖汉生转移到桑鹤边界地区游击。4 月 12 日深夜，混入农会的叛徒许黄生，勾结覃福斋等匪部三百余人，偷袭贺英驻地，敌人先打死哨兵唐佑清，然后用密集的子弹向屋里扫射。

睡在屋里的贺英手持双枪，抵住大门，英勇还击。匪徒人多势众，步步紧逼，边打边喊："冲啊，打死贺英有赏！"贺英卧在门侧，沉着应战，敌人始终冲不进屋。突然一颗子弹飞来，打中了贺英的右腿，她倒了下去，血水流了一地。徐焕然要背她走，她坚决不肯，咬紧牙关，掩护同志们突围。接着，她将身上的小手枪和装有几块钱的小布袋，交给身边年仅七岁的向楚汉："快走，找大舅去，报仇!"战斗到快天亮时，贺英头部又中一弹，倒在徐焕然怀里，她轻轻说："我不行了，快去找云卿，跟敌人干到底!"最后一眼，再仰望东方，慨然吟道："天生我47年天不亮，后47年漫天光!"说罢合上双眼，壮烈牺牲。

贺戊妹是贺龙的二姐，家中次女。一直跟随大姐贺英左右。那晚，在另一屋场的戊妹手握短枪带领伤残老弱冲出后门，隐蔽地向外突围。为了掩护大家安全撤退，她向敌人连续射击，伤员和家属得以成功撤退。

戊妹本来可以突围出去的，由于身患疾病，跑不动路，被赶上来的敌人抓住残酷杀害。同时遇难的，还有徐立礼的爷爷，也就是徐焕然的父亲徐方刚，以及游击队员张志道、唐佑清等五人。

贺英和戊妹牺牲后，敌首覃福斋命人拖走她们的尸体，残暴的敌人砍下她们的头颅，并将其分尸。贺英与戊妹的头颅、被肢解的四肢和赤裸的躯干被悬挂在城门示众。

——后面的话

不久，贺龙闻听大姐死讯，大喊一声："痛煞我也!"热泪滚滚而下！他拿出了自己多年的积蓄，要部下寻找贺英的尸体，一定给予安葬。他流着泪说："我大姐总会剩下点肉渣渣吧，她的后事我来办!"

贺龙深情怀念大姐贺英，多次在讲话中提到贺英。他说：

据突围出来的人对我讲，我大姐被敌人包围后，无论谁拖她背她，她就是不先撤，一定要掩护别人突围。先是敌人的子弹打断了腿，撤不下去了，非要与敌人拼命不可。后来，她脑部又中了子弹，才牺牲的。她自己为革命贡献了一切，她也保护了一批子弟，不少娃娃都经过长征、抗日战争、解放战争，都做出了各自的贡献。廖汉生就是从我大姐那支队伍中突围出来找到红三军的。如今，他是国防部副部长、北京军区政委。我大姐保留了一批革

命力量，功劳也是不可抹掉的。

1962 年，内务部优抚局在批复《关于贺英同志生平》一文时说：“贺英同志生前担任的职务，经中央组织部办公厅和贺龙副总理办公室了解，大体相当于师级职务。”2009 年贺英被评为“100 位为新中国成立做出突出贡献的英雄模范人物”。

心听得太疼，本能地想找点安慰，自言自语：“好在贺英最后倒在爱人的怀里……”

“是啊，是啊。”徐立礼老人赶紧接话，“1933 年 1 月，红三军重返桑鹤边界，贺英与贺龙姐弟重逢，那个说不出的高兴哟。弟弟一直有个心病，大姐单身多年没儿没女，一个女人、寡妇，先是当司令、带队伍，后是投身革命与红军分享艰难，太不容易。这次回来，怎么都要把大姐的事情解决了。”

“贺龙是知道大姐和徐焕然俩早就是男有情女有意，说办就办。喜宴上，贺龙和红三军领导人夏曦、关向应等，都向我父亲和贺英大姨表示祝贺。那天，贺龙笑得那个开心，胡子翘上脸，眼都眯成一条缝了。”

“大姨一生没生儿育女，可她收养的干儿干女却有十多个，他们大多是烈士遗孤。”说到大姨贺英牺牲时的情景，徐立礼老人禁不住哽咽失声。他说当时他才十岁，是最早转移到屋后大山上的，没受一点伤……

贺英牺牲地——太平乡洞长湾村胡家屋场，现被列为州级文物保护单位。贺英遗骸于 1962 年移葬鹤峰县满山红革命烈士陵园，她牺牲的地方就立了个石雕，上面刻着五个字：贺英殉难处。

徐立礼老人告诉我们，贺英牺牲三天后，她的遗体安葬在洞长湾村徐焕然家门前的竹园。她出殡那天，周围三个乡的群众都自发赶来送葬。“文革”期间，有人否认她是烈士，要挖她的墓，四方乡亲以命相拼坚决保护……

朴实的老人多次重复一句话：“大姨对革命有功啊！”

那日在洞长湾村，我们的采访持续到很晚，乡亲们都争先向我们提供素材。有位文化老人说了一个观点：贺英的故事曾被有些人读出人生命运中的某种偶然。其实，贺英跟湘鄂边区其他的红女、红嫂、红寡妇都共有一个相同点，人间的不平与社会的不公点燃了她们天生暴烈的野性，而中国共产党的革命主张恰好让她们看到了命运的曙光。不是革命的红色染红了她们，而是她们自觉接受了命运中的红色之恋。正因为她们的红色恋歌发自心底，才能够一恋到死，一恋到老，老而无悔，死而无憾！

采访中，洞长湾村的老人们还谈到了经典歌剧《洪湖赤卫队》里的韩英。老人们都知道，那歌剧里的韩英就是贺英。党的好女儿啊，为天下的劳苦大众都解放，粉身碎骨也无憾。说着说着，便自然唱起了那首熟悉的歌——

娘啊，儿死后，
你要把儿埋在那洪湖旁，
将儿的坟墓向东方，
让儿常听那洪湖的浪，
常见家乡红太阳。

娘啊，儿死后，
你要把儿埋在那大路旁，
将儿的坟墓向东方，
让儿看红军凯旋，
听那乡亲在歌唱。

娘啊，儿死后，
你要把儿埋在那高坡上，
将儿的坟墓向东方，
儿要看白匪消灭光，
儿要看，天下的劳苦人民都解放！

车离洞长湾村，再看“贺英殉难处”的石雕，突然感觉，这石雕是一块块残骨、血肉熔铸浇灌而成的，还滴着血、印着生命最后的抽搐。石雕比墓碑大，却不敢摸、不敢碰，仿佛一种剧痛跨过几十年岁月，传给了我，强烈感应到一种无以言说的——痛！

这石雕连着贺龙元帅的三姐妹。与大姐贺英一同牺牲的二妹贺戊妹、先她而去的四妹贺满姑，都是被敌人残害至死、羞辱之极，还死无全尸。

若不拿枪、不革命，几个如花似玉的女子生儿育女、纺织耕种，像身边无数农妇一样儿孙满堂，到新中国成立后都能过上好日子。可为何——

你要断头！你被碎尸！你被凌迟而死！

可从此，人民不会忘记！

婉转中略带忧伤的《五更里》来自民间。纺纱半夜的女人哼着这歌，能把心都唱痛；趴战壕看月亮的战士想起这歌，憋足劲又盼下一次冲锋。

浸着青山绿水，这歌，和着百姓心中相得益彰的哀伤与疼痛，宛如天籁；湘鄂边传唱几十年，这歌，带着甜美悠扬和与生俱来的淳朴，是老百姓的心曲；这歌，还是个明显的地理标志：会唱这歌，才是湘鄂边区人！

传唱传送着力量，力量对抗着灾难。深深的怀念，唱的是人民心中永远的英雄！

车过城门口，也经校场坪，我都没往上看。三位女杰英烈已把我的心刺得生疼生疼……

第五章 远 征

要当红军不怕杀，哪怕挖眼又拔牙，

树树儿砍了桩桩儿在，冬去春来又发芽。

——桑植民歌《要当红军不怕杀》

殷成福牵着小棕马，马背上的摇篮趴着七岁的九幺儿，另一筐装些行李和粮食，像一座移动的家，几口人跟在小棕马前后，走着。

待殷成福一家随后勤机关和家属连从大庸黄家铺到澧水河边时，强渡澧水之战已接近尾声。那个惨烈哦，死了好多红军！没见过这惨烈现场的刘大梅哭了，对丈夫说："清芝，我不想走了，我想把孩子生下来，再……"

侯清芝看着大梅，心里有些难过。他找到父母悄悄说："大梅怀孕反应太大，我想把她送回去。"侯昌仟当即把脸一阴："回去？你哪还有家？队伍才是你的家。你没听说每次队伍撤走，红军家属被国民党挖心肝、剥脑壳皮？惨哟！"殷成福也对大梅说："你娘家也没人了，你回去还不是送死被杀？"说完，她从包袱底层翻出"红星兜兜"放到儿媳手上。这兜兜，用你们的结婚喜帕做的，贴上红五星、围上红边边，就当它是护身符，会保佑你们母子、保佑我的孙孙的。

殷成福一路在说些:“好歹一家人在一起，还不舍出性命保你们娘俩?”又豪气地拍拍胸脯催儿子:“大梅由我来照应，娘以性命担保，你放心带兵打仗!”

大部队都过了河，一只船撑到侯家老小面前，那是从战场上撤下来的红军战士、冒着生命危险特地护送他们。船到河心，敌机疯狂轰炸，炮火在小船周围溅起数丈高的水柱。战士们围在小船前后左右边打枪边踩水护船，殷成福感慨地宽慰儿媳:“只有红军才把我们老百姓托在手心里，这安全、这保险，哪里有哦。”

1935 年 11 月 21 日，红军突破了澧水封锁线，随后几天急行军，殷成福一家人跟着队伍，就远远地离开了家乡……

第 1 节　女兵，爱和痛的交织

侯德山在殷成福孙辈中排行老五，从小听奶奶的故事长大。那日捧着父亲厚厚的回忆录手稿，说:“苦得无路可走的爷爷奶奶，最初走上长征路，也许是为躲避敌人追杀，让一家人奔好日子。这朴素的初衷，是依赖红军相信党，相信这支队伍能救穷人，知道奉献、牺牲是为万代子孙。”

绝不是巧合，奶奶殷成福所在的红二、六军团前四位将帅夫人全是湘妹子。蹇先任（贺龙夫人）、陈琮英（任弼时夫人）、蹇先佛（萧克夫人）、李贞将军（甘泗淇夫人）。她们是妻子，是母亲，是辅佐红军丈夫的贤内助，还是帮穷家女子明白革命，改变命运的引路人。

侯德山说:“有好多次，奶奶说，父亲记，我在旁边听。父亲厚厚的回忆录就是一条明晰的线……”

出了桑植，没两天部队到了溆浦。贺老总还是依他运动中歼敌的战术，“看我们的两条腿牵制敌人，让他们自己动起来”。溆浦作为一块肥肉抛到

| 老年时的殷成福

敌人面前，贺红二、六军团要用它拖住嘴馋的樊嵩甫和李觉，使主力得到回旋。

殷成福随被服队一帮女同志跟在车马后面，进退不得。

闹心哟，前面的车马队、医务队和家属连，铺天盖地涌在城门口，只听得城外枪炮声大作，却没法出去，退也没个地方，乱极了。街边路旁是殷成福他们排成长长的一队，眼巴巴地看着那些提着盒子枪的连长、营长跑来跑去。

大梅的肚子已经微微露了怀，她依着婆婆小声问：“妈，今天怕是出不去了?”

说什么话，领导想出去准能出去。殷成福一双大手借故向众妇女们挥舞着，她是在给大家鼓劲。她是这个家属连中年龄最大的兵，全家又都在红军队伍里，虽说相处日子不长，可大家都敬重她。她也和气，心直口快，谁的难处都要帮。不但自己，两个孩子刘大梅和侯幺妹调教得人人喜欢。一家人都闲不住，不是帮伤员做这做那，就是帮女红军抱抱孩子替替手，连炊事班的活也抢着帮，喂马的勤务兵把活儿交给娘几个，也最放心。所以，人缘好，她说话个个爱接茬，喊做事人人都帮手。

“对对，婶子讲得对，相信领导就能打胜仗!”妇女们叽叽喳喳议论开了。殷成福笑嗔着眉眼回句话说：“可别婶呀婶地叫老了，红军里面都是革命同志嘛。”一股不服老的辣劲，立马给大家逗乐了。

正说着，幺妹从队伍前头，一蹦一跳地过来了，她穿了件打土豪打来的花布夹衫，很宽大，越发显出她身体的瘦小。一根黄毛辫子随着蹦跳的脚步一甩一甩的。她边蹦跳边喊着：“妈，我打死一个……”

话音未落，天空划过一声尖利的呼啸，“不好，迫击炮!”小个子连长话没出口，炮弹落地，在幺妹身后不远处，“轰隆——”一声巨响，侯幺妹紧闭着双眼，倒在血泊中……

接近贵州，最先出城的是后勤车马队、医务队和家属连，要冲过交战地段炮火封锁线，一个小军官，扯开嗓门子在喊话。其实这些女同志并没有像小军官想象的那么脆弱，她们大都是见过世面的老战士，枪林弹雨早已不在乎，越过关键地段自动拉开距离，纹丝不乱，互相搀扶，争挑重担，场面大而有序。

殷成福总是站在家属连的排头，她背着负了重伤的幺妹，却还是昂着头挺直腰杆。侯幺妹万幸没有被敌人炮弹炸着要害，只是大腿上中了几块弹皮，幸好有医院、医生在场。马上手术，两块铜钱大的弹片取出来，另外几粒黄豆大小的就没办法弄了，当时的医疗器械所限也只能如此。好几天，幺妹发起烧来，满口胡话。人，整个昏睡着。

大梅跟在婆婆殷成福身后，一个劲地喊："妈，我来背一程吧。"

"啥子话哟，你本身就是两人，万一闪着身子……"这时，不断有人，尤其是红军战士过来，跟殷成福争着抢着要背幺妹。殷成福铜锣式的腔口：男人，打仗去；女人，还没几个有我这把子力气。她把幺妹死死地扣在自己背上，高一脚低一脚地往前赶。当然，到了后面，侯幺妹还是被大家轮番背着，闯过一个又一个封锁线。

这一仗打得真漂亮！

不出三个小时，红 17 师占领了林木茂密却又是敌人攻击毕节的必经之路——将军山，伏击战打了个满堂彩。敌人吃亏之后胆子小多了，犹豫多日不敢轻举妄动，这就给红二、六军团，在黔西、大定和毕节地区赢得了一段史称"黄金时代"的喘息。

幺妹还没出湖南就负了伤，被人抢着背来扶去闯过那段枪林弹雨，好生感动。后来住进卫生队，本是养伤的，因勤快能吃苦，又活泼单纯，还唱得一口好山歌，被留在那里做了卫生员。

贺老总的堂客蹇先任，抱着个出生才 18 天的婴儿出征，行军不方便被分到后勤队。她原本没出月子身体虚弱，就编在伤病员一起，沿途好由医务人员帮着照应。卫生队和被服队同属后勤，行军在一起。那一段，殷成福一家三口就几乎天天和蹇先任在一起。幺妹和大梅都竭尽全力地帮着这位红军母亲。大梅还争着给孩子接屎接尿，说是"提前实习"，把殷成福乐得啥苦都忘了，乐呵呵地一到宿营地就烧水烫脚。

蹇先任人称蹇先生，曾经在军团任教员，课讲得那个好，又写得一笔好字，还有深厚的古文功底。关键，人家懂的革命道理多，还能把心贴给老百姓。像殷成福她们最底层的红军战士都没把她当首长，如同自家姐妹般的交往着。

这天，一个并不太大的脸盆三双脚挤挤挨挨地全泡进去。这时候是大梅、幺妹最幸福的时候。跟蹇先生能在一个盆里相互温暖、共除疲劳，泡出的又不仅仅是温暖，更是积蓄的一种精神热量。

最初，她们还是知道贵贱的，单独给蹇先任一盆热水。但这位没有架子的女红军硬是在她俩泡脚、福婶一旁添水时，把自己一双脚伸进来，融进一盆亲昵，还马上讲一家人永远爱听的故事。

从那时开始，殷成福一家与蹇先生便没了你我、没了高低，在这“泡脚”的温暖、最有力的支撑中，以一种亲情的力量，一起熬过最寒冷的季节，挺过最脆弱的初始岁月，也让殷成福由一个山里农妇变成懂得些革命道理的红军战士。

记忆深刻是蹇先生讲的第一个故事：带 18 天的女儿捷生长征，是附加了“条件”的。

军团开专门的紧急会议，定下让蹇先生母女一同远征。但纪律准许不等于家规能过，当天晚上，吞吞吐吐的丈夫突然说了声：“……必要的时候用。不能因为自己的孩子让红军队伍受损。”说完递过一团黑乎乎的东西，蹇先任一摸，知道是什么。她抬头望一眼丈夫，没有半点迟疑接过来，狠狠地在他面前点点头，像接受一项光荣任务。从此，她把这两坨铁随身带着。

“难怪，你那包袱总那么重。”幺妹恍然大悟。

蹇先任，红军将士和苏区人民都称她先生的女子，深受红军和群众的爱戴。殷成福知道，她曾用三年时间历尽磨难追找队伍，革命意志的坚定，那是没得说。后来，殷成福也经历了跟先生一样的坎坷，阎王爷那是几进几出才找到部队。那份执着和坚韧，是不是受这段“泡脚”的影响，不得而知。

好在，因为有了那次特别会议，红二、六军团长征的队伍里，多了包括捷生在内四个婴儿，那是任弼时的女儿任远征，萧克的儿子萧堡生（后被日本侵略军毒杀），吴德峰的女儿吴岷生。四个孩子，都留下了一串关于长征的生动故事。

点点力量就从丝丝热量中凝聚，颗颗星火也被点燃成精神火把。一次次温情的传递、精神的滋润，温暖了何止是殷成福一样普通战士，其实是温暖了那段艰辛而苦痛的岁月。

对此，美国作家斯诺在他的《西行漫记》中除称蹇先生是红军队伍里能文能武的“女英雄”，还对这几个孩子有着生动的记述，只是殷成福没看到而已。

这天，路过集镇、村寨时，走在队伍中的蹇先任母女一下引来群众、特别是妇女们惊异的目光。每当这个时候，蹇先任趁机讲上一段：“乡亲们，我们红军英勇奋战，目的就是要北上抗日救国救民，创造一个新社会，让人人有饭吃、有衣穿，过安居乐业的幸福生活。”话音一落，便引起一片叹息：“带着这么小的孩子，还宣传革命，女红军真不容易啊！”有些热心的妇女就把蹇先任拉到家中，烧了热水给捷生洗澡。当她们解开襁褓，看到孩子幼嫩的皮肤被屎尿浸泡得几处发炎，有些地方都溃烂了，母亲的心都被深深触动，不禁唏嘘落泪，对红军更加钦佩，也更加信服。

大梅回来就感叹不已，一脸的不可思议：带着 18 天的婴儿，竟然一天也没掉队？产后 18 天远征，多虚弱，怎么挺过来的……

殷成福赶紧凑过来接话：“都是人呢，人家蹇先生细皮嫩肉是富家女，还是总指挥的女人，她可以享福的，就是和我们一样吃苦受累，她又为了啥子嘛？”殷成福也说不上来，想了一会儿，突然一大步跨到儿媳面前，差点没吓着她，“记得我给你说过的贺氏家族的贺桂如，带病指挥冲锋，喊出那句：‘为我们的孩子能吃上白米饭，冲啊！’就中弹牺牲了。对，就是为了下一代，为我们的娃儿能过上好日子，多少人不怕累，像蹇先生；多少人不怕死，像贺桂如。想想也是，天上不得落大米，我们活着的人不舍命吃苦，哪能让地主恶霸自己趴下；我们天天享福享受，咋个为那些牺牲的人还愿？像你现在，保护娃儿，保住血脉，将来让孩子过上幸福日子，今天的苦就值得吃。”

这天晚上没有星星，也没有月亮，天漆黑漆黑的锅底一般沉。

一阵紧急集合的号声划破黑夜的寂静，殷成福从睡梦中惊醒，一个翻身爬起来拍了拍身边的幺妹：“我先看看蹇先生，去给帮帮忙。”

待殷成福向蹇先任住处跑去，坪上好多黑影悄悄地跑过来跑过去，除了不整齐的脚步声和呼吸声，再也听不到别的声音。

已经是寒冷的冬天了，风像一把利剑横扫在夜空里，吹打着树叶发出尖厉的叫声。在忽快忽慢、忽远忽近的行军中，最恼火的要算抱着孩子的女人们。体力本来就差，还背着个孩子，咬着牙坚持还是跟不上。殷成福这会儿已到蹇先生身边，和几个护士轮流为蹇先生抱孩子，一帮落在后面的女兵，拼命满山赶路。

要过封锁线了，突然几声枪响，“啾啾啾……”的子弹从耳边划过，孩子正在殷成福怀里。她本能地低头全身心护着，可头上还是冒出一片火星。枪声把孩子吓得一震，“哇”的一声就哭了。蹇先生一把抢过孩子解怀就把奶头塞她嘴里，紧紧堵住孩子的嘴。孩子开始还手捂脚打小脸憋得通红，一会儿变成青色紫色，但当娘的依然不敢松，仍使劲地憋着。待枪声稀疏，蹇先生才松开紧压的孩子，从她嘴里抽出乳头，孩子白眼珠一翻一翻脸色煞白，哭都不会哭了。张着小嘴急促地呼吸，殷成福就心疼，轻轻拍着孩子。随即晶莹的泪珠滚落下来，埋怨道：“你也把她堵得太紧了，再堵一会儿，小命就没了。”

蹇先生紧张得早就瘫坐地上，有气无力地说：“要哭出声来，多少条大人的命，就没啦。”

多么残酷！新中国成立后的日子里，殷成福也知道当年的贺老总当了国家元帅，蹇先生成了中央组织部的大秘书长。她无数次地独自荣光又心里一震：“当年要知道他们今天当这大的官，还敢收他的小棕马？还敢跟她一盆子泡脚？”有一点，即使老到八十的殷成福也知道：“当年跟我们亲成一个人、近成一家人、苦在一起、险在一处的他们，掌管国家，我们一百个放心！”

放心，让殷成福从来没因当年的近和亲去麻烦他们。奉献和牺牲，她懂。

相信，又让她远远地注视着，却还如当年一样在心里——永远地追随。

但是，无论怎么说，身子越来越重的大梅更难了。有一次，一场战斗后牺牲了好多红军，她又流泪了，自言自语说："死了也好，不要受罪了……真不想走了，哪天炮火打中我吧，孩子能早投胎。要不，生在荒野途中，再受我一样的苦，最后还是……死！"

殷成福就知道，光自己坚强不行，对儿媳，得抓"榜样"当活教材。

这天，那崎岖不平的山路上，一个女红军迈着双血痕斑斑的小脚，和大家一道跌打滚爬，备尝艰辛。殷成福借势跟大梅说："那双'三寸金莲'要走这万水千山，恶风苦雨，她又为啥子哟，不也是为你肚里的孩子将来过上好日子?"

英子在一个傍晚来了，见福婶不停地递过眼神，便搂过大梅亲昵起来。梅呀，我和你一样重负在身，这时候就靠我们自己撑了。人家李贞部长身子金贵吧，不和我们一样挺着肚子天天走？你还有两个专门照护，李部长把自己的马都让给伤员，跟你一样走，还得不停地指挥部队、照顾队伍。

中央红军那边有个叫曾玉的战功卓著的女团长。在江西苏区时就已怀孕，长征出发时本没有她，她是跟着长征队伍后面偷着追上来的。部队过老山界时，忽然又遭遇敌人袭击，曾玉偏偏这时发作，痛得已经骑不成马，姐妹们只好扶着她坚持着，一步步往前挪。忽然，一股鲜血从她下身涌出，伴随撕裂般的疼痛，她晕过去了。原来，婴儿的头已经出来，产妇晕倒又不能给力，情况异常危急。董必武同志赶忙招呼了三个女同志，两个抬着已昏死的曾玉，一个抬着婴儿的头，朝临近的小村子走去。

最后，在一堆干草上，曾玉死去活来生下了儿子……她紧紧地搂着孩子，知道第二天凌晨就要出发，自己只能做一夜母亲！

出发的号声响了，曾玉从熟睡中的婴儿身旁爬起，一丝不挂的孩子就盖了几片树叶放在地上，一张写好的字条压在他身下。唉，谁知会是被好心人捡呢，还是饿死、冻死，甚至可能被狼……咬死。孩子的哭声还在继续，女战友们架起欲哭无泪、一步三回头的曾玉，走出了那间屋子，继续赶路。

听到这，几个人都久久沉默。殷成福忍不住开始叨叨：“都是当娘的，哪丢得下自己的骨肉；都是亲骨血，哪里舍得，哪里不痛……”

平日少话的大梅含着眼泪自言自语：“这么离开，心里放不下，咋想的，会说啥……”

英子接过话：“我知道曾团长怎么说。她肯定搂着宝宝说了一夜：对不起宝贝，妈妈是红军，妈妈不能没有队伍，妈妈不能没有前方。可是带着你，这一路怎么办？你哭了你闹了，那是连着队伍连着多少人的命啊。关键，这没吃没喝的要远征，大人都受不了，你早晚是冻死饿死。孩子，世上没有不爱自己亲骨肉的妈，妈妈爱你，爸爸也在等你盼你。可是，你来得太不是时候。不知咱母子的缘有多长，但有一天是一天，妈妈想好好爱你。可真有什么选择了，孩子，你别怪妈妈。多少长大了的孩子也都是娘含辛茹苦养大的，娘又把他们送给了革命，送给了为劳苦大众求解放的事业。他们成了冲锋陷阵的战士，多少孩子呀，他们在战场上为革命倒下了，他们谁不是妈妈心尖尖上的肉呢，哪个妈妈不是心滴血、泪长流呢？所以，孩子啊，你理解妈妈。无论妈妈作出什么选择，都是为了革命，都是为了千千万万个像你一样的孩子将来能过上好日子。相信你会赞成妈妈、理解妈妈的选择。妈妈已经做好了为革命随时牺牲的准备，有一天，咱母子在天上相见，妈妈再好好从头爱你，爱你……”

英子说着已泣不成声。殷成福哭着对大梅、幺妹说：“这就是她……她自己的真事啊！”殷成福早已听说，英子作为首长的家属，照样在险要的时候把孩子送人。

英子顿了顿，再说。

那是一个夜晚，几个红军女战士同她一块别离寄养的孩子。

孩子是交到我们熟悉的大娘手里，无奈中也是放心的，但母子离别还是太揪心。转身就可能是天壤之别，甚至永难相见。走近孩子的床，我亲着、摸着，眼泪止不住地往下流。多可爱的孩子呀，脸蛋红得像樱桃，熟睡的笑脸更像朵花儿。再挨一下孩子的小脸蛋，趁着大娘不注意，把自己的路费，几块光洋放在孩子的枕头边。最后狠狠心、牙一咬出门——走。

可正出门，孩子醒了，大哭起来。当妈的哪有不回头的，可我当时站住了，犹豫了。不能回头，不能拔不动腿。正这时，眼见慈祥的大娘，拿一件破单裹住孩子抱在怀里，贴着孩子的小脸亲着——那是血肉相连的亲，我再也忍不住，一声发自肺腑的呼唤奔过去——“妈妈……”

妈妈，妈妈，多么温暖的字眼，多么亲昵的称呼，包含了革命者多少崇高的情感。是啊，我们对孩子尽不了妈妈的责任，人民群众却用真情在养育我们的孩子。又何止养育孩子、养育我们，他们在——养育整个革命！

我的眼泪哗地流出来，跑上前鞠了个大躬，恭恭敬敬地再喊一声“妈妈——”

我看见，大娘脸上凸显一种满足，也凸显一丝悲凉。大娘当红军的儿子已经牺牲，儿媳没有，孙子更不存在，却就是当红军的骨肉为自己的亲血脉。她儿子没了，却得到了千千万万个红军儿女；没有孙子，就把托付给她的孩子当自己的亲孙子。

当我们还在感慨，明事理的大娘，从牙缝里挤出个字：“走——”再没犹豫，我们转身消失在夜色中，任孩子的哭声划破夜空，我们再没回头……

英子揪着心讲乏了，却更感慨。为了摆脱敌人的围追堵截，部队不停地赶路。遭遇生理期的女战士，尽管腹部绞痛、两腿发抖，也只能捂着肚子一步步往前挪。饥寒潮湿和过度疲劳，加之长时间的营养不良，使她们经期紊乱，许多同志闭了经，得了妇女病，有的甚至从此终生不育。最苦的算红军母亲们，极其恶劣的环境下分娩，会导致终生“心疾”缠身：千辛万苦生下的孩子，又不得不忍痛丢弃。那种痛，胜过多少倍身体的痛啊！

可是，你看到一个女红军退缩吗？没有。她们有大目标，她们的信仰是——拼到革命胜利！

不知大梅是听进去了英子的这番话，让她有了榜样，还是历尽磨难，意志得到历练。当她九死一生把孩子生下来养到一岁就托付他人，毅然和来找她的幺妹去找红军、找队伍，去实现她们的使命：争取革命胜利，再解放更多穷人和他们的孩子。

英子那晚临走留下一双鞋。幺妹那双被剐伤、磨破，还有冻疮包裹成两个“大面包”的脚，只套了双烂草鞋。无论脚肿脚痛，依然踩在疾走的行军路上。16岁的花季少女很久都没鞋穿，脚板都走烂了，却一副满不在乎的样子拒绝：“我穿的是天生的皮鞋，磨不破穿不烂，能穿一辈子呢。”英子眼含泪水脱下脚上的鞋，说了声“我还备了一双”就赤脚走了。幺妹傻傻地目送着，殷成福又唠叨开了：“这哪是官呀，就是我们穷人的娘家妹哟！”

是真情的感动，还是精神的感召？反正，俩女子是那么坚定，顶着风险一路往前闯。直闯到最后音信全无，直闯到在人间彻底蒸发……

第2节　花季，在苦难中绽放

1936年2月27日，红二、六军团撤出毕节，沿着毕节至威宁的一条道路西行。过金沙江，红军当初选择河上有条铁索桥的普渡河，是北渡金沙江的理想渡口。滇军先一步将铁索桥牢牢控制起来，夺桥久战不决，使红二、六军团陷入东、西、北三面包围之中。形势危急，险象丛生。

前方战事吃紧，后方女兵焦急。

幺妹在医疗队当护士，仗打急了，人手不够，她便跟着担架队去抢救伤员。16岁的小小年纪，那把力气和胆量真不含糊。

最初，一批批伤员从战场上送下来，脑袋被打得血肉模糊的，腿上炸开大窟窿的，望着白花花的骨头，幺妹害怕；再一批肠子流在外头的，缺胳膊少腿的，幺妹哪敢拢边。好一段她都是心在抖、泪在流，慢慢地靠近、半眯着眼清洗。为缠满绷带的红军处理伤口，为他们小心翼翼地包扎劝慰……

幺妹拼着命在做，殷成福揪着心担忧……

幺妹第一次上前线救护。出发的时候，天上下着毛毛雨，山上的羊肠小道，被雨水一淋，像涂上了一层松油，溜滑溜滑的。下坡的时候，一不留神“哧溜”一下就踩空滑倒，还连带一片的护士，小姑娘们想笑又还痛着，一脸的复杂。

战场可不开玩笑，幺妹机灵地躲避枪炮，不是怕死，是要救更多的伤员。背着、扛着，有时要两个人前背身子、后扛腿地救护下山。伤员救回卫生队活着，她们就好高兴，最憋屈的是好不容易救离战场，看着战友头一偏牺牲了，姑娘们伤心费力，不忍心还得找地方埋了。

一整天的紧张工作，累得腰酸背疼，但一想到自己也能为部队出把力，疲惫，劳累，就化作了嘴里哼着的桑植民歌。但幺妹回家前，是一定要洗涮好，她没敢告诉老妈上前线救护的事。

再回到简易救护所，幺妹又是最忙的。

“护士啊，我的胳膊痒死了！你快给我打开看看吧!”

一位伤员惨叫着。幺妹把纱布一层层打开，哇，伤口已经烂成黑色，白花花的蛆在肆意蠕动着，顺着绷带往下掉。幺妹转身跑出去，把胃里仅有的一点东西都吐出来。可转身，幺妹再把纱布撕成条，蘸上水，给这个伤员轻轻擦拭。每擦一下，伤员都疼得撕心裂肺地惨叫一声，那揪心的叫声，吓得幺妹浑身是汗。一连很多天，半夜的惊吓又把幺妹从噩梦中吓醒……

在害怕中磨炼，在恐惧中成长。好在幺妹活泼开朗、能唱会跳，尤其伤员见她就安静。每到这时候，幺妹知道，他们想听支歌。她就唱——

冬月飘雪花，劝郎莫想家，
莫把妹牵挂，多把敌来杀。

这天正唱歌的幺妹，见一年轻伤员抬来一动不动，幺妹左看右看不相信他死了，俯身在伤员的鼻翼处感觉还有细若游丝的呼吸，就开始细心按摩、推拿，喂水喂药。再不行，含着泪念念有词，唱着歌安慰呼唤：

“有人想你呢，你醒来呀——”

唱：小小园中一堵墙，苦瓜丝瓜种两行。
郎吃苦瓜苦想姐，姐吃丝瓜长想郎。

“有人写信来，起来看嘛——”

唱：八月十五桂花香，妹从千里写信来。

生前不见妹的面，死也不准进棺材。

“许了愿保佑你，活过来啊——”

唱：走也愁来坐也愁，娘娘庙里许猪头。

许了猪头还了愿，保佑哥哥到白头。

两天两夜的自问自答自唱，幺妹一边唱一边按人中、掐虎口。招魂一样的山歌唱到第三天，伤员终于在幺妹的歌声中奇迹般地活过来！幺妹那个高兴啊，像自己死里逃生，又像她做了一回救苦救难的在世观音……

后来她才知道，那个年轻的战士竟然是个营长。

渐渐地，幺妹明白，战士们需要她的不单单是护理。战士们在她的身上，还想看见了家乡的山水、家乡的瓦屋、家乡的菜地、家乡的山歌、家乡的一切……

渐渐地，幺妹爱上了这份又脏又累的苦差事。

在殷成福的被服队，还有幺妹的卫生队，都是女红军成堆的地方。天天战事不断，死人的事经常发生。女红军们总是提心吊胆，生怕自己的丈夫突然“光荣”了。每到宿营时分，她们谈得最多的还是“那个人”的事。

今天不知能不能见他一面；

怎么，又想他了？身边的姐妹半开玩笑。

你不想，我想，是想他们的平安呀……

殷成福观察，如果时间允许，任务不急，女红军们便开始寻找自己的“目标”，你找你的，我找我的，到处是热切而充满焦虑的眼睛。婚恋自由，红军战士伴随真挚、热烈的爱，那种思念和眷恋噢，一起支撑着艰难苦痛的岁月。

以妈妈的身份，殷成福为这些女儿们祈祷：老天爷行行好，花儿样的年

华，她们就这点对爱的期盼、对未来的向往。一朵蓓蕾，刚刚绽放，您让她们在苦水里也能花开灿烂；一点火种，刚吐星光，您让她们在黑夜里也能照亮希望。

幺妹“进步”挺大，却并不是殷成福所望。十六七的女孩子，不该这么坚强的，不该这么沉稳的，不该这么……懂事的。她偷懒贪玩、没心没肺才正常。

艰苦征战和牺牲，幺妹小小年纪找到了那份担当。可母亲多么盼望女儿能在这死沉沉、硬邦邦的沉重里找到她生命的柔软——女孩青春的快乐。

幺妹从那些豆蔻年华的女战友热盼眼神中露出她对爱的期盼，当娘的殷成福早看出来，只是装麻木、不过问。近段，幺妹常带回一些卫生队的消息，让娘和嫂子跟着欢喜和忧伤。幺妹脸上的笑明显跟原来大不相同，还把她们湘西情歌哼进哼出：

生不丢来死不丢，除非蚂蚁生骨头；
除非冷饭又发芽，石头岩上生石榴；
郎不丢来妹不丢，与郎牵手看水流；
变鸟跟郎同栖树，变鱼和郎共水游。

后来才知道，有个伤得快死的年轻营长，被幺妹喊了三天三夜给喊回来了。从此以后，那个年轻的营长就偷偷省口粮给她。

幺妹自然不会接受比命还重要的口粮。但是，做母亲的看得出，女儿的心里，已经把那个年轻营长的口粮，在心里嚼了一遍又一遍……

当娘的心里长长地舒了一口气。这年月，这地界，口粮是命哇，用命护着女儿的男人，真好；还知道，红军营长老把马让给她骑。有人疼着那双受伤的脚，就够！看着女儿整日疲惫却幸福的脸上，有了亲人都逗不出的笑，有任何爱都替不了的幸福，当娘的心啊总算宽宽地舒了一口气。

毕竟，这苦熬苦挨的岁月，苦得只剩下点真情能度日、能撑命哟。女儿呀，有几多快乐你都要，有多少甜蜜你都收。娘希望，就用这情和爱撑过艰

难、蹚过苦难。毕竟，你花样年华不该承受这生命之重哇。

殷成福还多少次默默幻想：漂亮、活泼的女儿，不久就能领个帅帅的红军哥来见他。然后，也像那些姑娘一样，天天想、夜夜盼，日子就因盼头多了色彩，哪怕也有苦加甜呢。若打胜仗回来，一家人聚起来庆功，我啊，下灶火的本事拿出来，还不馋死一批人哟。

望着辛苦一天的女儿疲惫地熟睡，一个个晚上，在甜蜜的梦中露出淡淡的笑，当娘的，咀嚼鲜莲心一般从苦里嚼出一点点甜……

幺妹这夜回得很晚，说了句才从战场下来，殷成福看一眼她的脸色，问是不是死了很多人。幺妹嘴一瘪就哭了，“是小莲，她……”小莲？成福知道她，一个盼丈夫盼了三个月，幺妹的好伙伴。“她，她男人……”幺妹点点头。

战斗刚结束，尸横遍野哟，我们卫生队上阵地掩埋尸体。突然，跑在前面的小莲远远地看见靠在冒烟树干上的他，她没命地扑上去就抱住了。她哭呀，喊呀，眼泪和丈夫的血流到一起。唉，小莲这一天终于还是到了，几个月的提心吊胆，天天盼着能意外相见，却见了他最后一面……

姐妹们都替她流泪难过，为她祝福祈祷。可那些有相好、有丈夫的姐妹更揪心。为小莲祈福的同时，也都在为自己男人祈祷平安。看着小莲脱下外套裹住丈夫身体，再细细擦掉他脸上血污，把随身的手绢盖上去，大家的心都碎了。

最后，好不容易把小莲拉开，她哭着又两次扑向丈夫……再被强行拉走，直到走远不再回头，我们才掩埋了她的丈夫……

殷成福的心一阵紧一阵地听女儿述说。她死死地盯着幺妹，总觉得她身上的柔软开始坚硬，还有什么东西在慢慢散去。殷成福想说：幺妹你能哭、能痛、能喊，千万不能绝望……

第 3 节 女儿队员李桂香的爱情

人说：女人的命运天注定。前面提到的“以九块光洋，卖给老农民的李桂香”，其实有着浪漫的爱情故事。

1934 年 11 月底，秋风带着几丝凉意，可沙漠河滩上人山人海，那连天接地的热情早融化了一地秋凉，四山八岭的贫苦百姓直往会场上涌，有的送儿子参军，有的送丈夫入伍。有的父子同时报名，有的叔侄同台戴花。很快一千多名青壮年加入了红军队伍。坐在台上的任弼时、贺龙、萧克眼见此景，心中自是高兴。

正在这时，红军妇女委员会主任陈洛英，看到报名参军的一千多名战士中没有一位妇女，便走上前台挥舞两手鼓动着说：“姐妹们，红军是为我们穷苦人翻身得解放的队伍，我们妇女也要闹翻身，不要缠小脚，不要当童养媳，也要组织起来和地主老财斗！”说到这，她即兴舞动双手指挥宣传队唱起了一首《女儿歌》：

姐姐妹妹齐把心儿问，
男和女，女和男，本当是平等。
为什么，女儿脚，裹得紧又紧
三步难走一尺远……

还没唱完的《女儿歌》，歌声冲撞着人们的心田，台下突然传来哭声。大家闻声望去，只见一个女孩泪流满面，她就是李桂香。“扩红”现场，这位全家靠捡柴维持生活的穷姑娘，突然哭着说：“我要当红军，不再受地主老财欺负。”坐在台上的贺龙看到说：“这个姑娘我认得，农家寨战斗后，她帮助伤员洗过衣服，服侍过伤员，有觉悟。”

听到这，宣传队的“亮嗓子”搂着李桂香唱了一首《苦甜歌》：

天是我的铺，地是我的屋；手膀子做枕头，盖的是肋巴骨；
斗米一斤盐，吃得苦里甜；匹布三石米，贫困如水洗……

李桂香成了第一个女儿队员，一时间，台下涌上了十多名妇女。“我们不会打枪，要不要?”陈洛英微笑地说:“红军要做的事儿多着呢，不一定扛枪打仗。我们可以帮红军洗衣服、做饭，做军衣、军鞋。”

“那我们就是女儿队员啦，只要能为红军做事就行。”

“这是个创意，好!”任弼时高兴地接过话。再看看，一个、两个、五个、十个，很快参加红军的妇女有了几十个。任弼时十分高兴对台下大声说:“现在我宣布，中国工农红军湘鄂川黔龙家寨女儿队今天正式成立!”

这时，不知谁说了声:“陈主任，你‘粑粑髻’该剪掉了。”不多时，女儿队员们在陈洛英的带领下都剪掉头发，一个个变得英姿飒爽，在场群众见了都热情地鼓起掌。

红军也在招女兵、女人也能干革命的消息，很快在十里八乡传开。随后，女人跟男人们一样开会、唱歌、喊口号，威武雄壮当红军，再跟男人们一样，也有命运中的万水千山……

龙家寨女儿队成立后，作为总指挥的贺龙家乡，桑植的妇女们不甘示弱。“论流血流汗，我们不比别人差，论受苦受欺压我们几天几夜说不完。我们也要成立女儿队!”贺龙总指挥及时地鼓励:“好嘛，这是一支强大的队伍!”

查阅贺龙在湘鄂西和湘鄂川黔边区领导红军闹革命史料，“红军女儿队”留下的东西不多。但是，当年轰轰烈烈的革命热潮，一批批热爱红军的湘西女子，蜂拥而来当红军。这等于给革命大潮增添了一股巨型推力，还呈现五彩缤纷的奇异浪花。

湘西澧水河边是女儿队当年活跃的地方，这一带被人称作“雾龙出没的地方”。这一带，相依相偎的澧水、武陵山，一年四季都在绿色中“牵手”。清晨，那一条条像龙一般的雾，从水里顺山势向上攀爬；中午，山上集聚的“龙”又慢慢从上往下“游”到水里。到了傍晚，那绿得张扬、绿得霸道的山水间，无论是人还是屋舍，雾波涛一般，越来越多，越集越厚。人一脚踩下去，就没了腿。一堆堆雾，像云从脚下走；一条条“龙”就开始升腾、活跃。

就这么个在中国地图上找不到一个“点”的桑植，就有两万多年轻的生命走出大山，奔向革命。这其中，不穿军装的女儿们也是龙腾队，遍布村村寨寨的嫩女儿、小媳妇也是贺龙军。而那山山岭岭《女儿歌》旋律，又成妇女们解放生命的呐喊。

1934 年 12 月下旬，桑植成立苏维埃妇女联合会，全县 15 个区 75 个乡都成立了妇女组织，会员达两千多人。在这基础上，各地女儿队像雨后春笋般冒出来，短短一年时间，整个湘鄂川黔革命根据地建立起红军女儿队达 218 支，总数超过了一万人！

一时间，那首前面没唱完的《女儿歌》响遍四面八方：

姐姐妹妹快入女儿队，打土豪分田地，努力向前进。
反压迫反剥削，坚决干革命。男好汉女英雄，平等自由。

谁都没想到，命运之船在红军长征前，来了个大幅度的急转弯。

两船女兵蒙难，涉及几个关键人物，其中就有第一个参军的红军女儿队员李桂香。

被劫持、命悬一线活下来的李桂香，不知算幸运还是不幸。她活到了新中国成立，在她后来的回忆录里，展现了当年女儿队的点点滴滴，成了弥足珍贵的史料：

1934 年 11 月，贺龙带领红军从永顺开来，驻扎在龙家寨。红军有的背枪，有的背撬子，挎的大刀，撬子上都有红须子。只有两至三天，周矮子带着好多兵赶来，红军退到了十万坪，准备要打一场大仗。

周矮子的队伍是乱七八糟的，他们见到姑娘就抓。这天，我差点被匪兵抓住，幸亏枪声响了，我才逃脱。那场仗，敌人死了很多，红军也伤了不少。红军伤员都往农家寨抬，要人洗衣服要人服侍伤兵，我们就参加红军女儿队帮助洗衣服，搞了几个月。

……见到同志们被打得到处都是伤，我们忍不住哭了，我们像对待亲兄弟一样帮助伤员洗衣服。这里已成了后方医院，以后我们被调到上河西也是帮伤病员洗衣服，不久又调到新街。贺龙的夫人蹇先任临产了，他的大女儿贺捷生就是在这里生的。

在《两船女兵蒙难记》里，作者马继散也提到了李桂香：

有位16岁的女子李桂香，是永顺万福人。十万坪打仗那天，她与父亲卖柴到龙家寨去，碰上见姑娘就抓的国民党军阀。她正被一个匪兵拖走，突然枪响了，才得以脱险。仗打完了她就参加了红军女儿队，在贺龙身边工作，后来还照顾过刚生过孩子的贺龙的夫人蹇先任。

李桂香的回忆录里提到的，跟马继散文中描述的是吻合的。

自1934年底到1935年11月红军离开前的大半年中，红二、六军团在湘西得到了极大的发展，队伍达两万多人，形成了湘鄂川黔根据地，有力地策应了中国工农红军的长征，这中间自然包含了成千上万红军女儿队员的无私奉献。

来自龙家寨附近各村的姑娘，有几百人，他们跟随部队转战各地，像对待亲兄弟一样精心护理伤员，熬药换药，喂饭喂水，洗衣裳，端屎端尿，不怕脏不怕累，除此之外还配合部队作战和开展地方工作。

16岁的李桂香不久就学会了给伤员换药、简单地打针。她打针换药认真细致、手脚轻，成了伤员们人人喜欢的“抢手货”。而每当伤员们夸她，她那山菊花般的笑脸，又是给人一剂更好的良药。

医院当时缺医少药，致使伤员们的伤难以及时救治，结果有一大批人化脓发烧。让人感动的是，李桂香小小年纪，主动请教老郎中，和女儿队员一起找草药、制中药汤。

医院还是不断地增加伤员，不少伤员因没有药物止痛，被病痛折磨得难以忍受。威震敌胆的战斗英雄、红军排长刘辉轩因伤病发作，痛苦不堪。刘辉轩一身十三处弹伤，为忍住疼痛，他把嘴唇、下巴都咬破了，睡的地铺也被他深深地抠了两个坑，整天十指鲜血淋漓。

李桂香就常常默默地守着刘辉轩，为他擦汗，为他揉背，看英雄天天忍受巨大痛苦，她心如刀绞。为减轻他的痛苦，李桂香想了很多土方子，不是用嘴嚼烂草药敷伤口，就是这叶那草地熬水给他洗伤……

这天晚上，没有星星也没有月亮，天漆黑漆黑的。刘辉轩的伤势更重了，钻进体内的两枚弹片尚留在体内，因为医院条件不好，不能开刀，已经发炎化脓了。本来就瘦的身体，无力地贴在床上，轻得像张纸。可一旦醒来，才知道那似团火，总在发热、发光，温暖大家。“我没事，都几次见马克思，他老人家不收我。身体留的弹片多了，也不差多这两片。慢慢就长成骨头长成肉了。放心吧，把消炎药给其他更需要的同志吧。我真的没事。”

李桂香就转过身流泪，感动着，心痛着……

终于有一天，刘辉轩在李桂香的搀扶下站了起来！站起来后的刘辉轩深情的目光望过去，第一件事就是拥抱桂香妹子，并在她耳朵旁向她求婚：“嫁给我，从此不怕再受伤。”

李桂香先捂住他的嘴，再点头答应：“不许再受伤，你还没痛够，我可磨够了。”刘辉轩顺势答应可爱的妹子“既打胜仗，又躲枪子”。

在返回部队前，李桂香跟刘辉轩回家结婚。这里有李桂香回忆录中的一个片段：

在罗团长那里有个叫刘辉轩的，永顺人，在红军队伍里当排长。我们建立了感情，便在他家里结了婚。当时，他请了五天假，五天后再回去，红军就不见了，不知道往哪里开走了。当地土匪向英武听到刘辉轩回家结婚，曾跑来围了他的屋，哪晓得我们已经走了。

五天后我们连夜跑到利必溪，在那里住了三个多月洞子，是一个姓刘的娘娘给我们悄悄送饭的，钱还是红军自己出。不久，这里又被人发现了。他们到处说捉到红军要用刀子剐，我们又连夜赶到毛家庄。

刘辉轩重返部队，带着他未好利索的伤，带着他的排，冲锋陷阵，英勇杀敌。

过了几个月红军又到关坝来了，我们（结婚）总算归队了。那时，贺龙军长跟我们一起开伙食，官兵好融洽哟。从这里起，刘辉轩分到往龙山去的那个队里，我跟着另外的队伍往桑植上河西的方向去。第二天我们也走到茨岩塘，刘辉轩他们打龙山县城去了。打龙山县城的伤员也抬到了茨岩塘来。

可是，李桂香怎么也没想到，后面出事了。

刘辉轩所在排是冲锋排，伤亡大。打下龙山县城，他来看伤员，顺便看看妻子。

这晚，值完夜的李桂香来到茶树林，这是她和刘辉轩初恋的林子。小女子迈着轻盈的步子向约会地点走去。借着从树叶间漏出碎玉般的月光，悄悄走近丈夫，想吓他一跳。谁知眼前的一幕令她惊呆了：她的刘辉轩，她心中的英雄，居然……居然靠在树上抽大烟！她不相信自己的眼睛，直到真看清“吧嗒”“吧嗒”抽吸后冒出的缕缕烟圈，还有那浓烈的大烟味，她才“哇”的一声哭开了：“你，你这是犯纪律，不得了哇，要杀头的！”

刘辉轩身子电击般地弹起来，抱着她直说是我不好，千万别说出去，我身上的弹片没取出来，疼得难受，也就麻醉一下……

“不行，红军有纪律，发现了就枪毙。你赶紧戒，戒了我就饶了你。不戒，我就报告贺老总……”

贺老总纪律严明，李桂香深深地记着前不久发生的一件事。

那是一个深夜，初到队伍不久的李桂香突然听到一阵急促的紧急集合号：“嘟嗒嘀嘟嘟嘟，嗒嘀嘟嘟嘟——”她和姐妹们迅速从床上弹起，手忙脚乱还相互碰撞得东倒西歪。班长凌厉而清晰的口令在催促。到操场的路途并不远，她们在茫茫夜色中不顾一切地往前奔跑冲刺……

李桂香第一次在“紧急集合”中，体会到它的精神、气质。刚在有风的操场上接受连长手电筒的检阅，正气喘吁吁紧张期待即将到来的战斗任务，一盏马灯照着，贺龙指挥长铁着个脸出现了。

“做了坏事的，有种给我站出来!”随着贺老总一句洪钟般的厉声呵斥，人们才明白，一女儿队员被人强暴了。部队紧急集合，受害女子居然从队伍中认出施暴者是贺龙身边的副官。副官见事包不住，当即跪倒在首长面前。

这是跟随自己一起砍盐局的拜把兄弟——老副官的儿子。老副官在一次战斗中为掩护贺龙身中数弹，临死前将唯一的儿子托付给他。贺龙将其视同己出，让他在自己身边，从勤务兵到副官一直带着。小副官也跟父亲当年一样，忠心耿耿，在战斗中为掩护贺龙舍生忘死。尽管他知道红军的规矩很严，但一时冲动之下竟犯下如此大错。

静寂，死一般的静寂，唯有四周的山风吹过，袭来阵阵寒意。沉默良久的贺龙终于发话了。他说家有家规，军有军法，谁触犯了军法，哪怕是天王老子，也要军法从事。不要说我们是红军，就是当年国民革命军，一个士兵偷摘了老百姓园子里的几个橘子，也照样按军法砍了脑袋。红军是人民的队伍，不能容忍这伤天害理的事!

桂香妹子出入贺老总家方便，听到了另一段人性的故事。贺老总安排手下寻来一女子，摆上酒菜见了他的小副官，洒泪说了些话:“我对不起你爹！我答允他要将你抚养成人、培养成才的……你晓得红军的规矩，也晓得我带兵的规矩。给你两天时间，把这门亲事成了，也算是我对你爹的一个交代。”

两天后的黎明，一声枪响，小副官结束了年轻的生命。那位陪伴小副官人生最后两天的小女子，为红军的军纪所感动，也为红军女儿队的生活所吸引，报名成了红军女儿队的一员……

李桂香不是只吓吓刘辉轩，是想让他真戒烟。没想，事情不久还是败露了。不是桂香告的，但事情的发展让她几近绝望。

知道刘辉轩要被执行枪决，李桂香这晚去做最后一次探望。她一进门就抱着木木的刘辉轩哭泣不止。刘辉轩，这个身上中了 13 颗子弹也没有流泪的硬汉，此时泪流满面，只一个劲地说:“对不起，对不起。说好了最后一次，断手指发血誓一定是最后一次，怎么就做不到?”

第二天，刘辉轩被五花大绑地押到站满红军队伍的前坪上。贺龙额角青筋直暴，眼睛瞪得滚圆，一直来回踱着步。

“我们共产党的红军队伍，三令五申居然还有人顶风作案。都成大烟鬼，怎么打仗？不怪我贺龙不讲情面，再有功者，铁的纪律不含糊。抽大烟者，枪毙！”

在贺老总大手一挥的当儿，“贺军长……”一身凄厉的哭喊打破了寂静，一个姑娘闪电般地猛地冲到贺龙脚下，“扑通”一声跪下了，“军长，您饶恕他这一回，留他一条命吧。也省一颗子弹，留他去杀敌，哪怕为战友挡子弹呀……”

这时候，刘辉轩排的列队中有人哭了，抽泣声迅速传开。

跪着的自然是李桂香，她的哭述还在继续：“他……您硬要杀他，就拿我抵命吧，留着他比我有用，他能……他能带兵打仗啊。”李桂香说完，一双泪眼投向那群战士。

有三个战士站起来：“给他一次机会吧，不改再杀。”

“对，我们全排负责监督！”一排人都站起来，“我们负责，我们一定负责！”

最终，没有杀刘辉轩。

直到很多年以后，贺龙回忆起这件事，还说，幸亏战士们保他，要不真的难哟。那是个好排长，打仗勇敢，对士兵又好，心里自然舍不得杀。后来，他真戒掉了大烟，打仗更勇猛了。

就这么一段美美的、坎坷的爱，却如一面漂亮镜面被人摔在地上，碎了，毁了。原因是那两船红军女兵被劫，李桂香生病在船，无力反抗，被人以九块大洋卖给一老光棍，那——就成了她的后半生！

人生每天都在遭遇历练，梦想每时都在现实中蹉跎。李桂香啊，我宁可她没有那段奇特的真爱，就无所谓那漫长的一辈子的——痛！可是，爱过又毁了，能想象多少个夜晚，她独自靠在墙角，沉默地站在原地，苦涩的泪水顺着脸盘悄悄地流，流成满心沟壑，化成满脸皱纹……

偏偏，短暂的美好已经毁灭，却就是以折磨自己的方式不想说再见，而把爱的痛苦，无奈地留给长长的时间，处理……

我特别留意过那些幸存下来的女儿队员们的相关回忆。在她们的回忆中，对曾经的那段岁月，毫无半点人生懊悔。比如那个历经磨难的李桂香，在她晚年口述的回忆录中，在回忆女儿队的战斗岁月时，字里行间流露的仍然是为那段经历而生的骄傲与荣耀。

然而，我后来问及李桂香的后人，她爱点文学的孙女说："情感上，奶奶不愿提及过去，只听她说过两次——生不如死。"于她，也许是爱死了，岁月也就死了。仅留一段激情岁月温润一生。

为采访一个李桂香，心，痛了很久很久……

第六章　旋　律

马桑树儿搭灯台，写封书信与姐带，郎去当兵姐在家……

你一年不来我一年等，你两年不来我两年挨，钥匙不到锁不开。

——桑植民歌《马桑树儿搭灯台》

桑植有什么？有民歌，有贺龙。

这里是民歌的海洋，田里是歌，山上是歌，河里也是歌；心想就来，开口就唱，会说就会唱。一句话：不会民歌就不配做桑植人！上万首民歌最著名的莫过《马桑树儿搭灯台》，那是年轻的红军师长贺锦斋改写、妻子戴桂香传唱的。正是这歌，丈夫牺牲后，妻子用 68 年的守候诠释着音乐精髓，再带动一片恒久的坚守。

戴桂香因此成了巨大洪流中的一颗透明的水滴，却把“马桑树的爱情”润到永远。还有民心之灯照亮征程，那是《门口挂盏灯》；百年精神传承，多个版本的《太阳图》……

当民歌遇上了革命，革命融进了民歌，整个大革命时期，桑植的几万儿女卷入革命洪流，先后参加红军的子弟有两万多。可“衣锦还乡”者，最后不足一个连。

《马桑树儿搭灯台》就不再是春生和阿香的歌,《门口挂盏灯》也不是一对婆媳的曲，而是那一方山山水水、男人女人的精神之魂。再作为民间音乐一笔财富，它成为追溯那段历史的最好文献，成为一段传说中的爱情绝唱。

第 1 节　改名曲，旋律演绎爱情

桑植这片红色土地，是命中注定我要亲近的。像第一次知道马桑树、知道马桑树的爱情，就猜测——桑植的县名是不是就来源于它?

果不其然，直感准确。“雍正七年（1729）设桑植县，县名以县境内遍植桑树得名。”这是《桑植县志》里记载的。

马桑树亦称“千年红”“马鞍子”。在桑植遍地生长着的马桑树其实是一种很常见、很普通的落叶灌木，多枝丛生，一簇一簇，呈弯曲状。说是树它又不高，矮小，卑微，一簇一簇，弯弯曲曲，在贫瘠的土地上漫山遍野地生长。到了秋天，落叶纷纷，光秃秃的枝条让人直看得遍地凄凉，却还迎霜斗雪寒冬腊月也照样生存下来。可到来年春天，春风一吹，满山满地就吐翠滴绿。旺而茁壮、盛而不娇的生命，以它易生易长彰显着这方山水人文更强劲的生命力。

罗长江指着光荣院说:“这里是戴桂香老人住了二十多年的地方。”天地安排，它前后左右都有马桑树。在这里，马桑树被人供为树王，是神树。我们西南人民不敬那些稀有名贵的物种，独敬与自己最亲近甚至与自己一样普通的马桑树为神。

这是一种极普通又极不普通的树。说它极普通，是因为这种树到处可见；说它极不普通，是因为这种卑贱的树，被当成神树。在民间，流传着许多关于马桑树的神话和传说。

苗族说，马桑树顶天立地，英雄张羽得以爬上马桑树登天，玉帝震怒，命天兵天将踏矮马桑树。

土家族说，青蛙顺着马桑树爬上天界吞食十一个太阳，张果老用棒打弯马桑树。

侗族说，英雄姜良沿天梯马桑树射下十日，天王责怪马桑树长得太高，便诅咒道：“上天梯，不要高，长到三尺就勾腰。”

除西南一些少数民族的图腾崇拜和传说，马桑树还是司职天梯的神树，有生育、哺乳、祈雨、登天的功能。桑植民间有一传说：牛郎每年七夕是爬马桑树到天上去与织女相会的。民谣里就这样唱：

马桑树长得高，长不到三尺要勾腰；
马桑树长得快，一年发个嫩苔苔。

与马桑树配对的还有另外一种藤，那便是在歌名里同时出现的“灯台”。神奇的是，只要马桑树生长的地方，就生长灯台藤。灯台藤不是树，是一种藤蔓，是偏爱往马桑树上攀的长藤。枝丫互相交错，紧紧缠绕着。生活在当地的土家人，用马桑树和灯台藤来表达男女生死相依、不离不弃的奇妙爱情。

到了贺锦斋和戴桂香，马桑树和灯台藤仿佛成了他们的化身。于是，就有了讲不完的爱情故事，春生和阿香只是最具代表性的。

流传千年的那首歌跟现在流传的有一句不同，就是“郎被生意缠住手”这最初的歌词，是雍正五年（1727）桑植“改土归流”结束土司统治，应该是清朝中晚期，桑植商业兴起，也才有年轻人走出大山经商，妻子在家守候。

在红军未进驻桑植之前，地处湘、鄂、川、黔交界的桑植，山多田少，地主恶霸横行，土匪猖獗又雪上加霜，这里百姓是命比黄连苦，穷得四季揭不开锅。好在独特的历史发展，产生了浩如烟海、种类繁多的桑植民歌。它是唯一的精神滋养，润泽着这方水土上的穷人。桑植民歌大而阔的土壤是来自湘西的山山水水、天地万物。那队伍庞大是上自耄耋老人，下至咿呀孩童，唱山歌，如呼吸桑植清新空气那样自然。

男人走出山外扛枪打仗，女人服侍老小痴望坚守。

这时，我们的目光一起投向1928年3月那段难忘的岁月。

贺锦斋南昌起义回来，无意中发现妻子和许多女子都将《马桑树儿搭灯台》这支名曲哼进唱出。再细品，歌，幽而不怨，哀而不伤，却是何等地坚忍绵韧，何等地楚楚动人，何等地让人心生怜惜、让人心疼与不忍！对呀，要扩充队伍，要提振士气，这艰巨的任务摆在他面前，就用民歌搭桥——跨过去！

改名曲，两百多年传唱的歌，一定有它的内生动力。

贺锦斋少时聪明好学，随父攻读，修文习武，赋诗填词。本来前程似锦，但在当地贪官污吏的陷害下，父亲吃了官司，进了牢狱。作为家中的长子，他只得辍学去当学徒，一边营救父亲，一边挑起家庭的重任。从此对旧制度深仇大恨，不共戴天。

17岁时贺龙两把菜刀闹革命，组织革命武装的壮举，极大地鼓舞了贺锦斋。他决定跟常哥出门当兵，兴奋之余，他写下诗句：

黑夜茫茫风雨狂，跟随常兄赴疆场。

流血身死何所惧，刀剑丛中斩豺狼！

一个殷实之家的青年，父母极想让他从文，他却是偷偷跑出去，枪林弹雨当英雄。1919年，新婚不久的他辞别心爱的妻子，毅然加入了常哥的部队。由于作战勇敢，由士兵而升任排长、连长、营长。1926年，随常哥参加北伐战争，任国民革命军团长、旅长、师长。指挥所部参加了澧县、斗湖堤、武胜关、逍遥镇等战斗，屡建战功。

1927年，跟随贺龙参加南昌起义，贺锦斋指挥第一师主攻总指挥部，全歼守敌，把血染的红旗插上南昌城头，成为南昌起义著名的英勇战将之一。

与此同时，骁勇善战的年轻师长有很好的诗文功底，仗打到哪里，他的诗就写到哪里。在后来的红军将领中，贺锦斋是不可多得的文武全才。虽然只随当私塾先生的父亲读了不到三年书，但他天资聪慧，勤勉好学，渐大后，尤爱民间歌谣和古体诗词，诗作常常是形象生动地跃然纸上。

后人翻阅他三百多首弥漫着硝烟战火的诗作，送他一个“马背诗人”的雅号。

“上马将军下马诗”的贺锦斋尤其拿手的是，他会撰写和改编山歌民谣。桑植是有名的民歌之乡，普通老百姓，都会唱山歌。贺锦斋编写了许多红军歌谣，极大地鼓舞了红军战士的士气。

老子本姓天，家住澧水边，有人来拿我，除非是神仙。

刀口对刀口，枪尖对枪尖，有你就无我，你死我上天！

贺锦斋“南昌起义”失败回来，曾一度情绪低迷、多愁善感，他在各村各寨红旗满天、红星飞舞、十万炮仗响彻云霄的日子里，一想到跟他们出去三千子弟，牺牲就达两千多人，他就泪如雨下。都是乡邻子弟、血肉之躯，想着这方乡亲，更多的不是喜悦，而是他们痛失亲人、无依无靠、以泪洗面的悲伤。作为师长，他该如何给乡亲们一个交代，又如何继续蓄积革命力量？

又想着，他新婚三天就丢下妻子阿香。一个年轻女子，在家谨守妇道、操持家务，替他照顾堂上双亲。结婚后聚少离多，在一起的日子还不足半年。想想，欠妻子的也太多太多。留下什么，与她们灵魂相伴？

罗长江是分别采访过戴桂香和她儿子贺学禹的，两人都多次提过改民歌的事。

这晚，贺锦斋告诉妻子，歌里这位商人的老婆写得好啊，其坚贞高洁情愫如纸上水墨，黑白相衬。黑，黑得端庄笃诚，让人安心；白，白得纯洁无瑕，惹人爱怜。最绝妙的是那句“钥匙不到锁不开”，表达了她专一爱情的决心。他拨亮煤油灯想，改民歌让民唱，无疑能借助忠贞女子动人歌声，安抚并激励红军战士，安心安意在前线打仗。尤其近段，洪家关笼罩太重的哀伤氛围，用什么力量重振精神、找回士气？用歌，用流传已久的民歌，再传唱。重拉队伍面临最大的任务便是扩充兵力，唱一些激发百姓都来参军的

| 幺叔贺学舜在贺锦斋烈士墓前说着说着，潸然泪下

歌，才是当前的中心。

不一会儿就改好了，春生叫过阿香，“郎被生意缠住手”改成“郎去当兵姐在家”，阿香一看跳起来——改得真好！

听一遍试唱，春生就乐了，这老歌新唱，真是不错。干脆拉妻子到窗前，借着明月，他打着节拍，她轻轻哼唱。一个用心，一个用情。“教人唱歌，你正派用场。”春生知道，这个洪家关最美的女人，嗓子又好。见妻子动情地唱着，春生只觉得，桑植女人全力支持丈夫当兵纯真挚爱的情感一下形象生动、自然贴切起来。

随后，阿香与几位红嫂在洪家关禾场上教人唱。她唱得最多的便是这首丈夫改编的歌。就在教唱和传唱中，改编后的《马桑树儿搭灯台》在桑植迅速流行起来，并激发周围十里八乡数百名庄稼汉参加红军。这对恩爱夫妻哪里想得到，记录他们爱情生活的这支歌竟然一句微调，主题及内涵焕然一新，成为红军扩大队伍和无数红军战士与他们亲人必唱的歌。

那段时间，阿香的生命里奔涌着优美绵长的旋律，像血管里奔流的红色血脉，给足了她滋润，生命里无论面对任何艰难困苦，都再不干渴。

在桑植这块血染的土地上，正是这首“1928 年的情歌”，让马桑树成为爱情的代名词。多少好男儿奔赴战场、奋勇杀敌，是想让家中的“桑女”有一天过上好日子；多少痴情女在家苦挨，是知道前方有个为国杀敌的英雄。这其中，每个故事都是动听的音乐，每个音符都演绎成动人的故事。

桑植这片土地三千寡妇，是用痴情把岁月等老，把长长的寂寞化成怀念，把艰难的时光化成忠诚，把孤独的生命站成座座丰碑！

歌词是春生改的，阿香就觉得是自己的歌，天天在嘴上哼、心里唱。也反复在想，这分明是一封耐人寻味、情意绵绵的情书。是丈夫的体恤之情，劝妻子脱离苦海，寻夫改嫁？是在试探妻子的心思，或是提醒妻子，不要红杏出墙？一句“不得来”是没有说明他的归期，“姐在家”却是有内容的——丈夫的真实意图就在这里，像春生反复交代阿香：如今世道不平，我们扛枪打仗，你们留守在家，要安心在家照顾老小，尤其替我孝敬堂上双亲。等大功告成衣锦还乡，我们就可长相厮守，再不分离。阿香把头重重地点着，一百个答应丈夫。

能为挚爱的丈夫分忧出力，阿香打心眼里高兴。

其实，贺锦斋原本是个笃信革命定会成功、共产主义定会实现的红色儒将。那一时期，他编写了很多红歌。桑植县的文史记载，“在新中国成立后所收集的两百多首红歌中，大多出自当年贺锦斋与周逸群等几位知识分子之手，其中贺锦斋一人就编写了一百多首”。

出口成章，妙笔生花。还在仓关峪当学徒的时候，痛感社会黑暗，民不聊生，他就开始写诗。投身革命后，一手拿枪，一手拿笔，他遗留下来的38首诗，至今让人篇篇读来血脉偾张，元气沛然。其中他一口气写下一首著名的94句658字、长达两百行的七言长诗《澧水谣》，令时人叹为观止。

《澧水谣》的最后四句是这样的：

党如旭日向东升，霞光早已照大地。
估计不到二十年，定在京沪庆胜利。

春生与阿香，他们一生中最动人的乐章都在这时候写就，也在这时候完成。像阿香一生最美好的生活在这时候开始，也在这时候结束。

也许，只有这晚的月亮知觉，一种不安潜伏在欢乐中，还有痛苦包裹在浓情里。事实上，春生反复交代要替他孝敬堂上双亲的时候，阿香点头应承，是理解成——你在外带兵打仗，我在家替你孝敬爹娘。与爱情有关，与生死无关。

阿香担心害怕，但从未想过，她的生活里会没有春生。

阿香始终在乎的是跟她有关的最后那句“钥匙不到锁不开”，直接用了桑植女人对自己男人忠贞不渝的一句俚语，明白如水，有着非本地人不解的别样韵味。其实，桑植千百年来形成的民风，女人嫁给喜欢的男人，就像一把锁配一把钥匙，除了这个男人，谁也休想打开。这个男人失踪了，或者死了，她们守身如玉，百毒不侵，宁愿被尘封的时间锈死。

在两人深情对唱这歌时，情歌竟成为他们永诀的离歌；

在两人共同改唱这歌时，阿香注定了被岁月尘封的命运。

春生这个威风凛凛的师长，哪想到就这首歌，让妻子为他孤守一生。68年，多少个漫漫长夜，他的阿香就是唱着这首歌“挨”过那些寂寞孤泣的时日……

春生过后留给阿香最深刻的一幕，是他骑着大白马的背影。她送他，到看不到他的影儿，还在挥着手。从此，阿香一生都无法忘记与丈夫春生的最后一面，那是捡来的机会。

1928年桑植起义不久，贵州军阀龙毓仁旅进犯桑植，工农革命军迎战失利，部队转移至红土坪。6月下旬，黔军撤走，部队又回到洪家关。6月底，桑植团防陈策勋突袭洪家关，红军家属四散逃亡。

戴桂香跟随丈夫贺锦斋的父母，贺锦斋的两个姐姐贺月姑、贺望姑，贺锦斋的兄弟贺锦章一家人，贺敦武的遗孀翁淑馨，贺桂如的母亲陈桂英、妻子刘彩姑，等等，逃到罗峪一位刘姓亲戚家中避难。8月下旬的一天，贺锦斋突然浑身透湿地回来。他打着绑腿、穿着草鞋、一身泥浆，仿佛刚从战壕里爬出来。

原来，国民党从贵州调来大量兵力，对工农革命军展开疯狂围攻，刚开创的根据地失去了，革命军大部散落，保存下来的力量被迫化整为零，分散活动。这时，周逸群带人转往鄂西，春生随常哥转移到桑植、鹤峰边界一带，开展游击战争。当时正值阴雨连绵的季节，他们住岩洞，钻树林，风餐露宿，几乎每天都遭遇短兵相接的战斗。只有在那个风雨交加的晚上，春生才会在电闪雷鸣中敲响窗子，湿淋淋地钻回家来住一个晚上。

只停留了一夜，还因春生反复交代一句话“你要替我尽孝道，好好侍奉堂上双亲，我日后会感谢你的”，那夜阿香就没了缠绵的心情。她反复问他：“是不是又艰难了，又危险了？”春生就说：“共产党是钢铁炼成的，是击不垮、打不败的。”阿香信，她使劲点头。她也信春生的“打他的子弹还没造出来”。

第二天一早，阿香迅速恢复以往：递衣拿鞋，端水烧饭。等她从门后拿过手枪递给春生，看他将这支南昌起义前贺龙送给他的枪别在腰间，转身离去。可，突然他又回头，奔过来再次抱住妻子。这回是春生不松手了，他抱着娇柔的妻子，抱着难舍的情怀，双手搂着，脸颊贴着，脚还勾着。当阿香感觉爹娘已在门外等候了，便使劲挣脱出来。又生生地再一次——痛彻心扉！

确实，爹娘在门外等候已久，警卫员牵着马也站定其中。贺锦斋走到二老身边："看来，爹妈和大家这回要吃苦了，谅我不能尽孝……"

阿香的公爹贺星楼，是清末时一个穷秀才，靠在村里教私塾维持一家生计。后由贺英、贺龙推举，先后担任过桑植、大庸两地的县长。儿子锦斋是红军师长，眼下战事吃紧，做父亲的岂能拖后腿？未等儿子说完，老人就说："儿啊，你跟着文常、逸群干革命，解民倒悬，复兴中华，我是一直支持你的，自古忠孝不能两全，不必过多考虑私情。汉代名将霍去病一句名言，'匈奴不灭，何以家为？'没把敌人消灭，哪里顾得上置家立业呢？"

父亲如此深明大义，贺锦斋自然十分感动。就又跟他老弟贺锦章叮嘱了一番。一家子老小、弱女子，只能由他这唯一男丁多担待了。之后才又叮嘱自己的妻子，请她代为孝敬、照顾好双亲。临行前，他对一家人说："红军会打胜仗的，革命会胜利的。等到胜利之后，我一定来接你们。"说罢，向父母长跪拜揖，与众人一一握别就飞身上马。

春生和警卫员的两匹马一前一后，急促地奔跑起来。大雾正慢慢散去。从此，春生敲亮了洪家关这个早晨的马蹄声，连同春生教她唱的《马桑树儿搭灯台》就一直回响在阿香的心里。因为，她相信，她已经化作了旋律永远缭绕在爱人身上。春生也化成她阿香的歌，刻在她心里，温润她后面的日日夜夜……

如今她朝思暮想的锦斋终于回来了。但他是这样回来的，无声无息地回到她的怀抱，不说不笑冰冷在地下。不，既然回来了，她要陪着春生，用她的怀抱焐热他，用她的深情相伴他，直到永远！

阿香自然哼起了《马桑树儿搭灯台》，这首 1928 年的红歌，她会永远唱下去……

马桑树儿搭灯台，写封书信与姐带，郎去当兵姐在家……

第 2 节 《门口挂盏灯》，民心照亮征程

桑植是歌的海洋，人们会说就会唱。就有人说，这块红色土地，血管里始终奔涌着的都是——血性的旋律！

尤其洪家关，有歌仙子阿香，还有百灵鸟——刘金香。

金香妹子，漂亮、温柔，天生一副好歌喉。在洪家关，被丈夫爱着、公婆宠着，让多少山里女人羡慕不已。

金香姑娘本来就是方圆几里有名的歌手，嫁过来不久，恰逢桑植起义，她和婆婆“门口挂灯”呵护红军、照亮大路。引来全村百姓效仿，极大地鼓舞了红军克敌士气。起义成功了，胜利后，有红军来家采访，那个又像官又像文化人的红军问这问那，在纸上记着、画着。后来丈夫红宝儿回来告诉她们，那是红四军参谋长、大秀才黄敖。由他填的词，其实就是金香和老娘的大白话，不多久就唱出来了。

第一次听这歌，刘金香和婆婆高兴坏了：“我们不过讲讲白话，咋就唱出来啦？还把我俩都唱进去了。”

睡到半夜过，门口在过兵，婆婆坐起来，侧着耳朵听。
大家不要怕，这是贺龙军，红军多辛苦，全是为穷人。
不要茶水喝，又不扰百姓，只听脚板响，不见人作声。
媳妇你快起来，门口挂盏灯，照在大路上，同志们好行军。

从那以后，《门口挂盏灯》就迅速流传，不仅成为刘金香最爱唱的歌，还成为唱红歌、推“扩红”极得力的精神推力。那时候，天地仿佛全是火红火红，桑植人民深明大义，父亲送儿上战场，妻子送郎上前方，《门口挂盏灯》成为军民鱼水情、众人心更齐的首唱红歌。就连任弼时都在扩军会议上

带头唱民歌，指挥合唱。结果出现了“扩红一千只要一天，扩红一万只要一转”的参军热潮。这支脍炙人口的歌，成为人民群众献给红军最美的情书，奏响的是民心所向、百姓的无私和善良。

要说，这歌与金香婆媳，是个真实而凄美的故事，一直传说至今。

时间往前推几年的 1928 年 4 月，金香嫁到洪家关的第三个早上。天刚麻麻亮，新媳妇一只手酥酥地搭在丈夫的胸膛前，脸上还挂着幸福的红晕。

金香结婚的第二天才知道，自己的男人贺文红是耍枪的，她哭了。最初她不懂闹革命和为穷人，她只知道危险和害怕。

贺文红，大家都叫他红宝儿，见小媳妇那晶亮晶亮的眼泪，只用轻松的小动作让她掂量生死。他轻轻刮刮小媳妇的鼻子：“你这女人咋这么爱哭呀。”他光着上身指着胸、胳膊、后背上的疤：“13 个是吧？都是打仗留下的，你男人死了 13 回，命硬着呢。现在，老子在你身上播了革命火种，更放心了。”刘金香望了望男人的脸，又哭了。男人叹了口气：“你这女人啊。”

“我不说了，你也不哭了，唱歌，我听小百灵唱支歌。”

刘金香出嫁到洪家关贺家之前，是五里桥王家庄出了名的民歌手。据说，听金香姑娘唱歌，你能想到春风拂面时油菜花开和千万只蜜蜂花中采蜜的鸣唱。其实就是景美、人靓、歌更甜。

无论在哪儿，一个姑娘有了这本钱，便是人堆里的尖子，总能聚焦眼球。贺氏家族标标致致、一身胆气的贺文红听人说后，托媒人几下五里桥，聘礼由他们开。一句话，就是要把人美歌甜的百灵鸟娶回家。

其实，刘金香自己没明白咋回事，父母的一声承诺，一顶哭哭啼啼的花轿来到五里桥王家庄，娶走了刘金香……

眼下，小百灵也懂事：丈夫难得在家，让他开心，让他享受。刘金香柔情蜜意地轻轻开口唱：

砍一捆地格的树哟，围一堵地格的墙，

竖一层地格的屋屋哟，装一间地格的房……

一个地格的妹妹哟，嫁一个地格的郎……

清脆的歌声把红宝儿听醉了，落音一会儿才猛醒，就耍赖：“这歌我都会。不算不算，再唱，我没听过的，再唱……”

金香就抿着嘴笑，心想，这还不容易，张口就来：

郎从门前过（哟），妹在家中坐（喽），泡碗香茶（呀得喂）给郎喝（哟）

娘在屋里问（唷），泡茶给哪个（唷）？慌里慌张打破了碗烫哒脚（喽）

刚唱完，金香一把抱住男人，嫩脸贴他耳朵边，柔声细语：“别去打仗了，只要你在家，我天天唱给你听。”

一阵静，贺文红愣了一下，随后紧紧抱了抱小媳妇。突然，扭头在她的嫩脸蛋上咬一口，吓得小媳妇哇哇叫着、跳着，满屋子追着他打。

小夫妻正闹着，屋外传来一个洪钟般的声音，刘金香仔细一听，外面有人叫丈夫的乳名：“红宝儿，红宝儿，开门，我今天讨喜酒喝来。”红宝儿一惊，三下五除二，眨眼工夫就穿好了衣服，对发愣的娇妻说：“快，快收拾，常哥来了。”刘金香一听是常哥，她知道丈夫跟着常哥打仗的，明白这人的分量，马上穿衣理床，再端来一盆水，对着水镜梳妆打扮。

贺文红一开门，常哥就大步走进来，一眼扫到刘金香，呵呵一笑，只说：“本想喝你们的喜酒，可国民党团防不让，这账要记，你要记到他们身上。”

贺文红跟常哥像亲兄弟，他一脸自豪，把手朝他一伸：“常哥，我结婚，你没到，可礼信要到。”

常哥哈哈大笑，朝身后挥挥手，只见两个人抬着一物，小心翼翼走了过来。绸布一掀，刘金香一声“我的妈呀”，倒退三步——她在那物件里看到了自己。

常哥又大笑：“红宝儿媳妇，这可是宝贝呢。红宝儿是我的得力干将，这东西从武汉带来，光运费花了二百光洋。一面镜子，你今后梳妆打扮，再也不要用洗脸水当镜面啦。”

刘金香听常哥一解释，悬着的心马上放了下来，她拍了拍自己的胸口：“吓死我哩，吓死我哩，还以为我的魂被它勾走了。”

刘金香说完，贺胡子、丈夫和刚起床的公公、婆婆都笑了。

刘金香的公公贺仕光是贺胡子的叔，也在常哥的队伍里。一顿饭后，常哥和公公、丈夫三人悄悄说了一会儿话，要走。刘金香想留丈夫，可不好意思开口。红宝儿转身对她说：“去去就回，把《盼红军》学会，晚上回来我要听。”

刘金香乐了，漂亮的脸上立刻开出一朵大石榴花。

这天晚上，刘金香真就靠在床上，把早晨答应唱会的歌温婉清亮地给丈夫唱出来：

正月里采花无花采，采花人盼着红军来；
三月里桃花红哟似海，四月间红军就要来；
七月里谷米黄哟金金，造好了米酒等红军；
九月里菊花捧哟在怀，红军来了给他戴；
青枝绿叶迎哟风摆，红军来了鲜花开。

“好了，学了革命歌，不能拖后腿了。”贺文红搂过娇妻，在她脸上亲了一口，又说，“红宝儿的婆娘可不能落后。”

“人家舍不得你嘛，人家怕嘛……”金香边说边往男人怀里钻，恨不得钻进去合为一体，就不再分离。

“你听过《泥腿子坐江山》这歌没？盘古开天头一回，跟着贺龙闹革命，泥腿子们坐江山，就是死了也心甘。”

“不许你说死！”刘金香突然生气地喊，却马上撇着嘴叨叨着：“不许你死，不许说死……”就呜呜地哭开了。

第二天，公公和丈夫打着绑腿拿着包袱要出门，金香知道他们要干什么去，拿眼看婆婆。婆婆明白媳妇的意思，眼眶红了，却摇了摇头，什么也没说。常哥带着公公、丈夫要去梨树垭，丈夫望了新媳妇一眼，就再没回头，留下几个长长的背影越走越小……

日子从此不紧不慢地走着。

刘金香每天起床，第一件事就是坐在镜子前梳妆打扮。红红的嫁衣穿起来，乌黑的头发盘起来，细细的眉毛描起来。不一会儿，一个清清秀秀的女儿家在镜子里亮堂起来。刘金香不敢相信，镜中的人就是自己，自己的脸蛋生得那么乖巧，自己的身段也生得那么高挑。她摸摸自己的脸，心尖尖一阵颤，情不自禁地呻吟了一声，轻轻地，像夜蚊子声一样小。刘金香脸一下红了，突然明白男人为什么没日没夜地亲自己。原来自己是漂亮的新嫁娘啊，刘金香就轻声哼起歌来：

韭菜开花也细茸茸噢，有心恋郎噢不怕穷噢；
只要二人嘞情意好嘞，冷水泡茶哟慢慢浓啊。

玉泉河轻轻滑过永安桥，南来北往的人们来到永安桥，聊聊天、说说话，革命是主要话题。谈得入境，往往会飘来好听的歌子，那是洗衣来的刘金香的歌。闲聊的人群听了歌，身子酥酥的、心儿醉醉的，好舒服。

郎在河中呵撒渔网啰，姐在哟河边哟洗衣裳（咿哟）。
洗一洗来呵望一望啰，棒棒哟捶在哟（情郎哥哥儿喂咿哟）岩头上。

这天，刘金香起了床，又坐在镜子前，突然听见县城方向传来枪声。刘金香和婆婆知道团防来抓人了，洪家关贺家家族一窝蜂地往山上扑。跑不动的就找个地方藏起来。刘金香和婆婆腿脚快，也随人往大山上奔去。到了半山腰，刘金香只听婆婆喊了一声拐哒，转过身一看，只见洪家关方向浓烟冲天，那是气急败坏的团防在烧屋。

刘金香的脑海一片空白，浑身无力，身子摇了摇。婆婆赶紧抱住她，流着泪说:“儿啊, 自打你爹和红宝儿跟文常闹起革命, 我就没安生过。我们是女人, 嫁鸡随鸡, 嫁狗随狗, 男人要折腾, 女人要跟着。”

刘金香含着泪点了点头。

刘金香和婆婆在山上躲了半个月, 成天担惊受怕, 过着天当被地当床的日子。刘金香在山上熬着, 一天当一年过。终于团防“剿共”的风头过了, 撤回了县城。贺家人带信说安全了, 她们才下了山。

刘金香和婆婆回到家, 洪家关一片狼藉。有一个老人和一个小孩被团防搜了出来, 老人被人用刀子砍了几十刀, 小孩被活活摔死在地上, 血肉模糊。洪家关人都咬紧牙, 明白血债会用血来还。刘金香来到被烧的房屋前, 眼圈一红, 快步冲到一个地方, 双手拼命地刨着, 抓着, 嘴里念念有词。

婆婆心疼了, 也帮着媳妇刨起来。

婆婆和媳妇刨开了摔碎的瓦片, 刘金香手嫩, 很快, 手打起了血泡, 不一会儿, 血泡破了, 血染红了碎瓦乱片。

婆婆不晓得媳妇发疯地刨什么, 媳妇刨, 她也刨, 不知过了多久, 媳妇突然不动了, 嘤嘤哭起来。婆婆仔细一看, 没什么, 只是一块块黑乎乎的碎片子, 婆婆捡起一块, 往上吐了一口唾沫, 用衣服一抹, 亮了, 一个脏兮兮的脸现了出来。婆婆明白了, 是贺常儿送的镜子。

婆婆和媳妇都哭了。

大火烧过的洪家关, 到处弥漫着一股焦煳味。一条街, 数百栋房屋, 全在火中……没了。

好在, 贺家人空前团结, 一家家在烧毁的废墟上搭起了简易屋, 屋顶盖的不再是青瓦而是茅草, 却昭示着“野火烧不尽, 春风吹又生”的勃勃生机。

金香姑娘来到一座刚搭好的茅草屋前:“菊妹子, 在家吗? 花嫂子, 送件东西给你。”

原来, 刘金香将一面破了的大镜面, 挑选若干小镜子分送给村里的姑娘、媳妇们。巴掌大, 握在手里, 无论何时都能化成一份美丽。

“这个好, 哟, 看我脸上还有黑灰呢。”

“这多闪亮呀, 照得清清楚楚。”姑娘媳妇们宝贝似的, 一个个将小镜片照来亮去，最后都小心揣在衣袋里，再对金香姑娘露出感激的笑。

难得啊，村庄里，许久都没有美、没有笑了。金香姑娘回望了一眼还在冒烟的家园。是的，烧过的野草还会发芽，废墟上也会开花。灾难中的女人，对美丽的向往不灭，对未来的希望不死。

回到家，金香就觉得长了不少希望。

吃了晚饭，婆媳两人坐在火塘边扯白话，一盏油灯凄凄地亮着。她望望婆婆，婆婆望望她，望着望着，两人眼角盈满了泪。

“嫁到我家，苦了你。”

刘金香点了点头，又摇了摇头。

“你受不住，就回娘家躲一躲。”

刘金香摇了摇头，拼命咬住嘴唇。

“儿呀，你常哥说了，他闹革命，是想让穷苦人天天吃上白米饭，男人的心能装得起天下，今后一定会大有作为。咱家他们父子俩跟着文常侄儿干，会出息，有盼头。”

刘金香就点头。

“儿呀，你别老点头，你也说两句。”

“娘，我想红宝儿，我怕红宝儿出事。万一红宝儿有个三长两短，我也不想活了。”

“不许这么想!”婆婆觉得言重，缓过话音，“老天会关照呢。只是人的命天注定，万一男人不在了，我们还得活下去，要给贺家传宗接代，延续香火。文常侄儿说了，他干的事，有几千上万人在干。你想想看，几千上万人干的事，还怕干不起来？没事的。”

刘金香望着婆婆坚毅的脸，一头扑在她怀里：“娘——”

从此，金香就像婆婆一样开始“望郎”，好在婆婆是干盼，她还能在这苦等中加点“料”——她能唱：

正月望郎是新年，我郎一去大半年，没得一天在眼前。

二月望郎百花开，我郎一去不回来，想你夜夜泪满腮。

三月望郎怕清明，我郎一去没回人，是死是活无音信……

这首《望郎歌》，曾经广为流传于二十世纪三十年代的湘西北一带。当时，爱唱这首望郎歌的女人们，组成一个特别的群体：她们的男人都参加了红军。

有人把这些女人叫作红嫂。仅从语感上感受，“红军嫂”是个很有韵味的称谓。但是，历史故事中的红嫂，她们的命运远没那么有韵味。因为很多红嫂后来成了红寡妇。

她们的命运大都是三部曲：红女儿——红军嫂——红寡妇。

好在她们有山歌。

千百年来，桑植民歌如遍地疯长的野草，是“山风吹就生、细雨浇就长”，张口就来，会说就能唱！每到节日和丰收时节，山民们身穿盛装，银饰叮当，一人唱来众人和，山乡无处不飞歌。水一样缠绵的旋律，在这里缭绕着山、和谐着屋、魂系着人，旋律萦绕不散、沁润于心。源远流长，年年岁岁，低吟着永远凄美却忠贞的爱情歌谣……

又是三百年来，代代人都唱的老情歌《马桑树儿搭灯台》，唱的是大山般的万世坚守：

你一年不来我一年等，你两年不来我两年挨，钥匙不到锁不开。

坚守是自然的，现实却是残酷的。房子烧了，一切重新开始。没有被子，金香婆媳俩从山上割来青草晒干，垫得厚厚的；没有吃的，婆媳俩一半粗粮一半野菜地拌着，却在你让我吃细粮、我偷着先把野菜吃了的相互呵护中，温暖了、有力了。还常常，金香姑娘一边干活，一边张口就编她想郎的歌，没少给年迈的婆婆宽着心。

四月望郎四月八，城隍庙里把香插，烧纸卜个文王卦。

五月望郎到端阳，粗布鞋子做一双，天天等郎回来穿……

有时金香累了，会从衣袋里拿出一块玻璃片子，照照自己。镜子里每当出现尤为漂亮的粉红脸盘，金香的忧伤、难过像全跑了。她就在心里告诉自己：“我不能苦着脸，我要和婆婆好好活着；我还要继续漂亮，等着红宝儿回来爱我……夜晚，婆媳相互拥着，躺在草丛里温暖着，也企盼着——有希望的日子，再苦也是甜。”

一天晚上，睡到半夜里，外面传来一阵阵脚步声。婆婆先醒了，悄悄起了身，贴着门听了听，再悄悄把门打开一条缝。一大队人马门前过身，像是往县城方向去。漆黑的夜晚，他们每个人脚步抬得很高，却放得很轻，只留得窸窣的声音。

婆婆赶紧退回来，推推媳妇：“儿啊，快醒醒，快醒醒，贺胡子在过兵。”金香立马来了精神，一骨碌站起来，几步走到门前。从门缝里往外看，真是，一队人马正夜间急行军。

刘金香意识到什么，不自觉地从衣袋里掏出玻璃镜子，照照自己，夜黑什么也看不到。她脸红了，用手招招婆婆说：“公公和红宝儿肯定在队伍里。”婆婆握住儿媳的手，媳妇的手分明在颤抖。一种肉贴肉的亲情从心头弥漫开来，拉开门，婆媳俩都瞪大眼睛，寻找她们熟悉的身影。一个个战士走过去，就是看不到想见的两个人。

金香觉得是没有点灯的缘故，她走到火塘边，燃起火点亮马灯。只见她提着灯，快步出门仔细地看着、望着、寻着。

路上，行走的队伍有了灯光照亮，好走多了，一个个快速前进，有人不时向婆媳俩行来注目礼。

“儿啊，你把灯挂到门口，让部队好行军。”婆婆吩咐道。金香点点头，把灯高高地挂起来。灯挂大门口，一道道亮光刺破了深深的夜，划破了沉沉的黑。整个世界一下子亮堂起来，温暖起来。

金香姑娘看到，路过的红军战士，都一边走一边朝她和那盏灯感激地回望着。她突然心里一暖鼻子一酸，想哭。却再一看，一家、两家、五户、十户。不，是一条街的灯都挂出来，亮了那条路，亮了一片天！

是啊，这个地方，哪一家没有亲人在红军队伍里？

在此之前，相依为命的婆媳俩，难免时不时感到孤单与无助。现在，挂在门口的一盏盏灯，让刘金香第一次强烈感觉到，她不孤单，她的婆婆也不孤单。是那片光亮会说话，在那些灯盏的后面，家家都有相似的牵挂，人人都有爱着的红军。

夜正深，队伍还在行军，有好几千人。接二连三有人认出自家亲人。亲人相见，只是挥挥手，没有人上前打断队伍的急行军。金香看到这里，眼泪在眼眶里打转。我的红宝儿在哪儿？见到你我就笑笑，不耽误的；威武的阿公你在哪儿？婆婆还在望她的郎呢。突然冲动，金香想唱歌，亲人看不到她，能听到她的歌。不用清嗓子，张口就来，一首深情婉转的老调装上了新词，唤亲人：

马灯一挂亮堂堂，照着亲人上战场；

婆婆望儿我望郎，打了胜仗早回乡。

曲调很美，婆婆听痴了，婆婆没想到媳妇脱口能唱出这么好听的歌。婆婆欢喜着跟邻居乡亲说：媳妇是歌仙子变的，只有歌仙子才会哼出这么美的歌子，这好歌子能保佑亲人、召唤亲人、祝福亲人呢。

“我再唱一支红宝儿听过的歌，他听得见的。”

九月菊花黄，哥哥别忘添衣裳；

腊月到了梅花红，思念的人别想家。

小哥哥，你安心去打仗，妹妹盼你当英雄，红梅开在妹心中。

这首《梅花开在妹心中》金香唱着唱着，婆婆跟着哼起来、唱起来。突然，她发现，她和婆婆引出的歌，户户人家都敞开门，亮亮堂堂地跟着唱！接下去，一传十、十传百，天地皆和，山水齐唱，形成灯的辉煌、歌的海洋！

一人唱着只是调，百人齐唱才是歌。一副壮观的场面展现——雄浑的歌、众人的情伴着三道光，照亮洪家关：

一道温暖相送的目光；

一道心里祝福的灵光；

一道照亮通途的灯光。

——天地间哦，全亮了！

有星有月的夜晚，大路一旁挂满了灯，直直的，延伸到好远好远。长长的队伍有灯照着，前行的脚步更稳更健；火热的亲情相迎相送，天地呼应的歌儿更加响亮。

就在那一刻，金香姑娘心里一下敞亮了：男人们出去打仗，亲人就该做盏灯照亮。跟婆婆躲在山上的半个月，她明白了，日子苦，却值得。她的男人在为天下受苦人做事，心高着呢。跟着这样的丈夫，子孙万代荣光。刘金香开始真正觉得荣耀，她要越发做好，带好孩子、照顾婆婆，不能让男人流血牺牲还牵肠挂肚，更不能让男人觉得她的婆娘没有觉悟、思想落后。

肯定地说，门口挂盏灯的情景，不是一家一户偶然为之，而是当地群众发自内心的群体行动。一首歌很诗化地表现了红军与群众的相融相近就像两河交汇一样自然和必然，挂出的一盏盏灯又显示着军队与人民的情感默契。又一想，若放在那些电影导演的眼中，一盏盏松油灯点亮的民心之路，就是最动人的史诗画面！

房挨房、家连家，大家兴奋地交谈着、私语着，指指点点，高兴着，更期盼着。刘金香和婆婆虽没见着自家两个亲人，但想着他们平平安安在队伍里，就心甜心定，就想唱歌，用歌声传递亲情，也用歌声给力亲人。

太阳落坡四山黄，犀牛望月姐望郎。
记得那年菜花黄，我送红军上山梁。
叫声哥哥早回转，百姓痛苦记心上。

歌声在鼓劲，歌声在催征，队伍与百姓因了歌声，根与根相连，心与心相牵，又像是一个亲人与另一个亲人血脉相通了。歌声相送，直到最后一批战士的背影越来越小，消失在黎明前的黑暗里。

歌声再拥一股气浪，拥着千古民心、万股合力，点亮了民心之路，又聚成最动人的洪波巨浪，向前、向前……

随后，民心助力的桑植起义成功了、胜利了；

随后，《门口挂盏灯》那曲传开了、唱红了。

1934 年除夕之夜，贺龙用革命歌和玩花灯的热闹同工农兵代表在今张家界市区搞联欢，婆婆和刘金香都被请到热闹的现场。联欢到一半，贺胡子常哥与公公贺仕光、丈夫红宝儿，还有好多红军战士和当地百姓，用雷鸣般的掌声拥着刘金香上台，听她唱《门口挂盏灯》，那个热闹啊，把晚会都撑爆了。

可那一次军民联欢晚会开过后不久，金香的丈夫红宝儿牺牲了。再后来，公公贺仕光也牺牲了……

仅半年，一个完美的家就没了。年迈的婆婆从此恍恍惚惚，金香姑娘的日子从此拉开戚戚的守望，还要用她柔弱的双肩挑起这个婆媳之家。

起初，一个个夜晚，婆婆的纺车摇过黑夜，“呜呜……呜呜……”的纺车声哪是纺纱，那是一个老人哭亲人、念亲人的呜咽声，整夜整夜的“哭”，哭痛了乡里乡亲，哭痛了山山水水。

后来，乡亲们发现，常常是，金香姑娘的歌声不久就能伴着“呜呜……”声轻轻唱起，从那简易的茅草屋里传出。人们就想：婆婆成了老小孩，在儿媳的歌声中慢慢睡下。歌是受伤心灵的“摇篮曲”，歌是苦难人儿的“催眠调”。一对苦命的婆媳，就这样相依相偎，撑过苦难，挑战命运。

后来，乡亲们听说金香神志不清的婆婆，只要听到媳妇唱歌，尤其唱《门口挂盏灯》，她神志就变得异常清醒。

唱吧——

守望的风景是独特的，像悠悠澧水望不到头，像绵绵山脉只有地心在痛。幸亏，千年传承的桑植民歌，如一个巨大无边的容器，愁苦、忧伤、哀怨、疼痛，一起向这里倾诉。于是，“苦痛日子唱着过”——

把苦往歌里唱！

把愁当怒声吼！

把寂寞向天笑！

金香就跟乡亲们说："我得唱，无论生活多难多苦，我得唱。温暖可怜的婆婆、温暖苦难的乡亲，也温暖这片血染的土地，温暖残酷的、很长很远的岁月……"

第3节　传承百年的歌——《太阳图》

这天，王冬姑家破天荒地飘出辣椒炒腊肉、辣椒炒纵菌的香。香气顺着风飘进洪家关的家家户户，人们都互相惊奇地打探："冬姑这是给儿子定亲了？"

1935年红军长征前的洪家关，季节进入夏秋，百物归仓，与往年一样，红辣椒全部被采摘回来。家家房前的壁上全挂着串串红，远远望去，火红一片。

王冬姑借着这火红，在操持家里更火红的事。

孩儿他堂叔贺老总，还有贺族亲人一起回到了洪家关。这时的儿子贺学书，已经是红军的一名连长，带的兵更多。偏偏，好日子没过多久，听说红军要长征，王冬姑就火急火燎地给儿子找媳妇。为儿子张罗婚事，是指望以此留住根。实在要走，也得把媳妇娶进门。

冬姑是从儿子爱唱的一首歌，听得心惊肉跳、担惊受怕：

要当红军不怕杀，哪怕挖眼又扳牙，

树树儿砍了桩桩儿在，冬去春来又发芽。

歌里又是"杀"，又是"挖眼""扳牙"的，当娘的就想：砍了桩桩儿的树，冬去春来发新芽，谈何容易！她知道这是儿子的决心，也是对贺常儿的队伍有信心。可当娘的就是担心——枪子会咬死人的啊！

每次儿子一走，娘就开始一刻也不放心。无奈中开始吃斋念佛，指望着菩萨能保佑她的儿。她的儿也很争气，跟着堂叔驻防桑植、援川，进贵州、驻防澧州，职务也逐步提升，从战士升任连长。

那一年，儿子从常德师范毕业，对外面的世界有了判断和方向，对中国革命有了热情和勇气。偏偏，二十世纪二十年代末，整个湘西北已容不下一张平静的书桌。接受新思想、渴望进步的儿子选择了一心投靠共产党，推翻旧世界。这年，他劝说母亲后参加了红军。

儿子是被一束奇异的光钳住了魂，王冬姑想，或是在精神上又认了一个父亲。那个决心下得，十头牛都拉不回。对儿子的不断晋级和深造学习，冬姑脸上也是掩不住的笑，更为儿子自豪和骄傲，可心里就是担心。事实上，高兴和自豪都太短暂，她的儿子每次回来又要走，当娘的王冬姑就害怕，枪林弹雨的，娘想留下儿。可一听儿子说着那句时髦话“革命到底不回头”，再唱着那首他最爱唱的歌，冬姑就开不得口。

这儿子哟，娘只能妥协，“但，不能跟你爸一样！”儿子答应了。

记得，家还是完整的时候，父子俩都为队伍上忙。冬姑经常听儿子教他老爸哼一首歌：

桑植有个珠石头，半截伸到天里头；
打倒土豪分田地，富人走的是下坡路。
大庸有个天门山，离天只隔三尺三；
如今有了贺老总，穷人登天并不难。

对，这歌叫《穷人登天并不难》。那时候，冬姑和所有的乡亲一样，看山山岭岭红旗漫卷，见人人家家斗志昂扬，多高兴啊。只盼望革命胜利，穷人都过好日子。哪里想到革命的残酷，胜利还要流血牺牲。

父子俩有次一起回来，家中两个红军，家就成了操场上的队伍。听着两人哼唱着一首“红军歌”，家都亮堂了，冬姑心里那个骄傲和高兴哦。

辣椒吃了好烧心，活不下去要革命；

生来就当为人杰，死了也要鬼雄敌。

冬姑喜欢父子俩“为人杰”，又害怕他们“做鬼雄”。一家人团圆好欢心，可父子俩一走，冬姑又担心。父子都跟贺常儿（洪家关的长辈都叫贺龙为贺常儿）南征北战闹革命求解放，冬姑喜在心里，却也苦在心上。虽苦亦荣倒也是，革命就会有牺牲，她也懂。能不能托老天保佑，让他们父子既革命也留命回来。

总有命好命硬的人吧。

冬姑就天天在心里为父子俩“烧香拜佛”祈愿平安。一有空儿就纺纱做鞋，为的是进针拉线的念念叨叨，像秘咒一样缝进鞋里。还有她哼着的歌，护身符样萦绕丈夫和儿子身边：

念儿子的——

儿在前方放歌声，娘纳鞋底走了神，钢针扎在娘手上，不愿我儿只怨针。

再念丈夫——

飞针又走线，越做我心越甜，红军哥哥是针我们是线，红军哥哥引路，我们向前。

那一段，担心归担心，心里比蜜甜。两父子都被人竖大拇指，女人再苦心无怨。可是，好日子咋就那么短，厄运一下推面前。冬姑啊，肝肠寸又断，死而再复生。

贺常儿领着人正是二月初种辣椒时节回来的。正月尾二月初，土地开始升温，洪家关的人便家家户户翻耕土地，播种辣椒。一场春雨，辣椒籽破了芽，如一把撑开的伞。

可这一季的冬姑突然失去了丈夫。跟着贺常儿的弟弟贺文炎负伤回来，告知嫂子一惊天噩耗：哥哥贺文富牺牲了。冬姑哇，一下哭干了眼泪、哭坏了身子，足足在床上躺了两个月……

总算从床上爬起来，冬姑是想：战场哪有不死人的，命里是自家男人，他的女人就必须面对！好在，她还有儿子，还有依靠。那段时间，她就想儿子快快长大，早日给他对门亲事，安个家，就还能过上安安稳稳、红红火火的日子。

丈夫死后，冬姑越发舍不得儿子，想把他留下来。留不住儿子，能留个孙子也行。儿子每次回来，她把东家介绍的、西家说媒的女子，全想让儿子看过。儿子也成熟了，好多姑娘都相中他。像家乡的青辣椒和红辣椒一样，那是区分成熟和不成熟的分界线。办事风风火火，脾气急躁，人们会说：看，一副青辣椒脾气；办事一步一个脚印，不温不火，人们会讲：看，这人心深，红辣椒一样殷实。

儿子在队伍里当了排长，当娘的能看到，儿子已在革命队伍中染成红辣椒秉性，稳重、觉悟，是个亮才，红彤彤的。他好枪法、会说话、能带兵。每次训练完，他挎着枪从后窗的田埂上大步回家，踏实的脚步经过窗外那片辣椒地，她能感觉，几乎所有的辣椒秧都跟着儿子舞枪弄棒，还有迎候他的鸡鸣鸭唱，都像他练兵场上操练的口号。

只是，给儿子成家、她想抱孙子的愿望，就像她地里的辣椒，一季一季在轮回，就是一直没有落定。

儿子出征前，冬姑下决心要请贺老总吃个饭，他能帮着留住儿子更好，留不住，也请他照应，再打一仗就叫儿子回。哪怕娶妻生子后他再去呢。一根独苗苗，总得留个后吧。

这天，全家是烧火的烧火、做饭的做饭，一家像过年似的。当那醉人的辣椒炒腊肉端上桌，儿子回来了，说："贺老总有急事，今天来不了咱家吃饭了。"高兴的冬姑一下跌坐在凳上。儿子又马上说："贺老总同意让你儿子留下，给您做个伴，给贺家留个后……"

冬姑当下喜极而泣，嘴里喃喃地说："贺老总，好人好人。儿子哎，等你有了媳妇有了崽，你再走，我不拦你。"

可儿子贺学书蹲到娘的腿边，说："革命还未成功，我得继续战斗。娘，你莫看我们过得好，多少穷人被人剥削压榨，家破又人亡。我跟着红军就是去解救他们的，等完成了这一次任务，我一定回来让你抱上孙子。要不，我从队伍里给你找个漂亮的红军妹做媳妇。”儿子在她面前永远是顽皮的，他的话冬姑信，也不信。但不信怎么着，你也拖不住他。像他临走唱了一句“您见太阳如见我”，再交给娘一张配图的四句话：

儿行千里您莫愁，给娘画个太阳图；
娘见太阳如见我，我在太阳脚下游。

冬姑不识字，只看图上画了个红彤彤的大太阳。可儿子唱的那句她知道，是她祖爷祖奶唱过来的歌，叫《太阳图》。

冬姑当然不知道，一支送兵曲《太阳图》历年历代有许多版本。一首歌的几百年脉络，成了民族抗争史。二十世纪三十年代的湘西女人，大多不识字，却是张嘴就能唱的土家妹长过来的。人人会唱的《太阳图》，她们知道，这是爷爷奶奶唱过来的歌。

又是爷爷奶奶的上几辈明朝抗倭时期唱过来的。嘉靖年间，倭寇为患，大山深处的桑植先民义愤填膺，摩拳擦掌，奔走相告。为解朝廷之忧，桑植抗倭健将向世瑛、向仕禄率桑植士兵 4500 人，东征江浙，驱倭平乱。临行之际，毕兹卡山寨沉浸在父母送子、妻子送夫，难舍难分的伤感氛围中，和今天一样，民歌是张口就来：

真龙天子坐金殿，文武百官站两旁，
一张文书到土寨，点我士兵到苏杭。

妹：一张文书到土寨，阿哥杀贼下杭州。
　　雁鹅离伴苏杭去，阿妹离哥日日愁。

哥：阿妹离哥你莫愁，给妹画个太阳图。

看见太阳如见我，哥在太阳脚下游。

村村寨寨送子弟兵出征，人人唱着亘古悠扬的《太阳图》。当年，抗倭队伍浩浩荡荡，奔赴前线，誓死抵抗倭寇的入侵。如今，湖湘母亲再送儿子出征。

铁了心要走的贺学书，几天后跟着红军、跟着贺老总走上了万里长征路。让当娘的冬姑和乡亲们，永远“沐浴”在儿子的太阳里。

冬姑知道，儿子生命中那抹永远的红——是跟贺龙、跟党走。而她，生命里一抹永远的红，从此是——痴等儿子贺学书。

为此，她做了一件令人费解而揪心的事。

一天，王冬姑不知从哪里听人说：“红军回来了，到了湖北鹤峰一带。”王冬姑听罢喜出望外，没跟家人打招呼，连夜悄悄离家出走，踏上了找儿子找红军的路。从此杳无音讯，家里人四处打听，也不得所终。

几年后的一个深秋，发乱面污、衣襟破败的一个叫花子，突然叩开了海龙坪王国真的家。王国真家人开门一看惊喜地发现，来人竟然是多年不见的姐姐王冬姑，遂抱头痛哭。回家后的王冬姑变了，原本结实的身体枯瘦如柴，满头乌发银丝参染，无论别人怎么问她：这几年在外是怎么糊过来的，她总是笑而不答。可她每天帮弟弟做完农活后，无事就倚在门栏边，呆呆地望着远方，嘴里永远絮絮叨叨：

儿啊——你走，娘让你带了辣椒。辣椒红如灯，灯亮着，那是娘望你的目光，红红的祝福、火辣的牵挂。你是吃辣椒长大的孩子，你忘了吗？

儿啊——娘后悔，没让你挂走一串干辣椒，就像带一撮故乡的泥土，又像挂一串花环，它是胜利的象征，还能护着你，你回转啊。

儿啊——离开家园、游走他乡，你带上持久的乡情。不会淡忘生长红辣椒的故园和播种红辣椒的亲人吧，你回来呀。

儿啊——娘还记得，你大口大口吃着红辣椒被辣的样子。一片辣椒一缕乡音，融于你的血脉里，会有强劲的搏动，你应该活着！

其实，令冬姑骄傲的儿子贺学书在抗日战争中就光荣牺牲了，为民族解放献出了自己年轻的生命。冬姑像知道，又像不知道。她仍然活在她的习惯里：只要出太阳，她就出门——去会“太阳脚下游”的儿子；只要见着孩子，她就痴痴地想“漂亮的红军妹”媳妇，说不定给我添的孙子也有这么大了……

王冬姑终于等到全国解放，当年的红军回来了，儿子却没回来。她开始整天倚坐门边，顶着门楣上悬挂的红红的辣椒花环，一抹太阳照在她始终望着前方的眼眸。

一个太阳很好的下午，王冬姑静静地睁着那双永远望儿的眼睛，没有闭上，伴着太阳落山，走了……

第七章 跋 涉

大脚板、脚板大，大脚板的女人苦娃娃。苦娃娃，离了家，生儿育女开了花。不怨天，不怨命，大脚板的女人走天下。

——桑植民歌《大脚板》

湘妹子，人称辣妹子。

湘妹子辣，辣妹子——人辣命更辣。她们是越辣越过瘾的一群，辣不怕口味、怕不辣性格、不怕辣习惯。面对苦难——闯；历经磨难——扛。腥风血雨年代，爱与恨、聚与散、血与火、生与死都考验着她们的血性和辣劲……

土生土长的幺叔说："从地理气候上说，山高林密的桑植，一年有一半时间被雾瘴笼罩。要祛除湿寒，就得常吃辣椒。我们不是一般地爱辣椒，是餐餐离不了，没辣就没劲，少辣生活都没味。血里流着辣素，性格印着辣魂。一旦闹革命，注定有漫天漫地的辣椒红。"

殷成福一家历经生死磨难走过来，天性里的强，骨子里的不服输，那是"不怕青天塌下来"，靠辣劲撑；"脑壳落地也跟他"，跟定红军决不回头。曾经，贺龙在家乡闹革命，提到“亲三代，族万年”，说的是家族抱团胜过三代亲，族人齐心就有民族魂。湘女印着忠诚的辣魂，化作不屈不挠、勇往直前的精气神！

靠这精气神，殷成福一家到了雪山脚下，会有怎样的磨难在等待着她们……

第1节　雪山，为湘女让路

殷成福后来知道，背着女儿幺妹闯枪林弹雨还不是最苦的，最苦的是一直担惊受怕的——心苦。

自那一晚聊小莲的丈夫牺牲，殷成福接下去就哭不出更笑不出了——整天都为女儿幺妹心惊肉跳。

幺妹这天凌晨才回，一身的黄土不洗不除，倒头就睡。脸上灰黑灰黑的，人像卸骨抽筋后一张灰纸铺在地上，薄薄的、暗暗的——天啦，幺妹有事！

悄悄去问马忆湘，她畏畏缩缩地半天才说：“幺妹不准我告诉你们……那个营长，就是常把马给她骑，把口粮省给她吃的高个儿营长，在昨天的敌机轰炸中牺牲了。”

“啊——”殷成福张开大口，木呆呆地脑子里一片空白。

后面的事，忆湘不说殷成福也能猜到几分。我们的湘妹子，天生重情重义，能担敢扛。那个高个儿营长牺牲后，由于找不到挖土的工具，最后，大家弄来一大堆草，堆成一座草坟，“掩埋”了这位年轻的战士。可幺妹觉得对不住他，当夜去附近村庄借来铲子锄头，也不跟任何人说，一铲铲、一锄锄，用她手上的血泡、用她没停的泪水，硬是独自把他土葬了。

幺妹，我的幺妹，我可怜的幺妹哟……殷成福没法知道女儿是怎样独自苦着累着，心痛着，背扛着；怎么跟高个儿营长说了一夜的心里话；又怎么把身上可以当信物的东西一起埋葬。可幺妹呀，你让一个红军战士心安了、魂定了。尽管，他没福哦，他没有活到和你地老天荒；他又有福呢，你为他付出这番情，够他回味来生！妈也不怨你，我的湖湘女儿，够情义，有担当，好样的！只是，该说的你对他说了一夜，该做的你为他做了终生。一段情埋葬了。可长征还得继续，生活还要重来。只要你别把自己埋葬，只要你能好好活到革命胜利……

太累太痛的幺妹躺在地上，死人般地睡着了，活跃在她脸上的青春光芒变成死灰般的阴霾，殷成福只看得脊背发凉、心在流血。

第二天，幺妹就剃了光头！

天啦，殷成福心里知道，在别的女兵因一头虱子去剃光头省去清洗和梳头麻烦的时候，幺妹可从未动心，茂密的短发再麻烦，她也坚持女儿的美。如今，是真奔“尼姑”去？还是照她自己的话说：“不走完长征，决不奢求幸福！”

关键，殷成福看到了一种绝望：剃了光头的少女，眼光很硬，脸色很黑，表情很刚，情绪很冲。能上的战场她都上，能打的冲锋绝不孬——她每天“猛子”一样频繁出入战场！都说人怕枪子，她那样，是枪子都怕了她！

殷成福感到，她的幺妹不但不怕死，而且像是每时每刻准备死，或者说，幺妹是成心想找死……

女儿呀，你给妈留条活路。妈爱你，可妈知道，这爱当不了你的心上人；妈疼你，可妈晓得，妈又没能耐替换你的痛。要怎样替你分担啊，才能……才能换你心不死。

何况，枪子炮弹真不认人！

事实上，殷成福担心不是多余。幺妹在一个个战友牺牲和情感起落中，像不再奢求远处的光亮，只埋头穿越长长的黑暗；又害怕再扼腕痛心，只求孤独走过艰难、越过坎坷。幺妹悄悄将笑容掐掉，将爱的火苗熄灭，只做一往无前的勇猛救护。她是一夜之间长大的，“大”得与她的年龄极不相符，“大”得殷成福每分每秒都在揪心煎熬。

后几回，幺妹去战地救护，抬担架过河她能把伤员举过头顶；上坡时，专抬前面，她跪地攀登。那是抠住路面、手脚并用着往上攀。很快，她的膝盖、臂肘、手指都磨破了，殷红的鲜血滴滴淌在土路上……

这天，正担心着等女儿回来，谁在不远处吼着一首熟悉的歌，夹着旷野的苍凉、透心的寒冷传过来：

要吃辣椒不怕辣，要当红军不怕杀，

刀子架在脖子上，砍掉脑壳碗大个疤。

呸呸呸，这时候唱什么唱？殷成福动气了。小豆子鬼们（土话，长辈骂孩子），光图自己痛快，晓得爹娘都等你们回转，吃了辣椒也要躲刀枪，脑袋只许立在脖子上！拿刀枪杀敌人要记得留住命，不能“光荣”了。那是刀枪往爹娘心口捅，让老人生不如死哟。

殷成福从那会儿开始，几乎天天歇斯底里在心里喊天：“老天爷啊，不怪你，不怪你掐了她的爱，灭了她的梦想，断了她的希望。只求你，枪子绕她走炮弹落别处。你让我可怜的幺妹活着。对，也让众多的娃儿们活着！让他们活着回来，我给您磕头、烧高香了。娃们活着，让他们爱、让他们美，也让我们做爹娘的，看着家族的血脉——不掉链。”

天天与死神打交道的日子，这种歌绝不是殷成福喜欢听的歌。殷成福把担心告诉了李贞部长：“这可咋整呢，我家那个幺妹哟，又想消灭敌人又想消灭自己。”

没过多久，卫生队给了幺妹一个特殊的任务：退下战场护送“寄养”的伤员。殷成福心里明白，一定是李贞部长交代后的安排。心里好一阵感激，可又不好明说，那心里话堵在心里暖暖的又痒痒的。

好在，虔诚感动了上天，卫生队给了殷成福一个缓和的机会——幺妹两次奉命“寄养”伤员。这下，又有人夸幺妹，把大人都棘手的事做成了——绝对漂亮。

说的是幺妹奉命和几位女战士用牦牛拉着一百多位伤员，将他们寄养到深山里的老乡家。伤员们哭着闹着不愿离开部队，许多人拉着她们的衣服流着泪求。幺妹这时像小大人一样，她深知伤员离开部队，那是羊羔离开了羊群，随时都会被抓、被杀、被出卖。可小丫头也得奉命执行，她做起了思想工作。“这是残酷的战争年代，红军要保持机动灵活的战斗力，不可能带着这么多伤病员行军作战，那样会有全军覆灭的危险……”随后，幺妹宁可多留些日子，把伤员一个个安置在老乡家中，还尽可能牵线搭桥让他们做干儿子、做女婿。当小妹子把生活费一一发出，给每人备好二两鸦片，疗伤、换粮。第二天要离去，幺妹呀，就给这些伤员唱到很晚很晚。

枯树劈柴不用刀，干柴只等星火烧，
贺龙只要绕一绕，千山万岭举梭镖。

“唱个情歌，唱个情歌……”伤员聚在一块齐吆喝。幺妹有些不好意思，可看看依依不舍的他们，唱就唱——

姐在园里摘黄瓜，郎在田垄使犁耙；
要吃黄瓜喊就是，偏要故意丢泥巴。

在唱最后一曲时，幺妹说话了:“好日子就在后头，大家一定要有信心。过段时间就来接你们，不久我们就会再相见。”

红军来了晴了天，穷苦人家笑连连。
五荒六月有饭吃，十冬腊月有衣添。
……

湘西有句老话：太聪明的娃儿不好带，太好吃的果儿不好栽。幺妹越是这样，当娘的越是预感后面有坎，就边行军边给老天爷磕头，总算看着女儿过雪山草地。

一双红肿的大脚上套着一双脏旧的布鞋，布鞋上再套着双烂草鞋，被烂布条、脏绳子扎了一大堆的夸张的脚，已走过千山万水。此刻，幺妹正走在寒风凛冽、冰雪覆盖的川西高原。

殷成福跟在马屁股后面，骑在马上的是她的儿媳大梅，前面牵马的是幺妹。殷成福时不时紧赶两步，有些使不上劲地撑扶一下马上的大梅。挺着肚子的大梅，怀着她殷成福的孙子已近临盆。

红二、六军团的家属连，是过雪山的最后一批人马，这支由妇女、小孩和部分伤病员组成的队伍，经过长途跋涉，到了要翻雪山的时候，原本七八十人的队伍，折损严重。

殷成福自从跟小儿子九幺儿分开，就一刻没停地揪着心。七岁的孩子原本一直跟在母亲身边，但大梅的身子越来越沉，说不准什么时候便会在这长征路上生产，侯昌仟决定把他带在自己身边。一家八口分作三批行军：侯昌仟是筹粮队的队长，忙着“兵马未动，粮草先行”的活儿，带着九幺儿走在队伍的最前面；家里另外三个人——殷成福的俩儿子侯清芝、侯清平，和她的小叔子侯昌贵都在一线打阻击；剩下的三员女将——她和女儿幺妹、儿媳大梅随家属连落到了最后面。

队伍到了一座大雪山下，那是哈巴雪山。

从史料上看，从1936年4月25日，红二、六军团以第四师为先锋，从石鼓胜利渡过金沙江。连续奋战三昼夜，一万八千人全部渡过江去，进入人烟稀少的康藏高原，哈巴山是他们翻越的第一座雪山。

哈巴山，哈巴山，海拔上下五千三，
终年积雪鸟不飞，十人上山九不还。

还没上山，就听藏族老乡描画那里的“山妖”：

“……它要发起怒来，吹上一口气，就会刮起一阵狂风，眨眼工夫，就能把人吹得无影无踪。它还有魔法，几分钟前，山上还阳光明媚，一眨眼乌云翻滚，下起拳头大的冰雹，不把人打死，也会把人打蒙。山上没有路，一不小心，就会掉进雪窟窿。那都是山妖的嘴，掉进去，人就全被山妖吃了……”

最后，全是忠告：上去的人不是陷在冰穴里被活活冻死饿死，就是被“山妖”抓去连尸骨都找不到。

“去去去，莫听他的。”殷成福赶着小棕马，拉开大梅和幺妹。幺妹及时给嫂子大梅压惊：“我们红军多强大，几十万的国民党都奈何不了我们，还会怕‘山妖’？”

可“山妖”还是慢慢露出了狰狞。

牛毛雨突然变成了纷纷的雪花，满山满岭就是厚厚白雪、串串冰凌。冷啊，冷到骨头里！暗雪窝子吃人，脚跟先陷进去，跌倒后顷刻间像箭一样“飙”出去，人落下到深崖中，想救也救不了。

大梅过了半山腰就开始头晕眼花，喘不上气来。殷成福搞不懂这是空气稀薄、高山缺氧，只知道自己胸闷，憋屈得像要炸开似的。再看幺妹，双腿沉重得像灌满了铅，随时都会一头倒下去。好在身边不时有战友提醒：“千万不能坐下去，谁坐下去，谁就会在这‘天国’里变成‘神仙’，再也回不了人间啦。”

再往上走，有的人就挺不住，空气更稀薄、呼吸更困难，憋得脸发青，慢慢就憋死了。殷成福亲眼看见一个小战士脸色惨白，嘴唇乌紫，喘不过气来。大家七手八脚地还没忙过来，他就倒下去再没爬起来。

这是到了最艰难的时候。

大梅已呼吸急促、脸色煞白，殷成福知道，不仅是拼上命要渡难关，是急需争取时间，大梅那是侯家两代人、两条命啊！殷成福开始显现辣妹子的霸蛮、倔强，永不服输的性格。她借着那匹马，将大梅捆在马上，和幺妹一个前面拉、一个后面推。再后来，又换成大梅抓着马尾巴，她在后面顶、幺妹在前面拉。三个女人始终互相鼓励、互相搀扶。每走完一步，殷成福嘴里喊出：“走一步，少一步，走一步，近一步……”

的确，走一步就少一步，走一步就近一步，这是谁都不会怀疑的真理。雪山再高，也在缩小；前路再长，也有尽头。大雪山，在弱女子面前终于慢慢低下了它高昂的头。

可是，大家似乎没有料到，上山难，下山更难。千难万险地登到山顶，一望下山的陡，人人的腿肚子就打战。看到没有路的悬崖峭壁，大家突然明白：这不是走下山，这得滚下山。

别人都图省事滚着下山，一滚就是三四十米，刮伤摔坏都值。可殷成福和幺妹护着个孕妇，想都不敢想。

幺妹有严重的脚伤，她要滚下山，简单利索殷成福不会拦。眼下每走一步，都是幺妹先扎实地踩出个窝，再牵着负重的嫂子往上踩。一个快临盆的孕妇，走平路都直往前栽，何况又陡又滑，又呼吸艰难，还饥寒交迫。一步步殷实地往前挪。可怜的幺妹，那受伤的脚，每走一步都在雪地里印下一朵血红的梅花……

又到唱国际歌的时候！

殷成福突然以英子的口气在心里喊：“福婶，挺住！出发时你说好不给部队添麻烦，说好千难万险也要闯。我们哪个掉了队，不要部队管；我们受伤，被打死，也不要部队招呼和收埋！”福婶，这是你说的，你没有退路，只能挺住！只能向前！

一个农家村妇甚至不知道她们拼上性命翻过的哈巴雪山海拔 5300 米。好在有先头部队踏出的一条雪路，有鼓士气的雪地宣传队，有随时能帮的战友，还有不多远就能望到的一面面红旗。那些红旗都插在高高的雪坡上，像跟所有艰难爬山的红军战士们示意：坚持住，我们永远在一起；往前走，希望——就在前头！

多少年后，殷成福叫家人读报读书，读到了这一段：

国民党的西康省主席李抱冰为了堵击红军，从打箭炉派了一个营翻过雪山，结果死了一半人才到了巴安。今天，要翻雪山的是英雄的工农红军。有的同志走累了，别的同志架着他走；有的同志眼睛被雪光映花了，别的同志拉着走；红旗引着路，鼓动的口号此呼彼应。这样，同志们团结一致，互相帮助，胜利地翻过了雪山……

4 月 30 日这天是殷成福能记八辈子的日子，与山下的红军队伍相会，才知道自己还活着归队，知道自己也走出了雪山。她一屁股坐地上埋头痛哭……突然，懂事动情的小马前蹄一蹬，兴奋一跃，它是在欢呼！同时，马背上驮着的包袱抖落一地，散开那些破衣烂衫，也蹦出最耀眼、红艳艳的——红星兜兜。

大梅一把抓起红星兜兜，放在高高隆起的肚子上，直说："宝宝，咱们闯过来了，闯过来了呀！"殷成福突然朝北跪地，双手合十喃喃地念："北斗星啊，你保佑我们闯过了难关，我们这就奔你去，但愿后面无灾无难。还有十天，找个有人家的地方，让我家孙儿平安出世吧。"

殷成福家三个女人历经艰险翻过了雪山。其实，还有一百多公里就走出草地，就能欢呼长征的初步胜利。可是，那一个漆黑的晚上改变了一切……

1936 年 4 月 30 日，殷成福随着红二、六军团翻过最险的哈巴雪山，接着，再翻过大雪山、小雪山、茨布腊山、扎拉牙卡山、藏巴拉雪山、东隆山和米拉山。

九死一生连翻几座雪山，直到红二、六军团经白玉到甘孜与四方面军会师，殷成福才见到两个儿子。这一见，殷成福病倒了。她得知小叔子侯昌贵没走出雪山，牺牲了，她痛啊。

人称为"铁肩膀"连长的小叔子侯昌贵，因体力严重透支还生病无力，猛不防脚底一滑，从冰峰上"飙"飞下去，倒在雪山顶上，长眠在雪窝里……

这一痛，牵发殷成福全身。没见着老嗨侯昌仟，担心他万一负伤，九幺儿会不会成没人照顾的孤儿，到处流浪……

殷成福就晕晕乎乎地发着高烧，再糊糊涂涂地展开想象：原来的约定已经打破，后面还有什么牺牲咋个料到？她不敢想，又必须想。整天以泪洗面，不吃不喝躺床上把几个孩子拖住了。

这天，大儿侯清芝来劝她，她才知道儿子也是死里逃生。

"这次长征牺牲了多少红军，我那个连都走了一半！哪个不是娘的儿？

哪个不是自己揪心扯肺的亲人？要革命就会有牺牲，红军又没骗你，你自己生里死里要跟着来，还说‘不要收埋不要收尸’。怎么这下想不转了？还把我们几兄妹困到你这儿，马上又要出发了。”

殷成福突然从床上一蹦翻起，“死了的革命到底，活着的继续革命。”她开始要吃要喝。等幺妹她们把一切侍弄到位，她又变成原来那个吃得苦、霸得蛮的女战士了。

接下来，幺妹从卫生队不停地有好消息带来：好朋友英子生了，难产的孩子在羊圈里呱呱坠地，任弼时为女儿起名“远征”；蹇家二妹子也有惊无险。苦难的男婴在藏民放牧遗弃的土围子降生，萧克给孩子取名“堡生”。殷成福就想：红军里多大的官也和我们一样吃苦受累。英子夫妇生育五个孩子，都在艰苦的斗争环境中夭折或失散。什么缘啊，咋跟我丢的孩子一样多？我是被地主老财剥削的，她是干革命牺牲的。为啥红军和我们心相连，是大缘深缘，是老百姓和红军同病相怜。

接下来，有个坏消息让殷成福揪心了好久，那是李贞部长的孩子没了。也是部队进入茫茫草地，草地没有净水，也没有给养。过度劳累加上营养不良，使怀孕七个月的李贞早产了。李贞缺乏营养补充，没有奶水。没过几天，这个可怜的小生命便夭折了。

很多年后殷成福才知道，就是这次恶劣环境的早产，后来成为共和国将军、当年给儿子做主婚人的李贞，一辈子再没孕育自己的孩子，却抚养了20多个烈士遗孤。

“红军妈妈产后一晚半日就要行动，应有的休养和调理都没有。本来，女人不应该属于杀机四伏、血肉横飞的战场！但是，她们与丈夫、兄弟并肩战斗。穿同样的军衣，吃同样的干粮，随时准备冲进敌阵。虽然女红军少有和敌人正面拼杀，但她们所经历的，并不亚于一场恶战中的白刃格斗，那是与自己的生命在抗争，还一定要打赢活下来！尽管这样，战争还是无情地夺走了她们生命中最宝贵的东西……”

英子的话殷成福不全能记住，但她听懂了，像吃饱了草料的小棕马，蓄足了能量。眼下希望和磨难并存，她知道，她们是在艰难险阻的不断考验和磨砺中，让每个人像孩子一样在增斗志、添韧性中慢慢成长。想想自己，不也是从什么都不懂的乡下老太婆成长为有一定见识、懂一些革命道理的红军战士？这就是成长，改变了人，改变了集体，也会改变——中国？

道理归道理，殷成福掰指头算，两个好消息搭一坏消息，都说好事坏事均衡着走。后面，还要为坏事准备担当。会是什么事呢？

进入康藏，从茫茫草原到过草地后期，能吃的吃完了，不该吃的也吃了。吃不得的也吃了，就毒死了人。万般无奈，为了一群蓬头垢面、骨瘦如柴、还要死命北上的红军哥能爬出草地，有人提议：杀马。

乍一听，殷成福心里一揪，有预感：小棕马会保不住！

不不不！我们就是饿死也决不动小棕马！就是小棕马上战场，我们也会豁出性命保护它。它是我们一家人的救命恩人——

湘西土家人，没有恩将仇报的种！

最终，殷成福自己主动交出了小棕马。她是听说——贺老总要杀掉他那匹枣红马，救红军战士。

那匹战功卓著的枣红马，殷成福见过。高大威猛，特别通人性。跟随老总南征北战，还救过老总的命。前段时间病了，贺老总含着眼泪送它治病去，那难舍哦，那就是亲兄弟！队伍可以没有你侯家几口，也可以丢弃一些笨拙的战备，唯独贺老总得威武着。他是军队的主，他是长征的魂。他必须坐镇，马必须坐骑。杀了他的马，敌人来了咋个指挥？乘胜追击咋个飞奔？

可是，要奔前线的将士已饿得奄奄一息，这么多红军也不可能在下一秒走出荒地。贺老总哪能见死不救？怎么叫顾全大局，怎么叫目光远大？殷成福这个乡下女人意识到这点，终于觉得自己要主动舍弃和牺牲点什么，才配做一个红军战士。

这天，她想给小棕马洗个澡，无意中触摸到它脖子上吊着的红绣球，这是从家乡出征时，用儿子婚礼上那些喜帕做的。至今记得她用给孙子做兜兜一样的精心，边做边念叨：小棕马平安，小棕马平安。这马跟我们有缘，这马可是贺老总送的，是他们全家的宝贝。

就是这小棕马，后来驮着年幼的九幺儿、驮过受伤的幺妹行军，载着大肚子儿媳爬雪山，也载着病重的殷成福长征。可惜，这个有功之臣，唉——

太阳底下，洗舒服的小棕马用柔情的目光“谢”主人。殷成福却内疚回避那一汪清泉般的眼眸。她一直低着头，老想着能变魔术变出一盆黄豆拌草麸，那是小棕马的最爱。哪怕再给她半个月，她是一定能把小棕马养得膘肥体壮，也不负它这一番壮行。

“妈，你这是要……送走小棕马？不，不要！”挺着大肚子的大梅过来了。一把抱住小棕马，“它跟了这么久像咱家的亲人，没累死却被我们杀死，您忍心啊？”殷成福没抬头，知道大梅在流泪，大梅在求她，大梅会阻挡，她都知道。她依然静静地给小棕马系上一根红带子，不知是想让它漂亮地走，还是重新投胎能找到吉祥的路。

已经来人接了，小棕马像知道自己的命运，一声仰天长啸，原地蹦了两圈。突然，它朝主人前腿跪下、再低头——它在谢恩！

“小棕马，受不起啊，我们受不起……”殷成福一把上去捧起小棕马的脸，撕心裂肺地嚎哭。

“不，我的小棕马……”跑回来的是幺妹。她从母亲手里抢过小棕马，挡住去路，再抱着它脸贴着脸，与小棕马耳鬓厮磨，悲戚地亲热着，就是不松手。幺妹哭得没了声，小棕马亮亮的眼睛也滚出了清泪……

这时，殷成福一句吼：“幺妹，放手！”

是没了力气，还是知道无法挽回，幺妹软软的手抓不住了。小棕马像再没有留恋，没有遗憾似的，快速朝陌生来人走去……哭倒在地的幺妹使出全身力气，朝着小棕马的背影扑去，再一声凄厉呼唤：“棕棕，棕棕哇……”

起伏的草丘，凸显的是悲壮和无奈；呼啸的风涛，吟唱的是凄美和哀嚎。茫茫旷野、浩渺荒凉，留不住温柔的夕阳。冷月寒辉、无边黑夜，洒给了受伤的孤沙……

殷成福为此纠结怪怨了自己一辈子。湘西人都是知恩图报的，唯独她做了件恩将仇报的事。她后来为这匹小棕马立了块碑，每年的清明，像祭奠亲人一样为它烧纸、送冥钱。它，就是她的亲人，活在她的一生里！

正因为空气中弥漫着马肉味，心身欲裂的殷成福又开始发烧，还坚持要离得远远的，免得四周都是血腥味。她还想，明天一早，早早走，走出这满草地的马肉味，再挤出时间、找一地方给小棕马垒处坟。幺妹和大梅都鼓着一双红肿肿的核桃眼，护在娘左右，却没半点睡意。

这以后漫长的岁月里，殷成福没停止过诅咒这一天，就是杀马的这一天！幺妹本该在卫生队，她常值夜不回来，我不病她没准就不会在身边；大梅呢，如果不是我高烧不退，她也许在被服队的姐妹们那里走走，说不定就不会在这么个偏僻的角落里，守着我。

因为这时，一场天大的灾难，像潜伏已久的魔鬼，靠近，靠近了……

第 2 节　一个人的无悔长征

不知过了多久，殷成福悠悠醒转，轻轻叫了两声："幺妹……大梅！"周围寂静无声。她定下神来，回头察看，地上横七竖八地躺着的战士们早没了气息，这些尸体中并不见自己家两个人。一时间，天塌地陷、天旋地转，她再一次昏死过去……

待殷成福最后清醒，已不知过了几时辰还是几天，回忆了好久才明白眼前的一切——藏匪打劫！

是的，那时天色暗下，家属连传下就地宿营的命令。因为小棕马，娘三个都沉闷闷地不说话。身子笨重的大梅还有几天就该生了，幺妹扶她躺下。再摸摸我的头，还高烧着，没有药，喂了点水给我。

突然，一阵闷雷似的声音巨涛般地席卷过来，等感觉到时就已在眼前。二三十个身穿藏服、留着长发、像厉鬼一样嗷嗷尖叫的人，打马朝这边冲来——藏人土匪！

一片慌乱中，十多个持枪还击的男同志很快牺牲，土匪们开始用手中藏牛皮做的抛石器和马鞭对付女人。本来已经虚弱得撑不住的女人，哪里经得住有准头的黑石头和噼啪疾响的马鞭，顿时把她们打得头破血流，有的当即昏死……

我是想爬起来护大梅，她快生了哇，还没等站起，却挨了一马鞭，一头栽倒在地，便什么也不晓得了。

“大梅呀，幺妹呀，你们在哪儿呢？”悲伤、恐惧、孤独、绝望一起向殷成福袭来。“我的大孙儿哟，过几天就要出世了。侯家的骨血呀，怎么说不见就不见了？”漆黑无边的旷野，没有回声。殷成福也没有任何的过渡，是直接呼天抢地地叫喊，悲彻心肺地嚎哭。人像要哭死过去，昏去又醒来。活转来又揪心扯肺地接着嚎，直到再也发不出声，直到再也流不出泪。

不知过了多久，殷成福突然想起老嗨侯昌仟那顿告别饭上说的，“万一有闪失，就是一路讨米、一路爬也要找队伍。找到队伍，也才能找到家人。有一点要记死——紧跟队伍！”对，找到部队就能找到亲人，殷成福不知从哪儿来的力气，翻身从地上爬起。不好，头晕目眩天旋地转又倒下。

这以后，殷成福开始走走爬爬。可哪里是路？前面队伍走过的路在哪儿呀？

殷成福慢慢辨认着无边草地上的一切：留下的子弹壳；架锅烧火的残灰；饿极的人扯过的野草。最重要的是，不时能见前面部队留下牺牲的战友。这些人中，有的是饿死的，有的是病死的。有个被马刀砍断了腰，有个像她一样被铁器击中了头，脑浆都流出来了——都是土匪干的。殷成福仿佛从战友牺牲的地方辨认着队伍前进的路线。直到走出草地，等到有人烟的地方，老太太已完全变成一个人见人怕的叫花子。

讨饭用的打狗棍是她的贴身武器。这天天黑了，她着急赶路随便在路边背风处歇下。可半夜给撕扯醒了，睁眼一看，只见绿莹莹的“鬼火”正围着她转。她想，鬼火怕什么，死人堆里出来的还怕你，爱转就转吧，倒头又睡。再过一会儿，好像不对，又有什么东西来扯她的头发拖她的腿，还有长长的舌头在她脸上舔。她一下子坐起来，定神一看——十多只野狼正围着她转，绿莹莹的眼睛一闪一闪。她一下子火了：地主恶霸、国民党、土匪不给我留活路，连你们这些畜生也来欺负我。她突然蹦起，扬着手中的棍向野狗群里冲去。再闭眼横心、发疯似的旋转着打。野狼们没见过这不要命的，吓傻了迅速逃去。

殷成福望着它们逃窜的背影，才一屁股坐地上，哭开了——我一个瘦骨嶙峋的孤老女人，有啥吃的嘛，呜呜……吃在嘴里还硌牙呢，呜呜……

也就哭了一阵子，殷成福突然忆起指导员曾说过的一段话：我们革命者不靠别人同情，不要别人施舍，要靠自己奋斗。打击敌人，保存自己。遇到挫折，伤心没用，退却更不可取，冲上去跟他们拼！你强他就弱，你弱他就欺，再不拼，他就要你的命！

又走到山连着山、峰叠着峰、云雾缭绕的地方，殷成福在深山老林走走停停，停停走走。离开了红军两条腿有千斤重，每跨一步那个艰难喘气，喉咙里像拉风箱一样，呼呼直响。突然，远处传来了刺耳的呼啸声，殷成福一下没了瞌睡与困顿。两只冻僵的手，立马握紧打狗棍。可马上意识到，眼前的可不是野狗豺狼，可能是虎豹猛兽！一种本能，也不知哪来的力气，她“噌噌噌——”就蹿上了树。

其实就是在家乡，长在山里的女娃也不太爬树，殷成福潜在的能量，全被险恶的环境激发了。眼看着黑乎乎的野兽在树下腐叶杂草上发出“咔嚓咔嚓”的扑响声，殷成福正好登高远望看看漆黑的前方，再用耳朵倾听周围的动静。几次这样的遭遇，让这个已是老人的女红军，在树上睡了几个晚上。

是啊，敌人是这样，狼狗虎豹也是这样。殷成福懂得，这时候单枪匹马，她的敌人还不只是国民党，还有野兽、灾难、病痛，那些随时可能出现的敌人和不是敌人的——对手！

起风了，走了一阵子，浑身发热，微风吹来刚感觉凉爽。一刹那阴暗的天边像卷来一道黑色的幕布，天地立刻合成灰暗的一体。徐徐的微风，也一下变成怒吼的狂风，还滚过刺耳的呼啸。空旷的黄土丘上，千军万马在你死我活地“搏斗”，滂沱大雨劈头盖脸地鞭打下来。殷成福泡在雨里水里哆嗦着、颤抖着，却仰头饱饱地喝够了、填足了。也怪，冷热疼痛已没了知觉，任何天地万物的给予都当恩赐。原来还伤风感冒呢！头疼腰痛呢！什么时候灾难全变成超级力量、浓缩能量了？老天不是使尽招数考验我、修理我吗？来吧，再来！

要不，老天——你就是混蛋！你就是败将！

就用我单瘦的身体，与灾难抗衡，与敌人抗衡，与未来抗衡！殷成福终于在废墟上、灾难中真正站起来，强大得——与天地抗衡她都不怕！

然而，每每这时，她都怀念失散的队伍。下雨时，行进的队伍常响起阵阵歌声；寒冷中，大家靠在一起，用各自的体温互相取暖。她也会想想湘西老家，蓝蓝的天上飘着朵朵白云，清澈碧绿的河水静静地流淌着，冷风吹来，河面上掀起一层鱼鳞样的涟波，扬着白帆的木船驶向远方。一群群的鸭子发出嘎嘎嘎的叫声，不时地翘起尾巴把头伸进水里去觅食。尤其红军到来后，河边沙坪里总传来红军战士操练时整齐有力的刺杀声。

修炼不够、磨难不到，好东西是不会轻易给你。

接下来，殷成福再遭野狼撕咬；又被马步芳、马鸿奎的那些兵顺手推下路旁的天坑，好在被坑边的石头挡住，被路过的老乡救起。

一坎接一坎，一难接一难，殷成福一一蹚过，在精神上便开始如履平地。

离开了红军比离开了亲娘还艰难。亲娘只给我们身子，红军给了我们灵魂。殷成福记得在家的时候，三里路以外的事情都不晓得，没有远远的……什么？她卡壳了，想半天没想起来。算了，做梦去。对，梦，是——梦想！殷成福为自己想起这个词而在心里欢呼雀跃。“梦想连着理想”，还是指导员的话。

她现在才体会，如果没有追找红军的理想，她死了倒轻松了；红军若没有走长征的梦想，革命到底就是一句空话。解放穷苦大众是他们的理想，穷人都过上好日子是我们大家的梦想。今天吃苦受罪就是要实现这些梦想、理想。再想想，原来在家受那么多欺压，多少次都觉得活在世上不如死了好。自从参加了红军，短短的十个月，知道了世界上还有许多许多的事儿要做，不仅为自己，是为天下的穷苦百姓，殷成福就下决心：生是红军的人，死是红军的鬼，我绝不离开红军。就是爬，也要爬回部队！

这天，殷成福又遇沙尘暴，她躲进一小洼地，缩成最小的一团。你爱闹不闹，我正好歇会儿，脚板是真疼啊。

一双天生的大脚板，殷成福这辈子就没有服过输的路。曾经，一百多斤山货挑起就走，靠脚；前后各一娃儿背着扛着，靠脚。老嗨侯昌仟年轻时就说："老侯家就从这双大脚板起根发源哟。"

大脚板、脚板大，大脚板的女人苦娃娃……

殷成福突然哼出一首歌谣。还真说对了，一双大脚却命比黄连苦。其实，殷成福打小就被缠脚。因为长得乖致，是个美人坯，不缠脚可惜了一副好身条、一张好脸蛋。可爹娘缠，转身她就放。脚没缠小，收放中倒"突突"地长成一副大脚板。为此，无可奈何的爹娘狠狠地丢下一句话：长大了看谁会娶你？

自己的幸福自己争，殷成福是自己把自己嫁了。

为葬爹，母亲把十岁的她卖作童养媳。狠婆婆不把她当人，打骂是常事。这一年，婆婆家请来外地小木匠打家具。木匠看小姑娘像牲口样被使唤，又吃不饱，就天天从自己的口粮里省下点塞给她。几个月过去木匠要走了，他偷偷递给她一双新布鞋，说："大姑娘了，冰雪天还穿草鞋，不冷吗？"还亲手给小姑娘脱掉草鞋穿新鞋。为不让她谢，就谎编："鞋是别人抵工钱来的，我穿大了，你穿正合适。"

就那一刻，殷成福认定，除了爹娘，这世上能疼她的，就是这个木匠了。"木匠大哥，你带我走吧，我给你当婆娘。"木匠吓得直往后退，面红耳赤，"我是真心的，要有半句假话，不得好死！"

木匠害怕被抓，殷成福的小嘴第一次那般灵巧，"我的脚板大、跑得快，抓不住的。我啥事都会干，你娶了我，不会吃亏。"木匠也不知是心疼她还是早爱了她，第二天夜里，月黑风高，她和木匠双双出逃直往深山里跑。密林深处，天当房，地当床，两相情愿、情意绵绵。他们一边把情煽得呼呼生风、熊熊燃烧，一边慢慢地往木匠家靠。随后，殷成福身子越来越重，到了木匠家，不几天就送公婆一大胖孙子……

大脚板、脚板大，大脚板的女人苦娃娃。

苦娃娃，离了家，生儿育女开了花。

不怨天，不怨命，大脚板的女人走天下。

大漠狂野突然有一曲柔情的歌谣旋律悠长。一阵吟唱，漠风都饱含着绵绵情意，无边黄土都张开了深情拥抱。黑夜里，殷成福看到了蝴蝶张开温存的臂膀，深情地抱着兰花蕊沉醉；婉约的画眉放开了甜美的歌喉，入骨入髓……那从柔弱中迸发的韧性，正是大漠的精髓和力量所在，又何尝不是一种强者的精神所在！

后来，我们在《大庸县革命文化史料汇编》的书上找到了这首红歌，还有下段：

大脚板、脚板大，苦命的人儿为了啥，

为了啥，犯命煞，苦命的人儿要说话，

一口米，一口气，脚板眼儿比天大，

比天大，命硬哒，从前的日子莫记挂，人生要活九十八。

歌的后面有一备注："此歌曾流传于红二、六军团缝纫连，原创作者不详。"

我知道，殷成福是红二、六军团缝纫连的老大姐，那里有刘大梅、侯幺妹，还有九幺儿这样的孩子，一首歌流传下来就太正常不过了。

多少年后的今天，我们在研究一群湘妹子，殷成福是最普通却极具湘女个性的一类。从苦命娃到勇敢追求幸福，她是敢爱敢恨的湘妹子；当红军跟党走，又是敢为人先，有信仰有追求的湘妹子。按说，艰苦长征、报国安民是热血男儿的向往；名留青史、拜官封侯也不是对她一个农妇的诱惑。只有湘妹子的本能血性啊，注定了——出发，就一往无前；向前，就绝不退缩。一句承诺，兑现的是永远；一种韧性，撑到的一定是——革命胜利！

好样的湘妹子，走过大漠，走成一部梦想与荣光；

不屈的精气神，铮铮铁骨，铸成一段历史与辉煌！

大漠黄昏收敛了狂躁、服输了倔强，殷成福这时顺手摸过拐杖，拨了拨火灰中闪耀的光亮，突觉心里通红通亮。没指导员有文化，要不，她也能说出“梦想驱走黑暗，星火照亮未来”。缺文化，她就坚定地站起来，感觉蓄足了力量，感觉有势不可挡的精神。再认真辨了辨方向，看看大漠黄沙里与她做伴的褐色胡杨，迈开她一瘸一瘸、却是坚定的大脚板，把那片旷野、那片凄凉、那片黑暗全甩到了身后。

旷野里就有个声音：胡杨——活千年不死、死千年不倒、倒千年不朽！

第 3 节 向北，追赶那面旗

向北，一直往北。

从春走到夏，从夏走到秋，到了天凉了、叶黄了，殷成福还是往北走；再到霜降了、下雪了、地冻了，老太太还在往北走。直走到这年 11 月底，她沿途乞讨到陕西富平县境内，听到激烈的枪炮声，愣了愣，却一下来了精神。才不管枪子炮弹会吃人，直往密集深处钻。可惜跑近一看，是国民党兵。幸亏跑得快，差点没被他们抓去当炮灰。

不管多少磨难，往北、向北，追赶那面旗。

再等逃出来，又想：有国民党就有红军，国民党对抗的肯定是共产党呀。等等，就在这附近等。红军只打胜仗，等着我们的队伍冲过来，这帮龟孙子都倒地死光光，我不就看到胜利后的红军了。

太累的她，趁着夜色在一处草垛子里迷迷糊糊地睡着了……

殷成福是被一阵嘹亮的军号声惊醒的，她一蹦而起：这是红军的军号声！太熟悉的军号哟，这就是红二、六军团的号声！她撒开腿就往冒着硝烟的战场上跑。终于看到打扫战场的红军战士，终于找到了在押一队战俘的队伍。

从四川经甘肃到陕西徒步八千余里历时几个月，殷成福才在陕西富平县叫庄里镇的地方找到了红二、六军团。准确时间是1936年12月。

当殷成福站定村中央，看到了她日思夜想的军旗。她奔过去仰望飘飞的红，久违的庄严让她立刻站直，向军旗敬礼，再使出全身力气喊：

“报告：掉队的红军战士殷成福，归——队！”“福婶……是福婶！”抱住旗杆失声痛哭的殷成福直听到熟悉的声音才转身。

“英子啊——”

陈琮英待殷成福平静一阵，带她洗个澡、换套新军装。

一顶崭新的军帽递到殷成福面前，她手脚止不住微微颤抖，久久地、久久地摸着帽子上的红五星，大滴大滴的泪珠滴落下来。她转身扑向她那堆破棉烂衣，从中撕出一枚亮闪闪的红五星。她喃喃地说：“红五星，我把它缝进棉衣里，把它塞到棉花堆里，宝着、暖着，那就是我的心啊。多少个日夜，被人欺、被人踹，我摸摸它，就有了力量，想着等追上队伍……”

英子接下话：“红星照耀拿起枪，解救这不平的世道；多少次遇险，好孤独、更寂寞，想重新顶着红五星，跟着旗帜走、跟着队伍去，再也不离开，是吧？”

流着泪的殷成福一个劲地点头，一句话都说不出。

一阵急促脚步，老远“福婶”“福婶”地就近了，是蹇先生和李贞部长。两人几乎是同时抱着殷成福。抱着瘦弱得像秋风败草一样的老人，都流出了心疼的热泪。

殷成福是从肩背上那湿湿热热的一片打湿中清醒。再不是幻想，再不是做梦，是终于回家，终于温暖，终于重新活过来！是有人痛着她的痛、苦着她的苦，真真实实回到疼爱她的战友中，回到红二、六军团的战斗序列里——她，真的又活回来了。

福婶，你受苦了。怎么找回来的哟；回来了就好，回来了就能……重新开始。几人抱着哭一气，殷成福面对她们的问话还是摇头不说话，意思是“说不完呀，苦完了”。可当李贞问：“幺妹呢？”蹇先生一句“大梅生了个啥？”殷成福“哇——”一声惨到地狱的哭声，身子一倒便什么都不知道了。

自找到部队，找到俩儿子，重新穿上军装，殷成福更加珍惜来之不易的温暖集体，但就是惦念还没见到的亲人，心底里一刻没忘失散的俩女娃。拼命工作，仿佛女儿幺妹那样冲锋；坚定信念，又如儿媳大梅那样执着。

这晚，英子、马忆湘她们都来了。不涉世事的马忆湘突然问："福婶，要你再选择，你还会当红军吗？"殷成福没回答，只是狠狠地点点头。

送走她们，正是皓月当空，殷成福对着清澈透明的月亮，想着亲人、念着部队，她回答了忆湘妹子的问话——再让我选择，我还会当红军！

其实，在装聋作哑、装疯卖傻追赶部队的路上，殷成福曾无数次问过这个话题。是的，为当红军，我把两辈子的苦都吃尽了，亲人还死的死、散的散。可是，我怎么……还是一百个愿意、打心眼里就是喜欢这支队伍哟！一个乡下女人，没半点见识，走向革命才有了觉悟，参加红军才懂了道理。也知道想事了、想远了，这不就是——成长？湘西有句话：冬瓜吊大的，细娃儿跌大的。像一个孩子，磕磕碰碰地长，懂事了、能干了才算长大。正是有千千万万像我一样成长了的战士，红军队伍壮大了，革命才前进了。红军——就是从一个婴孩的趴着、坐起，到蹒跚学步，到稳稳站起！

"馅饼不是从天上掉的，但甜一定是苦里熬出的。"殷成福说了句她自己都想不到的话。

接下，她又问自己："两个女娃加一个孙子，万一都没了，你也许连祖坟都进不去了，下辈子还会带一家当红军？"殷成福这下没爽快地直接回答。

唉，幺妹呀，18岁的幺妹，人见人爱、花见花开的仙女哦，娘愿意用无数回死换你的生。可是，就算你生命戛然而止在蓓蕾年华，人见人痛，可妈还是觉得你——值！你在乡下活到我这岁数又如何，一个没走出过三里地、只会苦做、只会认命的乡下女，结婚、生子，糊糊涂涂过一生，有啥意思？像你救护伤员人人夸；像你枪林弹雨往前闯，像你被人宠爱眉开眼笑心花怒放，这是叫活出了什么——"价值"？就是值吧。是的，与其糊糊涂涂过一世，不如精精彩彩活一春。妈为你骄傲，李贞部长、英子大姨、蹇先生，还有你贺伯伯，他们都会记着你，记着你的漂亮，记着你的出彩，女儿呀，值呢。

大梅呀，你是一个母亲，你看了多少红军妈妈，我相信你是顽强坚定的，你会想法儿活下来，把孩子生下来。还会为自己的孩子吃苦，也会为众人的孩子拼命……

时间到了 1937 年 8 月，红军改编为八路军。

部队要整装待发奔赴抗日前线，对老弱病残动员复员回乡。殷成福九死一生回来，从来都没想过要离开部队。雪山草地都过来了，打日本再苦，也苦不过长征。何况，打日本她不怕死，更不怕苦。可听着听着宣传，她再看着自己一条致残的手臂和大不如从前的身体，年近半百年老体弱，跟着部队打仗是部队的累赘哟……

不要上级动员，不讲任何价钱，殷成福主动提出复员回乡。为此，上级把她当典型，号召队伍中的老弱病残者向她看齐。其实，殷成福自己知道，她也要回去等失散的亲人。

请求被首长批准，戴上大红花时，殷成福字正腔圆的一句军人利落话：坚决服从命令！军装没了领章、帽徽，却以一个并不标准、能融满全部心力的军礼——

谢幕，再转身。

第八章 家 事

太阳落坡四山黄，犀牛望月姐望郎；
四山彩云放红光，犀牛望月姐望红军早回乡。
——桑植民歌《盼红军》

这不仅仅是家事。

无论是不怕事的张幺姑，还是醉入往事的良艮，她们对自己的命运，都表现出了世俗难以理解的痴然与超然。

来干田坝送红军长征那天，四面八方的百姓涌来了。草鞋嫂子把备好的草鞋一双双塞给红军；张幺姑带着几个孩子送冤家丈夫，让他无牵无挂去远行；永远的红嫂戴桂香，队伍里再没有丈夫，她还是红军的人，祝福众亲人，她再做一次生死惜别。

顺着干田坝这个点，我想打探男人远征后，银姑、幺姑们的家庭处境，以及后人的状况。于是，洪家关、芭茅溪、刘家坪、毛垭、五道水……一次又一次寻访，叩问一个个垂垂老矣的当事人或知情者。通过他们哪怕一鳞半爪的回忆与叙述，我的脑海里储存一个个鲜活的人物和一个个真切的画面。

血与火、泪与笑、英雄与对手、沉重与浪漫、红色风暴与白色恐怖……交织出一幅幅色彩何其丰富的历史画卷。

“红色寡妇”的特殊群体，有凄苦也有荣耀，有欢愉也有尴尬。每次采访中，一个个亲人般的人物，我似乎在她们后人的泪光莹莹中触到她们命运的呼喊、灵魂的颤动，以及那一声声回荡于历史和现实深处的生死歌哭……

第1节　永不分离的夫妻团圆

这是一个傍晚，阴雨天早早把夜幕巨帘拉下，屋里是灰黑的，却没点灯，阿香在门外候着。

贺锦斋的父亲贺星楼和文常哥正襟危坐在堂屋正中央，他们中间隔了个茶几。公公手拿水烟袋，文常手执大烟斗，两人一边说话一边吞云吐雾。婆婆坐在两人旁边不时起身给两个男人续水点烟。原来，公婆将文常哥找来，是让他做主，怎么把年轻的阿香当女儿嫁出去。

肯定地说，同是湘妹子，戴桂香不同于殷成福。看戴桂香的坚贞，三天，是她新婚的全部；半年，成她全部的日子；一生，做了终生的等待——守望，多重的情才能等一辈子！

等，要恒心；守，不能空守。阿香知道，最终她“要有”她和春生的孩子。

阿香的春生，也就是英雄贺锦斋，是牺牲后才真正回到她的身边。如果说，他们夫妻相爱半年，已经透支了阿香一生的幸福和快乐，她是加倍享受了这段日子，知足了。要说她有什么遗憾，那便是后半生，她一直叹息的：我真是没用哟，我没能为春生生一个孩子。

阿香下定决心守着她的春生过。说是这么说，她知道没那么简单。这段时间，这个劝她改嫁，那个让她出门，她烦透了。悲伤着、愁苦着，可突然这一天，她内心那片阴郁了许久的天，突然变得晴朗开阔了，她年轻的眼眸中突然焕发奇异的光彩——坚定中，她想好了未来。

待第二天，阿香和学禹被乡亲救起。阿香让人背着，两脚肿得面包一样，她走不动，哭得只剩下抽泣。因为她看学禹“不行了”，学禹被抱回来时，一件男人的破衫从头脸往下紧裹着，下面露着脚跟。贺锦章两口子过来，掀开那件破衫一瞅，学禹浑身是血，小衣服紧粘在皮肉上，怎么揭也揭不开。更糟糕的是他的后脑勺有个流着血的大窟窿。手指一探，口鼻里已没了气息。夫妻俩当即号啕大哭。有人甚至忙着去找木板，想做个匣子将他埋了。阿香哭着、挣扎着下地，将躺在地上的学禹抱到怀里，放到床上，用温水一点点褪掉粘住皮肉的衣服，再慢慢搓揉学禹。从头发梢到脚趾缝再从脚趾缝到头发梢，反反复复地搓。夜黑，她脱光衣服，把学禹的小身子捂到心口上暖。从头暖到脚再从脚暖到头，反反复复……两天两夜，她关紧房门，不吃不喝，不吱一声。第三天早上，屋外只听到她尖声细气地叫一声“学禹”。房门被踢开，拿着木匣子的人进来，准备将学禹装了去埋。可一时全都傻眼了，学禹正躺在阿香的怀里笑着叫娘呢……

贺建军说：“也就那回，我爹颌下留下一道永远的疤痕。我后来问过婆婆，你怎么把我爹给焐活了。婆婆说，我做了一个梦，见到死鬼春生。我说，春生，学禹现在是我俩的孩子，你得想法将他救活……春生说，俺去求阎王爷……婆婆说，你爹能活过来，你爷爷立了大功，得感谢你爷爷呢。”

“婆婆就是这样，任何时候都是跟小媳妇一样依靠着自己的男人。”

贺建军当过乡长，还义务教了几年书，表述能力没问题，“婆婆一辈子都跟爷爷捆绑着，没有分开过。或者说，后来生活的沟沟坎坎，她都是依靠‘身边’的丈夫参谋着、帮衬着闯过去。似乎爷爷活着、死去都没有本质区别。因为爷爷一直在她心中，像他们始终共同生活着。”

可以想象，一个年轻寡妇带着个弱小的孩子，单薄的身体扛的是生活的重压，一双旧式的小脚背着孩子整天忙逃命、躲追杀，每跑一步是何其艰难，难为了她那双柔弱的小脚。

但弱小者自有弱小者的担当。阿香的担当是滴水成河、聚沙成塔。在颠沛流离中，她将学禹抚养成人，真可谓忍辱负重、九死一生。

第 2 节　那些化作命运的往事

贺常儿称这个女人叫幺婶，在二十世纪二三十年代洪家关那辈女人中，是竖大拇指的——掌门嫂。她叫张幺姑，幺叔贺学舜的奶奶，跟着贺常儿刀砍盐局的贺勋臣是她的男人——这个原配是有故事的女人。

贺勋臣为抽大烟的小妾操起马刀追赶张幺姑的时候，她就心寒了。注定这孽障冤家她不要了，什么“丈夫、丈夫，一丈之夫”，谁爱要谁要，我是离他远点，有多远跑多远。她真抬脚走人，把生养的几个孩子全带走了，回娘家准备过一辈子。

可这次，张幺姑还是特地从娘家带着几个孩子，来送“冤家”贺勋臣。

秋风瑟瑟刺骨的 11 月，当红军的丈夫要走了，说是长征，也有说是远征。张幺姑不怄气了，她是明事理的女人。“冤家”是跟着贺常儿枪林弹雨为穷人打天下，不能让他走得没念想。张幺姑还把抽大烟的“小货”接到家里，把几个孩子全带回来，这才一起来送别——她要她的“一丈之夫”无牵无挂地去远行。

贺勋臣与贺龙是叔侄关系，长他六岁，清末武贡生。他们爱在一起切磋武功，后来一起赶骡马加入青红帮。世道黑暗民不聊生，叔侄相邀干了那场举世震惊的“芭茅溪砍盐局”、两把菜刀闹革命的大事来。从此贺勋臣跟随侄儿贺常儿南征北伐，一起参加震惊中外的南昌起义。

张幺姑一辈子叫贺龙为贺常儿，无论是他才起步拉队伍，还是后来成共和国元帅，在张幺姑眼里永远是血亲的侄儿、热血的娃儿。

提前几天，张幺姑从娘家大包小包、拖儿带女地回来了。贺勋臣脸上露出难得的憨笑。贺常儿则笑声更爽朗：“还是屋里头的幺婶娘好！支持红军，回来送老嗨。”他是想起那年幺婶送儿子侄子去当兵，七个兵威武地站成一排。众人躲瘟神般地躲着招兵上前线，却只有幺婶拿出七个活生生的好后生支持红军，她就此被称为洪家关的掌门嫂。眼下，贺常儿转身环顾一眼贺勋臣的家，长叹一口气说：“这个家，还是要当家人操持哟。”

走的那天早晨，一匹骡子系在河边吃草，贺勋臣叫一警卫牵走骡马。他几乎是第一次陪妻子和一群儿女慢慢走，其实是亲人一起送他。贺常儿也随他们一路，送到洪家关尽头处的大皂荚树下，再往前走就没有人烟了。贺龙说：“幺婶娘，莫送哒！送君千里，终有一别。我和幺叔很快会打回来的。你把两个弟弟带大了，有好处的。您的屋被国民党烧了不要紧，您带好弟妹们，等我回来给您修大屋！”

说完，让副官取出四块光洋递给张幺姑。幺婶只是一个劲流眼泪，不肯接，贺龙就硬塞给了她的小儿子……

一曲妻送郎的《太阳图》曲从幺婶心中第一次唱起：

郎行千里你莫愁，给郎画个太阳图；
郎见太阳如见我，只盼太阳脚下喜相逢。

人常说，打打闹闹是夫妻。“冤家”走了，家里不闹了，张幺姑却揪心着这“一丈之夫”远行后的生死未卜，又发现这一腔深情还搭在他身上，思绪就拉得很长很长……

说起他们夫妻的“仗”，是从丈夫娶“小货”开打的。

贺勋臣不是一个花花男人，“抽大烟的小妾”还是有来历的。这女子姓胡，大家称她胡氏。1927 年，南昌起义后队伍南下广东，在潮汕给打散了。贺勋臣只身往老家跑，路过大庸的时候，地方上的团防见他形迹可疑，就要抓他。有武功的贺勋臣，十多个人近不得身。当下他就打倒几个，夺路而逃。跑了好远，追兵还咬在屁股后头不放手。贺勋臣趁着夜色，一纵身跃上一座茅屋的屋顶。追兵刚刚追过身，茅屋顶被他压垮了一个洞，凑巧掉落到一张床上，床上睡着一个年轻女子，见状吓得半死。贺勋臣拔出枪来，不准她声张，随即压低声音讲明缘由。这时，那一伙追兵打起火把，又折回来，敲开女子房门，两人做夫妻状，追兵嚷嚷说肯定藏在附近一带。

“追——”

贺勋臣回家时，不但带回一个生死故事，还把故事里的主角胡氏也带回了家。女子的搭救，贺勋臣得以脱身，跟结发妻子说明这些原委，就把胡氏正儿八经娶作二房了。

胡氏好吃懒做，抽鸦片成了瘾，这家产要不了多久就能被她抽光。幺婶是“老大”，就不给钱了，还找机会整治她。胡氏到贺勋臣那里一哭诉，脾气暴躁的贺勋臣就动武了。

一次夫妻闹大是缘于儿子告状。

“爹称回一点瘦肉，好吃我就放肆吃。胡家小妈就用筷子打我的筷子，我夹一下她打一下，爹在一旁叹恶气，我就闹着要回来。爹很为难，把我送回来了。”

张幺姑没听完就火了。朝着“冤家”远远的背影就喊：“别人欺负你儿，你当爹乌龟脑壳只晓得缩。你不作声，你装宝，你舍不得收拾，是吧？我来！”张幺姑怎么也按捺不住心中的火，第二天拔腿潜回洪家关，访得丈夫一个人到南岔赶场去了，就跑到家中将胡氏狠狠捶了一顿。

那个挨了揍的胡氏，似乎这才明白，不识字的张幺姑耍横使蛮也是有人撑腰的。她那个从天而降的丈夫，平时虽然宠她顺她，到了关键时候，哪头轻哪头重，他有掂量。正因为这样，张幺姑不管是在丈夫面前，还是在夫家的家族面前，都是贺家生了根的女人。

胡氏当然不知道，贫苦出身的贺勋臣这原配，尤其明事理、顾大局。一些别人看不透的事情，她往往几句话就把背后的大理重义给挑得明明白白。

丈夫与贺龙要去芭茅溪砍盐局，好多人害怕反对，张幺姑却积极赞成。出发前那天傍晚，她杀鸡炒腊肉给他们壮行，还嘱咐丈夫跟着贺龙好好干，不要担心家里。

后来，丈夫跟贺龙“讨袁护国”后镇守澧州，叫她去澧州“享福”，她却不去。她只愿在家耕织、孝敬公婆、哺育儿女。别人说她整天苦耙苦做，啷么不晓得吃点轻松饭，她却说：“男人在外提着脑壳打天下，后面的事不晓得的。总要他们有个家，将来就是退回来，也有个糊口安居的地方。”

1927 年南昌起义失败后，丈夫带着几个叔侄弟兄回到家乡，当时国民党“铲共”非常厉害。一旦被抓住就要砍头，并宣传说“只要申明不再跟贺龙搞红脑壳，就可以不追究”。贺氏家族里一些老人都劝青年人别玩红脑壳，张幺姑听了反劝族人们，“贺常儿带兵打仗为穷人，没什么不对。”同时她把丈夫和叔侄们送往张家湾娘家的深山老林里藏起来，等待贺常儿和红军回来。

洪家关横塘湾成立红军医院，主持人是贺勋臣，当时医疗器械和药品奇缺，为支持丈夫和红军的工作，幺婶捐出了自己准备修房的一百块大洋。

1928 年 3 月初，贺龙回到了洪家关，召集旧部准备红色起义。幺婶闻讯非常高兴，马上把自己的丈夫找回来并动员本家的侄儿们参加红军，特别是把自己准备结婚的大儿子贺文述也送去当兵。

那天，张幺姑请贺常儿吃晚饭，门前整整齐齐排列七弟兄（后来这七弟兄全部牺牲），都是高高大大，都是血气方刚的帅小伙。贺常儿一看就来精神，高兴地说:“还是个屋里的幺婶娘不错！支持红军，您以后有福享的!”

张幺姑哪里敢想那么远的福，天天在心里烧着高香、磕着响头，求菩萨保佑当兵的儿子能平安回来。盼着，望着，求着，却还是传来了儿子贺文述战死洪湖的噩耗。

那是 1934 年。由于战斗激烈，儿子的尸首都没有找到。长子文述原本是家里最有出息的孩子，参军不几年就当上了指挥员，牺牲时已是个大名鼎鼎的团参谋长。儿子就是娘心头肉，一个活生生的后生去参军，如今连个踪影都看不到，叫当娘的心哪放得下。恰在整天以泪洗面的难受时刻，丈夫又远离故土，要跟着贺常儿去长征。又是前途未卜、生死难料。想起这些，幺婶就心寒后怕，眼泪不得干。

红军一走再无音讯，国民党军队和地主武装倾巢出来。洪家关“铲共”，地皮都快翻了三尺，贺家纷纷改名换姓，离开了洪家关。张幺姑带着三个儿女也躲进了张家湾的深山沟。

张幺姑是经过事的，从 1928 年到 1935 年，工农红军在桑植转战八年期间，国民党部队和地方团防实行白色恐怖屠杀工农群众，涉及洪家关的她是亲眼所见：

——1928年5月，工农革命军立足未稳，国民党龙毓仁部和地方团联合进剿，贺老总率部转移至桑植内半县，敌军高喊斩断贺氏的“龙脉”，烧桥，挖祖坟，拆八卦楼。贺氏家族三十多户房屋被烧毁，财物被洗劫一空。

——1928年，贺龙胞妹贺满姑母子四人遭擒。关押期间，备受火熏、烙身、吊打、猴儿抱桩、铁针扎指等酷刑，孩子被保释出去后，贺满姑遭尽了女人的羞辱，之后被处极刑一刀一刀割死。

——1932年，地方团防两次袭击洪家关，红军贺丹青及其家属遭受的是灭绝之灾……

中国道德读本中那些“三从四德”的训诫，在这里似乎第一次变得黯然失色。倒是那些满眼的红色似乎沸腾了女人们的热血……

张幺姑一介农妇，没有文化，却就是支持丈夫走正道，再勇敢地独自撑起这个家。白色恐怖、风雨飘摇。她知道“冤家”跟着贺常儿就是解救千百万受苦人。这一走，枪林弹雨还是为穷人打天下，不能让他没念想。她带上几个孩子和他抽大烟的“小货”，让他无虑放心。

张幺姑就开始带着这一群孩子，天天钻山沟，一躲就是十年……

躲难的十多个春夏秋冬，张幺姑有一个重要事情从来没有耽误过，那就是清明、中秋、除夕和七月半烧纸祭奠。在幺姑看来，从1935年至1949年，一去十多年杳无音信的贺勋臣，是死是活天晓得！幺姑年年四五次地给死去的大儿子贺文述烧纸送钱的时候，也给男人贺勋臣准备了一份，于神情黯然中焚烧。

风瑟瑟，雨凄凄，陌上花儿已飘零，思念亲人泪湿衣。

天魂魄，不生不灭；地魂魄，再度投胎；
命魂魄，我儿安在。三魂都在，永留阳间……

幺叔说，新中国成立前，他就跟奶奶为爷爷和大伯上坟。后来才知道，爷爷还活着，奶奶已为他烧了十多年的纸……

“唉”的一声长叹，幺叔更为沉重：原来一场国民党反动派的血洗，或几场激烈的战斗打下来，洪家关就成了一个巨大的灵堂，家家缠黑纱、日日烧冥钱；现在，洪家关也是一个巨大的坟场，地下太多死难的亲人，我们不能忘记他们——土家族用自己的民风民俗为亲人安魂，每一场都是扼腕挖心般的思念和疼痛！

直到打完抗日战争，张幺姑才慢慢好点了，她领着孩子回到洪家关，靠榨油粑粑、卖甜酒、开歇铺（伙铺、客栈）养家糊口。

像所有肯吃苦、能忍耐的守望女人，幺姑满心想的就是：等“冤家”回来，等红军回来。

张幺姑的故事待后面慢慢叙来。

第 3 节　穿着草鞋进京找贺龙

银姑嫂眼前总有一幅画：穿上新草鞋的红军，走过酷暑严寒，走过万水千山，脚下有力着呢。

红军长征的半年前，银姑嫂所在的苏区女儿队赶做二十万双草鞋、缝制十万条米袋子。当天空中飘荡着那首歌“解放脚，坚如铁，穿上草鞋大步越；踏破千年冰和雪，征途万里不停歇”的时候，银姑嫂还清楚地记得，当年贺老总风趣地说：“我们的风水绑在我们草鞋上。”

那天，贺老总大声宣布：“根据中央的统一部署，以迅速果断的行动，冲破敌人堡垒般的封锁，大踏步地进入广大的无堡垒地区，我们要进行运动战，一口一口地吃掉敌人。大家莫慌，别忘了……”

别忘了什么？许多人等着下文。贺老总笑笑才兜底：“莫忘了把我们草鞋上的风水带走，哈哈哈……”一个多么沉重的话题变得如此轻松。

山娃子和石伢子就是那次出征的。那天，银姑嫂和乡亲们为他们送行，那个不舍哟，银姑自己知道。都是跟她儿子董生一般大的孩子，都有爹娘疼，都有亲人爱。像她的儿——贺董生牺牲了，她多希望这些娃儿平安地回，别让他们的爹娘像自己一样，日日是刀割——痛终生哟。

1935 年 11 月 19 日，银姑嫂绕到两个出征娃儿身后，将背后草鞋上的红结子翻了又翻、整了又整。红结子立马像活灵灵振翅欲飞的红蝴蝶。最后，她像嘱咐儿子董生一样嘱咐他们："脚比肚子宝贵，饿了找野草也能填几下。脚上没鞋，咋个走路？又咋个跑快？还要跑回转哟，家里的老娘等着的。"说完，泪如雨下……

银姑嫂是把扛枪的红军都当成自己的儿子。儿子死后，他们来了。这两娃住在她家，挑水劈柴的活儿都包了。还常挂在嘴边的话："银姑婶你家缺劳力，我们都是你的儿子。"两娃儿在眼前晃动时，她常常心中幻化成她的董生还活着。

和多少流泪的母亲在路边、站山头，银姑嫂那天将一袋子的新草鞋送完后，再送走长长的队伍。她的心揪着呢，这些雄壮的娃子，只怕难有几个回转的。她就后悔没让山娃子和石伢子再多备一双鞋，那两双超大的脚没法跟人共，跑得勤还破费。又像他儿董生，总是冲锋在前当勇士。她就开始在心里担心，这两娃子会没鞋穿。

直到新中国成立，银姑嫂知道，那支当年从她身边走出的队伍，真的没回转几个。山娃子和石伢子全没回！银姑嫂就一直自责："是少备了双超大的鞋哟，两个好娃子就到阴间跟儿子做伴去了。"直到"过阴"那天，她真的看到了两双不成样子的草鞋。为了御寒，草鞋底面用破布条也没能裹住两双肿胀的脚。

心这一疼哦，就疼了整整后半生！

银姑嫂从贺龙回洪家关的 1928 年开始，就卷入草鞋洪流，直到死都是带着满满一棺材板的稻草去见儿子和丈夫，去见穿过她草鞋的和她欠着草鞋的后生们。

打草鞋是个费力活，银姑嫂打的草鞋不但漂亮耐穿，关键不抠脚后跟，穿着脚不打泡。做出了名声，方圆几里的人都爱来向她讨技巧，她也乐意教，身边就总围有好多人。

洪家关，真正打草鞋打出大气势最兴旺的是1928至1935年的八年红色割据，尤其是红军长征前1934到1935年的一年中，苏维埃妇女联合会成立后，乡乡村村都成立了妇女组织，会员达两千多人。加上全县218支女儿队相继成立，那一年，整个湘鄂川黔革命根据地参军或支前的女人总数超过了一万人。

当年，亲如一家的红军战士分住在各家各户。那年冬天，银姑嫂看到红军指战员，尤其住在她家的几个小战士还穿着烂草鞋，山娃子、石伢子两个大脚板因找不到合适的鞋还光着脚，心疼极了。心灵手巧的她主动做布鞋、打草鞋送红军。因为草鞋打得漂亮又好穿，她身边长期围着一二十个“学徒”。她的传帮带——围在她身边的妇女，又让红军长征时带走布鞋七百多双，草鞋一千两百多双。

红军虽然不是地里的农民。但是，以游击战为主的红军战士，每天走的路要比一般的农民多得多。而且脚下的路，全是敌人的汽车轮子都滚不过去的路，草鞋就成了红军必不可少的“战略装备”。

红军对草鞋的巨量需求，促生了一支打草鞋的民众大军。这支大军的主力是女人。有一个说法，在湘西，为红军做鞋的妇女多达上万人，做出草鞋多达几万双。

就在桑植，妇女为红军做布鞋5600双，草鞋五千多双。这中间，洪家关的银姑嫂是最突出的。以至于后来红军爬雪山、过草地，无不是穿草鞋打下的。“贺胡子”军长专挑她打的鞋穿，成银姑嫂一生的荣耀。

那是一幅秀美而又温馨的画面，一段为当年红军赶编草鞋的往事。

昏黄的桐油灯下，年轻的银姑嫂一边编织着草鞋，一边与来家“学艺”的姐妹们哼起《草鞋歌》：

桐子灯下打草鞋，一圈一圈打起来。
翻山越岭穿上它，砸烂黑暗旧世界。

桐子灯下打草鞋，麻线耳子红布带。
穷哥想要得翻身，齐心建立苏维埃。

那天，银姑嫂带起女儿贺四妹，边打草鞋边哼《草鞋歌》，一点也不晓得贺老总已在她身边站一阵了。军长含着个大烟斗，夸她这位嫂子打的草鞋模样又乖、又结实，母女俩的歌也唱得蛮好听的。还说，董生老侄跟起我当红军，你这做妈的带起侄姑娘在后方支援红军，同样是为革命做大贡献嘛！说着还特意给他自己挑了一双，打着哈哈说："往后，我这军长老弟，点名要穿你嫂子打的乖草鞋哟……"

这一传开，银姑嫂的鞋成了个个红军都期待的那双鞋。她就拼命地打呀，编呀，没有白天黑夜。

那年代，贺老总的人马在前方行军打仗，穿的都是草鞋，需求量大得惊人。苏维埃组织红军家属编，银姑嫂是老手加高手，总是身在草鞋编织中心。

银姑嫂的草鞋，双双都是特制的。单说做工就非同一般：草是精选的草，再用石灰水泡过，用棒槌把草打成草丝。这样处理过的草丝，柔韧耐磨，其耐用程度，一双可抵几双。再把细细的红布条夹在草丝中，搓成细绳，翻飞出一只红蝴蝶在草鞋上，融进心血的祝福和吉祥全有了。

银姑嫂相信，她给每个红军打的草鞋，都结实耐穿，还能神佑他们逢凶化吉，一路吉祥。儿子是红军，也一样。

然而，银姑嫂不久发现，她编的草鞋，没有保佑儿子平安：儿子死了。

那是1932年春夏之交，湘鄂西苏区发生了一起红军反水的大事情，为首的贺炳南、贺佩卿、王湘泉三人，皆是留守湘鄂边苏区的红军部队的主要负责人，又是贺龙至亲族人，史称"乌门岩事件"。

银姑嫂家的事情，刚好就与贺炳南有关。

怎么会啊？一双与谷物有着血缘的大手，精心锤炼的稻草，融进心血的编织，双双草鞋才注入人情人气，这样的大手挥舞起草结织成纹路，才印上乡土的福祉和殷实，也音乐般有绵绵的叮咛和期盼，这才是正宗银姑嫂的品牌。儿子出发前的那两双草鞋，银姑嫂用的心力还不止这些。根根草线打紧的小结，是娘亲安放的呼唤密码，能互动、能驱魔；根根稻草密缝密缠，更是刻在鞋上母亲呼唤的灵咒。

草鞋要打多长尺寸，完全是靠手掌来丈量。幺叔后来发现，银姑嫂那粗糙的、常打草鞋的手，比常人的手都大些。成型的鞋最后要铁锤细细敲打，可不是让鞋不硌脚那么简单，那是声声喊应各路神仙：枪弹、火炮离我儿子远一点，再远一点……

在儿子走时留给母亲最后的背影里，后腰上的那双备用鞋上灵动的红结子，是她撕开自己的血管，让心血染红的。避邪的红彩头啊，是娘贴着走的一颗带血的——心！

记得儿子董生有次回来，和山娃子、石伢子一起说过的一句话："为祖国去战斗，挺起胸膛站排头。"儿子后来告诉不识字的娘，墙上刷的标语就是这句话。当时银姑嫂问："祖国是谁？"儿子想了一阵说："就是好多好多像咱家一样的中国人，很多很多像洪家关一样的中国村，他们全加起，就是祖国。"

银姑嫂原本想说你爹不在了，你是这个家唯一的男人，这次回来你能不走吗？娘怕呀，怕……可她终究没有说。她是看儿子高兴去她不忍心说；她又懂得儿子是去干大事，她说也没用。挡不住儿子，像挡不住的洪流。就让儿子为千千万万像自己一样的娘，走吧，拼吧。只要，只要当娘的挖心挖肺日日喊、时时求，能喊应天、磕求地的。

可是，用呼声喊语托着小船一样的鞋，该载着儿子回来的。说好了的，遇再大的风浪也该按娘不停磕求的魔咒转回来。可是，儿子就是没回来——连尸首都没回来！

可是不久，一个坟茔就静卧在后山。那是赶尸赶回个儿子——"贺董生"。

得知哥哥的死讯，家中长女贺四妹看着母亲哭得奄奄一息，痛得转眼就会跟哥哥而去。这个湘西女孩启动了赶尸，请了"赶尸匠"，要把血洒疆场的哥哥"运"回来，让哥哥回家。

自儿子变成一堆坟茔，刘银姑就一病不起。不吃不喝用一口气吊着，从早到晚只念一句话："董生，我的儿，娘跟你一起去……"

还是贺四妹。哥哥走了，拼死也要拉住娘。洪家关的老人见银姑嫂整天如张薄纸摊在床上，糊糊涂涂、生生死死，像在阳世，又像在阴间。就跟四妹说，得让他们母子见上一面，你娘才得回神。

试试——过阴？

曾经风雨共度的亲人，或客死他乡，或遭遇飞来横祸，血脉相亲的生者怎能不睹物生悲，怀想起从前的亲，怀想起旧日的音容笑貌，简设灵堂，魂兮归来。

过阴是不死而进入阴间的一种巫教，在现在的湘西地区，很多偏远的乡村，还保留着这习俗。其实就是让活人“进入阴间”，见亲人一面。

“见到”儿子他们了，银姑嫂死去活来如涅槃重生一般，与儿子互动着，娘俩的对话哦，凄美又温馨。

娘说——

你终于说要走，脚上穿着娘做的新鞋，腰后还别着另一双备用的。走到分岔路口，你不准我往前走。说战友们看到会笑话。其实，娘知道你是怕娘的眼泪儿。你走了，备用的鞋上红结子在飘飞，多像一只红蝴蝶，娘盼望蝴蝶不久就能飞回来，永远停留在娘的额上头。

儿应——

娘呀娘，我想你，没有你的夜里我孤寂；娘呀娘，我想你，离开你后的天空一直下着雨。娘呀娘，你要好好照顾你自己，累了你就多休息。我们约好，约好了，来生还在这里聚，来生我就在这儿，等着您……

娘说——

当你那天转身离开后，娘站在原地没有走。眼眶的泪水止不住地流，嘴边还有残留的爱没有说够。你却说走就走，娘伤心地在风中颤抖，在看不到你的尽头还举着无力的双手。儿啊，你怎么可以狠心让爱走到尽头，你怎么能让娘痛苦一生，娘爱你下辈子都没有爱够。

儿应——

回去吧，我的娘，晚风已凉，儿不能为你添件衣裳，知道你在梦中为我牵肠，知道你又去村口把我张望。你那老花眼常把别人错看成我的模样；你那根老拐杖，肯定又把你带到我离去的地方。白发亲娘，已满目沧桑，泪眼迷茫，儿想你却不能……去把你探望。

娘说——

娘亲哪有不想儿，寒来暑往朝思暮想，想儿的心像猫抓似火烧。宇宙毁灭心还在，穷途末路都要爱。初心不改为儿奔，头发雪白土会埋，我儿永远不孤单。

银姑嫂过阴后回光返照般地捡了点精气神。她跟乡邻们说，她看到儿子董生了，和山娃子、石伢子他们在一起，好着呢。儿子对她说，想看看革命胜利是个什么样？想看看“祖国”这个大家庭还穷不穷？还想看看是不是家家都住高楼，餐餐都吃鱼肉？还说，不急，帮娘占着位置的，等娘来那一天，娘崽还住一处……

只是，银姑嫂有一句话没说，她看到了，一大片的好后生哟，都穿着烂得不成型的草鞋，有的还光着脚……她的心啊，痛醒了、复苏了——她要把草鞋打到底，那些娃子们哟，都等着穿呢。

她要为死去的儿子，石伢子、山娃子他们活！把失去的名誉争回来，把他们没活的日子活回来。

还真活到了新中国成立，被战争摧残的草鞋嫂闹了一个大动作——背着草鞋上北京找贺老总。原因是，她牺牲在战场上的儿子，人家不认烈士。

眼看着跟贺龙闹革命死去的人，一个个家里发下来烈士牌子，偏偏就没有银姑婶家贺董生的份。后来才知道，因贺炳南反水问题牵连，死在这支队伍的人，不予承认其烈士身份。

银姑嫂一下就蹦起来：孤独寂寞她想清楚了，无依无靠她想清楚了，但低人一等、忍气吞声她没想到——他英勇牺牲的儿子，居然不算烈士！

银姑嫂一百个想不通，她女儿贺四妹也一百个想不通。娘俩四处奔波找知情人证明，找文化人写材料。银姑对写材料的人说了两个想不通。

一是，贺董生明明是提着脑袋跟起胡子（指贺龙）当红军的，贺炳南是你胡子手下的将，贺董生是你胡子手下的兵，跟起你胡子出生入死打了那么多的恶仗。如今红军胜利了，胡子坐朝廷了，怕是不能丢下自己的兵不管吧？

二是，朱疤子带起部队攻打云头山，他是“剿共”来的，后来他向省里请功，也是讲“剿共”打了大胜仗，把贺炳南人的尸体抬到桑植城暴尸三天，口口声声说的是“共匪司令贺炳南”啊。可见贺炳南他们反水，说到底是你红军内部的事，国民党那边晓得你们内部闹矛盾了，趁机会就来打云头山了。儿子贺董生就是死在云头山那一仗，人家朱疤子明明是把云头山的人当红军打的嘛！

银姑嫂对写材料的人说着说着，就哭了：好好的一个家，就没了男人。儿子贺董生，才二十出头，家里最后的男人哟，也送上前线，死了。哪么就不是为革命牺牲的？我老太婆一世受苦受痛我不争，儿子是“为祖国站排头”才牺牲的，谁说不认，我跟谁拼！

话说硬了，银姑嫂突然想唱，当年身边总围着一群姐妹打草鞋，她们总是边打边唱。一生都没忘词的歌她脱口而出：

太阳出来满山红，红军来了大翻身；
如今工农管天下，红军穷人情意深。
叶连树来树连根，穷人翻身连了心。
千万农民组织起，打倒土豪和劣绅。

唱过后的银姑嫂又哭：她不是只为儿子争，也为“山娃子”“石伢子”他们争，都是些嫩生生的竹笋尖尖，不是打仗，哪么都会长成参天大竹、派大用场。可就是早早地没了，连子孙都没留下，他们舍命打江山，好日子留给了我们，我们要舍命为他们求公正！要不，他们都不得闭眼，以后怎么去地下见他们?

可是，还无结果。无奈的银姑嫂就一遍一遍地跑儿子的坟头，一声声地哭诉，一声声地呼唤，想让儿子给力量，想让老天给同情，依然没有结果。

突然有一天，她冒出一个念头：去北京，找贺龙！

女儿贺四妹知道了，心想：洪家关远离京城千里万里，莫说这地方不通车路，就是通了车路也没得钱坐车。靠两条腿走路，要走到哪年哪月才能到啊。母亲已是七十多岁的老人，真要去的话，十有八九是将一条老命丢路上了。

可银姑嫂依然忙乎着上北京。

任女儿怎么劝，银姑嫂还是铁了心要上京城见“胡子”。她边准备边说了好多当年与“胡子”相处的往事。尽管陈年旧事都过去好远好远了，却又好像才发生在昨天。“好歹胡子是自家兄弟，莫说要沾他好大的光，请他说句公道话总不为过吧?”贺四妹见母亲去意已决，也就把心一横，陪母亲一同上京城，去见胡子大叔！母女俩选了个晴朗日子，背起几十双草鞋和一袋子干粮，动身上路了。可老人走出一个月，人就累病倒了。病了的她仍要坚持，可最终输在她那双小脚上——脚肿得不能走路，她被留在一个远房亲戚家。

最后，女儿贺四妹“万里长征”走到了京城。“胡子大叔”被她们的行为震撼了！他默默打量着贺四妹装在兜袋里的几十双走烂了的草鞋，听贺四妹哼唱《打草鞋》歌，忆起自己熟悉的母女打草鞋的情景，更是为之动容。“胡子大叔”是恋旧之人，他对洪家关充满了感情，也对穿草鞋的岁月充满了敬意。

也许，眼前的贺四妹，把元帅拉回了那个并不久远的岁月，还有岁月中的草鞋。他的英勇的战士们，就靠故乡的女人编出来的一双双草鞋，走过了万水千山，闯过了千难万险。现在不用再穿草鞋了，可是，编草鞋的人穿着草鞋进京喊冤来了。

再遥想当年，红军行军打仗，脚上就靠一双草鞋。被敌人逼急了，躲进深山老林，钻刺蓬，过悬崖，冰天雪地也都是一双草鞋。草鞋哪里来？是像银姑嫂一样的人民群众没白天没黑夜地编呀织啊。人民是军队的皇天后土，军队失去了人民，哪能走到今天？董生这孩子是个好男儿，记得当时就跟他说过：“你家就你这个男娃，一根独秧秧，留下做种，给你爹娘留下子孙。”可他非要跟着上前线，还每次冲杀在最前头。如今，我们进京城了，是成千上万的贺董生用血肉之躯铺垫来的。没有他们的牺牲，哪有红旗插遍全国？哪有将军元帅挂着勋章站天安门城楼？

当年，他和大家一样，也是一双草鞋穿脚上。身边的人，还有老百姓见了，就给他这位军长弄来布鞋，可他不肯穿。在当时，他这个当军长的，必须跟大家一样受苦挨冻，才会聚齐人心共渡难关。今天，他依然要跟大家分担忧愁，同享快乐，齐心奔好日子，他知道该怎么做。讲了一些安抚的话之后，叮嘱四妹回去要做好母亲的安抚工作，照顾她老的健康，尤其是要相信党相信政府。

离开北京，朴实的贺四妹想着母亲的不易，舍不得丢掉的那些旧草鞋，又一股脑儿从北京背回了桑植。

1956 年全国复查烈士身份，贺董生的烈士身份总算予以认定。捧到那张烈士证，银姑嫂老泪纵横，贺四妹泣不成声。

从那以后，那张烈士证就挂在家中堂屋里最显眼的地方。在以后漫长的岁月里，银姑嫂看着那个烈士证慢慢变老，也是看着烈士证又继续了她的——打草鞋。

草鞋婶的故事还在继续。

第 4 节　活着的水——红军酒

这是 2015 年，我从桑植文友王成均的一首记事散文诗里知道的红嫂良良的故事。

丈夫告诉她，贺胡子（贺龙）说家里人

也许不在了，就给说了对象。
丈夫说对不起她，红嫂良良
红着眼眶说，没什么。
儿子长大了，媳妇娶了，
孙子有了，你回来了，
我死后，也瞑目了。
红嫂良良看着丈夫再次离开毛垭，
红嫂良良留在家里，
唱马桑树儿搭灯台，一唱就是六年。
唱得杜鹃啼血，唱得疾病缠身。
儿子儿媳孙子都说要送医院，
红嫂良良淡淡地说，不用了，
红嫂良良选择一个平静的日子
悄悄地死了，那一天
毛垭的马桑树红了又青，青了往黑里再绿……

读过这首诗，我的心很沉重，我问王成均：“1955 年，良良阿婆儿孙迁走后，她跟谁过？”

“儿孙求她过去住，她拒绝了，她一个人在毛垭过。”王成均还告诉我：“杨云阶 1961 年 7 月在省城因病逝世，67 岁。偏偏良良阿婆两个月后也在毛垭谢世。”

“啊——”心里滚过一阵痛，惊异得半天没说出话，“那，那是天意？还是她自己选择了死期？”

王成均说：“我愿意依照湘西民间千百年的一种习俗说法，这么理解良良阿婆，她和杨云阶的‘延安后妻’，两人哪个先走，哪个就可以永远陪伴曾经的丈夫。事实上，良良阿婆抢了先，她是带着胜利者的微笑回到丈夫身边。所以我在这首诗的开头写道，‘良良阿婆死在自己家里，谁看了都会感叹嘘唏，她脸上是明显的幸福’。”

世上居然还有人高兴着抢先——死？王成均又说："她急于赶路，没有心存怨恨，不是活得腻烦，她有更大的向往——奔爱去。生不能和爱人在一起，抢先死占据一个永远的位置，就能百年千年地和爱人在一起。她拥有了更长的时间。"

怎样的信仰，让她把孤苦一生化作起点，跟爱人重新开始？

怎样的大爱，让只知道付出的她，终于为自己新生一回。

红嫂良艮永远忘不了送丈夫出发的1935年11月，谷米酒提了一罐又一罐，全村人喝了一碗又一碗，那是壮行。

马桑树的枝叶烧成灰和着故乡的泥土，让她们每个亲人怀揣一把，上路。独特吧，那是告别。

无论是壮行酒还是带上故土烟灰，都是美好的意愿和意象，象征他们的肉身与家族血脉、故土山林紧密相连，走到哪儿都合水土、恋家乡，保佑他们平安回来。

毛垭一百多村民，先后就有三四十人参加红军。长征队伍从刘家坪出发那天，毛垭最后一批走了17人。可惜这17人，把马桑树火灰全部在硝烟中弥散，连同他们的尸骨一起肥沃了异乡的土地……

可是，良艮的丈夫杨云阶活着。尽管知道这些时离长征出发已经快二十年，可红嫂良艮，悬了二十年的心放下了。她多少次对自己说："你良艮的人，有幸活着！"

不知是喜还是悲，良艮每天都会在傍晚开始喝酒。

干——对着一辈子的爱，干！酒里掺进良艮最初的爱，一淌到现在，才有如此醇厚、甘甜。

良艮15岁嫁到杨家。13岁的杨云阶就已是手到病除、能找药会治病的郎中。见他那么精心地奔走着为人治病，有时是救人一命，良艮就为自己嫁给这样一个受人爱戴、被人尊敬的丈夫，知足着、骄傲着。

她的确是没嫁错人，丈夫云阶有医术、有德行，还有抱负。有一天，他表情严肃地对良艮说，红军离不开他，一些伤员还没康复就要走，他不放心。良艮就说，你走吧，队伍天天打仗，哪么能没有郎中？你要救更多的人，贺老总也不能没有你……

干——对着激情的岁月，干！这酒是将一段历史的芬芳糅进去，才有了烈性与豪气。

良艮哪能忘记，那个烽烟滚滚、杀声震天的日子里，她的酒是以一种让将士饮之则豪气冲天、英威神武的甘洌，透过琼浆玉液，遥想当年的将士们在痛杀敌寇，凯旋后举着残缺碗口的粗皮大碗，举过头颅一饮而尽的豪迈，清澈的美酒映红了壮士们的脸庞……这样的酒怎不叫你壮怀激烈，豪情万丈。

干——对着自己的虔诚，干！这酒将家乡民俗的甘霖渗进去，才有了绵甜与爽口。澧水河，滋养着勇敢壮实的汉子和细皮嫩肉的姑娘小媳妇。

取武陵山脉清凌凌的泉水当神水，酒里便注入了大山的雄伟、坚韧和豪迈，也给原本柔弱的女人增添了勇气。开荒、播种、耕耘、收获，将情感的精华发酵苦酿。酒，同样具备了大山的性格，有了它最初的坚毅，才有十万大山挡不住的芳香馥郁、历久弥香。

在以后的时间里，良艮每天都会在傍晚开始喝酒。在醉意阑珊之际，往事就像永远吃不完的下酒菜……

良艮一夜夜一天天在酒中回忆着、想象着，如桑植县作协主席王成均的那首《红军酒》。我知道，他是专为红嫂良艮的包谷酒所配：

水是命，堵不住敌人的枪口
酒是魂，却能改变一个民族的走向
六十多年前，一滴水在一个叫毛垭的地方
沿一条疼痛的渊源，潮起潮落变成酒
这都是红军的足迹，刀枪借着一滴酒的力量
在晨曦中熠熠生辉。水的车轮，酒的信念
在奔跑的路途，扬起长鞭，又在一个
叫刘家坪的地方，把一种精神

引向灿烂的星空。如今，一种叫着
红军酒的水，永远活着，至今不老。

良艮的故事，要从贺龙三上毛垭开始说起。那时的贺龙，几乎都住在杨云阶家里。

良艮是这家的女主人、杨云阶的妻子。眼看着丈夫和乡亲们围坐在火塘边，烤吃着山芋，听常哥讲穷人为什么穷，富人为什么富的道理。良艮发现，这个叫常哥的人，的确不简单。说出来的话句句在理，让你不得不服。

油灯不拨不亮。良艮后来才知道，秘密回来的常哥怀揣《共产党宣言》，带了八个人四把枪回桑植发展红军队伍。南昌起义之后，常哥在 1928 年加入中国共产党，为了开辟新的根据地，他鼓励乡亲们参加红军打败白狗子，说只有共产党才能救中国。贺龙的话仿佛一盏明灯一下划破了毛垭的夜空。毛垭人活了几百年，终于弄明白了，原来他们穷不是他们的命不好，是这个社会制度不公平。毛垭的泥腿子们，终于从常哥两把菜刀闹革命的故事，激发热情和斗志。

1916 年，长江不停发大水，每年闹盐荒，老百姓买不起盐，生活在水深火热之中。二十岁出头的常哥带领贺勋臣、王占彪等二十来人，手中并没有像样的武器，干脆拿上家里的菜刀攻入了桑植芭茅溪的盐局。这个故事便成了常哥闹革命的传奇。

“不公平就要打破，砸碎。”常哥的话沸腾了毛垭人的血液，革命的火种就在这里点燃了。在常哥深入浅出的话语里，家中的良艮不知不觉地把家中的一百多斤腊肉，连同包谷烧酒毫无保留地招待了他们。

常哥住进了毛垭，组织成立了苏维埃，先后于 1928 年至 1935 年 11 月建立了四届毛垭乡苏维埃政府，红军和毛垭贫苦百姓成了一家人。最好的房间让红军住，最好的东西做给红军吃，最后一个儿子送去给队伍。不光良艮家，村里其他村民也加入了民心聚力护红军。

革命的火种一下传播开来。从 36 户人家的毛垭村，三四十人踊跃参加红军，到十万人的桑植县两万人当红军，常哥的火种燃成一把火炬！

但是，这个看起来像世外桃源的偏远之地，并非永远平静。

1933 年 7 月的一天，一支一百四十多人的红军部队，从湖北鹤峰来到毛垭开展武装斗争，却遭遇数倍于红军的敌军偷袭。

红军被逼到文家界悬崖边，一个让毛垭人永远难忘的场面出现了：十多位战士喊着“红军万岁”的口号跳下悬崖，大部分红军壮烈牺牲，鲜血染红了毛垭。还有一少部分红军被挂在半山腰上，摔断了腰腿。敌人撤退后，毛垭人冒死救下三个尚剩下一口气的红军战士，悄悄背回家照顾。敌人闻讯，乘红军到洪湖开辟革命根据地间隙，又杀回毛垭，逼毛垭人交出藏在山上的红军。毛垭人坚贞不屈，疯狂的敌人点燃了毛垭的房屋……

23 栋房屋，有 18 栋房屋在烈火中化为灰烬，还有一栋房屋烧了一半，被毛垭人打熄。房屋烧了，16 户毛垭人只能在一个叫“大院子”的悬崖下住下来，过起了天当房、地当床的日子，靠挖葛根、吃野菜度日。

1935 年 11 月 19 日，红军长征出发后，国民党叫嚣着“帮助红军，诛灭九族”！毛垭又遭受更残酷的第二次洗劫。

敌人不分白天黑夜，随地抓人，烧、杀、淫掳、敲诈勒索。捉到群众就用火刑、石滚、刀割等残忍手段加害，许多人被活活整死。文隆波、文隆武兄弟被马世英捉到后，拉到龙潭坪，一刀刀割死。他设立了拷问室和捕杀机关，对毛垭红军家属和革命群众扣上“当过红军，搞过共产党”等罪名，将其田产全部变卖，又强迫别人买，买不起，就以通匪论处。就连简易的茅棚也不放过，一把把大火，将毛垭人的家园全毁之一炬。

红嫂良良就是在这样的险恶环境里始终守望在毛垭，并在无数次可能死掉的险境中逃生出来，活了下来。

王成均带我见的是良良的侄儿，也就是他小叔杨玉阶的儿子杨光茂。

已是 76 岁的杨光茂，当过村支书，很健谈：

我奶奶生下我伯伯和父亲两个儿。1935 年 11 月，贺老总要带红军长征，出发前动员伯伯和父亲一起走。他们兄弟俩都有医术，部队最需要。可奶奶不肯："两兄弟只准去一个，两人都去了，我们怎么办。"贺老总想想也对，就让我父亲留了下来，我伯伯杨云阶参加了长征。

我伯伯参加了长征，我们是名副其实的红军家属。红军走后，国民党团防和土匪几次偷袭，想捉伯父杨云阶的几个孩子，斩草除根。也捉我爹，要灭掉能救红军命的医官。我爹跟贺老总当兵，学到了他不少"兜圈圈"的办法，也像打"游击战"，一打就是15年。

在我们孩子眼里，就是休息几天，换一个地方。一个夜晚行几十里，去一个地方，躲迷藏样地让别人找不到。伯母良良带着她两个孩子，就跟我们一道，今天住这山上，明天再换那山头，后天再绕一圈另住一处。就这样，一直到桑植解放，成了共产党的天下，我们才回来。

丈夫走后，良良带着三个孩子直接躲进深山，一过就十年。

那些日子里，良良把山上能种包谷的地方都种上了包谷。只要能下种的地方都没放过。据杨光茂后来回忆，其实，大人们就在几座山里轮换着躲。躲到哪里，就种到哪里。

杨光茂说："山里人命贱。辣椒就是盐，包谷壳叶儿就是棉，嘴里有东西嚼着，就是过年。"当时，一年又一年在深山里绕，绕着转着又找回存谷的老草房，杨光茂就问伯母良良："我们要留这么多包谷干吗？不要这么多，也够我们吃了。"伯母就说："你就知道自己吃吃吃！你伯伯他们终归会回来的！等他们跟着贺老总打回来，吃什么……"

等待的日子越久，红嫂良良的包谷就越多，酿出的包谷酒也越多。漫长等待的日子里，红嫂良良经常给三个儿女讲他们爹的故事。杨光茂也经常赶过来听。

红嫂良良对儿女们说：在红军里面，你们爹爹杨云阶是队伍里的宝贝。因为你们爹爹是红军里的神医。他只要往山上走过，根本不用眼睛看，用鼻子闻一闻，就知道他周围有些什么草药。她还说：你们爹那个神啊，受伤的红军一见你们爹走拢来，就知道死不了了……

杨光茂说，伯母良良真故事讲完了，她就编。编成那些故事里，有一些还真成巧合的事。

红二、六军团从桑植出发，出发时和到达陕北时的人数相差不多，其中，杨云阶用他的医术让很多红军将士幸存下来，功不可没。当时，不管伤多重的将士，只要一见杨云阶，马上觉得自己会有救……

到了接近解放的那几年，等待得越久，红嫂良艮编出来的故事也越多。到最后，连她的一对儿女都清楚，娘嘴里那些永远讲不完的故事，不是讲给别人听的，那是娘讲给自己听的……

长期在深山里躲兵的良艮，患上严重的风湿病加许多并发症。起初，她是积极治病的，要以健康的身体等红军丈夫回来……她于是把囤积的包谷酿成酒，等红军回来喝，等丈夫回来喝。也治她的病，酒能治风湿、能驱寒。

其实，很多年前，贺老总就最爱这种酒，良艮跟他大碗喝。尤其为红军庆祝胜利，是边喝边唱着：

土罐罐，家家有，我和红军喝谷酒。
红军带我闹翻身，白狗老财都打走。

在毛垭，杨光茂带我看过一个烤酒槽。砖垒的灶台上，一口大黑锅架着高高的蒸笼，有一竹导管，酒经过蒸馏后就从这管里，清泉般流出……

烤酒是要熬通宵的，一个个的漫漫长夜，良艮守着那一灶不能太旺、还不能太温的火熬出滴滴甘泉。像岁月的艰难榨干了她的青春，直到苦熬苦守还在为“他”挤出点点痴爱心泉。

酿好一坛坛酒以后，良艮自己少喝，悄悄地装好缸，藏在天然的酒窖——山洞里。家里人都明白，那是她为丈夫杨云阶酿的酒。良艮坚信，她的红军丈夫总有一天会回来，回到毛垭就不能没有酒。因为丈夫喜欢喝酒，红军庆功更少不了酒。

可惜，跟着部队转战南北的医官杨云阶，自然不知道在遥远的故乡，为他准备的一坛坛包谷酒，在一个女人的守望中越酿越多，越陈越香……

第九章　月　缺

花碗打水连底清，郎去当兵姐安心。
郎是擂钵千条路，姐是辣子一条心。
——桑植民歌《红红辣子一条心》

就地域文化而言，湘女属“不安分”的女性群体。为何中国女杰之乡在湖南而不在别处（八杰占四杰）？在中国革命史上，红色湘女群，她们用生命谱写的血色恋歌，不是命运的悲歌，而是生命的壮歌！

“曾经沧海难为水，除却巫山不是云”，为了一份无尽的情爱甘之如饴。像戴桂香，嫁了贺锦斋这样一个叱咤风云的国民革命军师长和红军师长，她心满意足——宁愿为高贵孤凄，也不为平庸奢华。

像侯幺妹，家乡送她出远门，天天望月明。纯洁的爱，金子的心，甜甜的湘女最多情。像殷成福，天地共风雨，冷暖过一生。温馨的爱，水晶的心，不屈的湘女最多情。

天不怕地不怕的桑植女人，走出了代代相传的人生宿命，以一种义无反顾的人生自觉，让她们的人生染上了骄傲的红色——女人也参军，也革命，也远行。

可，真是红色和革命染红了她们，还是她们生命固有一种——红？我以为，是湘女的生命之花在奋争中找到了怒放的理由，遇到了烂漫的季节。

考姑、长姑、银姑，典型的辣妹子，辣得执着、辣得顽强、辣得火热、辣不回头。像一颗颗饱满优质的辣椒种，纯粹的辣，便酿出一方火辣辣的山水！

湘女的血色故事，其生命的价值指向，不仅仅是对革命的付出与贡献，更是为这个民族传承了一种精神，留下了一份宝贵的遗产。再看这些湘妹子——

只有在革命的红色中才能浪漫；

只有在信仰的牺牲里才能永生……

第 1 节　回家，画不出一个圆

时间一下到了新中国成立后，1950 年 5 月的一天。殷成福历尽千难万险，无异于第二次长征，在二儿子侯清平的陪同下，终于回到桑植。

刚安定下来，大庸县城接连两天标语红旗、张灯结彩，说是欢迎一个红军大官。别的不知道，只知道姓侯。殷成福就想：“这是打了大胜仗回来了？多大的排场。这个大官肯定是跟贺老总出去的，当年大庸的红军姓侯的不多，留下来的就更少。莫不是老嗨侯昌仟？或是大儿侯清芝？无论是谁都是喜庆的事。”十二年了，在外躲了十年不敢回家，一刻没停地盼亲人，等亲人，像封冻已久的冰山，终于老天给了大太阳，解冻了。她一夜没合眼，天没亮就直往彩旗挂得最密的地方去。

等到腰鼓敲起来、秧歌扭起来，一匹高头大马上威武地坐着个人，殷成福老眼昏花却一眼看清，是他儿子——他大儿子侯清芝！那个不顾一切，扑过去就撑臂拦马……

“妈——”一声凄厉的呼喊，那人翻身下马，单腿跪地。随着另一声“我的个儿哎——”母子抱头痛哭。

又马上收住哭，殷成福直叨叨：还活着？我摸摸，你的脚手都在？话没出去，战战兢兢的手，摸完了头摸胳膊，摸完了胳膊摸摸腿。最后还直往裤裆里去。当她感觉儿子身上该有的都有，一样也不缺，哭也不哭了，拉着儿子的手转身就走：“儿啊，跟妈回家去。”

从此，殷成福在心里再也没松开儿子的手。想得太苦、盼得太痛，她不能让他再走了，她要抓住他、抓紧他。听说儿子当大官是分在省城叫什么长沙的地方，不去，我不去。清芝，你也不许去。你是荣耀光鲜地回来了，咱家的亲人都没回，他们也要打个大胜仗才得回。我们不走，等他们，别让他们回来找不到家。

清芝当然知道，一家人还有大半杳无音信，当娘的心是碎的。他就守着娘那颗破碎的心，让它慢慢愈合。为此，侯清芝还真的推辞去省城，在大庸做了首任军事长官——县武装大队长。为苦难深重的母亲，牺牲点官职，应该。

殷成福知道儿子是公家的人，什么时候说走就走。要永久地留住儿子，必须给他建个家。可是，我的大梅哟，你在哪儿呢？

其实，已到新中国成立的第二年，殷成福和侯清芝都知道，要有人，也早该回来了。现在没回，多半不在了，侯家的子孙不能断，血脉还得向前奔！

这天晚上，顶着一头月亮，母子俩树下歇凉。这么多年，儿啊，你就没看上个合适的媳妇？知道你一直打仗，现在回来该想想了。儿子说想过，可……可……大梅她……一个名字戳痛了两个人，殷成福知道，儿子的婚事，母子俩都要跨过内心的沟坎，而她当娘的得率先跨。就这晚，她把早物色的人选说给儿子。说是腰鼓队的领队、四区妇女会主任……

侯清芝笑了，蛮有眼水嘛，这姑娘叫龚伦齐，有点儿像大梅，蛮好的。

殷成福一拍大腿，兴奋地跳起来：“怪不得一见就对眼，不光有缘，原来是像大梅。还真是，像。嗯，越想越像呢。”

没费多少周折，儿子与龚伦齐的婚事就定下来了。其实，殷成福会看女人的身子。那姑娘打着腰鼓，腰身灵活，脸蛋红润，宽臀大腚，她看得懂——那是生儿育女的好身坯。

果真，儿子不虚为战场上的神枪手，这好本领发挥到生儿育女上，在后来二十年的光景里，几乎没有歇气地生下九个儿女。老侯家终于在死散多人之后，迎来了又一轮的人丁兴旺。

家里是好了，可殷成福心里一直像埋下几块弹片，没停过地隐隐作痛。过去二十年的事，总像噩梦一样浮现她眼前：雪山、藏匪、一眼望不到边的大草原……幺妹和大梅一定还活在世上！丈夫老嗨和小儿子还活着吗？她有时真想再走一遍曾经走过的路，找回自己的亲人。

好在，1956 年秋，家里终于有了九幺儿侯宗元的消息。

那些年，侯清芝以一个地方官员的名义，不断向甘肃的文水、武都、康县、成县等地民政局写信，要求他们帮助寻找父亲侯昌仟和小弟侯宗元的下落。收到无数次“查无此人”后，在 1956 年侯清芝终于接到甘肃成县民政局的来信：

侯清芝大队长：

我们县民政局按你提供的线索去查找，你父亲侯昌仟查无此人，而你说的侯宗元倒是有一人，他的身世与你说得很接近。他叫何维俊，现在担任成县泡沙乡高级社大队长，据他自己说，他姓过侯，父亲是红军……

于是，双方密切通信，还寄去母亲和他们一家的合影。只是，没九成把握，侯清芝不敢告诉母亲。那段时间，他找到一个安抚母亲痛苦思念的方法：念报刊书籍，是专挑红二、六军团她老熟悉的人和事。只有这时候，她专注的情感和内心，才慢慢回到激情燃烧的岁月。

刘伯承元帅的夫人汪荣华曾回忆：“深秋来临，寒风凛冽，我们身着单衣，在无垠的沼泽地里行军，两脚泡在又臭又冷的水里，粮食越来越少，不几天，我们就把刚进草地时带的一袋青稞面和一块鸡蛋大的盐巴吃光了。大家只得吃野菜，有的把脸都吃肿了。最后连野菜也不好找到，只好找来一些牛皮，把皮上的毛烧掉，用水煮着吃。”为了把牛皮鞋底制作成“美味佳肴”，女红军们还编了一首打油诗：“牛皮鞋底六寸长，草地中间好干粮；开水煮来别有味，野火烧后分外香。两寸拿来熬野菜，两寸拿来做清汤；一菜一汤好花样，留下两寸战友尝。”

“唉——野菜、皮带，我们是什么都吃了，还不行，才杀马。我……我那个小棕马哟……翻雪山那个苦，没法说。那妖风、妖坑还有妖病，害了我们多少红军战士。那时候，好多人得些怪病，后来一想，没得吃又艰苦，不病往哪儿跑。幸亏大家护着帮着。那雪山，也只有红军能翻过去。”

那天，念着念着书摘，就念起了何维俊的来信。信里还夹着照片。侯清芝是有把握，何维俊就是九幺儿，他不再瞒了。信的开头这样说：

母亲大人身体好吗？哥哥嫂嫂工作忙吗？侄儿男女都好吗……

一封长信把长征事、失散事和他的现状都说了。完全吻合，没有丝毫差别。信还在念，殷成福就一直喊着“我的儿啊——”早哭成泪人。再看到随信寄来的儿子的结婚照，“是我的小九儿，是我的儿哟”。殷成福脸上的泪水噗噗落在照片上，再从照片上滚下来……

1957 年腊月初七，知道九幺儿带着媳妇就要到家，白发老人从初一开始立在门边、站在街口，望啊望，盼呀盼。

冷风夹着雪花飘个不停，老人满头白发被吹得凌乱不堪，窗外冷得无人来回，她却始终不愿离去……

走到街头拐角处，弯背老人背风站在人行道上，不知谁家一曲《望儿归》从空中飘来：

一更里天黑黑，撑起灯儿望儿归；
二更里哟黑全全，望儿不归泪涟涟……

壮年步入老年，黑发等成白发，殷成福啊，心里的伤痛无法触碰，眺望的眼神怎忍目睹。一天天盼，她宁愿相信亲人还活着；一日日等，宁愿不屈等待还能感动上苍！等啊盼啊，思儿的泪未干，晴天又遇霹雳——丈夫老晦早二十年前就已牺牲！

欲哭无泪，欲泣无声。一幕幕不堪回首的岁月，到见着九幺儿的一瞬间，她的心被掏空了。整个人木了、散了，灵魂不在了。那一天，她大喜大悲，离合悲欢，最终生不如死，心碎如齑粉——二十年盼夫回归的幻影终成冰冷的现实！

原来，走完雪山进陇南的 1936 年 9 月，在成县五龙山战役中，侯昌仟带着九幺儿和战友们到石嘴冲搬运弹药，遭敌人伏击受重伤，战友们把他送到一个叫何天颂的老乡家养伤。哪敢公开收养红军呀，何天颂藏他于抛沙乡一个废弃的淘金洞里，因缺医少药没有治疗，十天后就不行了。牺牲前，侯昌仟吊着一口气，将最后的两块银圆交给何天颂，看着他点头收九幺儿当养子，他才闭上眼睛。

乡亲们含泪将他就收埋在洞里，依他的交代，让他身体朝北，对着红军北去、亲人前行的方向……直到新中国成立后，1960 年 1 月成县政府将洞口封住，洞前才立了一块碑，又在烈士陵园立了纪念碑。因此，侯昌仟成为成县唯一立了两块碑的红军。

九幺儿从那时起给无儿无女的何天颂当儿子。一晃二十多年过去，小九儿长大了，养父母也都去世了，他更加想念亲人，一天都没忘等家人来找他。

有一个细节，1950 年 4 月侯宗元参军不到一年，小道消息说部队要整编，再去朝鲜打仗。去朝鲜？侯宗元内心不想去。不是怕死，是担心去得太远，家里来人找不到他。他相信，仗打完了，一定会有亲人来成县找他。他的“隐情”跟部队领导一说，没多久他复员了，他被分到成县地方工作，是方便等亲人……

好在儿子回来了，让那份巨大的悲伤缓解了不少。殷成福又是紧紧拉着九幺儿的手，一刻也不愿松开。随后的几年，母子俩虽离别，再聚；又离别，又再聚。到了 1961 年，殷成福连哄带骗加高压，把九幺儿彻底迁回大庸来。

这一住半个世纪，从此，九幺儿夫妇就没回过甘肃。殷成福从大儿清芝家搬出，大部分时间和他们住在一起。

几个儿子中，殷成福最心疼九幺儿。她说——她欠他太多太多！

殷成福是看了《白毛女》电影，硬要大儿子清芝到四川藏区一带找两个女娃。她固执地相信，她们也像喜儿一样躲进了山洞，不知世事是何年。“大春”不去找，喜儿再白头二十年也不会出来。

这时候，侯清芝因身体不佳离职休养。他参加了抗日战争和解放战争，又从东北大军南下，在作战中五处负伤，肢体伤残，又身患多种疾病，1955年42岁就休养了。这一年，他被授予上校军衔，为正团职军官。

对殷成福来说，失散了二十多年的九幺儿终于回到身边，总算是了了一桩心愿。可“白毛女”又强烈地唤醒她要找幺妹与大梅的意志，这两个她到死都放不下的人，后来的寿命似乎就为这两人撑。她天天痴愣愣地坐在家门口，朝远处张望，期望着遥远的地方突然会走来两个她魂绕梦牵的女人。

这中间发生了一件让大家尴尬的事。1956年民政部门突然登门，将两本红红的本本发到殷成福手上。老人不识字，惶惶地问：“这是啥子奖书？”

民政干部沉重地说：“是烈士证，刘大梅、侯幺妹的，她们为国家牺牲了，这是国家给您老的证明。”

“不是我的，不要！”两本证闪电般地落在民政干部的手上。殷成福两眼一瞪：“谁说她俩牺牲了，晓得唱《不打胜仗不回家》不？打仗的红军，打完仗就回来了。我等她们。”

两民政干部左也不是，右也不是，被刚好回来的清芝拉到门外。还听到殷成福一声大喊：“清芝，你莫收。抚恤、补贴都不准要，我的人会回来，会回来。”

这事不久，殷成福开始对大儿子不满。她认为，之所以这么多年没有结果，是儿子没到现场找。关键，他根本不想把人找到。你想啊，首先他有了新老婆，有了几个生龙活虎的儿女，他是甜蜜地实现了他的共产主义，还想什么呢？何况，他找回那两个人，尤其刘大梅回来，他该咋个办？他两房太太，政府不允许，他会自己找罪受？

记得长征出发过澧水河，她殷成福是说过两句死话的。她先对大梅保证：“好歹一家人在一起，还不舍出性命保你们娘俩？”事后，把她们娘俩丢了，你还活着。第二句是豪气地拍胸脯、催儿子，对全家人保证：“大梅由我来照应，娘的性命担保，你放心带兵打仗！”没担下保，全家没怪不等于你能忘了诺言。留下性命干什么？就是兑现承诺！要不，殷成福，你还是个人？终有一天你要在阴间和两女相见，更长的岁月，咋个处？

不行，儿子就是“大春”，去遍地山洞找，角角落落找，我家的“白毛女”说不定就能找到。

这时，只有九幺儿能说：“妈，西康那儿是茫茫草地，没得山，哪里有山洞可藏。”殷成福就“耍赖”：“没得山洞，草地里一个个坑去寻。你们要不去，我去。我还记得遭遇藏匪的地方，那里的路我是一步步走过来的，我熟。”

这一招，吓得全家再不敢吭声。有段时间，三个儿子都出去了一段，老太太还真以为他们都成“大春”了，就安静地在家等她的“白毛女”。

可是不久，殷老太开始骂人，而且只骂大儿子侯清芝。

没当好“大春”挨骂是一方面，老二儿子侯清平一世憋屈，也是大儿子把他们侯家祖上的气运占多了。祖上的气运是有数的，一人占得多，其他人就暗淡无光。其实，清芝也真冤枉。妈妈不同一般老人，精神上，她既是儿女供着的活菩萨，又是支撑全家的不倒翁。可现实里，她早已是个“玻璃人”。灾难让她再不能撑愁苦，失散又给她永远的痛。作为老大，他身先士卒顺着老妈，让孝顺和温馨慢慢化解她老心中的伤。

1956年，老人死活不愿待省城长沙，侯清芝中止了桂林军官学校的学习，丢了省军区副参谋长的职位，回到家乡，陪着老人等亲人。

这期间有个巨大荣誉，又被老人活生生丢掉——毛主席的接见，她居然没去！

事情是这样的。因一家八口上长征，殷成福被评为“红军母亲”，国庆节由儿子侯清芝陪同去北京。

殷成福本来住在九幺儿家，一听说这大好事，自愿搬到城里来。还拿出攒了好多年的私房钱，做了一套上下一新的列宁装。那是几十年前初见女红军，就想了一辈子的时髦。那段时间，家里随时都能听到她爽朗的笑。一天要上三四次街，看见熟人就说她要去见毛主席了。

殷成福到底没去见毛主席。因为临时变卦，当地政府紧急叫了仅收养红军伤员的刘四婆顶替，所以很多人说，低配了“红军母亲”这荣誉。

事因几个孩子的议论而起。奶奶要去见毛主席了，一群的孩子热血沸腾，说毛主席要派兵打仗，可能是打台湾，也可能是与苏修干，不然毛主席接见他的老兵干什么？那天，侯清芝跟孩子们打开话匣子，告诉他们台湾这一仗该怎么打？可能会什么时候打？能打多久？

平时讲战斗故事，侯清芝要避一避母亲，可那一次，大家都有些忘乎所以。正酣畅淋漓时，“啪——”一茶杯碎在地上，再看一旁已是泪流满面的老人，他们知道犯错了，犯大错了！

果然老人哭喊起来，打！打！打！你们还嫌打得不够呀？我恨的就是打仗……然后号啕大哭。其实，一家大小都知道老人怀念死散的亲人，她的情绪时常像阴云一样，一来就在家里笼罩好多天。可这件事非同小可，直接后果是殷成福提着东西就回乡下九幺儿家去了。

进京的日子很快就到了，侯清芝把湖南省军区专门配置的一套新军装熨了又熨，再戴上珍藏的那些军功章，试穿了一遍又一遍。可突然小弟来报信，说母亲闪了腰。当侯清芝看到腰上贴满膏药、躺在床上呻吟的母亲，还苦苦地求他不要去北京，她可能只这几天的日子了，儿子能说什么，这位在延安抗大时期几次见过毛主席的老红军，只好坐在床前陪伴母亲，放弃了一生中最后一次见毛主席的机会。

让人终于醒悟的是，进京的日子刚过去，殷成福就好了。又上山背柴、扯猪草。其实，殷成福以称病在床，实现了一次她的“阴谋”——她要留住儿子，不让毛主席点他的将，再上战场。

就像她后来说过多次：“老天咋个把我留下？像洪家关的汤小妹一家两代死光光，没人痛苦。现在，我那死散的人还没回来，咋个……咋个都不许再打仗！”

又其实，侯清芝一直非常怀念结发妻子刘大梅，虽然她活在这个世界上的可能性很小很小，但他在没有确定妻子死亡之前，就另娶他人，生了一大帮儿女，实在是有愧。他相信大梅被藏匪抓去不会轻易死，一定会想办法把孩子生下来，养大成人。多少个梦里，在千里无人的藏区，一个孩子与牛羊为伴，那双望着蓝天、望着远方的清澈眼睛，是想生身父亲去接他回家的日夜盼望哇。多少回梦中相见，雪域高原与孩子嬉戏，带着孩子见到家里亲人的团圆场面，一次次让他在大汗淋漓的失落中醒来。

儿啊，你在哪儿呢？为找你，爸爸几十年写了多少信都石沉大海。儿啊，无论后面有多少弟弟妹妹，你在爸爸的心里，永远都是不可替代的长子，爸爸的心肝，爸爸的宝贝啊。

殷成福后来慢慢理解大儿子的不易，是从他们两口子吵架。

见丈夫总是一包一包的信往外寄，都寄一辈子了，一腔心思根本没在现在的家，龚伦齐就闹：“我是给你生了九个儿女的大活人，就当不得你死了几十年的一个冤魂鬼。”说这句话的那次，侯清芝给了她一巴掌，把个龚伦齐打得回娘家住了好久。如今，醋了大半辈子的她变得平和了，抑或麻木得不再那么激烈了。见六七十岁的丈夫还在写呀寄呀。龚伦齐只淡淡地说：“又想遥远的西边，那儿有你一辈子的牵挂。茫茫草原，无边旷野……”侯清芝也不像年轻时辩个你死我活，只是淡淡地：“想不想前妻你管不着。想想小妹，不行啊？”

幺妹呀，如花似玉的花骨朵，会唱会跳的花仙子，咋说走就不回来了呢？

大梅呀，说好了走完长征我们就再不分开，哪怕重回家乡也要远离战争。可你带着孩子躲哪儿去了，一躲就是几十年！

| 侯清芝、龚伦齐夫妇

第 2 节　那段毁了的遥远的爱

殷成福连烈士证都不要，一心等两失散的女娃回家。

有一段，殷成福摔了一跤，在床上躺了三个月。这对走过万里长征的她来说，没放在眼里。那些日子，老人“最爱”找儿媳龚伦齐念书报，家人都知道老太太的心思。事实上，就这样念着念着，龚伦齐、侯清芝夫妇不吵架了。

女战士在鼓舞士气、宣传群众、执行民族政策方面成绩卓著，在救死扶伤、给养筹运、服装保障、修路架桥等各项后勤工作尽职尽责。聂荣臻非常感动说“这些女同志真是令人可钦可佩！”长征途中，她们克服特殊的生理困难。来月经时，找不到一张纸、一块布，只能任经血从裤管往下流……

“幺妹就是这样，造孽哦。那时候咋个那么苦哟，苦了我的幺妹，苦了多少姐妹。”穿插一句感慨，殷成福又慢慢眯上眼睛，龚伦齐就知道继续。

曾任康克清警卫员的女战士罗坤，当时只有 13 岁。她带着 11 个“红小鬼”外出宣传迟归，回来时部队已经北上。一路上，他们靠乞讨、挖野菜过活，战胜了疾病、饥饿，躲过了野兽、土匪，终于在 3 个多月后追上了队伍。

“我就追了半年多，吃尽了苦。”眯着眼的老太太永远都不会睡着，时不时她就插上一句。不想让老人伤感，龚伦齐开始选阳光的结尾、鼓士气的一段——妈，你再听这一段，说得多好：

“革命理想高于天”是口号，更是信仰。那是最高、最大、最强的意志表现，又是道义、仁爱、真理的体现。她们追求高于天的理想，是每一个人的精神世界，在那个世界里，主宰者不是天，而是觉悟人的自身。这本身就是女性的觉醒，更预示着一个时代的觉醒……

这天，儿媳念着报纸，殷成福把刚回家的儿子侯清芝叫住，说讲个幺妹战友的故事。儿子、儿媳互相对望一眼，知道老人的用意，一起围坐在火塘边。

“清芝可能听说过余秀英，被劫上船的女儿队员。”清芝接过老人的话说：“她是幺妹在女儿队帮着洗绷带共过事的战友，可惜只有几天，就派往战地去了。长征出发前三天，女儿队两河口被劫，余秀英在船上。”

“这个秀英妹子机灵哟，她被一个姓王的土匪领走后，就装作顺从，让那人放松了戒备，喝得个烂醉如泥，秀英乘机逃出虎口。她是打定主意，一定要活着出去。刚满月的女儿还在婆婆家养着，丈夫在前线打仗，她不能辜负他。要不，就辜负了两个好男人。”

“两个好男人？”龚伦齐忍不住问。殷成福就打开了话匣子，记忆拉到了遥远的岁月……

余秀英与前任丈夫是“叫花子”遇上“要饭的”，在摸情报中结下一段奇缘。为给部队提供可靠情报，余秀英在“乞讨”中很好地完成了任务，把敌方的兵力部署、武器装备摸得一清二楚。返回途中，意外地遇到了同样是化装外出办军需回队伍的贺士银。

贺士银很早就追随贺老总在外面闯荡，参加过北伐和南昌起义，他为人厚道、沉稳能干，给余秀英留下了很好的印象。一路上，余秀英最爱听他说跟贺老总相关的故事和传说，比如听他说桑植出了个贺龙，是天上的神龙转世，你去抓他毛都抓不到，他出兵来打你每打必胜，领头闹红军，打土豪分田地，政府拿他一点办法都没得，了不得的人物……

后来，余秀英还真见到了贺老总。那天，他身着普通短装，龙行虎步，高大魁梧，一副顶天立地英雄相。他走到女儿队队员们身边，边与她们握手边夸奖女儿队歌唱得有精神、有气势。同时交给女儿队三个任务：一是继续做好“扩红”宣传；二是搞好部队卫生；三是配合红军打击敌人，通过战争磨炼，也能扛枪打仗！

在不断的接触中，余秀英跟贺士银的感情在一个金黄的秋天，沉甸甸地收获了。红军女儿队为他们举行了简朴、热烈的婚礼。婚后仍处在热恋中的余秀英，越来越强烈地感觉到，自己中意的爱情和婚姻，原来就像缀满枝头的蜜橘甘橙，竟是金灿灿、甜蜜蜜地优美。

自从一年前红二军团和红六军团会合之后，贺龙带领部队接连打大仗。余秀英所在的女儿队，主要任务是接应和照料从前线抬下来的伤员，替伤员们清洗衣服。看到战士们被打得浑身血污污的，她就忍不住要落泪。

丈夫在主力部队，经常有战事，余秀英就整日担心，害怕枪子不长眼伤到他。聚少离多的两人，妻子用绣“福垫”来祝福丈夫平安。一有点空她就绣鞋垫。其实，当初贺士银来女儿队看望她，就夸过她的鞋垫绣得好乖好乖，说要是谁能穿上这乖鞋垫儿，只怕路也跑得快、命也保得好。总之，是有福之人才能享用的。

如今余秀英成了他的女人，她就一双接一双地绣。而且她活学活用，将在女儿队学到的文化，绣在鞋垫上：绣好一对鸳鸯鸟了，还要别出心裁绣上“红军”“革命”之类的词儿。更多的她是绣上一个大红的“福”字，护身符样地护佑着丈夫平安。一次，贺士银顺道回家，见她做了这多鞋垫，又是心疼又是感动，说哪要做这么多的鞋垫儿哟！你不见红军行军打仗都是穿的草鞋吗？余秀英不依，她说眼下不能穿，就留到革命胜利了穿，穿得你下辈子都是有福之人！

谁料到天有不测风云，丈夫突然得病，还一病不起，那些鞋垫还没穿到一半，他就不行了。

贺士银弥留之际，跟余秀英说了很多动情的话。他说上回真不该说“哪要做这多鞋垫儿”的话，现在就无福消受那些可爱的鞋垫儿。最后，他说出一句藏在心里很深的话：他想把她托付给自己的弟弟贺士周。

贺士周也是红军，为人诚挚干练，机灵聪明，尤其是身体比哥哥好，在部队里打仗是把好手。悲痛欲绝的余秀英，在百般不忍中胡乱点了头。贺士银随即把弟弟贺士周喊到身边，直到把两人的手合在一起，亲眼见两人点了头，才脑袋一偏，含笑离开人世。

入殓时，余秀英将一双双崭新的绣花鞋垫放进了棺材，让它们陪伴丈夫，直到化为泥土，直到地老天荒。

湘西一带，古来就有“坐床”的风俗，即哥哥去世了，嫂子就嫁给尚未婚配的弟弟，叫作“肥水不流外人田”。遵照贺士银生前的意愿，也恪守两人在贺士银面前的承诺，余秀英与贺士周成了亲。开始，她见到弟弟就老是想到哥哥，后来她索性就把两人想成一个人，再后来她就把对前夫的爱，全部移到现在丈夫贺士周身上……贺士周的确待她很好，余秀英就特觉幸运：自己命好，遇上一对好兄弟。哥哥让她过了一段做梦都不曾指望的好日子。如今，弟弟也是个可以托付终生的男人。尽管同样是聚少离多，但两人恩恩爱爱，每个日子都鸟儿唱歌一般。

1935 年初秋，就在红二、六军团出发长征的前两个月，余秀英因生孩子，在贺士周一个亲戚家中住了一些日子。她喜欢女儿队的生活，人在奶孩子，心在女儿队和丈夫身上。当她听说红军要远征，知道丈夫又要走远路，就毅然把小女儿交给公公婆婆照料，自己又回到了红军队伍里。

和丈夫离别时，余秀英并没有太多的纠结。都要长征的，他先走，送完伤员她就赶上去。两人虽在不同的连队，总有常见面的时候。要走那天，余秀英将几双绣上“福”字的红鞋垫塞进丈夫的包袱里，只是反复交代，既要打胜仗，又要保平安，我后面赶上来就去找你。

可她哪里知道，一场大难注定这是她与丈夫的诀别。

送伤员的船被劫持，伤员被杀掉，她和女儿队员们，则被押送到王碧泉的团防驻扎的地方，一个叫作张家湖的山寨子关押……千难万险中，余秀英逃出来，直跑到留守的刘团长那里。刘团长当即率部营救。在老坡庄与王碧泉打了一仗，王碧泉败走。可那些被劫走的女红军，已被匪兵藏起来，没办法找到。

刘团长根据余秀英反映的情况，顺藤摸瓜查到了绰号“老丝瓜”的船工和他的姘妇。原来，“老丝瓜”夜间与他的姘头过夜时，得知有一船女兵，遂派人连夜上山密报王碧泉，并讲妥事成后付姘妇一百大洋好处费。千刀万刷也难解此恨，我们那么多花一样的女队员……刘团长迅速抓到那个船工及其姘头，愤恨至极的他，一梭子打完了枪里所有的子弹……

余秀英再追部队，半路却听到噩耗：她的丈夫贺士周，在抢渡澧水时牺牲了。哭得死去活来的秀英妹子，只能返回去给丈夫办后事。眼看着一双老年丧子的公婆，一个刚满月的孩子，还能怎么着？直说自己命太硬，克死了两个好男人。最后，拔不动再去追赶队伍的腿，她只能留下。

从此，一个叱咤风云的革命战士，淹没在生活的凄风苦雨中。

……

"她就这样待乡下一辈子了？她应该走，抱着孩子追着队伍走。"龚伦齐说自己的心愿。殷成福摇摇头，没说"人的命天注定"。长叹一口气说："比起他们，我们是好到天上去了。"

侯清芝、龚伦齐两人互望一眼。从此，两口子再没吵闹。

第3节 她们连名字都没留下

女儿队那一船被劫持的队员，一直都是我无法放下的。比如前面提到的女儿队员张玉儿，一个花骨朵少女，心里藏着一段蹦跳的初恋还没来得及说，被土匪劫持后，她是怎样的命运？

再次去桑植，对女儿队做了第三次采访，一些人物就有了更起伏跌宕的悲剧色彩。先说张玉儿。

张玉儿想当红军，起初跟师傅好说歹说，师傅不点头，只说："干裁缝稳当，你人聪明，身上是留了伤疤的。"五年前，张玉儿为贺胡子的部队赶做军服，事后被恶霸地主折磨得半死。但是他决心已定："我学这点手艺能为那么多红军战士服务，那才值呢。十年前，我一个孤儿讨饭到处受欺，多想有人能救穷人、保护穷人，如今红军来了，正是你徒弟我翻身的时候。您收留我，是我的恩人，我想当红军，得您同意。"

师傅见她如此坚定，只得点头。

玉儿是给自己做了一套军服、给师傅鞠了三个躬后才跑到陈罗英处报到的。可没想，她在萧克副指挥长那里领受了特殊的任务。任务的大致要求：革命要动心思，胜利不能蛮干。你就当不穿军装的女儿队员，依然回到裁缝店，那里是个好阵地。白天，来往行人的言行你都能听到，是我们的交通员；晚上还能带路抓土豪，是我们的战斗员。先不上战场，是为工作长远着想。

玉儿只能脱下军装点点头，在裁缝店做了一个红军的“密探”。

没过多久，听说红军要离开湘西，开到别的地方去，玉儿的师傅像母亲一样要她一定跟着红军走，“国民党回过头来，年轻女子都保不住，何况你给红军做过事。”后来，玉儿就跟在卫生队的队伍里，等安顿好伤员再去追赶队伍。上那条船，原来还有玉儿的好朋友侯幺妹，好在幺妹就跟着家人一块儿走了，就此躲过了一场大劫。

玉儿上了那条船，被劫，挨打，装疯，她多想扛过去、闯出去。玉儿还有一段自己的爱恋，那段她还来不及暗示、更未说出口的情感，直到死她都要保住自己的圣洁。那是个几次配合默契，与她一起完成任务的通信员，那是个英俊开朗又特别护着她的红军战士，她要去追赶他，她要同他一起去远征。

可是……即使命运让她落入敌手，玉儿你也要保护自己、对得起他。装疯是唯一损毁青春的计策，卖傻又是让人嫌弃回避的最好办法。她甚至想，一夜之间成为一个朽木般的老太婆，多想邋遢丑陋恶心所有人，只要能逃脱敌人的魔掌，只要能躲过命运这一劫。

那晚，哭声、笑声、捶胸顿足的怒骂声，一起混杂着从谷仓传出。玉儿蓬头垢面以一个痴傻呆滞的疯人登台，她在做最大的努力演一场人生短戏。可是，生命里的青春特质还是遮掩不住，骨子里的纯洁亮丽依然闪光。最终，可怜的少女还是没能逃脱匪徒兽性的糟蹋……

戏不用演了，后来的玉儿直接让生命剧终——她含恨自杀了。

还不止这些——

在澧水那一段土匪窝子里，后来又发生一起同样的事件：红 18 师的一船女儿兵也被土匪劫走，留下又一曲凄凉悲歌。

红 18 师是为了红二、六军团主力顺利突围转移留下来打掩护的。当部队行至凉水口时，遭地方土匪武装一千六百余人的袭击。由于红军一路饥寒劳累、疲惫不堪，在陈家河过河时，满载后方工作人员、医务人员和红军家属的两船女儿兵，被敌人劫走一船。

这船女儿兵和红军女儿队的遭遇一样，不是被土匪强配为妻，就是被卖到烟花柳巷。由于红 18 师后来打得很惨，三千余人的一个师追上主力时，最后只剩下六百余人。与女儿队一起行动的三百人，也只剩下了几个人。

对那一船女兵的下落几乎无人知晓，她们连名字都没有留下。

若干年后的今天，我一直在想，这些大山里清纯的女娃，溪水边没啥奢望的乡村女子，并不知道她们卷入这场洪流，前面会是什么命运在等着，她们最多是想争取改变自己的命运。她们以妻子、母亲的身份走上革命道路，在残酷的斗争中，付出的不仅仅是自己的生命，还连带着青春和梦想、孩子和家人。她们悲壮的牺牲见证中国革命的艰辛与复杂，见证革命胜利来得何等不易，也见证了她们初心不改、一往无前的拼命精神——深深地，向她们致敬！

时间到了二十世纪八十年代，都在党和国家重要领导岗位上的殷成福的老战友，李贞、陈琮英她们，在长征五十周年纪念聚到一块，像当年列队清点人数，特别寻找一个叫范二妹的红军女儿队员。

女儿队被劫持的那一船人，有两个重要人物——张金莲母女，马继散的文中也提到了她们：

> 杉木村有个叫张金莲的贫苦妇女还带着个 13 岁的女儿范庆芳来投奔红军。母亲在红军医院，女儿在红六军团当宣传员，贺龙曾对她们母女说：“等我们革命成功了，请个作家，给你们写本《母女英雄传》。”

就是这对母女，多少年以后引发了另一段故事。

1985年，湘西自治州妇联编修《妇女团体志》，搜集整理湘鄂川黔根据地妇运史料，尤其有关从根据地出发长征的女红军的资料。编修人员进京找到了陈琮英老人，陈老请来李贞、蹇先任、蹇先佛，她们都曾是湘鄂川黔根据地领导机关和红二、六军团总部的干部。她们毕竟年事已高，回忆了好久才列出18个从湘西北出发的女红军名单。她们是：李贞（浏阳）、陈琮英（长沙）；蹇先任、蹇先佛（慈利）；殷成福、侯幺妹、刘大梅、周雪莲、许青（大庸）；陈琼英（桑植）；马忆湘、石玉珍、张金莲、范二妹（范庆芳）、张四妹（永顺）；陈罗英、曾洪林（江西）；只有一个戚元德弄不清是哪里人。

李贞将军那天反复强调：

这只是我们记忆起来的，还有许多，或牺牲，或散落。她们都是没有留下姓名的英雄姐妹。是的，例如红18师在抢渡龙山、来凤交界的酉水时，就有一船女兵溺水而亡，谁知道她们姓甚名谁呢？

还有一个插曲不妨让我啰唆一下。永顺农家寨，张金莲牵着她女儿范二妹突围踏上长征路，不料走失，音讯全无。范二妹蒸发了吗？数十年中成了一个谜。大约在1983年的一天，与我曾经有过书信联系的一位济南空军某部的红军作家陈靖，突然来到吉首。他委托军分区的同志找到我。在州政府招待所，我与陈老及其夫人羽佳会面了。我们谈得很投机，大都是当年红二、六军团那些事儿。说来说去不知怎么扯到了范二妹，她“呼”地站起来说道：“范二妹？对，范庆芳，永顺县人，我同她都在红六军团宣传队工作，一个班的战友。小姑娘很活泼。抗战时期，我们宣传队奉命东渡黄河，就在那当儿，范二妹被日本飞机炸中而牺牲。”范二妹这位参加长征的小女孩儿之谜解开了，她的事迹沉重地刊于永顺地方志书上。

“历史是最好的教科书，让我们记住这十八位女红军的名字，并倾心品读这部历史吧，悟出当中的意义，从而获得前进的正能量！”这是湘西《妇女团体志》上的一段话。不知怎的，我想到了李桂香、张玉儿、翠姑和余秀英。像她们那样原本也是女红军，却没有提到。也许，永远都不会提到。

这里，我想穿插女儿队员马忆湘的几个片段。

马忆湘是湘西永顺人，12 岁参加红军女儿队，还和翠姑一起干过救护。马忆湘参加女儿队不久，红军就开始做长征前的准备。马忆湘因为另一原因被劝留，不能随军长征。

可当 12 岁的小女孩终于追上了队伍，李贞部长紧紧搂住马忆湘，泪流满面。

马忆湘在新中国成立以后，有关女儿队的那些记忆，并没有随着渐行渐远的岁月而模糊消失。在同志们的帮助下，文化程度不高的马忆湘写出了当时的红色经典《朝阳花》。

时间跳到 2016 年 9 月 17 日，曾经的红军女儿队员马忆湘在广州病逝。

有关报道的文字让人感慨万千：

广州市殡仪馆青松厅，老红军马忆湘同志告别会在此举行。

大厅正中上方悬挂着黑底白字的横幅"永远怀念马忆湘同志"，横幅下面是马忆湘同志的遗像。

这是 1962 年，马忆湘 39 岁被授予少校军衔时的照片。马忆湘的遗体安卧在鲜花翠柏丛中，身上覆盖着鲜红的中国共产党党旗。

大厅里播放着熟悉的桑植版的《十送红军》。告别会开始，人群中，有白发苍苍的将军，有英姿勃勃的士兵，有红二、六军团的后人，有湘西永顺家乡的代表，还有红色小说经典《朝阳花》的读者……

人们告别老红军马忆湘，不是向一个人告别，而是向一个时代致敬！

像马忆湘这样的毕竟太少太少，现实中悲剧总是那么多，一出接一出，屠杀一轮又一轮。寒夜哟，怎么就走不出去？

采访了那么多的女红军、女儿队员和红嫂，心里却总在梗塞。这天，我从徐剑老师文中看到一则故事：

一位团长从长汀上杭红区带走的三千子弟，湘江之战时，皆壮烈牺牲。这位团长也身负重伤，被担架队抬了下来。这位团长此生也像傅崇碧一样，再不敢回故乡，也不忍踏上湘江半步。到了晚年，愈来愈怀念战死在湘江边的同乡战友。临终之前，他交代子女，自己身后，不进八宝山，不回上杭故里，要把骨灰撒在湘江边的滩涂上，撒在芦苇悠悠之中，与自己的战友相聚。并在回光返照之际，一一口述同村、同区、同一个团牺牲战友名字。

这位老将军去世之后，子女谨遵父嘱，抱着父亲的骨灰来到湘江战役旧址，面向湘江，面朝野山，面朝芦荻悠悠的河滩，骤然下跪，大声喊着爸爸战友的名字，替父了却心愿。

读到这，突然脑子很空。

曾看了不止二十个烈士陵园，像洪家关，像桑植县，像金川，像红原。常看一些碑文，上面往往写上的是一个村、一个镇、一个县、一个城市牺牲儿女的名字。大都是寻常百姓，不曾相识。可他们都为共和国躺下了，共有一个名字、一个符号，那就是——烈士。成千上万的烈士，人们从他们身边走过，也是一掠而过，能记住几个？可白骨累累，终于铺就一条共和国的胜利大道，才通向我们今天的幸福。

尤其，今天已经没有枪林弹雨的牺牲，我们如何接力？又会走向何方？

又其实，牺牲的烈士干干脆脆地走了，有陵园、有墓碑，年年都能祭奠。可那些被岁月不知抛向何方，默默无闻，还被生活扭曲得生不如死、最后不知魂归何处的如李桂香们，我们该去哪里找她们的坟，该怎样洒一腔真情泪、祭奠？

只剩记住了。

眼前突然跳出个翠姑，前面提到过的，不能不讲。

新中国成立后，没有参加长征的女儿队员翠姑带着儿子回到了桑植老家，屋空空、地荒荒，老熊家的大家庭只剩翠姑娘俩了。地方政府没有忘记那个付出巨大牺牲的红军女儿队队员。翠姑担任过四望乡、大泉乡两个乡的妇女主任，她积极配合解放军，发动群众清剿土匪，镇压地主武装……那些日子，翠姑就像打了鸡血一样，浑身都有使不完的劲。

退下来了，和乡亲们扯白话。有人问翠姑："你从前的战友都是老红军、老革命，待遇高、儿女好，你要不打回转跟着红军走长征，现在就是另一番光景了。"

翠姑没有正面回答，她想起一首女儿队曾经唱过的老歌：

爱党就要爱得深，好比石子落河心。
要沉就要沉到底，哪有半路打转身。

无论出征还是留下，对党、对革命，翠姑从未"打转身"。她的初心像落河的石子，沉得多深爱得就多沉。

熊朝盛面对我们的采访，替母亲说了一番话："母亲翠姑一生最大的遗憾，就是没能参加长征。"母亲自己就说："我要是出征，一定是红军队伍里能干的女战士。"翠姑曾不止一次对儿子说："在女儿队，我可不单是会做饭会带孩子。打枪、侦察、护理、缝军服军帽都是棒棒的。"母亲翠姑最后玩笑说，当年部队领导没让她参加长征，是革命的一个损失——这自信还真是对革命的坚定和执着。

马忆湘是翠姑的同乡和战友，戎马一生，也荣光一生。最后盖着党旗走了，天地山水人们都向她致敬。乡下的翠姑并不知道这事，也肯定不是巧合，更不是羡慕和模仿。熊朝盛说："我娘活到最后，只剩对党的忠诚了。"她活到生命中的最后一段，曾经略带羞涩地问一个地方干部，说她死后，可不可以在她身上盖一面党旗？那干部很认真地思考良久，轻轻摇摇头说："怕是不能，那要相当高的级别。"

翠姑羞涩地笑笑："那就算了。"这是翠姑第一次，也是最后一次向党说个小小心愿。不知是不是遗憾，不多久，翠姑就走了……

那日，我一定要去熊朝盛家，看看翠姑挂在墙上的遗像。熊朝盛指着相片说："娘个子高，人也漂亮，性格开朗，不争名也不争利，只有一颗心真心对党，所以高寿，她活到 101 岁走的。"

| 在洪家关，几乎家家都有这样的烈士证

在熊朝盛家中，我注意到墙壁上那张用粉色纸打印的牌牌。牌牌上写着几行字：

扶贫对象：熊朝盛。

致贫原因：因病。

帮扶内容：低保保障。

这是张家界市精准扶贫标志牌。再看看老旧破损的家中用品，我的脑海里突然跳出汉语里的一个常用词：人民。

第十章　辣　椒

一天吃上半斤辣，百病不沾人中霸；
一年吃下半山辣，走遍天下都不怕。
——桑植民歌《一天吃上半斤辣》

湘西这片神秘的土地，与它独特的地理、厚重的历史相对应的一定有个神秘密码。我以为是——辣椒！

这里的山水，历经刀光剑影、洪卷雷劈，依然郁郁葱葱、连天接地。像这里的人，是一批批卷入革命洪流，霸得蛮、耐得烦、扛得住、打死仗。

男人，一股子蛮劲、死劲，像那首吼着的《辣椒歌》：要吃辣子不怕辣……砍掉脑壳碗大个疤。

女人，也是血里淌辣素、性格印辣魂的辣妹子。洞长湾的痛、长征路上的苦、校场坪的惨、两河口女兵蒙难、肖菊姑面对敌人几次烧屋砌石头房抗争——却就是没人向命运低头。以红红辣子一条心的执着和坚毅，扛灾扛岁月。

花碗打水连底清，郎去当兵姐安心。

郎是擂钵千条路，姐是辣子一条心。

一场场罹难，不怕——遇事不怕事，有事敢担事。做出的事，就像她们爱吃的辣，辣就辣个够，辣就辣个痛痛快快，要的是魂里的爽！听，女人的辣椒歌这么唱：

要想打我你就来，打死打活我来挨。

打不死来有命在，头发打散梳拢来。

第1节　一辣叫你辣翻天

廖香姑的拿手菜是辣椒炒腊肉。

一方水土养一方人，每一方人，都有自己的好口。像一座城有一座城的味道，选择一种对味的好口，长年累月地贴心养胃，也让格外艰辛的生活一次次“雄起”。湘西辣椒，那辣味是湘西人说话大声大气，做事风风火火，对人一腔热情。这辣，是把辣椒魂潜入一方山水养成他们的性格。

洪家关贺氏寡妇们就是如此。

湘西的辣椒是个憨坨子，特别实诚，尤其肯结果。只要你栽种了它，它就死心塌地地长。从五月一直结到入冬打霜。花开了一遍又一遍，只要叶不落、树不死，它就不停地结果儿。生命不息，辣椒不止——这正是湘西人干事特有的劲头。

香姑的饭馆叫“辣翻天”，这名儿源自一首民间小调，是山里人喜欢的辣劲：

没有辣子不算菜，一辣叫你辣翻天！

“大碗饮酒，大块吃肉，大把嚼辣，大声唱歌”，湘鄂西边区的遗风就是这样，千百年来不紧不慢浸入人们的五脏六腑、血脉和灵魂。酒的烈，肉的香，辣的辛，汤的鲜，如一个小小的民俗因子，化成一桌桌迎客宴，浓缩成这方人对八方来客的浓浓情意。

这里的酒肉饭菜不仅养人，还养忠孝礼义的文化之魂。在这里，脚下的土地对我们有养育之恩，要忠；头顶的青天对我们有关顾之恩，要孝；抬头不见低头见的客人对我们有让路之德，要礼；走遍千山万水的还是中国的山水好，对我们有容纳之厚，要义；至于廉耻，那更不用说，那是老祖宗传下来的规矩，做人要挺直腰杆子，就要珍惜一张脸面子。用一句话总结：人要脸，树要皮。讲起来，没得趣。

“辣翻天”饭馆方圆几十里名气大着呢。来过的，依依不舍，总想着还来；没来过的，一听这饭馆名就食欲大振，甚至咽着口水绕道前来。

可人们不知道的，廖香姑这里，多了意味深长的一层——“辣翻天”是红军的秘密交通站。苦难民众求翻身、要革命，香姑与夫君以自家为据点，为红军提供信息、输送情报，为湘鄂西党和军队领导人提供聚会、开会场所。1928—1934 年，正是这个“辣翻天”饭馆，香姑招待过贺老总、任弼时、萧克、王震、谭家述、甘泗淇、罗志敏。他们共同转战湘鄂川黔，开辟革命根据地。

1955 年，中华人民共和国开始实行授勋制，从桑植土地上吸取力量的吃得辣、舍命干的英雄汉，一下走出了一串共和国开国将帅：一位元帅、三位大将、五位上将、十二位中将、二十八位少将！

可香姑哪能不知道，多少从她饭馆吃过饭的汉子，出门时，个个会逮酒、会逮饭、会唱歌、会耍刀弄枪。回来时，大多是一缕魂魄。

革命就是牺牲！香姑干的就是又要革命，又要减少牺牲。

香姑的新家在出入洪家关的咽喉处，东临洪家关街上，北是通往鹤峰的必经之地，南连桑植县城，西入四川、重庆，地理位置极为重要。因此，在贺龙的授意下，廖香姑在家里借谋生为名，商店、饭馆一起开，广招众揽过往顾客。她和蔼可亲、和颜悦色，嘴也很甜，每天迎送客人不断，贺龙的部队从此处获取了不少情报。

香姑为人和善，性格开朗，且又吃得苦、耐得劳，被誉为贺家当时辈分最高且又年轻的好媳妇。她生在大森林环抱的白果垭，几户人家全坐落在参天大树之中，森林溪沟中穿行多有几番恐怖。香姑从小就胆识过人，听惯了乌鸦的哀鸣和老虎的吼叫，看惯了凄凉和阴森。

香姑嫁到洪家关后，在通往内半县的大路边新修了三间小木屋。木屋的四周都种上满山满坡的辣椒，风景就由嫩绿到深青，由青辣椒的绿到老辣的红，色彩极为丰富。

辣椒苗种下不久，枝丫处开起了白花，零零星星，宛如处子，花开几许，辣椒果在花朵中绽出，初结的辣椒，鲜绿欲滴，软软的，有一股淡淡的清甜，软软的辣椒一天天青了，硬了，刺鼻的辣椒味弥漫天地间，渐渐地，青青的辣椒由绿紫到淡红，再红透，红彻底。

她种的辣椒天天都是饭桌上的美味，人人都喜欢，甚至好多人都离不了它。借辣椒掩护，香姑的饭馆既热闹红火，又秘密革命。

1928年，贺龙为减轻香姑的劳动强度，特令香姑夫君回家帮忙，协助香姑开好饭馆，办好秘密联络站。湘鄂西、湘鄂川黔革命根据地时期，就有周逸群、卢冬生、汪毅夫、张一鸣、董朗等党和红军领导人，曾多次在香姑家做客，或是召开秘密军事会议。就当时恐怖的社会环境，香姑镇定地“一方大姐大，笑迎天下客”。不是沙家浜的阿庆嫂，胜似玲珑八面的“阿庆嫂”。

香姑的饭店在这一带很有名，是她充分抓住这里人的魂——好辣。她的菜，不仅有拿手的辣椒炒腊肉，辣椒炒野鸡，还有辣椒炒茄子，辣椒炒菜豆，辣椒炒苦瓜，辣椒炒苔秆。边喝酒，边辣味十足地一口饭、一口辣地吃得舒服爽口。香姑的酒桌上，辣椒像是配料，却是提神之物、点睛之笔。少什么也不能少辣椒。否则，整个饭局少的是湘西味道。

光辣椒，香姑也能做出花样繁多的菜，如虎皮青椒、爆青椒、芝麻炸辣椒、韭菜炸辣椒。往往还没开吃，报着菜单就一口辣味，满口生津。

他们的饭馆就在辣椒的掩护下情报中转。

南来北往的客人多，分不清哪是敌人安插的密探，更分不清自己人临时叛变。情报从他们这儿送出，才是红军、贺老总放得心的准信。一次，摸到敌人要围攻打六斗溪，想全歼我们驻扎那儿的一个营。冬姑将情报放入掏空辣椒籽的辣椒中，叫人背半篓辣椒送去。躲过敌人的盘查，最终让部队及时转移。

这天，一张写有情报的纸条按平日的规矩贴到菜碗底下，要端到“角落”的饭桌上。“这碗先给我们，老子要赶路。”半道被个好吃的、一看就不是好人的家伙夺走。香姑急了，赶紧过来对着厨房喊：“老晦，上一碗辣椒猪脸子肉，爆辣，快点！”转身招呼那家伙：“来来来，老总，三分钟的事，我先陪你喝一杯。小本生意，都是各路神仙，我们得罪不起。”说着说着，那“情报碗”就被端走。还怕过不去，叫端菜的小阿妹起唱，张口就来一曲《辣翻天》：

远方的客人，你请坐，听我唱个辣椒歌。远方的客人，你莫见笑，湖南人待客辣椒多。虽说是乡里的土产货，天天不能少。要问这辣椒有多好？随便能说出几十条。去湿气，安心跳，健脾胃，醒头脑，油煎爆炒用火烧，样样味道好。没有辣子不算菜呀，一辣叫你辣翻天！

情报中转，地下联络，香姑都做得干脆利落。就这般干了两年多，她的孩子贺文功出世了。哪想到，孩子不到两岁，丈夫就在四门岩的反“围剿”战斗中壮烈牺牲。那是1930年，丈夫52岁。

香姑足有半个月，绝望中盯着窗外那片辣椒地。

女人一生最大的打击莫过于中年丧夫、独自抚孤。偏偏敌人到处扬言，对待红军家属“宁肯错杀一千，绝不放过一贺”。她得保住儿子，不让敌人“斩草除根”，孤儿寡母只能逃。香姑像加入队列的战士，知道自己的责任是：时时守护好儿子，不能让他有丝毫闪失。

香姑下决心关了“辣翻天”，带着儿子悄悄离开洪家关，走进了大山深处。

只是，在躲难的日子里，山坡成片的辣椒地里，偶尔能飘出一首歌，是母亲教孩子在唱，清脆的童音煞是好听：

> 革命就会有牺牲，怕死你就别拢边。
> 没有辣子不算菜，要辣叫你辣翻天！

一直到抗战开始国共合作时，香姑才带着儿子回到洪家关，又开起了她的“辣翻天”饭馆。她继续谨慎地坚持地下联络，从事秘密串联工作，直到抗战胜利，“辣翻天”饭馆始终是一个隐秘的地下交通站。

许多年过去的今天，人们提起“辣翻天”还津津乐道，留恋无比。奇怪的是，在原来香姑开店的方圆几里，没人再以“辣翻天”命名饭店。但《辣翻天》歌时常在各家饭馆，唱起。

第2节 我们娘俩，与红军死作一处

与香姑同在洪家关的汤小妹，也在那段凄惨的光景中，全家八口几年间生生死死，直至……全部消亡。

我的朋友罗长江，是书写这一方山水的红色作家。他还在张家界政协副主席兼市文联主席的位置上，就采访过汤小妹的后人，有这么一段记录：

> 2001年6月上旬的一天，贺兴汉跟我谈起了当年他祖母汤小妹舍身跳崖的详细经过。今年77岁的贺兴汉，父亲是红军手枪连连长贺学传之子，也是贺连元这一脉唯一的传人，祖母汤小妹牺牲的时候，贺兴汉才五岁，有关内容，皆是后来从母亲、舅舅和亲友们嘴里听来的。

贺兴汉主要说了几个画面：

——洪家关，一家四口横躺血泊中

那是在一九一九年农历四月二十七的深夜。

随着一声凄厉的牛角号声从远近山头响起，由谷膏如勾引来的成百上千的匪兵从四面八方扑向洪家关，血洗“贺半街”：先是将贺龙家挖地三尺，搜寻贺龙的亲属；接着，一把火将洪家关大桥烧得只剩下几个孤零零的桥墩。他们冲进桥北汤小妹的家，一顿乱刀，砍死了赡养在家的贺连元八十岁的外婆，砍死了她家九岁的大儿子贺学信和七岁的二儿子贺学儒，又将才半岁的女儿贺学绒从摇篮里揪出来摔死，之后又从地上抓起来，撕成几块……

四具尸体摆在汤小妹面前，巨大的悲痛和仇恨让她昏过去又醒过来，醒过来又昏过去。当驻防桑植县城的贺龙率部围歼敌兵返回，一片焦土的洪家关成了一个大灵堂，家家都黑纱吊顶，户户几乎都死了人，全村都在办丧事。那一次，洪家关的天黑了，巨大的黑纱像洪水般从天上倾泻而下，铺满了山山水水，也铺满了家家户户。

肃穆凝重的重压，让所有人憋得喘不过气来。灵堂内烛光点点，青烟缕缕。巨大的悲痛中，就有族人的埋怨。有的说：“出了一条龙，害得全族穷。”有的说：“一人出门玩枪，全族跟着遭殃。”辈分高的老人当面责问贺龙：“你看看，死的死、烧的烧，眼下吃无粮、住无房，这日子哪么过？”贺龙无法安抚众人，就连最惨烈的汤小妹，他也只能陪她落泪。

打从丈夫追随贺龙起，汤小妹经历的血光火海、生离死别太多太多，几乎没断过。

灾难磨砺着这个女人，仇恨又激发了她冲天辣劲。无论多么悲伤，小妹记忆最深的依然是红军好，像她曾学会的歌：

红军好，红军一来白军跑，好像那夹着尾巴的狗一条
红军好，红军来了我们吃得饱，栽田种地再不把租交……

什么时候再能回到歌中的光景，只有欢歌笑语，没有生离死别。汤小妹只能把曾经的美好，当永远的回想……

——丈夫又死在她怀中

汤小妹心里的伤口还未愈合，1930 年 6 月 8 日，丈夫贺连元亡故。临死前，贺连元抓住汤小妹的手，十分虚弱、十分不舍、十分愧疚地对她说:“这些年，把你整苦哒。你给我贺家生下四男一女。1919 年，匪兵就砍了三个。你也晓得，革命难免砍头送命……我不行了……这个家就指靠你了……”说着说着，脚一蹬断了气。汤小妹呼天抢地，哭喊着:“连元你不能死！你不能死啊，连元……你们爷崽四个一走，丢下我们孤儿寡母嘞么活啊……”

贺连元是在鹤峰战斗中再次负伤，担架抬回海龙坪汤小妹娘家，就没法抢救了。贺连元人称“老团长”，跟着贺老总参加南昌起义，受伤住院未能随军南下广东，稍愈即率一批康复的伤病员返乡，与贺英、王炳南、贺炳南等组织游击队，任副指挥官，留守后方，发展到七百多人的队伍，为夺取县城，七进七出，终将县官驱走;1928 年贺龙回来开辟湘鄂西革命根据地，当即率部归队，参加桑植起义，任团长。这个在枪林弹雨中闯荡多年的硬汉，嘞么会死呢?

——三儿子死得体面气派

汤小妹刚刚安葬罢丈夫，又传来三儿子贺学传被敌人杀害的噩耗。贺学传在红军第四军军部直属手枪连任连长，单人赴澧县执行任务时被叛徒认出，被捕入狱。

几年前，贺龙率部出师北伐，正在长沙师范就读的贺学传毅然弃学从戎，很快就担任师部学生连连长。参加南昌起义，南下广东失散后回到武汉，随贺锦斋一同汉口夺枪，又拉起数百人的队伍，活跃于江湖河湾之间。不久，随贺龙回洪家关发动桑植起义。

贺学传入狱后，党组织多方设法营救未遂，1930 年 8 月慷慨就义。他的战友后来告诉汤小妹，学传临刑时面不改色，高呼口号:“共产党万岁!”“红军万岁!”“要当红军不怕杀，再过十八年又是一条好汉!”

两个月啊，灾难接踵而来。痛失爱子的汤小妹沉浸在巨大的悲伤之中，但儿子的英雄气概又令她倍感欣慰，生为洪家关贺家子弟，既然没得别的法子，躲不过是一死，那就虎死不倒威，死得体体面面，气气派派。

到此为止，汤小妹一家已死了三儿一女一夫。她还能撑得住、站得起吗？

——鹰一样飞向悬崖

1931 年 5 月的一天夜里，贺老总突然出现在汤小妹娘家。

贺老总平素特别敬重这位嫂子，家中死了那么多的人，一个女人家仍然能够挺住，真是了不起！他不止一次安慰汤小妹，活着的人只有努力，革命才会成功，也才能让牺牲的英雄含笑九泉，不白送性命啊。

那天，安慰一阵汤嫂子，贺老总将六个伤病员交到她手上就匆匆走了。

在国民党眼里，私藏红军伤员比红军家属还“罪大恶极”。可是，贺老总交代的事情，拼上命也要全力去办。何况，这些都是跟丈夫、儿子一样为老百姓打天下的人。我们不保，谁保？

娘家虽然没像洪家关那么招团防、清乡队的注意，但也并非清静之地。汤小妹打定主意把六个伤病员藏到将军岩附近的岩洞里。随即悄悄从家中取来粮食、蔬菜、油盐和炊具，悉心伺候。

守护的日子是漫长的，汤小妹如护士、像厨娘，携母爱、像亲人，悉心照料六个伤员。稍闲时，她纳着鞋底做军鞋。天慢慢凉了，伤员脚上还穿着草鞋。像从前跟姐妹们欢声笑语纳鞋底；像当年，密密缝思念、针针印亲情，小妹哼着歌、流着泪，忆丈夫、想儿子……

一更月儿圆，姐妹坐灯前，
翻看麻篮儿抽根线，做双鞋子儿红军哥哥穿。

岩洞在山高林密、没有人烟的地方，在这里隐蔽下来养伤治病，照说是再合适不过了。可是，当地有人走漏了风声，不几天，清乡队的团防兵就四处搜山。

眼见搜山的队伍越来越近，怎么办？危情所迫，汤小妹跟六位伤病员反复叮嘱:“千万莫动。莫出声，天塌地陷也别出洞口。不要管我，也不管我回不回……”说罢爬了出去。

不好！搜山的团兵就在半里远的山头，必须把他们引开。汤小妹走出一截路，就大喊大叫着朝将军岩的悬崖方向跑。不料，小儿子贺学伦一直跟在后面，喊着“妈妈”“妈妈”追了上来，搜山的敌军见了，马上从四处包抄。清乡队的头目大喊:“不准打枪，抓活的!”

眼见包围圈越来越小，汤小妹突然有了惊人之举——

她故意哭喊道:“刘营长，张排长，胡子把你们几个伤员交给我，你们怕连累我，一声不响就跳了岩。我啷么向胡子交代啊？胡子回来向我要人，我啷么搞啊?”

这么边哭边嚷，边抱起小儿子转了半圈，“儿啊，别怪妈狠心，落到他们手里会更惨哦……”一瞬间，一咬牙，汤小妹突然将小儿贺学伦往悬崖外抛去。嘴里哭喊道:“儿啊，要死，我们娘俩与红军死作一处……”转眼间，她追着儿子纵身向悬崖飞去……

敌人见汤小妹连儿子、自己都搭进去了，那是数十丈高的悬崖，崖底是深不见底的天坑。看来，红军伤病员确已跳崖，便朝崖下“砰砰——”乱放几枪后，“撤!”

敌人走了，红军伤员保住了。

四天后，贺老总率部回洪家关，一听说，当即组织力量营救。汤小妹的两个弟弟汤顺池、汤顺立自告奋勇，腰系吊绳下悬崖，当人们找到他们的英雄汤小妹时，早已血肉模糊牺牲了。再找到挂在树杈上的小外甥贺学伦，全身到处是伤，结满了血痂，却还能轻声作答，当即喂以泉水，救活了。

贺老总流着眼泪动情地跟身边的人说:“贺家七口人已经死了六个，只剩下学伦娃儿这一根秧秧了。真正是满门忠烈啊！可见，革命需要付出多大的代价！贺家有这么勇敢、机智的媳妇，实在是我们贺家的骄傲！她的血不会白流!”

12 岁的贺学伦奇迹般地生还以后不久就把伤养好了，找到族叔贺老总，要求参加红军。一个孤儿，贺龙不忍拒绝，留在军中先做小战士，长大后成为红军中正式一员。17 岁那年，他积功升任排长，同年在鹤峰县朱家山作战时身中数弹，也牺牲了……

“只剩一根秧秧”的汤小妹家，随着 17 岁的贺学伦牺牲，全没了……

山呜咽，水含泪，山水间的百姓口口相传着这个悲壮故事，直到现在，人们还总以这娘儿俩对应一首他们熟悉的山歌：

高山挖土种芝麻，不怕青天塌下来。

五马分尸都不怕，脑壳落地也跟他。

“他”，在汤小妹的生命里，最初是丈夫，后来是红军；

“他”，在 17 岁的贺学伦心中，无疑是党，是红军。

一个，丈夫牺牲后，守着独秧秧儿子，其实也对得起丈夫和红军；一个，当红军跟党走，其实也可以把命留下。可是，娘俩就是义无反顾用性命向前扑。一副忠骨，应承下来用命也得扛；一腔热血，上了战场就绝不言退缩！

这天，我们的车朝山里开。

车里，罗长江说话了：“人的潜力在血海深仇面前，在执着的坚定面前，能量是能裂变的。”一个母亲，命运那把锋利的刀，对她大卸八块再几次缝合，生不如死的痛，死去又活来的折磨，她扛下来了；一个女人，苦难后坚定，是让你知道，湘西女人骨子里的辣、本性里的忠，就是她们蹚灾难、抗苦命的动力源泉。

“也有好处的。”幺叔突然话题一转告诉我们，当时藏在岩洞里的六个伤病员，其中有一个名叫张德，是慈利县江垭人，新中国成立以后，曾担任湖北军区副司令员兼警备司令员，1955 年授少将军衔。

司令员离休后来过洪家关十多次。据说他每次到来，都会到汤小妹的坟上坐一会儿，不要人陪。来了没人知道，去了也不告诉什么人。

在汤小妹的坟头边默然静坐的那个白发老人，我们无法猜想他在想什么，对早已化作沃土的汤小妹说什么。其实，他想什么都不重要。重要的是，在那个孤独的坟头旁，还有一个人年年远道而来，陪长眠于坟中的山里女人说上几句话。无论是党不忘人民，还是军队感恩百姓——

够了，似乎已经够了……

“停车”，幺叔一喊，我们的车在一片山谷下停住。抬头一看，山峰万仞、天地一线。幺叔说，这就是当年汤小妹跳崖的地方。不由自主地我们都肃穆站立，真不知脚下这片土地，哪一块就是英勇的湘西女子生命最后的歇息地。此时，天空是那么高远，鸟儿都只在半山腰盘旋。

汤小妹，怎能如此承受苦难，多大的生命能量才能支撑她，如此担当？

突然，一只鹰从高空掠过，汤小妹，是化作雄鹰的汤小妹！当年，她不顾万丈深渊，甩下儿子，像鹰一样起飞、腾空、轻轻坠落，她是慢慢抖开隐形的翅膀，开始滑翔。风托住她的身体，在蔚蓝的天空，她越飞越美，越飞越伸展。蓝天是她真正的家园，悬崖万仞不过是衬托她的高度和美丽。她越飞越高，越飞越远。飞出敌人的视线，飞出她难舍的家园，永远地飞走了，飞远了……

第 3 节　寡妇抱团力量大

桑植最有名的辣椒叫“七姊妹”，红红的朝天椒，一串串抱团长。五个一串、七个一团，晶莹剔透赛玛瑙，辣得酣畅全是宝。血性、阳刚、有劲，无遮无拦地朝着太阳长。随后，辣椒性格刺激辣椒人，辣椒魂附着辣女人，就有了满天满地的朝天红。

洪家关如一艘原本就不能遮风挡雨的船，再频频遭遇狂风暴雨、动荡不定，成倍的风险就一刻都没离开过这里的女人们，也考验着像肖菊姑这样的弱女子。

“没有男人，我们就是男人。寡妇抱团力量大，互相帮衬渡难关。”当没有什么文化的肖菊姑说出这番话，洪家关的红寡妇们一致响应。

肖菊姑的丈夫贺文站是大刀英雄。1928 年，他参加桑植起义，是红军大战葫芦壳时，用大刀砍下龙毓仁旅参谋长人头的勇夫。那场战斗，红军是擒龙先擒首，贺文站的战功，让国民党反动军队阵营大乱，为战斗取得最后胜利起到关键作用。

可威震敌营的大刀英雄，因密探告密，被团防队杀害于洪家关的刘家坪，时年 29 岁。

丈夫走了，一女一男两个孩子加年老体弱的公婆，让 26 岁的菊姑跟洪家关众多女子一样，过着漫长而艰辛的寡居生活，一守就是六十年。

菊姑 18 岁之前就是家里的内当家，待人接物是典范，美貌出众，精明能干，在当地小有名气。嫁到洪家关更是众口皆碑的好媳妇。丈夫死了依然是贺家军，精神不倒；没丈夫依然是红嫂，绝不屈服。她带着一家四处躲逃，房屋几度被毁，隔几年她回来搭一次木屋，尽管简陋，也是遮风避雨的临时家。往往才住几天，又被追杀，再逃。

总算平静了一段，菊姑徘徊在那片家园的废墟上。突然，仰天一吼，开口唱歌——

辣妹子辣，辣妹子从小不怕辣，辣妹子天生怕不辣。

洪家关的姐妹来了，也只剩女人了。菊姑登高捏拳，彰显了一方大风景：“有我们，贺家会后继有人！敌人还能干什么，烧屋！烧了再建，烧一次我们建一次。我就不信，只要有折不弯、压不垮的坚强，女人也能撑起自家的天！撑——撑给敌人看，撑给艰难看，撑给我们的儿孙看！”

一首《辣妹子》激发了潜质中那本能的“辣”，洪家关的寡妇们像冲锋的战士，开始打一场保卫家园的漂亮战——粮食毁了，再种；房子烧了，重建。

像她们挂在嘴边的——春风吹又生；

像她们告诉生活的——永远不投降！

洪家关记着这一笔：洪家关贺家房屋第二次被焚毁是1928年，贺龙、周逸群来桑植兴军，受挫转移。那一次，当地的恶霸幸灾乐祸，站在菊姑家烧得彻底的房屋前，断言："这个贺文站家，是再也没有翻身之日了。洪家关，就剩一帮子小寡妇、小崽子，还翻得起身？鬼都不信。"

天地做证，坚强的菊姑硬是撑起一片天。她团结那些无家可归的女人们，一起逃难，一起生存。一有空闲，就向她们灌输东山再起重建家园的梦想。

终于又有机会重建家园。菊姑起早贪黑，第二次建屋。一月工夫，一根根生长在大山深处的木料，从水路运到了她家。要动工了，一时间，洪家关的姐妹都来帮忙了。那火红哟，像晾在屋檐下火红火红的辣椒花环，热烈而兴旺。

没有男子汉，洪家关冒出一批"女汉子"。用她们自己的话说：男人走了，靠山没了，我们自己就是——山！

下基，上梁，建房是忙碌的。车水马龙，人来人往，络绎不绝。洪家关的女人们，往来秘密而频繁，帮工做事，帮粮济困，连宿打晚，亲密无间。

每一家新屋上梁、茅屋封墙、儿女嫁娶等大事喜事，就是洪家关寡妇们聚集的时候。不用喊，也不推，一曲张口即来、随口就编的《太阳图》集体喊出，那就是劳动号子，那就是催征锣鼓：

建屋修船你莫愁，给你画个太阳图；

太阳照我一家亲，抱团打拼争上游。

同唱一首歌，寡妇们走到一起，抱成团；同建一座屋，女人们苦在一处，不服输。可惜，一年多后，洪家关又遭一次血洗，菊姑的房子再成废墟……

又是逃难，又是离乡。

总算等到抗日战争全面爆发，国共两党为了民族独立，携起手来，共同抗日。菊姑觉得机会来了，抓住天赐良机大干快上，重建家园。第三次建屋时，有人劝她不要再建了，说你建得再快，比不过敌人烧得快。菊姑不但不听，不知烧坏了哪根筋，宣布要建一栋石头房。理由很简单：石头房子不怕烧。

敌人的暴行在菊姑心里激起强大的对抗，她要的是——硬碰硬！

奇怪的是，建石头房，男人都害怕的重体力活，前来帮忙的留守女人，没有一个人怯难怕苦，没有一个人说菊姑荒唐。要动工了，一时间，戴桂香来了，廖香姑来了，张幺姑来了……有的干脆住在她家，见事做事，见忙帮忙。

幺叔说，那个时候的洪家关，几乎是个没有男人的地方。青壮男人都跟贺龙走了，剩下的男丁，不是老人就是小孩。几个月后，一栋石头大屋就耸立在废墟上。那时，地上还没长出青绿，空气里还弥漫着不散的焦煳味，可金色的阳光已洒上这片土地。人们脸上有了喜气，如初升太阳般有了生气；横梁上缠绕的红绸结，像翻飞的红蜻蜓；门楣上贴上了大红对联，给一方山水红红的希望。

后来，洪家关的乡亲们发现，这里的女人，有的变成熟练的泥瓦匠，有的成精益求精的木匠，还有的成掌大勺、能做上十桌饭菜的大厨……

扛大梁的寡妇们，在连温饱都不易解决的旧社会，带着没有成年的儿女，缺乏安宁的环境，没有丈夫的支撑，却就是能团结起来重建家园。对女人们，是多么严峻的考验；对黄泉地下的丈夫，是多大的慰藉；对生生不息的家园，更是传承着毁不灭的信念！

自己的家园建好了，菊姑领一帮姐妹们一个个帮，要把属于她们的天堂重建起来，她要让一个个绝望的姐妹重振精神。建房、帮困，互助、团结，一群寡妇，没有男人，也要抱团重建一个——洪家关！

红寡妇，一帮女人，仿佛在抱团取暖中找到共度时艰的力量，抑或又以一种精神相互激励。她们，用特有的成果，有力地回击敌人。无论敌人多么残忍，抑或多么鄙视，蕴藏在生命中顽强、坚韧、团结、向上的品质如一串音符排列在生活的琴弦上，季节给它填词，田园给它谱曲。重置业、比忠诚、最坚贞的女人便个个是歌手，火辣火辣的民歌就亮开秋天的嗓门：

辣出汗呀汗也辣，辣出泪呀泪也辣，
辣出火呀火也辣哎，辣出歌呀歌也辣……

歌声中，洪家关挺住了；歌声中，生命经久不息！

第十一章　忠　诚

一根红腰带，降妖除魔怪，你亲手为我扎起来，转身就离开。
求求红腰带，也把夫关爱，避开刀枪和子弹，把夫带回来。

——桑植民歌《红腰带》

其实，即使长征出去的殷成福，后来也成了红嫂。她回到家乡，等着未归的丈夫，一等也是几十年。

可更多的故事是在后方守望的村姑们。

张幺姑、曹良艮、草鞋婶、佘芝姑……不管俗世怎样点评她们的故事，都无法掩盖一个事实：她们明白一生的恋歌为谁而唱，所以她们的恋歌才能一唱到老。那是命运中无悔的恋歌。从歌中飘逸的香魂，能让人闻到中国女人另一种高贵气息。

桑植民歌中延伸的红军歌，像《辣椒歌》《门口挂盏灯》《太阳图》《望郎歌》《当兵就要当红军》成了那火热天地间最流行的时髦。火热的歌、激越的情，激活了那一片山水的血性，也写就了那段岁月的传奇——

可以肯定，我并非想写贞洁文章，也不想评说道德曲直。事实上，这几个红军嫂的人生境界，早已跳出了俗世中的寡妇情结，更深地沉入了情感的深湖，更高地指向某种精神高地。

第1节 夕阳下的望夫石

阿香，绵绵长长守着丈夫几十年，都说她柔弱、贤良。可湘妹子的辣劲，同样是渗在她骨子里的坚强。

伴着解放湘西的枪炮声震颤洪家关，桑植解放了，丈夫春生生前预测的革命胜利如期而至。阿香那个高兴，她带着21岁的学禹来到春生的坟前，烧了一夜的纸，唱了一夜的《马桑树儿搭灯台》，她告慰九泉之下的丈夫，红军又打回来了，国家要改朝换代了，她和学禹要过上好日子了……

可阿香马上就面临一个抉择。

叔弟贺锦章，新中国成立后没多久就被贺龙招到西南，拖家带口地要去成都，当然也要阿香一起去。阿香一句很执拗的话就决断了："我要守着春生，哪儿都不去。我走了，春生一个人在这边咋个办，孤单着呢。"作为桑植县屈指可数的知识分子，桑植县新政权第一任县长，贺锦章面对嫂子固执的忠诚，抑或他们夫妻永不分开的魂系，无可奈何，舍下亲生儿子贺学禹，走了。

当时公公婆婆已过世，阿香坚持留下，从此一辈子就没有走出过洪家关，一天都没有离开过十多米就能望见的丈夫的坟。"哪儿都不去。"这也造成了阿香后半生的多舛磨难。

不久，阿香的儿子贺学禹参加了抗美援朝。母亲的恩重如山，朝鲜战争一结束，学禹选择回桑植。原因很简单，他要为阿娘养老送终。学禹从小就明白，阿娘对自己的养育之恩大于生身父母。学禹太爱阿娘，心里怎么也容不下给阿娘划定的富农成分。他在战场上立过功，也长了脾气，从此他走上了一次次上访告状的路。终于有一天把自己告进了牢房，他被判刑七年。

阿香就这时成了阿香婆，一下苍老又几近崩溃。心里的苦水哟，天天往丈夫春生的坟前倒。

“文革”那几年，富农分子阿香婆一直没完没了地挨批斗，并劳动改造。本来光荣院好好的，被人说成阶级敌人的“防空洞”。尤其贺老总含冤死后，阿香婆被“请”出光荣院，揪回生产队劳动管制，重新戴上富农帽子。一个近七十岁的老人，突然就陷入了精神屈辱和饥饿底谷。那些年，她是洪家关最好的批斗对象。不准她吃饭，要站到乒乓球桌子上，一站就是大半天。有一次她终于晕倒，一头栽倒在地……

“我婆婆苦啊!”贺建军说起这一段，两眼包着泪，“婆婆是温和如水的女人，即便是再激烈的斗争或运动，她都是低眉顺眼、一声不吭地死扛着。只有一次例外，她是豁出命——对抗。”那是贺建军亲身经历的，说起来格外生动。

那天，阿香婆13岁的长孙贺建军在河边放牛。远远看到洪家关来了二三十个红卫兵小将。一来就打问贺锦斋的坟在哪儿。小将们嚷叫着要挖他的坟。说贺龙的老屋都平了，他一个“贺龙的死党”，还留着个烂坟干啥？已经懂事的小建军赤膊光腿赶紧跑去坟上。不好，红卫兵小将们正挥锄舞锨，已经开挖。

突然，建军见婆婆小脚颠颠赶来，扒开他们就坐在坟上。咦，婆婆不是在田里扯稗草？一双小脚怎会这么快？阿婆看建军来了，流着泪说：“建军你来了正好——你告诉你爹，等他们把爷爷挖出来，得再找个地方，把我和你爷爷一起埋了。”说完，阿婆笑了，手里拿着一株草正吃着，满脸的泪都笑开了。边笑边吃边唱起：“马桑树儿搭灯台，写封书信与姐带……”阿婆没有惊慌，没有恐惧，一脸平静。

小建军却惊呆了，他辨清阿婆正吃的是水蟒藤，一种剧毒的草！听大人说过，人吃了这草，不过夜就会毒发烂肠而死。平日里他们小孩扯猪草，水蟒藤是碰都不敢碰的，谁还敢拿来吃？

脑壳“轰”的一声就大了，小建军拼命跑着大喊：“婆婆吃水蟒藤了！”“婆婆吃水蟒藤了！”他想告诉乡亲们，却没跑多远又倒回来，发疯似的扑上去，抢了婆婆手中的草，再抱住一个红卫兵，又撕又咬，与他们厮打一起。那些城里来的红卫兵中有人知道水蟒藤的厉害，被贺建军这么一闹，吓得落荒而逃。听到喊叫的大人们，挥舞着锄头和棍棒追赶了他们好几里地。

阿婆很快被送进公社卫生院，洗肠、灌水，把肚里的东西全吐出来，才保住一条老命。

阿婆是洪家关第一个吃水蟒藤的人，想死没死成，却把乡邻给震醒了。一个与世无争的老人，一辈子就是守着自己心上人，她妨碍谁了？一个英雄的家人、相邻的亲人，怎么就不能让她过得舒服点？

从此，村里人再没为难她，睁只眼闭只眼地再不管她。

几年后，贺龙平反了。人们才将阿婆解救出来，人重新送回光荣院。

阿香年轻轻守寡，可她想得通。这里为革命牺牲了多少好儿郎，洪家关一带，光参加南昌起义三千人就牺牲了两千多；红军长征出发近二万人，回来仅一个连；一个 36 户的毛垭村，有三四十人参加红军、赤卫队，其中十多人为革命捐躯。

众多的寡妇，她阿香不同于别人的是，丈夫贺锦斋为她留下了《马桑树儿搭灯台》，成为他们的千古绝唱，也成她的精神支柱。在以后漫长的岁月里，阿香唯一的爱好就是自己唱、教人唱。

换句话说，阿香用一辈子唱了这一首歌。

这天，听我轻声哼起这首歌，侯德山马上说，我奶奶当年也经常哼这首歌。阿香后来在红军战士中唱，在红军家属中唱，在留守家园的妇女中唱，在广大人民群众中唱。一时间，桑植城乡，这首歌流行起来，不仅人人会唱，还激发了更多桑植儿女加入红军。

“这歌，从那段岁月走来，我听父亲侯清芝唱过，现在九十多岁的当年坐在马背上长征的九幺叔至今都会唱。这是一首送别的情歌，一首催征的战歌，一首胜利的凯歌，更是一曲革命的颂歌。”

说到这，侯德山两眼望着远方，他想象着，1936 年 11 月，红二、六军团从桑植刘家坪出发长征时，他奶奶和父亲，还有叔叔、姑姑，在告别家乡时，附近的乡亲扶老携幼前来送别。山上山下，歌声如潮。田间溪畔，久久回荡起这首《马桑树儿搭灯台》：

歌声滚滚，战鼓阵阵。歌声阵阵，洪流滚滚……

因为嫁了贺锦斋这样一个叱咤风云的国民革命军师长和红军师长，阿香还来不及跟着丈夫大福大贵，26 岁就开始守寡，到 94 岁去世，总共苦熬苦挨了 68 年。

再采访洪家关光荣院院长贺小英，她回忆晚年的阿香婆最爱做的事，依然是教别人唱《马桑树儿搭灯台》，借此经常向别人夸耀自己有丈夫，幼稚地指指心里："在我心里，我们俩是一个人"。

"我懂，她和丈夫从来就是融为一体。"贺小英说着，忆起马桑树叶的细节。

阿香婆一辈子都有采马桑树叶放枕头下的习惯。到了光荣院与人合住，就有人提意见，说又脏又乱极不整洁。一次，贺小英清理房间，将几片发黄的树叶扔掉了。下午，阿香婆翻箱倒柜地找，后来知道她找的是那几片树叶，小英赶忙上前道歉说："上午给您收拾床铺时，当垃圾扔掉了，不是故意的。"阿香婆一听，用手指着小英的额头："你是故意的，你故意不让我与春生见面。"

小英这下认真了："奶奶，奶奶，你听我说，我真的不是故意的，真的不知道你把那几片马桑树叶当人伴。"但阿香婆婆根本就不听，她还手舞足蹈地说："小贺妹子，我告诉你，这个事我家春生知道了，他可是红军师长，明天他就会派部队来逮（抓）你，看你以后还敢不敢扔我的东西。"

过后很多天，她还会猛地跟小英说："我家春生没死，只是他的仗还没逮（打）完，逮完仗他就会回来，你们也要给他准备一间房子。"阿香婆这么一说，大家都笑了。有人说阿香婆年纪大了，思维不清了。老小孩、老小孩嘛。其实，阿香一辈子就这条思路清晰：丈夫春生一直都活着，活在他英勇的战场上，活在她生命的真实里。

有位余晓华先生二十世纪八十年代采访过戴桂香。余先生说，当时戴桂香已是八十多岁的老人了，她说："锦斋的仗还没打完，打完就会回来的。"

老人在光荣院里度过晚年。马桑树、阿香、《马桑树儿搭灯台》，似乎已成不可分割的一体，纵然是漫长的岁月也无法把他们分开。老人活了 94 岁，唱了近七十余年的《马桑树儿搭灯台》。一个美丽多情的女子，一个革命者的遗孀，用她一生的光阴诠释着这首歌的内涵。

什么样的力量可以让贺锦斋们为之献出生命，是信仰。

什么样的力量可以让戴桂香们等待一生，同样是信仰。

忠诚着等待就是信仰！高山仰止的深情、马拉松式的坚持，漫漫岁月孤寂的守望，谁能说不是在深度、长度上的更具耐力的——信仰？

贺锦斋牺牲时才 27 岁，聚少离多的十年夫妻，从一个少女变成一个少妇，最终等来的是丈夫的尸骨，直到白发苍苍，仍然相信爱人会回来。

越往后，阿香婆越絮絮叨叨："新婚三天他就走了，之后十年相聚加在一起也不过半年，我没给他留下孩子，亏他哟。他的好让我翻了成千上万倍，他走了，我不能再亏他。他是我丈夫，我能守他一生。守到我也去阴曹地府，我们重新再做一对夫妻……""有时候想，为什么当初不干脆跟他去？死很简单，活着太难。其实，我是替他活呢，他太年轻就走了，他用生命换来的后面好日子，他想看，我得替他看……"

贺小英院长还透露，阿香婆一直到八九十岁，每天还往脸上扑粉，她怕旁人发现了笑话，就等晚上睡到床上"支"，好比现在的人做美容，第二天早晨先洗了脸再开门。爱美原是人的天性，这样一个爱美爱得如此执着与持久的老人，该有着何等丰富的内心世界？

阿香一辈子爱和美的修炼，其实都是为爱人准备的，她的忠贞是不受任何外力的影响，而纯粹发自内心……

第 2 节　张幺姑，在时代的十字路口转身

1949 年的秋天，与洪家关相邻的横塘湾，收到了谷志标的家信。他也是随同贺龙长征去的，信上搭了贺勋臣一句问话："家里还有人没得?"

一句问，让一家人抱起哭了一整晚。人还活着？这枪林弹雨闯出来了，闯过来了呀！

可这时的张幺姑，无可回避地面对一个时代的节点。

历史的车轮到了全国解放，人民翻身了。这时候，一大批地方干部尾随大军从东北、华北开始南下中原。随着战争的节节推进，他们很快接管了城市和乡村，恢复国民经济的繁重任务摆在共产党人的面前。

可是同时，一个个家庭也摆在国家面前。

1950 年 5 月 1 日，新中国第一部《婚姻法》出台了，这犹如一场"家震"。

1948 年华北解放区妇女工作会议后，由中央妇委开始起草，经过多次讨论和修改后颁布实施的《婚姻法》，以调整婚姻关系为主，以男女婚姻自由、一夫一妻、男女权利平等、保护妇女和子女合法权益为核心，为新中国婚姻法制初步奠定了法律框架。

一时间，中国多少家庭面对一个时代的十字路口：

曾经的一夫多妻制，让那些男人家里一原配、身边一妻子。可一夫一妻制的转轨，让走出去打江山的男人，在有了新妻子后，如何面对在家艰难守望的原配？而婚姻法里的离婚自由，会不会成为男人们的借口，让他们另寻新爱，抛弃糟糠之妻？

听说过在这场"地震"中，有要死要活不脱离的；有让他见不着孩子，我们一起关进道德牢笼，让你内疚而死的……

然而，滚滚的革命洪流，走出去的男人卷进去了，大山里的女人也不例外。如今，历史让这些男人回不去了，无论女人理解也好，不理解也罢，时

间这流水，流过去就是回不去了。

我们桑植的女人呢，像张幺姑、红嫂良艮们，她们的故事遇上尴尬，怎么走?

2016 年 9 月的一天，在洪家关幺叔家吃饭，他 93 岁的母亲屈金贵唱了一首《望郎歌》，这歌从一位上年纪的老奶奶口中唱出，真的别有一番韵味：

正月望郎是新年，我郎一去大半年，没得一天在眼前。
二月望郎百花开，我郎一去不回来，想你夜夜泪满腮。
三月望郎怕清明，我郎一去没回人，是死是活无音信。
四月望郎四月八，城隍庙里把香插，烧纸卜个文王卦。
五月望郎到端阳，粗布鞋子做一双，天天等郎回来穿……

幺叔补充说，留守在家的红嫂们有事没事就爱唱《望郎歌》，那个时候，红歌红旗漫天遍地，红军红星人人向往。家家的男人都参加革命，户户的女人都支持红军。

屈奶奶说，那个时候，桑植女人差不多人人都会唱《望郎歌》。唱了十多年唱到解放，几乎都没有望回郎。我家公公是特例，活着却也没回来。

那天，屈奶奶这个历史见证人跟我说了一整天。

1950 年开春，贺勋臣写信让儿子贺文首带着儿媳，也就是今天的屈奶奶和几个娃儿去成都。他们去了以后，才晓得老爹已有后女人，都不敢作声。只想，这边糊糊着过，那边瞒着还在等他的婆婆张幺姑。

一年过后的 1951 年春，张幺姑与人结伴去了成都，劈头就嚷儿子：“傻子才想不到，在家就有‘小货’，出去这多年能一个人孤守？再说，解放都这久哒，一个没死的人就是不露面，只有一个可能，就是有女人扯脚哒。”见婆婆早已猜到，儿子儿媳也只能相劝。这才告诉她，老爹贺勋臣在延安与陕北女子高贵香结婚了。

“你找女人就找了，原来就大老婆、小老婆地我们也过了。枪林弹雨地有个人照顾，也没啥。哦，回来哒，一句话没得，一个面不照，我在屋里持家守业、盘儿带女，到头来提的是空篓篓儿——鱼都给别个提去哒。”

这一看，老娘这是非要闹个场子不可了。儿子儿媳叫来一些贺氏家族的同乡，把婆婆接到他们那里，左劝右劝。有的说，如今不比旧社会了，旧社会男人可以三妻四妾，正宫娘娘反正你是老大。有的说，如今国家只准一夫一妻，你和“老太爷”等于事实上脱离，晓得啵。

幸亏说了国家。

每每只要提到“国家”，张幺姑就不作声了。这个可能一辈子搞不清“国家”到底是谁的女人，只感觉国家是好大好大场合的“公家”，是好多好多人的“大家”，那是要明事理、顾大局的地方，不是只跟她的“冤家”任性使性的地方。

婆婆张幺姑到成都就只好跟儿子住到一处，住了好大一阵，贺勋臣连面都没来见一回。张幺姑就心里憋，同乡、家人都相劝：“你要他咋个办？”老爷子一辈子不会说个软乎话，来见你说什么？他打了一辈子冲锋，就这事分身无术，只能躲。其实，见不见你，那份情都在。

可这天，张幺姑还是要上门“看看”，儿子儿媳拦都拦不住。张幺姑就像生拉硬拽都拽不回的一头牛，冲出去了。

张幺姑的突然上门，让贺勋臣没一点准备。当高贵香开门一看，是沉着个黑脸的乡下老太，就猜出了七八分。一句“大姐，您来了，请……”话还没说完，张幺姑把她一掀，差点没摔着她。“这是我的屋，还要你来请？”贺勋臣脸都气红了，就是没像年轻时暴跳如雷。任着张幺姑大声喊叫——

你说你会回来，啊，我带着你的娃儿多少回死里逃生，又生不如死。你那个胡小妾，我都买了棺材，帮你料理了她的后事。你十多年没音没信，又以为你光荣了，年年给你烧纸祭拜，想让你们父子早点投胎回来。你倒好，找这么个女人，过快活日子，是吧？

好在贺勋臣自始至终没说张幺姑一个字，也没像年轻时护着胡氏那样护着高贵香。见高贵香从地上爬起来委屈得直哭，他一句吼：“里屋哭去！”

就这一句，倒让张幺姑说不上什么了，有点无趣地低头。突然，她转身出门。就这一转身，这对冤家夫妻隔山隔水，再也没相见。

“其实，婆婆一出门眼泪就流了一路。这个倔强的湘西女人，在公爹、高妈面前仰高头不得低、软话没得一句，背后的眼泪只有我们懂，那是生活的大磨盘，压着多少艰难苦累榨出的心酸和苦痛哟。”93 岁老人的一番话，说得跟文学家兼哲学家似的，提炼出的生活感悟太精准、真深刻。

“后来，气头上的婆婆还是憋了一口气。她找到贺常儿，她可不管眼前的人是多么了不起的大领导，不怕场合放开了说：革命成功了，老子 7 个高大威武的后生，跟着你出去，全死哒。还说革命胜利有我福享的，享么子卵福嘛。”

幸亏贺老总不计较，反倒安慰她，给她讲国家政策。给她讲男人的无奈。“解放了，又是一个时代，也是历史造成的。”加之儿女求情，同乡相劝，那场风波算是平息了。

然而这一走，张幺姑就跟从前“绝缘”了？那一段火红的岁月真就在这个英雄般的女人面前，戛然而止了吗？

要告别屈奶奶时，我还是忍不住问：您总在说幺姑奶奶，那个二房胡家小妈呢？老人笑笑，娓娓道来：她吸鸦片，我婆婆张幺姑见她衣食无着，把她接回洪家关，待她蛮好。但再无钱银买鸦片，三年光景胡家小妈就得病死了。”

哦，我轻轻地松了一口气，感觉张幺姑的不易，感觉人在岁月面前的渺小。

第 3 节　红腰带上的两个女人

有一段时间，惊恐的大呼小叫常从肖菊姑的石头屋里传出：“捉人来了，捉人来了，大家快跑，快跑啊。”那是菊姑把神志不清的“刘家婆婆”接到了自己家。因为戴妹子的死，把她的老病根复发了。

说起戴妹子，别看一个二房，她有洪家关女子的秉性，死得壮烈。二十世纪二三十年代，是一夫多妻制的封建制度，可洪家关的戴妹子，作为二房写进族谱，是没有先例的。那是一份壮烈，一份敬仰，一缕忠魂。

刘家婆婆那时其实并不老，她是贺干臣的原配，因几遭惊吓神志不清，还以婆婆装束，大家就都叫她刘家婆婆。她与小妾戴氏，都死在一根红腰带上。前者用于一辈子避邪，邪没避了，惊恐一生；后个是信物，男人用来拉近小妾的，却助力推她永远消失。

这个故事，要从几次火烧洪家关说起。

——花轿新娘遇匪兵

1916 年的春天里一个春暖花开的日子，弯弯的山道上起伏着欢快喜庆的唢呐。17 岁的“刘家姑娘”奉父母之令，媒妁之言，要嫁到洪家关去了。男人叫贺干臣，长她一岁。按照乡下的婚俗规矩，拦门酒也喝了，“满堂哭”也哭了，发轿的时辰到了。队伍上路，身后跟着一帮孩子用童谣送行：

哥哥背上轿，嫂嫂送到八角庙。
吹唢呐，放大炮，哩哩啦啦好热闹。

“拐哒，北洋政府军队把洪家关街上占了，主人家要大家躲躲再讲。”刚转出山道只差半里路就到洪家关，一个慌慌张张急速跑来的男人报信。

“还不快跑！”接亲队伍如一群湖鸭子，“轰”一下跑散了。一片惊慌中，新娘是怎样被人扯出花轿，怎样被人扶着藏进刺蓬，事后都记不清了。等到探明情况军队撤走，不需躲藏，旁人才发现新娘子的衣衫撕烂了几道口子，脸也划破了。从未经历过这等场面的新娘刘家姑娘，早已吓得浑身筛糠一般，大脑一片空白……

原来，这是北洋政府军队直扑洪家关，想抓贺龙扑空，就掳掠民舍，纵火烧毁了洪家关……一个姑娘的新婚之夜，就这样在惊魂动荡中度过。婚后好长时间，刘家姑娘老是被噩梦缠绕，到处是火。家里人多次请来老土司作法，才渐渐平静。

——分娩那日再遭惊吓

17 岁的刘家姑娘哪里知道，新婚之夜的惊恐才是开始，她的命运早已在动荡不定的国运民生中，由不得她自己。

一九一九年农历七月二十七，随着一声嘹亮的啼哭，一个小生命平安降临人间——刘家姑娘做妈妈了。公婆那个高兴啊，跑来跑去，公公招呼客人，婆婆忙着煮红蛋。刘定姑肚子争气，头胎就生了个带把把的，上下里外都满意。婆婆还对儿子贺干臣嘟嘟囔囔:“嫌婆娘模样粗？身子粗点能生儿、旺香火。手脚粗点能干活、聚家业。”反正一个意思，公婆不嫌，能添孙加业，他们高兴。

一家人正沉浸在喜悦之中。夜半时分，酣睡中的洪家关突然在喊杀声中惊醒。匪兵像从天而降，又像发大水一样吆喝着滚滚而来。他们头缠红巾，手握大刀，分别从泉峪、二户坪和陈家山等方向，首先朝洪家关的贺氏家族开刀。

刚刚分娩的刘家姑娘，听到四处吹响了牛角号，哪里还顾得上刚刚分娩的羸弱之躯，先就近往菜园子的包谷垄里躲。

就是这个初为人母的夜晚，刘家姑娘目睹匪兵砍杀郭三妹如同剁南瓜、砍冬瓜一样。接着匪兵一把火烧了她家的房屋，又烧了洪家关几十间房屋，连洪家关大桥也烧得干干净净。

在一片血光火海中，刘家姑娘张大一双失神的眼睛，欲哭无泪……

——两个女人的红腰带

连遭惊吓的刘家姑娘成了一个胆小怕闹、不愿出门的农妇。尽管她给贺干臣生了儿子，夫妻感情一直不咸不淡。常年在外的贺干臣后来娶了溆浦女子戴氏做二房。

娘家人为给刘家姑压惊、驱魔，精心做了根红腰带。腰带上面绣了傩法面具、三叉戟等法器图。刘定姑一根红腰带的确再没离身。可是，生在那样的年月，厄运还是时常敲门。

话说二房戴氏夫人被贺干臣带回家后，这个走南闯北见过世面的男人，还真真喜欢这个有文化、会唱歌的清纯妹子。

一次，戴妹子拿回一根红腰带。直说红腰带是福带，红红的避灾压邪；也是情带，男人走时反复交代，“把腰带给我系紧点”，她当然答应。男人就承诺，要带她去武汉、长沙，还有大上海。没想 1932 年，也是红军的贺干臣在上海被捕入狱，受尽了酷刑，最后竟然病死狱中……

灾难把两个女人拴在了一块。她们一起生活、一起躲难。记得那是一个月明星稀的夜晚，姐妹俩在山洞的草铺上紧拥着互相取暖，两人无话不说。姐姐说，老听死鬼说你歌唱得百灵鸟样的好听，唱个我听听。儿子也闹着要听，戴妹子就开口唱了。是一首叫《红腰带》的歌，戴妹子自己编的。

一根红腰带，降妖除魔怪，你亲手为我扎起来，转身就离开。
戴着红腰带，温暖又有爱，让它牵着你和我，一直让情在。
求求红腰带，也把夫关爱，避开刀枪和子弹，把夫带回来……

唱着唱着，两个女人都哭了。姐姐知道这是妹妹心里的爱。她有文化，能说能编。其实，妹妹说的何尝不是她的心声。只是，两个女人的爱，加在一起都没留住她们的男人。

一个炎热的下午，洪家关贺氏家族人正集体往谷罗山上躲敌人的追杀，戴妹子跟着跟着跟丢了。她跑进一块包谷地找不着方向。在不远的松林，姐姐发现她，大声喊着：“戴妹子，你走错路哒，赶快往右边跑。”没过多久，只听到“啪”的一声枪响，戴妹子应声倒下，在包谷地里翻转着、痛苦着，在一大片翻倒的包谷苗中战栗着。

突然，戴妹子看到自己那根血染的红腰带。求生不能、求死不得的她，笑了。没有一点迟疑，她哆哆嗦嗦地解下红腰带。不像当初第一次在男人面前套在脖子上好玩好看，这回是郑重地、庄严地再次将红腰带套上了脖子。最多留恋地回味一下，她是答应男人保守贞洁，被捉玷污和结束生命，毫不迟疑她选择后者。好的是，她把这一悲壮演绎交给红腰带，让圣洁的它完成这一庄严的生命仪式，完成她人生这出戏的高潮。

伴随红红的如同她新婚之夜红烛的那番鲜亮，听到钟爱她的男人长长的来自地下的呼唤，戴妹子笑了。她用尽全力准备好，抓住红腰带，使劲，用力。像是抓住爱人的手，再使劲，再用力……戴氏瞬间咽下最后一口气。

像真的与地下爱人相会去了，戴妹子一脸的满足……

这其中，点点滴滴看着戴妹子那张青春的脸在痛苦中扭曲着、抽搐着，刘家姑娘脑子突然恍惚起来。那脸一会儿变成新婚噩梦中缺头的鬼；一会儿变成分娩那夜郭三妹削去耳朵的头；一会儿又变成洪家关几次从战场上拉回来的无头尸……

就那天，老病根犯了。历经无数次惊吓与摧残，刘家姑娘成了真正的刘家婆婆，精神一度失常了。受不得任何刺激，人多话杂就失语，听到吵闹就没命地逃。这一后遗症，持续到革命胜利后她住进光荣院。

1959 年，公社党委组织来洪家关开现场会，刘家婆婆见一下子来这么多人，当时就吓得脸色惨白："拐哒，白军又来捉人哒。"说着没要命地往屋后山里钻。又一回，大约是 1971 年春节前夕，县里派人慰问老红军和烈属，刘家婆婆一见，又以为是捉她的来了，就往猪栏圈后面的猪粪池里"扑通"一跳。当时正是隆冬季节，天寒地冻，猪粪水齐到胸脯了。把她从池子里拉上来时，一身棉衣棉裤全被粪水泡透，上下牙齿叩叩打架，嘴唇冻得发乌。

梦魇相伴，惊恐一生，战争啊，生生蹂躏着一个美好的生命。最惨烈的攻击，往往只能带来更悲壮的抵抗。刘家婆婆人生的最后一夜，不知是永远抵抗，还是最后的逃避。

贺小英告诉我们，"文革"时期，贺龙遭迫害的消息被刘家婆婆知道了。那一段，她一天到晚就念叨："胡子打倒哒，没得救哒；胡子打倒哒，没得救哒。"又过几日，她看见洪家关街上开大会、游行，洋鼓洋号，好多人举起拳头喊口号"打倒贺龙""打倒死不改悔的走资派"，回到光荣院，刘家婆婆就哭个不停。当天夜里，老院长顾菊香邀人跟她讲这讲那，宽慰她，开导她，才渐渐平息下来。

第二天早上，不睡懒觉的刘家婆婆一直没出来，叫人去看，人们看到最不愿看到的一幕：老人用她的红腰带，吊死在床架子上。

沉默，光荣院沉默，洪家关沉默，整个世界都沉默……沉默之后是爆发——绳子，又是绳子！

是那根与戴妹子一样的绳子。当年，戴妹子将红腰带套上脖子后如释重负地笑了。再借助绳索用力，让生命最后一次怒放，坦然地去见她的爱人。时隔几十年，刘家婆婆将绳子套上脖子，是认定，胡子始终是巍然耸立的山峰。如当年，他一声吆喝，就见千山万岭举梭镖。如今怎么要打倒他？是世界搞错了，还是自己乱了。混沌了几十年，只有这时刘家婆婆清晰了：胡子倒了，当年的苏维埃没了，跟着成千上万的穷人像一条舞动起来的长龙，就没了龙头，唧么搞？既然胡子倒了，我也站累了，跟着倒吧。

带着从未有过的清醒和坚定，老人告别了人世。

第十二章 坚 贞

辣妹子辣，辣妹子从小不怕辣，辣妹子天生怕不辣；

辣妹子辣，辣妹子说话泼辣辣，辣妹子待人热辣辣……

——桑植民歌《辣妹子辣》

总觉得，桑植女人有梅一般的品格：清幽脱俗品性坚贞，花中君子美誉无瑕。当年，成千上万的男人求翻身，女人们就在“茅草要过火，石头要过刀，贺氏家族要斩尽杀绝”的危险中挣扎。事实上，那时的洪家关和洪家关那一代人，就是生活在一片火海和屠场中。

坚贞，就是她们必备的无处不在的品格。

桑植女人在马桑树下送走亲人，又在马桑树下期盼和等待……男人能舍生忘死英勇杀敌，是他们的女人爱情、亲情和无限真情给他们坚定的信心、昂扬的斗志和拼搏的力量。

唱着《马桑树儿搭灯台》，女人们明白，作为歌里的那把锁，除去夫君，谁也休想打开。这个男人如果不回来，女人守身如玉、百毒不侵是桑植千百年来的民风，更是桑植女人代代不变的人格指向。

第1节　锁在，让岁月老

罗长江两次去见阿香婆，以老朋友的口吻故意问："您这一守就是六十多年。只有六个月在一起，你守这多年，没亏他，却亏了你自己……"

这一激将，阿香说出了一番让人震惊的话：

"不，锦斋是天下最好的男人，不会再有人比锦斋好，我就守着锦斋，不亏的，一点也不亏！我爱他，他也爱我，六个月，足够了。如今走过来，我也是满满的、足足的——"

"起初，春生的预言我要替他验证，看他说得准不准——准哟，解放了；后来，春生用命换来的好日子，要替他看是个么样子——好哟，不苦哒；再往后，春生没过上穷人翻身的幸福日子，我替他加倍地过——就过到了现在。"

罗长江还问过一个有点小儿科的问题："这么多年了，你还记得丈夫的模样吗？"

记得。何止记得，他常常出现在我的梦里，现在想起仿佛他就在眼前。唉，那是一个聪明英俊的青年，挺秀的眉眼，宽厚的胸膛。满肚子的诗文从眼里透出来，几多文气哟……一生世，太漫长，全成我等待的时间。可是，我不寂寞哩。我知道他在一个地方打仗，等仗打完了他就会回来。他是我的骄傲，他当时是国民革命军中最年轻的师长，他是难得的"上马将军下马诗"、文武双全的真男人。他是我亲爱的丈夫，前十几年我们老分离，现在有了他的日月里，我就一心一意跟他过。无论他在地下还是在天上，我们都在一起。剩下的几十年，我只要有他就够了……

还说什么呢？有什么话，比她几十年的坚守更有力量？有什么担忧，比她自己认可的生活更有意义？

那天傍晚，我们几个走到贺锦斋烈士的墓前，这墓真就在光荣院大门外十米处。贺小英说：“阿婆剩下的几十年都跟他的丈夫过，其实就是跟这座坟过。”几次政府和家里要迁坟，都是阿香婆不肯，“我是他的爱人兼守墓人，我知道这里是他熟悉的家，春生爱远望，这里地势高。我天天来坐坐、说说、陪陪，他不寂寞。”

“春生的尸骸是1937年才迁至洪家关的。他本是1928年9月牺牲的，当时形势严峻，无法通过层层封锁线运回洪家关，只得临时寄葬在官地坪。九年过后，也就是国共第二次合作开始了，共同抗日不打内战，局势缓解下来，这位功勋卓著的红军师长，才移葬洪家关学堂堡，即现在光荣院的这地方。”贺小英熟悉，指指这、点点那。

“我们光荣院当初就建在阿香婆老屋的旧址上。这里是贺锦斋、贺锦章他们家的老屋场。反动派烧一次，他们就修一次，修了又烧，烧了又修。1937年底，戴桂香带着儿子贺学禹躲难回来。老屋场只剩一棵好大好大的桂花树。这棵开花时香得很远很远的桂花树，烧来烧去却没能烧死它。每年，戴家婆婆都要采制一批桂花茶……”

但我还是觉得，阿香婆的人生际遇，实在是杯斟不起的苦丁茶！

为尊重，我没有打断贺小英院长的说话，思想却“跑题”了。

做贞洁典范，戴桂香该被人尊重，而那一辈人的孤苦寂寞，又是否是传统文化的牺牲品？这种“戴桂香现象”曾是那一代女人躲不开的宿命，就连宋庆龄、许广平、贺子珍等中国革命的杰出女性身上，一样没绕过。当初，她们中谁不是以蔑视世俗的叛逆女性姿态，义无反顾与自己所倾心相爱的人结合。当他们的丈夫凄然死去或因故分手后，她们却无一例外地恪守妇道相守终生——传统文化的力量太强、太大、太古老！

我不禁做冒昧猜想：以戴桂香老人当时的层次与阅历，不一定能完全理解丈夫的信仰、抱负、才华及所作所为，不一定能认识到丈夫真正的价值；但她为自己有这么一个出类拔萃的丈夫而骄傲自豪，这一点是毋庸置疑的。

现在看起来，不好把这种特定情形下虽不能白头偕老却也执意从一而终，视为普通意义上的妇道古训。因为深爱自己的丈夫，“曾经沧海难为水，除却巫山不是云”，为了一份无尽的情爱甘之如饴。也因是旧式女子、小家碧玉，没有文化，因为嫁了贺锦斋这样一个叱咤风云的国民革命军师长和红军师长，她心满意足。

阿香婆每天都多少遍地来这儿坐坐，有时自言自语，权当说话给自己男人听；有时委屈落泪，一番还在丈夫这儿撒娇的模样；有时要扛艰难，即讨教又索力，问话、交流都是两人在共同闯关……

其实这时的她们，望着走着，不会再提等或不等夫君，是已然成了一种习惯，一种寄托。无论太阳初升的清晨，或夕阳西下的黄昏，她们漫步夫君曾走过的乡间小道，陪夫君说话，陪夫君唱歌。这时，世界变得平和而恒常，爱与恨、生与死已然没了界限。她们，以永恒的心陪伴着她们永远年轻的郎君。站在岁月里，一头青丝站成了白发。眼里永远透着幽而不怨、哀而不伤，何等地坚忍绵韧，何等地楚楚动人，何等地让人心生怜惜、让人心疼与不忍！但慢慢地，阿香婆们有了表扬自己的自言自语：“夫君，我这辈子是对得住你的。”

桑植女人在马桑树下送走亲人，又在马桑树下苦苦期盼和等待……桑植儿郎唱着《马桑树儿搭灯台》南征北战，英勇杀敌。是爱情、亲情和无限的真情，给了他们坚定的信心、昂扬的斗志和拼搏的力量。

不是一个“坚贞”能表述她们生命中的每一分每一秒。因为她们的分秒里，也有磨难，艰辛，苦累，甚至灾难……

心甘情愿坚守，把全部生命化作一个“等”，“你一年不来我一年等”的“等”。再由“等”引发的“你两年不来我两年挨”的“挨”。一句承诺到永远的信誓旦旦——“钥匙不到锁不开”。

有钥匙，锁还值得等。可是，钥匙没了，一把永远锈死的锁，还等什么？

我后来理解：锁在，让岁月老！

第2节 红嫂良艮，二十年只念一个“活”

新中国成立后良艮回到毛垭，当天晚上就做了个奇怪的梦：金灿灿黄澄澄的包谷，在她担着见红军时，顷刻间都化成了水……良艮醒来一脸泪水。

什么寓意？是辛苦一生什么也没落下？丈夫、孩子，或许还有自己的命运，一场空……但她宁愿相信，是老天暗示她将囤积太多的包谷酿成酒。于是，良艮开始发酵、酿造、烧烤。把那满山满坡的包谷慢慢化成——水，有度数、含血性的水！

那是新中国成立的那年年底，丈夫写回来一封信，问：“家里还有活人吗？”

良艮当场喜极而泣，把几个孩子叫到身边，一遍遍地让人念着信。嘴里不停地叨叨：“活着，活着呢。你不回来，我们不敢死！”惊喜之余，另一种预感明明白白地搅得良艮难以入眠。多久了，到现在才想起给家里报平安？才想起打听家人的死活……

但转念就想，纵然他跟你没有任何关系，良艮也知足——他活着啊！从前，她就没想过别的，二十年的祈祷守望，念的不就是那个“活”字吗？

转眼几年过去，良艮见丈夫能写信问候，能寄钱安抚，就是不见人回来。良艮大概能猜出丈夫的现状，也看到了自己的命运。她心里苦，可面对这一切，她又能怎么样？有一回，乡邻跟她扯白话：“找他去呀，他就是找了小老婆，你也是大。这么多年给他带大几个孩子，他还能丢了良心不见你？”

良艮摇头：“这也不能怪他。原来男人是可以收妻纳妾，他们出去提着个脑袋钻枪林子，身边没个女人照顾，受个伤都没个人帮着翻身、擦洗，也过不去。如今解放了，政府只准一夫一妻，他能把身边的丢开，来寻我？唉，这么多年我也习惯了，就成全他们吧。好在我还有这些儿孙呢。”

1955年，离家整整二十年的丈夫杨云阶回来了。

回来时，杨云阶已是省卫生厅的副厅长。

苦等了二十年的夫妻相见，两人竟然显得出奇地平静。也许都没有料到，在心中酝酿了二十年之久的这场相见，双方都没有看到心中预演了无数遍的那一幕。

客客气气相见，一边是男人真诚地说着对不起，一边是女人诚恳地回应活着就好，活着就好。

杨云阶看了看良艮说，我没打算在外结婚的。你们在外“趴壕”躲难，传到我们耳朵里是敌人将毛垭赶尽杀绝了。所以，直到把小日本赶出中国，贺老总才牵线介绍了李宁同志。

良艮又笑笑：“好，好。同志配同志，好，最好。”

丈夫又说：“我跟组织申请了，把两个孩子带出去。”

这时的良艮，一贯善良得有些懦弱的她，一个狠眼挖过去，她第一次有点——恨。

她想说，你知道这几个孩子我是怎样保下的？你知道你们男人打仗走了，我们女人也在一场战争中——我们是一个人的战争！你们有军长、师长、团长、营长。而我，既是像他们一样的指挥官，还是他们的兵。我既是你们队伍里的战友，也是对方敌人要打的人。要保护好我的孩子，我自己要战斗，枪林弹雨、行军蹲坑跟你们一样。可我还要想象各种各样的敌人。追兵、土匪是敌人，饥饿、寒冷、孤独也是敌人，豺狼、病痛更是随时缠着我们的恶魔。我是在看不见的烽火硝烟里周旋，是在多少次想象的敌人面前——不屈求生。

事实上的良艮，躲进深山也并不安全。敌人的追杀，她随时都要准备转移。那几年，她常常把自己训练成仅凭鼻子就能闻出埋伏在空气中的不祥，随时可能发生剿杀，某个夜晚的睡梦之中，或者一个阳光弥漫的午后。她是拉着一个，背着一个，再不停回头看着另一个。生命中常常只剩一个字——逃！有时，眼看就被敌人发现并追上，但不到最后一刻，她绝不放弃！只要她和孩子活着，胜负就没有定论。也因此，她随时都要有新的排兵布阵，以应对随时到来的不速之客和可能的灾难。

一次次转移到荒无人烟的深山老林，伴着一次次炊烟的升起，良艮虽然孤单，却显得无比坚韧。有时豺狼虎蛇也来打扰，她的炊烟就升腾成一束火炬。火炬成良艮向乱世和禽兽举起的不屈旗帜，但是，也可能是敌人再次发现他们藏匿的信号。于是，又转移，又折腾。面对后面的危险，良艮永远先将眼前的危险一一排除，再预防下一个。

终归，现实残酷不像良艮努力的那样万无一失。她的小儿子杨光术缺衣少食地折腾几年，身体极弱，一场转移中淋了暴雨，就开始高烧不退、昏迷不醒。疾病，这个有时比敌人追杀还不好对付的顽敌，良艮真的束手无策。没医没药，弄点草药哪能对症，十岁的孩子慢慢软塌无力。良艮，是呼天不应、喊地不灵，眼睁睁看着孩子在自己怀里闭上那双不舍的眼睛……

光术这孩子多少次说要找爸爸，爸爸让他骑高马，爸爸背着他最温暖。可是，孩子啊，爸爸在哪儿啊？找不到爸爸，又不想再逃，借着疾病，一直讨厌东奔西跑、东躲西藏的孩子，他是找到一个他想象中可以找到爸爸的地方，抑或就是永远逃避的地方。不再恐惧、不再惊慌……这个不懂事的孩子啊，一意孤行、不管不顾地彻底逃了，让母亲良艮为找不到他而伤心欲绝、失魂落魄好多年。直到最后，还担心有一天见到他爸爸，怎么交代——他会怪我吗？

这个以母爱为武器的战士，最终被各种敌人打得抬不起头，但依然怀着巨大的希望和倔强，像钉子一样钉在大山里。像蚯蚓一样，藏身山区的大地中，期盼着熬过苦难的最后一天。

终于熬到了 1949 年解放，长达十多年的隐居生活，良艮头发花白、皱纹满面。最初见到她的人，从她的苦命人的脸上一时看不出胜利者的喜悦，只看到经过九死一生幸存下来的依然挥之不去的惊恐和沧桑历尽的木讷。到最后，人们看到的她，其实根本不是一名战士，只是一个被战争逼迫和损害了的、极为虚弱的女人。

……

丈夫衣锦还乡的后面的几天，白天被人请来邀去，着实风光。晚上，他和良艮朋友似的能聊到天亮。杨云阶把自己的身世从出毛垭开始讲，一件件、一桩桩讲给良艮听：

1933年，部队里疾病流行，病号就有两千多，连队每天还频频有担架送来，军直和师直的都有。后来我们研究定下，把伤病员集中在石灰窑和马水，两个村同时派人到各地搜集中药、西药和土方，不分昼夜地诊治护理，流行病只有几天工夫就完全制止，蔓延半个月的伤病员大部分痊愈。

良艮听着丈夫说打仗、说救人、说长征，记忆最深的是他“五十服中药救人”的故事。听着听着，她什么都放下了。再看丈夫，他是个好人，是个英雄，还是个功臣。

1936年7月，红二方面军组成两个纵队由甘孜出发往北，进入草地第二天，谭友林得了伤寒。这可是荒无人烟的草地，到处是一丛丛野草、一个个泥潭、一片片污水。伤寒这种病，即使不是行军打仗，得上了生存率也很低。谭友林整日头痛欲裂，连日高烧，什么东西都咽不下，人日渐消瘦；右手臂的伤口开始恶化，每天宿营后都能挤出半茶杯脓血来。

当时正值夏天，几乎每天下雨，根本见不到太阳。风雨一来，衣服湿透，只能用体温烘干。每过一个饥寒交迫的夜晚，总有战士长眠在这块营地上。谭友林因为重病在身，好几次几乎被暴风雨埋葬在草地。

越往草地深处，谭友林病情越发加重。他昏昏沉沉，时冷时热，两腿无力。警卫员把他捆在马背上行军，由于瘦得皮包骨头，坐在马鞍上疼痛难忍，他就又昏了过去。杨云阶建议将谭友林抬到总指挥部治疗，由他每天诊断几次，并亲自采集草药，用民间秘方治疗谭友林的伤寒病。

贺老总看到奄奄一息的谭友林，嘱咐一定要救活这位年轻将领。任弼时把自己的坐骑花脚骡子让给谭友林骑。我那时哪有别的办法，就是扯草药熬水喝或洗伤。谭友林吃了我五十多服中药，加上我精心观察、治疗，病情逐渐缓解。

我也没想到，我救下的谭友林，后来以“铁血将军”被国家授予少将军衔。

杨云阶说了很多故事，也说一些道理。比如，他说到现在的妻子，他十分坦诚。

我现在的妻子李宁是个为革命事业兢兢业业的好同志，河北人。抗日战争爆发后，她放弃舒适的城市生活，从西安辗转到延安进入抗大学习，投身革命。跟我结婚时，她已是35岁的大龄。1949年前，都是在部队任医生。1950年随我转业到地方，继续她的医务工作。我们生有三个孩子，后都成为共产党员，成为新中国的建设者。

说完那些，杨云阶长长地叹一口气:“即使这样，我们家依然是作出了太大牺牲，尤其是你。”良良突然觉得不该有一丝恨对眼前男人的，她发自内心地对男人点点头——那时的家呀，谁家不是这样。如今一切都好了，云阶枪林弹雨闯过来不容易，就让他美满些吧；孩子们跟着我吃了半辈子的苦，后面就跟他爸，把日子里加点——糖。

良良想好了自己后面的退路，把哪怕是一点点的好——都成全着捧送出去！

丈夫走了，把良良的儿孙，也是她一辈子的财富，带走了。

望着他们的背影，望着拥拥簇簇县里、乡里的干部们，还有乡亲们羡慕的目光，良良很麻木。只有一句话，她往心里去了:“活着多好，活着回来儿孙才享福。”可良良更多地看到，身边的许多人都在抹眼泪。她知道，她们才是最悲的，她们何曾敢想自己和儿孙享福，只希望亲人像云阶这样能回来，哪怕回来了又走，她们都不用夜夜流泪、年年上坟、悲苦一生！

屋空了，人孤了，良良只能喝酒。像从前对影独酌、流泪浅唱了几日，慢慢加进来一些寡姐妹，大家就一起喝。

有一道风景很美，那是良艮与姐妹一起，从窖里抬出封存了很多年的酒坛子。打开盖时，浓浓的、带着山野莽林原始气息的酒香扑鼻而来，仿佛那坛酒托起一座谷粮的金山，那丰厚的谷酒香哟，能醉心，能长翅膀，能飘好远好远……

喝着喝着，几个婆婆就开始“想当年”。

——想当年，红军和穷苦乡亲们，抓出两把炒熟的豌豆、蚕豆、炒米，要不就在火里煨几个芋头、红薯糍粑，几个人围着一个大大的土瓦罐，用大海碗热乎乎地喝。龚婆婆说。

——想当年，柴火烧得旺又旺，炕上腊肉下了架。包谷洋芋红薯粑，家家户户笑开了花。腊肉米饭包谷酒，知心话儿几箩斗……那时候，那个天红地绿，个个那个爽、那个精神哟。良艮阿婆说。

都是婆婆们，都是几个丈夫没回来的寡妇，常聚在一起，陪她喝。是想劝良艮想开些，是想陪良艮别孤独。更是想重温她们共同年轻时的激情岁月，还是羡慕良艮是她们中最幸运的，她的孩子还有个活着的——爹。

后来，张家界的红军酒是采用了红嫂良艮的心血配方，还是采集了她的坚韧气质、奉献牺牲？不得而知。但红嫂良艮的酒，是烈火中豪迈、硝烟中绵长、苦难中醇厚、胜利中甘甜。

良艮她是大度的，是顾全大局的，为了男人从前的牺牲，为了后代绵长的幸福，她们丢开得失，将自己彻底奉献出去。谁说这只是个人、家庭的牺牲，这是对国家的奉献！正是千千万万红嫂良艮似的牺牲，才有国家的伟岸、人民的安宁。好一颗难能可贵的——家国初心！

第 3 节　金山银山——包谷山

红军亲人走了，大她七岁的胡子表哥贺龙也走了，年轻的佘芝姑心里空了。

站在包谷地儿旁，望着摩天岭儿上。

四山彩云放红光，犀牛望月姐望红军早回乡。

佘芝姑，贺龙元帅敬称“大姨”的谷德桃唯一的女儿，红军这一走，她以为一两年能打回来，边等边拼命地在海儿峪开荒种包谷。

这一种就是15年，这一等就是15年！

在海儿峪最高的山顶上，佘芝姑似乎眺望到了红军从刘家坪的出征，她突然想到跟娘唱过的《十送红军》有那么一段，便脱口而出：

四送红军过高山，山山包谷金灿灿。

包谷本是红军种，撒下种子红了天。

佘芝姑伫立于肃杀秋风之中，天低云暗，路断人杳，她不知道自己的命运随着红军走会是什么样，一分悲壮和几分悲悯，让一个村妇渐渐浸入《十送红军》的旋律中，试图唱出一种柔肠寸断的缥缈之音——

一送红军下南山，秋风细雨满面寒。

树树梧桐叶落完，红军几时再回山。

……

十送红军转回来，武陵山巅搭高台。

盼望红军打胜仗，盼望红军早回来。

这里要说明的是，桑植的《十送红军》与江西和陕北的截然不同，旋律有差异，歌词更不同。我曾经查阅史料，民歌之乡桑植，人们都是自编自唱的民歌高手。《十送红军》也远远不止“十送”，长征队伍到达陕北，有人就唱出了“二十送”。北上抗日，和兄弟红军会师，红二、六军团历尽艰辛到达陕北，桑植民歌《十送红军》就在陕北遍地传唱。人们纷纷唱着这首脍炙人口的民歌，也记住了桑植刘家坪这个地方。青山环抱的刘家坪是长征第二个出发地，红二、六军团自然成了北上抗日的一支主力军。

红军誓师的前几天，佘芝姑又背了一回腊肉和包谷送到刘家坪。红军表哥贺胡子告诉她说：“要出去转转，可能时间有点长。”佘芝姑说：“我跟你一起去！”这下胡子表哥认真了：“你要多种包谷，多养猪，多养崽，我要回来带兵！”佘芝姑望着他，心想，怎么跟娘说的一样？

她最终含泪点点头。

森林覆盖海儿峪，佘芝姑躲在里面夜以继日地劳作，血汗浸泡的土地，有了 15 个丰收的年成。新包谷压着旧包谷，新腊肉压着旧腊肉，不知不觉堆满了一座座仓、挂满了一间间屋。那满仓的包谷甜，那满屋的腊肉香——

让 15 年的日子天天都成了期盼的日子：堆成山的包谷、年年养的猪，什么时候才能让红军亲人和红军表哥吃到？

又让 15 年的日子天天都成了思念的日子：它寄托了一个红军烈士的女儿对红军亲人、红军表哥贺胡子的思念。

躲在海儿峪的佘芝姑，听不到红二、六军团长征胜利的喜讯，想不到红二、六军团更名为红二方面军，更闻不到八路军 120 师在北方抗日战场保家卫国的硝烟，她守着一个个日子，丰富着一个红军女儿的期盼。

佘芝姑的脑海里常常浮现镰刀、斧头和那些激情燃烧的岁月。从小到大，她是跟着母亲密林游击、枪林弹雨中闯荡。她知道，表哥贺胡子领导穷苦乡亲闹革命，就是要打下一个让穷人当家做主的江山。

可波峰过后就是残酷的谷底，红红的血，一波波的牺牲，为什么好日子就得用鲜血和生命换？多少日子哭过了、醒过了，在一个个漫漫长夜，佘芝姑的脑海里不停地翻滚着亲人们参加革命前仆后继的场景：

母亲谷德桃被肃反枪决，胸中两枪血染棉袍，至死不相信红军会自己杀自己的表情；

继父邓仁山被人用斧头活活砍死在磨刀岩边的惨状；

红军二舅谷德前重病缠身，舍不得动用军粮为自己治病，得到表哥贺胡子表扬的临终幸福；

红军三舅谷德山壮烈牺牲时无怨无悔的快乐；

还有红军赤卫队队员、哥哥邓廷子被敌杀害、碎尸八块抛弃荒野。

作为一个女人，她不明白这个社会怎么了，为什么有这么多的仇仇杀杀，先是富人欺负穷人，后是穷人反抗富人。

佘芝姑只能用一个个种地养猪的日子消除自己对血的恐惧。可是，她无法淡忘那一次次流血。伴随她一辈子的，先是红军亲人的血，后是婚后她拼命生儿育女的血。血的孕育、血的胚胎、血的哺育，两男六女除去一儿一女因病去世，一男五女均健康成长。

佘芝姑含辛茹苦哺育儿女，常常教育儿女相亲相爱，多生多育，红军表哥贺胡子要打回来的，他一回来就要带兵的。穷人跟着共产党走才有活路，穷人团结起来支持红军，红军才有永远的家！

——穷人的命是与共产党领导的红军连在一起的！

佘芝姑的话后来影响着儿女，作为谷德桃唯一的血脉，佘芝姑一儿五女先后几代就繁衍 141 人。有了后人，就有了生生不息的红色火种，有了守卫江山不死的力量！

在 1949 年 10 月 16 日桑植解放那天，佘芝姑一边种地，一边养猪，在海儿峪的家已积攒的包谷达三万八千多斤，腊肉至少有二千四百多斤！

那是一幅绝美的电影画面：

蓝蓝的天，清清的水，绿绿的山，红红的果，衬托着那一座座金灿灿的茅草屋！镜头再拉近，茅草屋里都堆着黄、白两色包谷棒——

金山！银山！

——运枪造炮，母亲为红军供应军火

据佘芝姑外孙回忆，海儿峪是偏远深山，外婆佘芝姑也是在几座山里轮换着躲。

一年又一年，包谷山开了一座座，喂的猪也一批又一批。她的追求和寄托全在满山满坡一季季的收成里；再存一茅屋一茅屋的金黄，等队伍打回来，让扛枪的人不饿肚子，让红军部队吃饱能打胜仗。

一到夏秋，那一山一岭金黄的包谷地，还有一垄垄的坠满绿如玛瑙、红似珍珠的辣椒地。生活是苦，但包谷、辣椒都能吃上。“辣椒就是盐，包谷壳叶就是棉，吃油渣就是过年。”当时，佘芝姑一年又一年在深山里绕，绕着转着又找回存包谷的老草房，孩子们就问：“娘，我们要留这么多包谷干吗？”佘芝姑就说：“这山山岭岭都做了记号，只要我们发狠做，转到哪里都有粮仓。红军终归会跟着胡子表舅打回来，这包谷要派大用场……”

也常常说到这里，孩子就闹着让娘忆往事、讲故事。

佘芝姑是谷德桃唯一的女儿。说谷德桃就很有威力，说游击大队长谷大姐，在湘鄂川黔那一带，那是地在抖、山都颤！

佘芝姑从记事起，就知道他们家跟表哥贺胡子家是至亲。两家从爷爷辈就开始结亲，到了她这辈，表哥贺胡子叫母亲谷德桃为大姨，两家不仅是亲戚关系，也是邻居，相距仅一里多路。由于家里贫穷，无田无地，外公谷启望以打铁为生。这就有了一家人从修枪造土炮支持贺胡子闹革命，到一家人都为他奉献和牺牲。

岩塔有个好铁匠，又是谷德桃的亲侄儿，她父亲的徒弟。谷德桃请他帮助贺胡子整旧枪、烂枪，造火炮。贺胡子经常到邓仁山家，把烂枪、坏炮放在他家，谷德桃组织岩塔的几个亲属，为贺胡子整好烂枪、新造火炮，还亲自冒险取送。

洪家关横塘湾有个早期在洪家关街上开鸦片烟馆的后生，一些伪兵要抽鸦片烟又无现钱，就悄悄换子弹抽鸦片。谷德桃将换来的许多子弹，秘密交岩塔一些人运交到邓家，再转交给贺胡子。

这以后的三四年时间，谷德桃离开生产专门做“工夫”，她忙着组织七八个年轻力壮、拥戴革命的人，经常外出，联系买枪、买子弹，到官地坪团防熟人那里买大量的子弹、枪支送交贺胡子。

1928 年 10 月，红四军主力在石门泥沙一带相继失利，贺龙率余部在桑植、鹤峰边界隐藏。部队吃饭穿衣以及弹药等军需方面出现了严重的困难。这时，贺龙想到了大姨谷德桃，立马把她请来，“大姨呀，有个特殊任务，别人难以胜任，还是你去最合适，你帮我去一趟官地坪找谷岸峭。我想您办事慎重精细，又懂得红军的政策，容易和这些人打交道，并且你们是同族，你是最合适的人选。”谷德桃二话没说，带着贺龙的亲笔信，一个人翻山越岭到达了官地坪。

不几天，一支身强力壮四十多人的士兵队挑起枪支、弹药、布匹、粮食、食盐等物资和银圆，冒着天寒地冻给贺龙的部队送去。这一下，红四军如鱼得水，队伍立马又活跃起来。

不仅这样，谷德桃还把部分伤员及红军家属送往官地坪，还帮助红军办兵工厂、运枪弹制枪炮，以各种借口、想尽一切办法，为红军购买了大量军火，当起了运输队长，有力地支持了革命。

……

“那时候生活苦啊，唯一的甜就是听大人讲这些故事。”佘芝姑的外孙大为感慨。

——骑大马挎双枪的游击大队长，怎会死在自己人手里

玉米开始抽穗了，红红的缨子像一抹云。

佘芝姑每天都会到包谷山里走走看看，等到枝干上插满棒槌般的包谷时，那座包谷山就是另一片密林深处，是她能倾诉衷肠，也能驰骋想象的地方。

八一南昌起义后，贺龙 1928 年 3 月到了冷风山。到冷风山后就给母亲谷德桃带信，母亲当即派人连夜把贺胡子一行接过来，先后住了两个多月，并帮助他扩充队伍。

贺龙等人一直被敌人追赶，只能隐蔽在址坊溪长岭岗，白天、晚上都是母亲谷德桃给他们送饭。

为了组建队伍，母亲联合谷德乾招募了四百多人，由贺龙挑选。不多日，贺龙的队伍由三百多人壮大到一千多人，拉到洪家关组织起义。

在斗争错综复杂的年代，谷德桃的丈夫邓仁山被人谋害。

一个月后，谷德桃强忍失去丈夫的悲痛，又奔波在买枪支、弹药、布匹等物资上。有一次，冬月从官地坪到鹤峰县城背送子弹四百排，那时天寒地冻，穿越崇山峻岭，从上木峡，走金茫，翻锯子岗，进汇垭，经大坪，下老生河，千难万险。她头戴青布手巾，脚穿一双草鞋，背着柴背笼，日行百里，终于到了鹤峰县城，见到了贺胡子。贺胡子很感动，把一件长皮袍从自己身上脱了下来，亲手披到谷德桃身上，还给她奖赏一匹大白马。

不多久，谷德乾突然病故，贺龙便任命谷德桃为游击大队长。于是，谷德桃一个身挎双枪、骑着大白马的女子，带领队伍穿山越岭、驰骋沙场。

佘芝姑清楚地记得，1930 年 3 月 13 日，母亲在七浪坪过生日。她说，游击队员已达一百多人，有 120 条枪。后来贺龙收编了甘占元，用骡子运来七十多条枪配给母亲谷德桃使用。母亲在七浪坪期间，组织了一批人帮助造新枪、整旧枪，帮助买枪、买子弹、买布匹和生活物资，全力投入支援贺龙的革命。尤其贺胡子将伤病员及家属共计一千多人放在七浪坪治伤治病和日常生活，都是母亲安排；她还要配合贺龙打仗，有时还坐堂审案，打击邪恶势力，为民伸张正义。

佘芝姑说："我 13 岁到 18 岁都在继父邓家屋里随母亲居住。却怎么都想不到，1931 年 2 月 11 日，母亲被自己视为亲人的红军'枪决'。"

谷德桃临刑之前，给唯一的女儿佘芝姑留了几句话："母亲一生，最自豪的事情是革命，最幸福的时光是参加革命的日子。母亲之死有冤屈，但母亲之死无后悔。"

多少年以后，佘芝姑才知道，受王明"左"倾冒险主义的影响，夏曦在湘鄂西苏区"肃反"扩大化中，伤害了一大批党、政、军干部。比如逮捕和杀害了段德昌、王炳南、柳直荀等党内很多的好同志，犯了严重的斗争扩大化的错误，给我党我军带来了很大的灾难。

母亲不幸成了这场运动的牺牲品。

母亲去世后，佘芝姑成了一无所有的孤儿，一个孤儿，到哪里才能躲避敌人的迫害，还要种下更多的粮食？佘芝姑一路找呀找，最终找到了芙蓉桥海儿峪。海儿峪人烟稀少，森林蔽日，虎狼成群，常人都不敢在这里居住，佘芝姑却把这里看成了乐土，当成实现她梦想的天堂。

从此，海儿峪多了一个尤其下力地干活人，她刀耕火种，面朝黄土背朝天。她蘸着汗水在海儿峪的土地上写下誓言——

边维持生活，边为红军做事。

——身藏海儿峪十五年，造金山银山

母亲被害安葬后大半年，贺龙带领红军部队打回了桑植，找到了“大姨”的女儿佘芝姑，贺龙含着泪对她说:“你妈是冤枉的，历史会给她平反的，你是红军的后代，要记住你妈的话，为红军亲人做好饭，养好猪，种好地，放好哨。”小贺龙七岁的佘芝姑，望着红军亲人，泪流满面，泣不成声。

泪眼里，依然是党的高大形象的表哥，魁梧的身影在她生命里永远定格!

继而，满山遍野的包谷苗，绿油油的，顶上开着金色的穗。红红的缨子像一抹云。每到清晨，佘芝姑伴着幽幽的黑，看红缨子上抖落下一颗又一颗的露珠。她会用手接着，借明亮却细小的光，接着一粒粒滚落到手的珍珠，她那日子过得就如珍珠般明亮。

两山之间有一条沟壑，走着走着就成了佘芝姑脚下的路。冒着酷暑，顶着烈日，那是收获了。嗅着玉米的体香，伴着翻飞的蜻蜓，穿梭在玉米地里，身后的背篓堆上金山般的收成，这就踏着热浪回草屋了。无论背上再沉再重，压弯了这女子的腰，她在能望见远处的地方，还是会停下来望一望。然后叹口气，这才回走。

一年又一年，新包谷压着旧包谷，新腊肉压着旧腊肉，不知不觉堆满了一座座仓，挂满了一间间屋。每个屋里，青藤扯了一条条，包谷挂了一层层，腊肉吊了一串串……

佘芝姑蓄满力量面对困难、直面人生，多少坎她闯过去了，多少灾难她扛过去了。只有两次不幸让她几乎站不起来，那是两个孩子先后的死。

第一次天昏地暗的日子，是七岁的二子志权淋了一场雨后，开始发烧，整天滚烫滚烫的小身体，烧焦了当娘的佘芝姑的心。那段时间外头风声紧，不敢也没钱寻医问诊，只用些土方子调理，三天后孩子就死在她的怀里。佘芝姑啊，撕心裂肺哭喊也唤不醒孩子，绝望的哭诉让山山水水记住了：

……儿啊，你怎么就走了？再长啊、再长十年，你就长成个兵，能跟红军打仗了……娘答应了你胡子舅舅，他要回来带兵的。儿啊，你哪怕上战场打几个团防、国民党也值哇。儿啊，你不许走，娘让你慢慢长，长大去当红军……

其实，那是1940年，佘芝姑封闭在海儿峪，依然以为他们的敌人还是国民党。那时全国人民正一致对外与日本鬼子抗战。就这么个痴情的土家女，满心所想的还是红军，还是贺龙。

命中注定佘芝姑要再承受一次命运的折磨。还是七岁这个坎，五女金春出麻疹缺医少药，救治不及时，走了。佘芝姑扼腕揪心的还是自己的承诺：春儿啊，你不能走呀，多漂亮聪明的女子哟，再过十年，花轿就要接你走，你会生好多娃儿，你胡子舅舅等着要人，你肯定多生好养，儿女成群。眼下，还是个花骨朵，怎么能走哟……

六送红军兔儿岩，两只兔子哭哀哀；
禽兽能知人心意，血肉深情分不开。
……
九送红军过大江，江水滔滔船儿忙。
眼望江水肝肠断，穷苦百姓泪汪汪。

从那以后，桑植民歌《十送红军》，佘芝姑常唱这两段，却更发狠地做。她知道，只有红军打回来，才能替她讨还这血债。

采访这个人物，许久我都在问：这个红军烈士的女儿，她一年365天种粮养猪，把省下来的一块块熏得黑黄的腊肉送到红军部队，用一担担包谷填饱无数红军亲人忠于信仰的肚子。她这算不算革命？

从1931年到1935年底，湘鄂西、湘鄂川黔的红色革命历史，不会记录一个红军烈士女儿在海儿峪开荒斩草的另一种革命和她为信仰坚守大山所作出的牺牲，她该算革命功勋吗？

《十送红军》在这时候响起，我突然觉得，一个女人，不，是整整三代人，用生命演绎了这曲《十送红军》：

二送红军大路旁，红漆桌子路边放，
桌上摆着送行酒，祝愿红军打胜仗。

第十三章　鱼　水

听说红军要进村，山寨人民好欢心；
急忙擦掉眼中泪，烧茶安铺迎红军。
——桑植民歌《烧茶安铺迎红军》

佘芝姑的执着，良艮的不变深情，其实含着我们中华女性代代相传的某种精神特质。不管当代人怎样解读她们的故事，都改变不了一个基本事实：她们的坚贞不屈，不但撑起了一个永远不散的小家，也撑起了共和国永远不弯的脊梁。

正是这些坚贞女人，用生命扛鼎，用大爱传承，明事理、顾大局，才不断演绎一幕幕感天泣地的生命接力，让鱼水相连的党群关系、不屈不挠的红军精神以及贺氏军家血脉，像滔滔澧水源远流长，蜿蜒不息流到今天。

从精神层面说，她们就是——中华民族永远的母亲。

一个不记得来路的民族，是没有出路的民族，万水千山不忘来时路，经常回望我们从何而来，为什么出发。更要牢记人民群众的恩情，回报人民，回报养育我们的这片——皇天后土！

第 1 节 打了胜仗才回家

听说老五孙子德山，作文在学校获奖，这天，殷成福把他叫来：“长大以后写本书吧，不要写奶奶，奶奶没啥子可写，也没想扬名。有好多的红军爷爷和红军奶奶，他们的故事好着呢，写出来。你们小辈呀，要记住当年打江山的不易哟。”

侯德山重重点头，从此，他最爱听奶奶讲故事。他清楚地记得，奶奶讲过的在被服厂的故事，他写成了作文。十多年后的 1996 年出版的《红二方面军征战纪实》有下面这段，跟他那篇作文的内容几乎一致。只是他称呼的“奶奶”以“殷成福”三个字出现。

殷成福最初参加红军，在被服厂做工。每做一套衣服，就可以得到三钱。

在被服厂工作是有定额的，每天做一套军服、十顶八角帽，当然都是手工完成。做帽子有很大难度，上帽檐需要一定技巧，帽圈也不好上，但殷成福总能按时完成。最难的是子弹袋，尺寸要大小一致，如果做大了，子弹很容易掉出，如果做小了，子弹又装不进去，殷成福就在布上事先画上格子，以保证尺寸。和其他女战士一样，虽然没有缝纫设备，但她一针一针地缝出来的子弹袋和机器做的一样好。那时候殷成福每天工作 12 个小时以上，只有在吃饭的时候才能休息一会儿，吃完饭就又马上投入。

由于条件艰苦，她和同在被服厂工作的十几个女同志常常围坐在一盏油灯旁，借着昏暗的灯光赶活，有时候根本看不到光亮，只能摸黑熟能生巧。作为班长的殷成福不仅要注意工作进度，还要帮助其他做得慢的同志，因为只有把头一天做的东西交上去，才能领到第二天的活儿，而不耽误工作进度。

侯德山一直记着奶奶的托付，心中的作家梦那时候就点燃了。趁老街坊邻居来看奶奶。奶奶讲的故事他全记下了。比如下面两段：

那时候，官兵都一样地吃苦哟。过澧水河，总指挥的老婆蹇先生最后一船过河，差点没被炸弹炸得翻船哟。那抱在怀里的二十天的婴儿差点没憋死，两天一夜的赶路，孩子一身的屎尿把个小屁屁都捂烂了。

任弼时的官大得很呢，那时候患了疟疾、马又走丢了，哪里有力气走嘛，只好躺上了担架。本来担架员有四个，长途跋涉和对前途绝望，那些人病的病、走的走、掉队的掉队，最后只剩下一个人。记得那小伙子姓毛，他咬牙背着任弼时行军。陈琮英，也就是跟我好关系的英子，在后面用双手抬着丈夫的脚，一步一步地跟着走，翻过一座又一座山……那个苦哟。

再往后，殷成福的日子突然转为哼歌，哼唱的都是些老歌：

正月里是新年，穷人好可怜，没吃没穿到处游，富人穿金戴银住高楼；
二月里是花朝，工农红军到，打土豪分田地，广大穷人翻身了……
太阳出来满山红，红军来了大翻身。如今工农管天下，红军穷人情更深。

在儿孙的记忆中，殷成福平素并不太唱歌。听说她老年轻时唱桑植民歌是把好手，毕竟满心的怀念与纠结，让她把歌都憋回心里，却并不等于她忘了。为什么在最后的时日，她一首首唱出来？

而此刻，她回到了最本真的自我，她恋恋不舍那些激情燃烧的岁月。哼唱最多的是那曲当年“扩红”唱的《不打胜仗不回乡》：

红漆桌子四四方，纸笔墨砚摆呀中央。若要文的动笔墨哎，
若要武的动呀刀枪。有情妹妹等呀等着我，不打胜仗不呀回乡。

亲情，衷情，放不下的情，饱经沧桑的殷成福老人一辈子不曾有过一官半职，跟光耀殊荣没什么关系，晚年也没享受优惠待遇。她的孙子侯德山不止一次地说：

奶奶这一辈子，就是底层的老百姓，默默无闻、普普通通、辛辛苦苦一辈子，不要什么利、不谋什么福，一家人长征死伤失散，从未说过该得什么回报和补偿。几十年不停念叨的是最简单的人性呼唤："红军过草地，我们一家八口，大梅、幺妹都没音信。还有大梅肚子里的孩子，谁知在不在人世？他们几时回转啊。"

老人有两个细节，一生都没改变。侯德山这天给我讲起了奶奶的故事。

奶奶两个细节都是有来历的。第一，她从来不和家人一桌吃饭。无论过节还是来客，永远都一个人搞个小锅煨点烂饭，夹点菜在一旁默默地吃。要么错开大家吃饭时间，一个人只填饱肚子或愁肠百结，都无所谓。

人说，饭香菜美是人生最简单、却是最重要的享受。可殷成福从毕节那一顿饭后，就再没有了美味饭香。这个来历该从 1936 年 2 月，一家人最后一顿团圆饭说起。

那是家属队进驻毕节的那一天，殷成福所在的被服队接受了一项艰巨的任务，为红二、六军团每个指战员赶制一套新军装。此外，还要补充一批棉被和衬衣，解决部队的燃眉之急。对此，贺老总是下了死命令的，一个月内完不成任务，要追究军纪处置。

越是忙碌苦累的时候，越能够听到殷成福那打雷一般的粗嗓门，"姐姐们呀妹妹们，手脚麻利点再加把劲，过端午节，得让同志们有套新衣裳穿啊。"殷成福就这么喊着，手头一刻不停。她不是排长不算领导，也没有哪个领导指定她负责，可她的话就是管用。那些年轻的媳妇们，不管是师长、团长的家里人，还是贪玩的小妹子，都爱在她的吆喝下，把手里的活干得像花开那么漂亮。

从湘中过来几个月，殷成福着实吃了一把苦。幺妹在溆浦负伤紧拉慢扯算没有耽误那条腿。眼下军活紧急，对殷成福来说，比在那枪林弹雨里还背着个人强多了。这算什么苦呀，她只要少睡点觉、快点吃饭就成了。

为此，她差点误了那次全家最后的聚餐。

那天，由二儿子清平张罗，把父亲侯昌仟、叔叔侯昌贵、小弟侯宗元、大哥侯清芝，以及被服队加班的母亲、大嫂和小妹都召到一块，全家在路边一小饭馆聚一顿。

等三位女菩萨赶到，一桌饭都等凉了。老嗨侯昌仟耐着性子没说什么，就是不放晴那张脸。小叔昌贵出来圆场："千难万险的长征路上，一家人聚齐在这里，算是难得的景观了。"事后多少年，一家人再没有聚齐到一张饭桌上，那顿饭让殷成福记了一辈子，到死都难以忘怀。

后来，殷成福多少遍地回忆，那天有什么菜、吃得多香，记不清了，只记得该叮嘱的没嘱咐，不该说的闲话啰唆了不少，还有就是吃出了一家人的其乐融融。

新中国成立后，日子不愁吃穿了，但家人不团圆，殷成福就决不上桌吃饭，谁劝都没用。是对抗命运，抑或企盼团圆？像她说的，什么饭吃不出个"圆"来，寡味！

第二个细节，是她习惯登高远望，永远守着山下的那条路。九幺儿回来后，殷成福就搬到地势最高的小儿子家，无论干点小农活，还是板凳坐门口，有时间就望着那些路。她说过，如果她两女娃走回来，她远远地能看到。岁月已有了多少轮回，她却把记忆留在了从前，"两女娃一个静一个动，大梅还是忧郁地笑，幺妹是蹦跳着跑……"

喃喃地叨叨："不去想这些，不打胜仗不回家，我的两女娃，打了胜仗就回了，就回了……"

到了生命不剩多少时日的时候，奶奶老唱那首《当兵就要当红军》，还最爱儿孙跟着唱，边说着"雄壮一点唱，那个时候我们是喊的，有男人还吼着唱的"。

这天，殷成福又先哼出声，儿子清芝、清平和九幺儿把每个字都唱出来，从小声到雄浑合唱，那段难忘的岁月，不灭的乐观精神，仿佛一段电视纪录片，在老人面前、在这个家里徐徐回放：

当兵就要当红军，处处工农来欢迎，官长士兵都一样，没有人来压迫人。
当兵就要当红军，工农配合杀敌人，买办豪绅和地主，坚决打他不留情。

侯德山后来多次向我提起这一幕，说："奶奶那天唱的歌，本是领三个红军儿子唱。唱着唱着，我们兄弟姐妹也来了。奶奶笑了，招呼我们孙辈跟着唱。我后来才懂她的用意。这歌，当年感染前进队伍，如今激越新的长征，勃勃生气和活力，奶奶是让我们把这种精神传承下去……"

第2节 群 英

——佘芝姑

1949年10月16日桑植解放了，等大儿子侯清芝回来，殷成福母子赶到了海儿峪。

红军长征出征的干田坝，殷成福答应了佘芝姑，红军一定会打回来，到时去海儿峪告诉她。殷成福来了，找到佘芝姑，她已是银丝夹杂的"老人"了。可她，不顾一切抢先拉着侯清芝的手，颤颤悠悠地一句"亲人红军，我还能活着见你们……"便泣不成声。

侯清芝哽咽着想说，我现在不是红军，也不是解放军……可他什么也没说。他怕辜负老人的期盼，他不忍老人15年等待，他更不想负了一方百姓对红军的拳拳爱心。

"胡子表哥呢？他要我做的，我都做到了。可他，怎么没回？"

殷成福母子都没说话，泪眼中看到佘芝姑身后齐刷刷站着她一排儿女——六个不太健壮却充满精气神的孩子。

"多生崽、多种粮、多养猪，红军要打回来，要带兵的。"当年贺老总与母亲谷德桃的嘱咐，一个红军的女儿都在这儿兑现了。

眼前突然亮出一幅震撼的电影画面——

一座座茅屋金山般在太阳下发着夺目的光。镜头探进去，草屋里群星般缀满了黄、白两色包谷棒，金山、银山般一堆又一堆，那是三万八千多斤包谷粮！

另几座草房里，香喷喷的腊肉吹得金黄金黄的，能诱十里八乡，那是二千四百多斤香腊肉！

红军，亲人；亲人，红军，在佘芝姑整个生命里血液般流淌。可谁能体会，这个普通女人用生命所作的付出？

佘芝姑临终前，最大的心愿是带着母亲的红军烈士证去九泉之下相见，可她没有等到。1987 年 8 月 1 日，当儿子谷天高拿着红头文件来到母亲的坟前，跪着轻轻哭诉、告知母亲："娘，国家给外婆平反了，平反了……"谷天高手上是"桑政人字〔1987〕89 号《关于彭贤视等十八位革命工作人员和红军家属平反昭雪的决定》"，十八人中就有谷德桃。只是这时，佘芝姑已去世两年零 108 天。

我们为什么不能把时间提前两年零 108 天？我不知道九泉之下的谷德桃烈士和女儿佘芝姑见面后会说什么。一种遗憾，深深的遗憾，很长时间像一根无形的针，把我的心扎得生疼生疼。

——张幺姑

在云南二儿子那里待了几年，张幺姑还是回到洪家关。回家后政府给她修了新屋。她知道，是党和政府看重烈属、红属，都是那"冤家"和大儿子的功劳呢。

那一次，张幺姑就跟家人讲，不是我这老婆子有多狠，是你们爹和牺牲的大哥有面子。你大哥死得早，没得法。你爹这"冤大头"倒是个英雄。战场上只管往前冲，决不后退，一生跟着贺常儿赤胆忠心。莫看贺常儿那么大个官，他敬你爹那是真的。他为啥敬他？你爹呀……

"奶奶，我晓得，我们老师讲，他是顶天立地的男人，他是冲锋陷阵的勇士。”读书的孙子抢上来说，张幺姑笑了。那天，她笑得格外开心。

不久，政府给张幺姑修了新屋，门口挂了块“烈属光荣”的牌子，张幺姑，天天都会在那儿看很久。

“直到死的头一天，婆婆张幺姑都好清醒，像知道自己要到头了，就聊一些闲话，其实是讲故事托付我们。”这时，屈奶奶声音有点哽咽。

你们爹从年轻时就招女人喜欢。我在他跟前的时候，他没招惹过什么女人，也算难为他了。他后来跟那个高贵香好上了，想起来也不是什么怪事。后来听别人讲，那个高贵香对你们爹那个好哟，那还真不是一般的。你们爹有一回钉子扎穿了脚，化脓了，按一般方法，要用棉签在伤口里面搅干净。那个高贵香怕你们爹太痛，就用嘴吸。你们以为只把脓血吸出来了？ 那不把你们爹的心吸住了。女人为男人做到这份上，要叫男人不动心，那男人反倒不像个男人了。要娘说句公道话，那个什么高贵香，我实在没理由恨她。

婆婆曾经不止一次告诉儿子儿媳：“我死之后，你们要对爹爹多照顾些。人不管有多强，最后都要老。人一老，就强不起来了。你们爹这辈子不容易。还有那个高贵香，好歹也是你们的小妈。她跟了你们爹以后，又没生养。要说她有儿子媳妇，那就是你们了。看在她照顾你们爹的分上，等她老到不能动了，也要对她好生照顾。”

其实，张幺姑还真看准了她的“冤家”是个血性男人。在她去世七年后的 1969 年，贺勋臣为抗议贺龙惨遭迫害而绝食致死。难得的忠诚，好一番悲壮！

张幺姑把这位“冤家”当英雄在心里崇拜一生，是配的。

那段时间，我眼前老有一些画面在晃：红骡子旁的贺勋臣；泪花麻麻的张幺姑母子；贺老总与四块光洋；渐行渐远的红军队伍，与亲人、家乡从此天各一方，生死两茫茫……

最近的一次到幺叔家，像张幺姑天天要凝视的，我仔细环视那块“烈属光荣”的牌牌，又回头一望，百米以外就是烈士陵园那耸立的纪念碑。两物突然叠加成一座阳光下熠熠生辉的——丰碑！

阳光下，我仿佛看见两排列兵手持钢枪，迈着矫健的正步，将花篮献上；随后跟上的是手捧鲜花、缓步前来祭奠的大人和孩子。掩映它四周的是松柏参差，百花争妍。碧草绿荫丛中，张幺姑现身了，她冒出头笑笑说：“冤家归冤家，英雄归英雄嘛。”

——红嫂良艮

红嫂良艮的最后日子终于近了，更近了。

与几个红寡妇阿婆有讲不完的白话、诉不完的衷肠。讲着讲着又哼哼唱唱。《马桑树儿搭灯台》是能唱完的。突然，有个婆婆提到，原来好像有唱你们家医官的歌，良艮阿婆脸上突然红云一朵，羞涩地说：“那有什么唱的。”几个婆婆不依，良艮阿婆就羞涩地说：“那……那我就唱了。”

那是良艮一辈子骄傲在心里的歌——《医官杨云阶》：

杨云阶，杨云阶，
1928年的老红军，都说他的医术高，
掘一把树根堵枪眼，扯一把野草缝伤疤，
捧一撮泥巴做盾牌，堵住敌人的毒箭头，
熬一锅草药当烈酒，暖好身子又出发……

哦——掌声、吆喝声全响亮，几个婆婆乐起来，“好你个良艮阿婆，记了一辈子，一个字都没忘，好。”

不知谁想起那首《我的郎》，三五个老人拼盘一般，拼了几次才唱出了囫囵个：

二八年我的郎当红军，二载没归我好伤心。
打鹤峰攻桑植勇敢前进，对土豪劣绅他决不留情；

三〇年我的郎抱定牺牲，打长阳进洪湖指挥红军。

第一次失利没得胜，第二次旗开得胜群众欢迎；

三一年我的郎不请假，贺胡子和炳南相信他。

密授机宜钻进敌群内，完成任务成功地回到家；

三二年我的郎守云头寨，战斗失利跳崖牺牲壮烈。

想起我郎君一段情义，小妹妹止不住泪花花筛。

边酒边唱的日子，一过就是六年。唱得杜鹃啼血，唱得花开花谢。儿子儿媳回来要接良艮去享福，接她一块住。她说："不去了，等了一辈子，就这么望、这么等，这么盼吧，我习惯了。"

1961 年 7 月的一天，良艮阿婆不望了。她望了一生的丈夫杨云阶因高血压动脉硬化，突然走了。从那天起，良艮断掉酒、断掉药，两个月以后一个平静日子，她也……走了。

看了良艮阿婆最后一幕的都感叹嘘唏："阿婆脸上好平静。是了了她的心愿哩，赶上了和丈夫杨云阶一起走；阿婆心里很幸福，是抢先占了好位置，阴间比阳世长，地下再做永生永世的美夫妻！"

这还只是想象，杨光茂最后才透露真实的秘密：良艮阿婆早就交代过她的后事。她死后，要把她葬在山垭口，坟头对着山外头。那个山垭口，是山里通向山外的唯一出口。也许，那个已经先她而去的丈夫，会再次回到这个生他养他的地方？到时候，那个男人会发现，有个女人一直在山垭口等着他归来，像千万个红嫂等着当年的红军，回来……

——戴桂香

不知阿香要花费多大的决心和气力，她要咬碎多少痛苦，和自己要作多少搏斗，她的忍耐力和克制力才能在 68 年的等待和苦熬中化作一种平和与静美。一切美好都荡漾在心中了，像黄昏的晚霞照耀在丈夫的坟茔上，她就那么坐着，没有热闹喧哗，没有鸟鸣蛙声，只有心音慢慢靠近……

一种信仰在感召，一种精神在传承。

直到1995年，戴桂香92岁，病入膏肓。快离开人世时，她费力地张开嘴，嘴唇嚅动着，似乎要说什么，又没说出来。又好像在自言自语。

“那天，我趴在她枕边仔细聆听，‘郎去当兵姐在家’‘你一年不来我一年等’。我终于听清了，她原来在轻轻哼着《马桑树儿搭灯台》的歌词……”贺建军老人说到这儿，眼泪唰唰地流下来。

是啊，歌里有马桑树，有阳光和蝴蝶，虽看不到翘首的阿香和凯旋的春生，但往昔尘烟，长亭外、路尽头，碧落黄泉，一阕情歌无断绝，化为香魂……

“阿婆，是在絮絮叨叨念词的声音渐行渐弱，才安详地闭上眼睛……几天后，我爷爷贺锦斋的坟边20米处，添了一座新坟，碑上刻着阿婆戴桂香的大名。”他们的坟茔周边，长得最好的是马桑树和灯台藤，互相依偎，紧紧缠绕，连成一片，漫无边际——

几个红嫂的故事像是讲完了，一大堆的问题却在脑海里萦绕。

68年，多少个日日夜夜，阿香知道自己爱得值，换句话说，嫁了一个了不起的丈夫，注定就得承受与之相匹配的牺牲。正因为这样，她歌里的那把锁，就不愿再被别人打开。

不同于阿香婆的，丈夫活着没回来的红嫂们，待到后来夫妻有机会相聚，丈夫却另有妻室，受革命队伍一夫一妻制规定的约束，既不能再续前缘，又不愿改嫁出门，“移花别处栽”，只好按命里的去。

每回每次，当听到一个个关于她们的故事的时候，我仿佛于泪光莹莹之中触到了一个个命运的呼喊、灵魂的颤动，以及那一声声回荡于历史和现实深处的生死歌哭。唱着“马桑树”的歌苦等苦挨，等来的、挨来的，却是前缘已尽、咫尺天涯。设身处地想想，怎一个等字了得！怎一个挨字了得啊……

但越往后，我渐渐往本真上理解她们。

又回到女人的本真上来，银姑、良良、芝姑们也许什么都不为，就为自己从前的选择，去画一个完美的人生句号。

像红嫂良艮一直用爱守护着她一生的完整。那种完整是任何外力都无法切割、任何俗念都毁损不了的。良艮在丈夫离世之后的即时追随，并非如俗世所解的那样痴然傻然。她也许仅仅是完美着自己的完美，幸福着自己的幸福。即使丈夫已不属于她，她也只求“总算活着，活着就好”。良艮，一个普普通通的小人物，她只用爱给别人铺路，留给自己的退路，是把哪怕是一点点的好都成全着捧送出去！何等博大的胸怀，何等无我的大爱！

爱是牺牲，爱是坚守，爱是理解，爱是宽容。火辣的张幺姑，典型的湘妹子。把柔情、热情、痴情融于血脉，重情重义、情深似海、义感天地。她真实而不造作，大气而又识大体，有性格却心里装着国家、装着大局。旧式女人，一个“冤家”她也死心塌地等一辈子。最后，自己辛苦磨难一生，虽是竹篮打水，但爱慕英雄的初心永远不变！新时代已经来临，丈夫是回不去了。那就让自己独自返回，回望初心，从头再爱，冤家不再——湘西女子强大的内心和雍容大气全在她那坚定的——转身。尽管，泪水洒了一路，“烈属光荣”的牌牌上却印下她永远的凝视……

佘芝姑，湘鄂边革命根据地七浪坪游击大队长谷德桃唯一血脉，用82年的红色岁月，见证、亲历、参与、守望，靠回忆熬过苦盼的人生。红色的革命长河，共产党用镰刀和斧头劈出的红色江山，还有那些参加保卫红色江山献出宝贵生命的小人物。虽然有些承诺没有及时兑现，但他们的亲人，用生生不息的信念点燃不屈的生命之灯，将对党和军队的忠贞和信仰延续到永远！

仅仅致敬和崇拜是不够的。

又去了一次桑植，再和幺叔走在洪家关的房前屋后，这次的感觉最特别。中年女人的背影、老人的直面而来，仿佛她们就是幺姑奶奶、戴桂香、草鞋婶。

我已经太熟悉她们，像她们永远活着。

试探着笑问幺叔：“您奶奶张幺姑她们，当年活得轰轰烈烈，是传统说法上的贞节烈女。可是，在当代文明的理念中，可能是年轻人不看好的人生取向。”

幺叔望望天，沉默良久，然后说：“这就看怎么说了。今天的年轻人看不看好，我奶奶她们当年肯定没想，也没必要想。他们当年的初心，能否被今天的人认可，取决于现代年轻人的修炼。可是我感觉，我们党提倡这个，社会更需要。说道什么叫文明，要我看，文明就是尊重人的不同活法，理解人的不同选择。我们知道的这些红寡妇，没人不许她们改嫁。比如戴桂香，她的公公婆婆还劝她改嫁。可她就是选择守望。还有我的亲奶奶张幺姑，她是被活着的丈夫也就是我亲爷爷‘晾着’了，可她也不愿改嫁。奶奶知道，国家改朝换代了，是个新时代了，旧的东西就得换。所以，她闹归闹，却顾全大局，替生死线上走下来的爷爷着想，并由衷地崇拜英雄的爷爷，不容易，那是一辈子的崇敬，也是一代人的初心。”

“这是为什么？这是因为我奶奶守护着她的守护，满足于她的满足，幸福着她的幸福。说到文明，我想问：理解女人改嫁是一种文明，难道理解女人不改嫁，就不是一种文明？都说曾经沧海难为水，这些故事中的女人，她们都有过沧海之恋，在她们恋过之后，世界上再没有让她们入眼的纯水。就像《马桑树儿搭灯台》那歌里唱的，钥匙不到锁不开。要是世界上所有的钥匙都能打开那把锁，那锁还叫锁？”

我笑着不再多问。

第 3 节　永不褪色的人物和村庄

红嫂良艮生前可能没想到，她走后四年，被丈夫杨云阶带到常德临澧落户的 13 位亲人又回到了毛垭。尽管临澧有山有水有稻田，顿顿有大米饭吃，出门有车船。可他们常常梦见毛垭的老屋，毛垭的包谷地，毛垭的包谷酒，还有毛垭那些滴血的故事。

杨光茂，杨云阶的侄儿，杨青彬的大儿子，也在其中。

在回来的十几个人中，杨光茂算是最有文化的。杨光茂身上有了很多身份：毛垭生产大队的会计和秘书，毛垭村小学民办教师，人民公社社委会委员，大队党支部书记。

1939年，杨光茂就生在大岩屋里。父亲杨青彬开始跟贺老总当警卫，后担任红军游击队队长。伯父杨云阶跟贺老总长征走后，伯母艮艮带着三个孩子跟着他们一家到处躲难，一躲就是十多年。

杨光茂再次回到梦魂牵绕的故乡毛垭时，他发现，曾经热闹不已的这块红色土地，一片死寂，甚至连鸡鸣狗叫都难得听见。那种让人窒息的死寂，让人不敢相信，这块土地留在中国革命史上，曾经是“千山万岭举梭镖”的记忆。

面对眼前沉默的土地，杨光茂想起了儿时见过的很多人，很多事。那些人是他的长辈，他们大部分已经长眠于地下，带着他们的希望也带着他们的遗憾，永远地睡过去了。假如在天有灵，先辈们看到现在的毛垭，他们会做何感想？

也就在那一刻，杨光茂突然感到了一种深深的羞愧：他枉为毛垭人的后代，他愧对这片被鲜血渗透的土地。

从此以后，毛垭人发现，这个出去又回来的革命后代，把所有的心思，所有的时间，所有的精力，所有的智慧，都放进了这块土地。

二十年以后，杨光茂已成老人。

这二十年间，杨光茂栽树栽了二十年。

一千多亩杉树早已成林，变成了绿色银行；按现在的市价，上万方木材早已价值达1300万元，如果开发这块杉树林，把这些钱财分给每一户人家，全村人早已奔了小康。但杨光茂和村里人选择了守住这块杉林，只采取间伐，让毛垭山长绿，水长清。

这二十年期间，杨光茂修路修了二十年。

从村里通往落金沟的人行道，全是挂在悬崖绝壁的山岭间，他与一大批红二代红三代的村民一起，扬起手中的大锤，修路。一位叫谢南阶的红二代，他修的全是青石岩，一米宽的人行道要凿四千锤，五公里人行道要凿1600万锤。路通了，谢南阶的腰却弯了。而杨光茂因为积劳成疾，也过早地显衰老了。

1996年2月，当了22年村支书、57岁的杨光茂决定退休了。他把建设家乡、实现前辈心愿的重担交到了红三代杨生泽身上。

在毛垭，杨生泽应该算是见过世面的人。他当过海军，做过民兵营长，干过治安主任，还做过生意，开过酒店。从2005年4月28日当选村主任到第三年担任村支书，杨生泽一上任就急着完成了三件事。

第一件事，是把叔叔杨光茂修过的人行道加宽加长，让一米宽的人行道变成可通车的宽敞大道。修路的几年时间，他放弃自家经营年收入十万元的酒店生意，全身心扑在工地上，欠下九万八千元的债。第二件事，是协助扶贫单位自来水公司一起，带领乡亲们投入义务工1.7万个，把二十多根水泥电杆抬上山，让毛垭村通上了电。抬电杆过程中，村里人有八人受伤，一人重伤，他全力把他们安顿好。第三件事是动员乡亲们造田，彻底摘掉吃了四十年国家统销粮的帽子。

毛垭海拔1500米，高山峡谷，地层稀薄，不适合造田。可乡亲们每年要从15公里的粮店背回两万斤国家统销粮，一米宽的人行道一天一个来回，乡亲们背怕了。最远的村落文家界，一天要走二十公里山路。红二代贺学元就住在这里。

贺学元的父亲贺文泽跟着贺胡子闹革命，是勇敢的红军战士。红军长征后，安排他跟着贺文慈留守后方保卫红军家眷。当年，贺胡子住在贺学元家，吃着包谷饭和腊肉，说："将来共产党坐了天下，你们为共产党作了贡献，共产党会让毛垭家家、顿顿吃上大米饭。"

解放了，贺学元一家人真的吃上了大米饭，可吃得太苦。每年，国家分配给贺学元家六百斤国家统销粮，贺学元带着妻子、儿子背粮食。贺学元背八十斤，爱人背五十斤，大儿子11岁，只能背二十斤。每次天麻麻亮全家人就出门，天黑才回家。背一回粮食要11个小时。一天，儿子把粮食放在地上休息，突然对父亲说："爸爸，我们有手有脚，为什么不自己造田种粮食，我们背斤谷种回家多轻松。”儿子的话一下击中了贺学元和妻子的心，一家三口哭在一起。哭过后，贺学元夫妇对儿子说：“好，我们造田。”

背了26年统销粮的贺学元，靠背粮让红军父亲贺文泽顿顿吃上大米饭。1997年春天，贺学元和妻子、儿子开始造田，父亲贺文泽不顾身体年迈，也参加造田。贺学元住的地方，全是岩山，前后是六十度的陡坡。贺学元一家人用钢钎用大锤砸岩，开出了一个个稻田。1996年，一家五口人造田两个，一个0.25亩，一个0.15亩。1997年，全家造了一个田，面积0.45亩。1998年，全家又造了两个田，都是0.22亩。1999年，全家人造了一个田，0.33亩。2000年，全家人造了三个田，一个0.51亩，另两个都是0.22亩。五年时间，贺学元一家五口人不管风吹雨淋、寒来暑往，背岩2150方、挑土900方，造田九个，大的0.51亩，小的0.1亩，九个田共2.23亩，每年可产干谷2140斤。2001年，九十岁的父亲贺文泽去世。临终前，他含着泪说：“儿啊，旧社会把穷人变成要饭的，天天吃野菜。共产党得了天下，给我们统销粮，让我们吃上大米饭。你带着妻儿造田，自力更生，自己创业守业，不再吃共产党的统销粮。好哇，我死了也瞑目了。”

说到这，杨生泽说：毛垭是个离天很近、离美更近的地方，完全有理由把毛垭建成人间天堂。此处不天堂，何处是天堂？

要离开毛垭，突然山坡有歌声传来。我细细一听，听出了那歌声的久远，断定是个老婆婆的歌声。于是便问杨生泽：“老婆婆好像唱的是红歌。”

杨生泽点点头：“你听出来了？那是红军时代的红歌。我们毛垭，永远不会忘记那个年代的毛垭，那是属于毛垭的记忆。”

车出了好远，耳边还是老婆婆的歌声，歌声还在山中缭绕。眼前的婆婆们又不断变幻着、轮番着唱。那是红嫂良良，阿香婆、幺姑奶奶，定姑、菊姑、芝姑……

幺叔像是看出了我的心思，说：“毛垭、洪家关、大庸城，上一辈的老人唱了一辈子，怀一颗初心一直唱到老，比如我特崇敬的草鞋婶。”

车到洪家关，幺叔突然直接带我们到了刚收晚稻的稻田里。

堆积如山的稻草还散发着谷物的清香，太阳斜照在一堆堆金灿灿的草垛上，一群群的小鸟飞高飞低，在温润的稻田里啄吃散落的小谷粒。而我们，就坐在温软的稻草上，听幺叔把草鞋婶的故事讲完："这是草鞋婶家的地，早给别人种了。不种田，稻草却是从来不缺。新中国成立后，没有儿子、没有男人的草鞋婶，再没有红军需要草鞋，可她照样天天打。"

夜已深了，天地一片寂静。村子的四周，青山入梦；村口的林子，鸦雀无声，狗吠声越来越稀疏潦草。

即使这么晚了，草鞋婶还没有睡下，她刚把家里的一切收拾妥当，顺手捶了几下酸痛的背，又坐在灯下。

她早已是孤寡老人，两个女儿先后嫁人。拿到烈士证以后，心宽了点却还是一个个夜晚睡不着，她只能爬起来打草鞋。到底腰肌劳损厉害，但老人只要见着稻草秆，就来精神。还较真的说："我呀，打草鞋比吃药管用！"

她是习惯了和稻草的亲近，习惯了从苛刻备草到细细敲打结束的每一双鞋。她知道，今天的山娃子、石伢子都在奔好日子的路上，穿着她的草鞋，哪能不结实，哪能不细致考究？让哪怕一个小瑕疵就可能硌脚，可能跑不快，可能回不来，还可能多一个像她这样苦痛一生的母亲！无论卖五角钱还是一块钱，和平年代的鞋，也都是融进心血、融进祝福精心打造的，她的鞋是让人穿着上山下田顺顺当当，走路登高平平安安。哪怕她越来越老，越来越无力，只要是她打出的草鞋，都跟当年交在儿子手上的那双一样。

痴情专一的老人，后来每隔一两个集市，能拿上一打草鞋上市场卖。人们几乎都认识她，最初，五角钱一双，人们给她一元钱，从不要她找零。都知道老人用心用情织的，一双当十双！

随后不久就得到印证：草鞋婶的草鞋还能护命！

一个邻村的后生，穿了草鞋婶一双新鞋去卖山货，中途遇大雨，一脚踩空摔下山去。神奇的事发生了，草鞋挂在树枝上，硬是吊着一百多斤的后生，直到他喊来人救下他……

人们都信了，打了一辈子草鞋的老人，每一双都编进了满满的爱、殷殷的祝福。哪一双都是打给当年红军杀敌的鞋，如当年军队的定海神针，也同样是今天的铿锵铁鞋！

桐子灯下打草鞋，一圈一圈打起来。
麻线耳子红布带，齐心建立苏维埃。
翻山越岭穿上它，砸烂黑暗旧世界。

从此，无论出于信任还是敬仰，草鞋婶每次上市的草鞋都是一抢而空。这时，老人那满是沧桑的脸上，就露出了难得的笑容。

“最后一次看草鞋婶打草鞋时，她已是九十岁的老人了。”

“要把草鞋编得均匀织得漂亮，关键是腰间的这根绳子，一定要一直拉紧。要不呀，编出来的草鞋容易松散不得力。”草鞋婶反复强调，是她六七十年打草鞋的“葵花秘诀”。

“很长一段时间，草鞋婶严谨打草鞋成我们后辈脱贫致富的真经。”幺叔又动情地说。公社、大队曾多次带人看银姑婶，就是学她一丝不苟的精神、持之以恒的态度和永远不变的初心。有位村干部曾感慨：“现如今，国家提倡工人用匠心做工，干部用绣花功夫办事。我看啊，草鞋精神什么都有了，以几十年做好一件事的初心和坚持，还怕山窝窝不能改变、我们奔不了小康?”

就这样，草鞋婶一条长凳、鞋腰和耙子直到现在还保留着，被岁月打磨得光光亮亮，也在后人心里熠熠生辉。

老人在她人生的最后五年，最大的爱好就是从一口旧红漆木箱子里，翻看一大堆的草鞋。大多都是各时期的新草鞋，也留了两双穿着上北京找贺老总的草鞋，旧而没烂她舍不得扔。银姑婶一边倒腾来倒腾去，一边嘴中念念有词地唠叨着。就这样一直活到 92 岁那年。

临终前，银姑婶做了一个重要决定：指挥外孙拉一大板车黄灿灿的新稻草，看它们厚厚软软地铺满棺材底，再反复嘱咐，我死后，将那一箱子草鞋与我一起装进棺材。不为别的，是地下的儿子董生，还有山娃子和石伢子他们都等着鞋穿呢。好多光着脚的红军娃哟，我欠他们的！

那天，面带微笑的老人走得特别安详，像是等着她的另一个世界，永远是丰收后晚稻里的金黄，永远有金山一样连绵的稻草垛。她又回到年轻时军歌嘹亮的时日，好多娃儿等着她的草鞋，她又有干不完的事了……

尾 声——

传奇揭秘，血肉相连党和人民

2005 年 4 月 20 日，老红军殷成福家的一件大事。

侯德明归乡的车队沿广袤的川西盆地一直向他心中的大庸，今天的张家界，奔驰。

春暖花开，归心似箭。侯德明、阿尔基和接亲团“团长”侯德山坐在一辆车上。毕竟从来没离开过高原，车队快到成都时，一下子从要穿厚厚棉袄的高原过渡到只穿单衣的平原，侯德明出现了明显的过氧反应，不断地出现晕车、呕吐、感冒、发烧等水土不服的现象，还流起了鼻血。侯德山担心出现危险，问:“大哥，我们还要不要往前走?”老人的态度没有犹豫:“走！一定要往前走！无论有多大危险，我也要回家乡看看。”

1500 多公里的路程，车队走了四天。奇怪的是，车队一进入张家界境内，老人神奇地适应了，吃了些东西，喝了点儿水，精神明显好起来。他开始讲他小时候的一些经历，给土司放过牛，去西藏赶过马帮。寒冬腊月，他也光着脚。新中国成立后，他被推举看管从土司那里缴获来的珍珠玛瑙，因为为人忠厚，看管的东西一件也没丢，当地人就叫他罗尔伍，意思是“汉族宝石”。后来当地政府知道他是红军留下来的后代，就把他定为流散红军。

现在政府每月还给他 120 元的固定补助。

“现在你们找到我了，我也终于看到了家人，这一生没有什么遗憾了。”侯德明说。

车队经过桑植县，在一个有溪水有村庄的地方停下。侯德山和阿尔基将老人搀扶下来，侯德山告诉大哥：“这就是六斗溪。”

六斗溪是老人母亲刘大梅的出生地，老人手摇转经筒，泪水盈满眼眶，嘴角发出听不懂的诵经心音，在溪边小路上慢慢走了十多分钟。侯德山问：“大哥，你在想什么？”老人回答：“好多年了，我都在想，母亲居住的那个地方是个什么样子？肯定有山有水有人家，是一个比天堂还要美的地方。现在我看到了，和梦里的一模一样。”

2005 年 4 月 23 日，侯德明终于回到了魂牵梦萦的故乡张家界市永定区。家乡人民载歌载舞，用土家族最热烈、最隆重的仪式欢迎远道而来的亲人。街道两旁围满热心的群众，争相目睹富有传奇色彩的老人。侯家五十多人和自发前往的三百多名市民赶到进城的路口，为老人举行了隆重的欢迎仪式。老人终于圆了他大半辈子的望乡之梦，眼中浸满了幸福的泪水。

市领导的看望；

与市民的见面会；

再走长征出发地刘家坪；

看当年母亲生活过的湘鄂川黔苏边区维埃省委、省政府旧址……

最重要的一场，来了——

清明节的一大早，张家界靠西北的山坡上，一个步履蹒跚的白发老人，一个满脸皱纹老远就抽动着嘴角迟来的儿孙，“咚”地跪下了。

“奶……奶，孙儿没有死，我回来了啊……”

“阿……爸，对不起，儿子没赶上让您看上一眼。”

“咚，咚，咚！”三声响头磕得地动山摇。顿时，高山脱帽，澧水默哀。

凝视着碑上那瓷像，侯德明老人撕心裂肺，抽动着双肩，当他用一捧老泪擦洗完墓碑，口里念念叨叨：“阿爸呀，奶奶，对不起，让你们等了一生。

一个没爹没妈的孩子，我也是苦苦等待，才撑到……撑到今天……”

老人跪着，对着奶奶和父亲，完整地说全了他的故事：

那是一个有湖水的地方，抢来的女红军站成一排，任有钱人挑选。姑姑紧紧拉着阿妈的手也在里面。好几个有钱人看上了姑姑，愿出高价买她，可她谁也不跟。土匪就用马鞭狠狠抽她，还抓住她的腿在草地上倒着拖。母亲那时怀着我，腆着个大肚子没人要。姑姑不从，她们就把母亲赶到湖里，实行水葬。看着母亲一步一步地往水深处走，姑姑只好答应，愿意跟他们走，可她硬要一起带走我母亲，买主又不愿意。正在双方相持不下，土匪又要把母亲赶下湖，罗巴喇嘛站出来了。他出钱买下了我母亲，也要一同买走姑姑，土匪又不干。罗巴喇嘛只能答应姑姑，请她放心，他一定好好对待我母亲，并让她把肚子里的孩子生下来……

“你的母亲是桑植人，老家是湖南大庸瑞塔铺六斗溪（现叫新坪村）。”罗巴喇嘛直到红原解放，没了土司和土匪，才告诉我身世的来龙去脉。

照亮的香烛、燃烧的香纸，已在足前燃成火红一片。老人从怀里哆哆嗦嗦拿出那个——红星兜兜，再跪下，“奶奶，阿爸，这个拴牛兜，真让走失的孩儿找回了家，让遗落的孙儿回故里。你们丢失在草原的孩子没有迷失，今天，他把兜兜送来给你们。你们放心，他找到家了，他有大庸的亲人了。”

只能遗憾，红星兜兜若留下来，是个文物，完全有资格落定博物馆。不起眼的红兜兜，兜住了一家三代八十年的血泪记忆，又何尝不是兜住共和国一段红色记忆？

可是，依照藏族的风俗，见物见人。兜兜烧给故人，魂灵呼唤亲人，就会有阴阳两界隧道般贯通。

兜兜架在那一片火红的虔诚上，经历八十年风雨的红兜兜，一碰火就燃。红红的火焰在跳动，一片殷红在翻飞。多像盈盈天地间，这里曾到处飘扬的旗；又似峥嵘岁月里，这里曾呐喊着血色的号！

奇怪的是，已燃尽的红兜兜，那颗红五星依然闪亮。那一刻，侯家亲人

| 张家界人民以最高礼仪欢迎老红军侯德明（第一排，右一）回到故乡

分明听到了一声声穿越阴阳两界的长长的叹息。那是来自地下的殷成福，还有与她团聚的侯昌仟、侯昌贵、侯清芝、刘大梅、侯幺妹、侯清平，还有好多红军烈士的声音。

看，有几个正朝我们走来——

侯昌贵说："我把一家引向了革命，离世太早，你们活下来的，看到老百姓都过上好日子了吗？"

侯幺妹青春亮丽的声音："为天下劳苦大众翻身求解放，就是这句承诺，让我们不怕牺牲。但是今天，国家能兑现给人民的承诺吗？"

刘大梅柔柔的声音："我的孩子啊，你应该活下来了。今天，我们的下一代都能幸福成长吗？"

侯昌仟抢过话："我当年搞军需、筹粮草，一心只为军队和百姓。如今，再没有骑在人民头上的土豪劣绅、贪官污吏了吧？"

最后，殷成福风风火火走来："我把全家带出去，死散一半多，我不后悔。没有当年的牺牲，就没得今天的幸福。可我还想问问，今天你们还能像我们那样，为革命而生为革命而死吗？"

时间再跨到 2017 年 10 月 18 日，洪家关光荣院。

院长贺小英带着院里的老人们在收看十九大开幕盛况。穿着整齐的军装，带着一致的兴奋，老人们凝聚着屏幕，不时报以热烈的掌声。

来自洪家关这片热土上的掌声，那是人民的心声。

"没有共产党就没有新生活，桑植这些年来发生了翻天覆地的变化，人民生活富裕起来。我们在光荣院的生活也越来越好，吃穿住用都不发愁，感谢政府让我老有所养，老有所安。"87 岁的复员军人谭泽然激动不已地说道。

"报告太振奋人心了，一起收看，气氛更热烈。"在收看过程中，老人们表现了极大的热情，不时鼓掌称好，掩不住的笑容爬上了老人们慈祥的脸庞。

"虽然我们人老了，可现在的生活越过越好，党从来都没有忘记我们，一直很关心我们。我们这些老人，还要争取多活，活得更好。"

山坳坳的溇阳村，围坐在一起的乡亲们认真听着十九大精神的宣讲。笑眯眯的陈刚老师问：“大家说说，现在的日子过得咋样？”

“那还用说！国家政策越来越好，只要加油干，致富会很快……”五十多岁、脸膛黑黑的村民陈平岩掰着手指头算账，他又指着旁边的高个子农民说：“你问问老戴。他多年都是个贫困户，年老体弱多病，要不是现在的好政策，要不是国家给他报销医药费，你问他吃得起药、打得起针不？”

“老戴”叫戴西川，今年 72 岁，不爱说话，只是使劲点头。

“大家说得都对，现在我们日子好了，而十九大报告告诉我们，以后我们农民的日子会更好！”陈刚揽过话头，声音温和却有力，“第一就是给咱吃了‘定心丸’！咱农民最关心啥问题？土地！十九大报告已经明确，第二轮土地承包到期后再延长三十年……”

一个多小时的十九大精神的宣讲，村民们听得津津有味，也弄明白了深化农村集体产权制度改革、发展多种形式适度规模经营、培育新型农业经营主体这些致富举措。这是给了他们政策和方法，像握着一把金钥匙，后面一个全新天地、美好日子的大门就要由他们亲自打开。

“陈老师说了，十九大报告里提的，农业农村要优先发展，城乡要融合发展，农民和城里人的差距会越来越小，未来有盼头更有搞头，回去我就三个字：好好干！”

宣讲到了最后，中国梦转换成身边人、身边事，由远及近、由表及里，村民们都听明白了，“中国梦是国家梦、民族梦，也是每个人的梦，归根结底是人民的梦。我们想多打粮食、提高收入，医疗更有保障，生活更加美好，这些就是我们的中国梦。习总书记说：人民对美好生活的向往就是我们的奋斗目标。这就是我们党对人民的承诺！”

“习总书记是要帮我们每个人实现过好日子的美梦呢。”

“我们好命哟，赶上了好时候，赶上了新时代……”

2017 年岁尾的 12 月 3 日，我再次来到桑植。只因王成均说，佘芝姑的儿子突然想起母亲说过多次的一个梦。就为这个梦，我去了。

佘芝姑的儿子谷天高才从桥自湾人大常委会主任位上退休，口才蛮好，说起那个梦，绘声绘色地描述起来。

那是一个傍晚时分，我娘在半山腰的茅屋里挂包谷，层层叠叠正挂得密密麻麻，门口出现一个巨人。看不清他的模样，奇怪，我娘并不害怕。

娘问：你是谁？

巨人：我是不敢忘记你的人。

娘说：明白了。谢谢你还记得我，一个无名小卒。

巨人：我当然记得，心里装着谁，付出才永不后悔。一路走来，从未忘记自己是谁，执着为民鞠躬尽瘁。

娘说：能记着我、来看我的人，一定是好人，也是我要记着的人。

巨人：能成为巨人走到今天，是你们的心血养育，是你们的精神灌溉。

娘说：哭过笑过所以更清楚，那流泪的辛苦，已化成我身边熟悉的温度，这正是我想要的幸福。

巨人：从依靠你的那天起，下决心为你守护永远，那些关于美好的心愿，我要全心全意为你实现。

娘说：我也是，说出跟随你的那天，就下决心为你坚守永远，我的真心就这样在你身边，永远不变。

巨人：曾说过，路有多远就一定会陪你多远，哪怕穿越一万个光年，也要让你温暖梦圆。

娘说：现在，世界还残酷，有你，我会坚持。不怕未来曲折坎坷，只要你在我心里，爱不会搁浅，你就是永远……

当时，我问谷天高：“你觉得这个巨人是谁？像是有意，他没有回答。”

和王成均走在返回的路上，我们都没直说。王成均到底是个优秀的红色作家，他拐弯抹角地说了一句：“党的十九大报告中，提到‘人民’这词就提了两百多次。巨人与佘芝姑的对话，就是——”

党和人民血肉相连，互吐衷肠！

当天下午，与侯德山、王成均、幺叔贺学舜一起，我们去洪家关相聚烈士陵园，是想来一次——回应先烈。

翠柏森森，曲径幽寂。我们拾阶而上，登上一片阔大的平地，却是一片望不到头的、如撒满白蘑菇一般的墓地。我把事先采摘的野菊花恭恭敬敬地献在最靠前的烈士墓上，四人站成一排，三鞠躬后，我们开始告慰英烈。

幺叔最先说："先烈们，告诉你们，我们老百姓过上好日子了。你听——"

中国特色社会主义进入了新时代。

中华民族迎来了从站起来、富起来到强起来的伟大飞跃。把人民对美好生活的向往作为奋斗目标，依靠人民创造历史伟业。

侯德山上前一步说："爷爷奶奶、爸爸大妈，还有小姑，我们党，兑现了对人民的承诺。你听——"

中国共产党人的初心和使命，就是为中国人民谋幸福，为中华民族谋复兴。乘势而上开启全面建设社会主义现代化国家新征程，向第二个百年奋斗目标进军。

王成均清清嗓子，大声说："先烈们，如今再没有骑在人民头上的土豪劣绅，贪官污吏也在铁腕整治，你听——"

人民群众反对什么、痛恨什么，我们就要坚决防范和纠正什么。

不管腐败分子逃到哪里，都要缉拿归案、绳之以法。

党始终同人民想在一起、干在一起。

把人民利益摆在至高无上的地位。

我也走近一步，说："殷奶奶，您作出那么大牺牲不后悔，我们会珍惜今天的幸福。您问我们，今天我们的党会像你们那样为信仰而生为信仰而死吗？您听听——”

从现在到2020年，是全面建成小康社会决胜期；

从2020年到2035年再到2050年，在基本实现现代化的基础上，再把我国建成富强民主文明和谐美丽的社会主义现代化强国。

就是您老活到今天，养老保险成了“安全保险”。即将要实行的养老金全国统筹，运用社会保险的大数法则，实现互助共济。殷奶奶，您听到了吗？

王成均调县政府工作一年了，掌握的东西不少。他再次抢过话题，像是对所有先烈说：“民生领域还有不少短板，脱贫攻坚任务艰巨，城乡区域发展和收入分配差距依然较大，群众在就业、教育、医疗、居住、养老等方面面临不少难题。但是，还有三年，桑植也和全国各地一样彻底脱贫，步入小康——”

“先烈们，你们听到了吗？你们听到了吗？”我们在旷野的大声呼喊，雄浑的声音在陵园上空回荡，也在偌大的洪家关山水天地间，久久回荡……

先烈们，你们一定听到了！